Bernhard Jaumann
Die Drachen von Montesecco

BERNHARD JAUMANN wurde 1957 in Augsburg geboren. Er studierte in München und hat u. a. Italienisch in Bad Aibling unterrichtet. Nach längeren Aufenthalten in Italien, Australien und Mexiko-Stadt lebt er in Namibia sowie einem italienischen Bergdorf. Bisher erschienen von ihm die Kriminalromane »Hörsturz«, »Handstreich«, »Duftfallen«, »Sehschlachten« und »Saltimbocca«, für den er 2003 den Friedrich-Glauser-Krimipreis erhielt. 2005 erschien der Roman »Die Vipern von Montesecco«; 2008 »Die Augen der Medusa«, der letzte der Montesecco-Romane.

Das beschauliche Leben in Montesecco gerät durcheinander, als sich der alte Benito Sgreccia drei Huren aus Rom kommen läßt, drei Tage hemmungslos prasst, sich am vierten Tag in den Herbstwind setzt und stirbt. Nur Gianmaria Curzio, der den Tod seines besten Freundes schwer verkraftet, vermutet ein Verbrechen und forscht nach. Als bekannt wird, dass der Tote ein unbegreifliches Millionenvermögen hinterlassen hat, wittern die anderen Dorfbewohnern die Chance ihres Lebens. Kurz darauf wird der achtjährige Sohn Catia Vannonis entführt, ein verschlossener Junge, der nur mit seinen Papierdrachen glücklich ist. Jeder im Dorf fragt sich, wer der Kidnapper ist, der Sgreccias Millionenerbe erpressen will. Einen Mord und viele Verdächtigungen später weist ein Papierdrachen am Himmel den Weg zum Entführer.

Bernhard Jaumann

Die Drachen von Montesecco

Kriminalroman

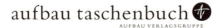

ISBN 978-3-7466-2452-5

Aufbau Taschenbuch ist eine Marke der
Aufbau Verlagsgruppe GmbH

1. Auflage 2008
© Aufbau Verlagsgruppe GmbH, Berlin 2008
Umschlaggestaltung Mediabureau Di Stefano, Berlin
unter Verwendung eines Fotos von © JBM/Buchcover
Druck und Binden CPI – Clausen & Bosse, Leck
Printed in Germany

www.aufbau-verlagsgruppe.de

... eppur, felice te che al vento
non vedesti cader che gli aquiloni!

... und doch, glücklich bist du, der du im Wind
nur die Drachen fallen sahst!

Giovanni Pascoli

1

Maestrale

Zweiundachtzig Jahre hatte Benito Sgreccia hinter sich gebracht, dann lebte er drei Tage und Nächte, und am vierten Tag starb er. Am Sonntag um 14 Uhr 10 wurde er zum letztenmal gesehen, als er den befrackten Kellner mit einer Handbewegung zurückwies und abrupt vom Tisch aufstand. Nach einem mühsam unterdrückten Hustenanfall sagte er zu Wilma, Laura und Piroschka, sie sollten den Hummer allein essen, ihm sei von den Austern und den Mazzancolle sowieso schon übel, er wolle lieber ein wenig frische Luft schnappen.

Dann stieg der Alte die Treppe hinauf und trat auf die Dachterrasse des Pfarrhauses hinaus. Große blaue Fahnen knatterten im steifen Herbstwind. Der Maestrale brachte trockene, kalte Luft aus Nordwesten, doch die Temperaturen schienen Sgreccia nichts auszumachen. Er zog den Liegestuhl aus dem Windschatten des Kirchendachs an die Brüstung der Terrasse vor und ließ sich ächzend nieder.

Unter ihm lag Montesecco. Die Häuser des kleinen Dorfs duckten sich vor dem Wind, die Dächer krallten sich ineinander, als hätten sie beschlossen, den Rest der Welt für immer auszusperren oder – wenn es denn sein müßte – gemeinsam wegzufliegen und den leergefegten stahlblauen Himmel über jedem Wohnzimmer zu offenbaren. Am Ortsausgang kämpfte ein Papierdrachen gegen den Wind an. Die bunten Dreiecke an seinem Schwanz standen in einer fast waagerechten Linie hintereinander. Die Leine war genausowenig zu sehen wie derjenige, der sie führte.

Die Piazzetta direkt unter Sgreccia und der Weg, der zum Haus von Costanza Marcantoni anstieg, waren menschenleer. Die anderen Gassen verschwanden im Gewirr der Mauern und Ziegelschrägen. Man hätte meinen können, es gäbe gar keine Wege zwischen den Häusern oder nur unterirdische wie in einem Maulwurfsbau. Doch natürlich wußte Sgreccia, wo sich die Gassen in die Dächerlandschaft schnitten, genau wie er wußte, wer in welches Haus gehörte und wer vor einem halben Jahrhundert dorthin gehört hatte. Zweiundachtzig Jahre waren eine lange Zeit.

Nicht, daß sich nichts verändert hätte! So waren auch auf die Häuser von Montesecco Satellitenschüsseln gepflanzt worden, bei Ivan, bei Milena Angiolini, bei dem Deutschen, der Paolo Garzones Haus gekauft hatte, und nicht zuletzt bei Benito Sgreccia selbst. Die Schüsseln klebten an den Dächern wie seltsame weiße Ohren, die alle in dieselbe Richtung lauschten. Nach Südwesten. Als sei genau dies die Himmelsrichtung, in der sich das wirkliche Leben abspielte, das der Stars und Katastrophen, der Champions League, der Börsenkurse und der Politskandale. Das Leben, in dem Berlusconi Wahlen gewann, die gute alte Lira durch den Euro ersetzt wurde und sich auch sonst dauernd irgend etwas Wichtiges ereignete. Etwas Buntes, Zähes, Beharrliches. Es kroch hinein unter die ausgebleichten Dächer von Montesecco und flüsterte unaufhörlich, daß jeder seines Glückes Schmied sei.

Benito Sgreccia hustete. Er war in Montesecco geboren worden, dort drüben in dem grauen Haus am Dorfrand. Als die Hebamme aus Pergola eingetroffen war, war er schon abgenabelt gewesen. Er wußte nicht, wieso er es so eilig gehabt hatte, auf die Welt zu kommen. Er war dann aufgewachsen wie alle anderen und hatte sich genausowenig wie sie gefragt, ob das Leben einen anderen Sinn hatte, als es zu erhalten. Er hatte geheiratet und einen Sohn in die Welt gesetzt. Auch eine Tochter hätte er gern gehabt, doch das sollte nicht sein. Den Krieg hatte er glücklich überstanden, sich dafür nachher in den Schwefelminen von Cabernardi die Lunge ruiniert. Später hatte er viel

8

Zeit gehabt, hatte mit Gianmaria Curzio herumgesessen, Grappa getrunken und sich dieses und jenes durch den Kopf gehen lassen.

Er hatte keinen Grund zu klagen. Er hatte keinen Grund, sentimental zu werden. Er spürte den kalten Wind, der jetzt in Böen von den Bergen herabfuhr. Er fragte sich, ob Sterben leicht war.

Die Böen rüttelten an den Fensterläden von Montesecco, doch es war klar, daß sie nicht Ernst machten. Sie klopften nur kurz an, ohne wirklich interessiert zu sein, ob jemand zu Hause war, und dann stürzten sie sich über das Mäuerchen am Ostrand des Dorfs hinab zum Friedhof, beugten die Spitzen der Zypressen und rauschten durch den Wald am gegenüberliegenden Hügel wieder hoch. Die Blätter der Bäume waren noch grün, nur vereinzelt blinkten gelbe Flecken heraus, fast wie Gischt auf bewegtem Meer. Ja, fast wie das Meer! Die Windböen ließen Wellen durch die Baumkronen laufen, denen Sgreccia mit den Augen folgte, bis sie oben über den Hügelkamm schwappten. Die Zweige schwangen zurück und hatten noch nicht ausgependelt, als sie die nächste Welle faßte.

Vielleicht ist es das, was bleibt, dachte Sgreccia. Das Spiel der Elemente. Daß der Wind den Wald in Meer verwandelte.

Sgreccia hustete. Ihm wurde nun doch kalt. Er spürte, wie sich trotz seiner Anzugjacke die Härchen an seinen Unterarmen aufstellten. Er hörte den Wind pfeifen und versuchte das Geräusch nachzuahmen. Ihm schien, daß der Wind lauter wurde. Vielleicht lachte er ihn auch aus.

»Lach nicht!« sagte Benito Sgreccia leise. Er verschränkte die Arme vor der Brust, doch er wußte, daß ihm nicht mehr warm werden würde.

Dann hauchte er sein Leben aus, und der Wind trug es aus dem Dorf, in dem Sgreccia geboren worden war, über den Friedhof hinweg und schwemmte es den gegenüberliegenden Hügel hinauf, wo es hinter dem Kamm verschwand.

»Wer hat dich entführt?« fragte ich.

Der Junge saß am Boden und zitterte, obwohl es nicht besonders kalt war.

»Sag mir, wer es war!« sagte ich sanft.

»Der böse schwarze Mann«, sagte der Junge.

»Der mit den feuersprühenden Augen?«

Der Junge nickte. Auf dem Steinboden neben ihm lag Seidenpapier. Rotes, schwarzes, gelbes.

»Beschreib ihn mir!« sagte ich.

»Er ist ganz schwarz angezogen und trägt eine Maske über dem Gesicht, aus der die Augen hervorglühen, und er ist groß und …«

»Wie groß? So groß wie ich?« fragte ich.

Der Junge schüttelte schnell den Kopf. »Nein, viel größer. Mindestens einen Kopf größer.«

Ich wußte nicht, was ich ihm glauben konnte. Fünf Minuten später würde er vielleicht etwas völlig anderes behaupten. Man kann ja in das Hirn eines Menschen nicht hineinschauen. Entweder du traust ihm oder eben nicht. Ich halte mich eher an die zweite Variante: Wenn du dich auf andere verläßt, bist du schon verlassen. Wer hat das gleich gesagt?

»Nimm doch eine Decke!« sagte ich zu dem Jungen.

»Was?«

»Weil du so zitterst.«

»Ich zittere gar nicht«, sagte der Junge. Das war gelogen. Ich sah klar und deutlich, daß er zitterte.

»Gut«, sagte ich. Es gibt immer mehr als eine Wahrheit. In seiner zitterte der Junge eben nicht. War es dieselbe Wahrheit, durch die ein böser schwarzer Mann mit feuerspeienden Augen tobte? Der Junge hatte Schreckliches erlebt. Ich mußte Geduld mit ihm haben. Alles braucht seine Zeit. Der Junge griff nach einem Bogen roten Seidenpapiers und faltete ihn über Eck. Er richtete die Kanten sorgfältig übereinander aus.

Dann öffnete er den Bogen wieder und faltete ihn über die andere Diagonale.

»Vertrau mir!« sagte ich. »Ich bin immer da. Darauf kannst du dich verlassen. Ich werde dem schwarzen Mann sagen, daß er dir nichts tun darf, weil du so ein braver Junge bist. Ich passe auf dich auf, jetzt und heute nacht und dein ganzes Leben lang. Das verspreche ich dir.«

Der Junge begann zu weinen. Er tat mir fürchterlich leid.

»Warum weinst du?« fragte ich.

»Ich weine doch gar nicht«, schluchzte er.

Da wußte ich, daß es nicht gut enden konnte.

Sgreccias drei Tage Leben hatten damit begonnen, daß er Lidia Marcantoni um die Schlüssel fürs Pfarrhaus bat. Wie um seine Forderung zu bekräftigen, stand hinter ihm eine Leibwache von vier Frauen, die mit Besen, Staubsauger und Wischlappen bewaffnet waren. Lidia kannte keine von ihnen, und das bedeutete, daß sie nicht aus der Gegend stammen konnten. Schließlich lebte Lidia seit mehr als siebzig Jahren hier. Die Marcantonis waren eine alteingesessene Familie. Und eine der angesehensten in Montesecco, auch wenn Lidias Geschwister ihrer Meinung nach den Ruf der Familie nicht sehr förderten. Doch solange Lidia atmete, würde sie das Schlimmste zu verhindern wissen.

»Die Schlüssel?« fragte sie ablehnend. Schon seit Ewigkeiten stand das Pfarrhaus leer. Der Pfarrer kam nur noch sporadisch aus Pergola, um die Messe zu lesen. Er brauchte jemanden in Montesecco, der ab und zu nach dem Rechten sah. Jemand Besseren als Lidia Marcantoni hätte er dafür nicht finden können. Sie hütete das ihr anvertraute Eigentum der Kirche, als hinge ihr Seelenheil davon ab.

»Die Schlüssel fürs Pfarrhaus? Warum?« fragte sie.

»Wegen dem Saal im ersten Stock.«

»Das ist kein Saal, das ist ein großes Zimmer. Und was willst du dort überhaupt?«

11

»Erst mal saubermachen.« Sgreccia wies mit dem Daumen auf die Putzkolonne hinter sich.

»Und dann?«

»Das ist privat«, sagte Sgreccia.

»Privat!« wiederholte Lidia in einem Ton, der vor Verachtung troff. Mit einer solchen Begründung hätte selbst der Papst vergeblich um die Schlüssel gebettelt. Lidia drehte sich um und zog die Tür hinter sich zu.

Bevor sie ins Schloß fiel, fragte Sgreccia schnell: »Was kosten eigentlich neue Bänke für die Kirche?«

Die Tür öffnete sich wieder einen Spalt.

»Warum?« Lidias Stimme war pures Mißtrauen.

»Ich erwäge eine Spende«, sagte Sgreccia würdevoll. Er rückte das Revers seiner Anzugjacke zurecht.

»Du?« fragte Lidia.

»Ja, ich.«

»Für eine Kirchenbank?«

»Für alle Kirchenbänke. Ein ganzes neues Set.«

Lidia ließ die Tür langsam aufschwingen. Sie kniff die Augen zusammen und überlegte. Dann sagte sie: »Ich habe mich schon mal unverbindlich informiert, es gibt da unterschiedliche Modelle. Für uns alte Leute, die mit dem Knien ihre Schwierigkeiten haben und überhaupt nicht mehr so rüstig sind wie früher – und leider sind es ja nur die, die regelmäßig in die Kirche gehen –, ist es unbedingt erforderlich, daß …«

»Du wirst schon das Richtige aussuchen«, sagte Sgreccia.

»Mit Polsterung?« fragte Lidia ungläubig. »Und du bezahlst?«

Sgreccia nickte.

»Alles?«

»Ich bin zweiundachtzig Jahre alt«, sagte Sgreccia. »Ich kann mein Geld nicht mit ins Grab nehmen.«

Lidia war nicht sicher, was sie davon halten sollte. Wahrscheinlich hatte Sgreccia schlimme Sünden gutzumachen, von denen keiner wußte. Für die Absolution war allerdings ein geweihter Pfarrer zuständig, da mußte sie sich heraushalten. Andererseits lockten die neuen Kirchenbänke, um deren Anschaffung sie jahrelang vergeblich nachgesucht hatte. Gepolsterte Kirchenbänke! Im Glauben lag die Kraft, und die Wege des Herrn waren unerforschlich! Warum sollte Gott nicht ein Wunder zugunsten der Hüftsteifen und Kniekranken Montesseccos vollbringen? Und wieso sollte er sich nicht des alten Sgreccia dafür bedienen?

Lidia Marcantoni beschloß, dem Herrn zu danken und sofort eine Kerze anzuzünden. Oder zwei. Sie sagte: »Wenn du dein Versprechen nicht hältst, Benito …«

»… dann soll mich der Teufel holen«, sagte Sgreccia.

Er wachte selbst darüber, daß die Putzfrauen in den nächsten beiden Stunden auf Hochtouren arbeiteten. Sie waren noch nicht ganz mit dem Pfarrhaus durch, als ein Möbelwagen in Montesecco ankam. Nur mit viel Rangieren und noch mehr Fluchen gelang es dem Fahrer, die engen Ecken vor der Piazza zu überwinden und zum Pfarrhaus hochzufahren. Er parkte vor der Kapelle des heiligen Sebastian und trieb seine Gehilfen an auszuladen. Als erstes wuchteten sie ein chromglitzerndes Monstrum von Kühlschrank aus dem Laderaum.

»Mit Eiswürfelautomatik?« fragte der alte Sgreccia.

»Damit können Sie das ganze Dorf vereisen«, sagte der Fahrer.

»Die Treppe hoch. Erster Raum rechts«, sagte Sgreccia.

Der Rest der Kücheneinrichtung bestach durch kühle Eleganz in Aluminium und poliertem grauen Marmor. In das große Zimmer wurde ein riesiges rotes Ledersofa geschleppt, dazu ein Jugendstileßtisch mit acht passenden Stühlen, eine Musikanlage, ein DVD-Player, ein Fernsehapparat mit einem Bildschirm, dessen Dimensionen an die Leinwand des Kinos in Pergola erinnerten, und ein schwarz lackiertes Klavier. Den Billardtisch dirigierte Sgreccia ganz nach oben.

»Was soll das werden?« fragte Ivan Garzone, der mit einem Karton leerer Weinflaschen aus seiner Bar schräg gegenüber getreten war. Er stellte den Karton neben der Tür ab. Seine Frau Marta schüttelte den Kopf. Ihrem Sohn stand der Mund vor Staunen offen. Nach und nach fand sich halb Montesecco auf der Piazzetta ein.

»Alles in Ordnung, Benito?« fragte der alte Curzio besorgt.

»Was ist denn hier los?« fragte Milena Angiolini, nachdem sie sich zwischen den Möbelpackern und einem gerade vor der Kirche einparkenden Fiat Panda durchgekämpft hatte. Die schaulustigen Dorfbewohner waren an das Mäuerchen am Rand der Piazzetta zurückgedrängt worden. Benito Sgreccia würdigte sie keines Blickes, geschweige denn einer Erklärung.

Der Fahrer des Fiat Panda stieg aus. Er war ein kleines, hageres Männchen, das in seinem schwarzen Frack verloren wirkte. Unschlüssig ging er auf die Gruppe an der Mauer zu, kam aber nicht an den Möbelpackern vorbei, die einen riesigen Spiegel zum Pfarrhaus schleppten. Sgreccia zeigte auf eines der Fenster unter der Dachterrasse. »Nach oben! Genau wie das Wasserbett.«

»Das Wasserbett?« fragte Lidia Marcantoni fassungslos. Sie hatte von Wasserbetten gehört, wie man von schwarzen Löchern in der Weite des Universums hört, konnte sich aber nicht vorstellen, daß irgend jemand sich so etwas in sein Schlafzimmer stellte. Und schon gar nicht in ein Pfarrhaus. Ohne daß sie den Zusammenhang genau hätte benennen können, schien ihr das Wasserbett als solches ein Beweis für die Existenz des Teufels zu sein, woraus sie schloß, daß, wer immer sich auf einem ausstreckte, nach seinem Tod geradewegs in die Hölle verbannt würde. Lidia Marcantoni fragte sich, ob Montesecco wirklich gepolsterte Kirchenbänke brauchte.

»Benito dreht vollkommen durch«, nuschelte Franco Marcantoni aus seinem zahnlosen Mund.

»Seit Fiorellas Tod ist er nicht mehr der alte«, sagte Gianmaria Curzio. Er und Benito Sgreccia hatten sich früher täglich an der Bank am Dorfeingang getroffen, um heimlich Grappa zu trinken, doch seit Sgreccias Frau gestorben war und ihm niemand mehr den Schnaps verbot, hatte er sich immer seltener sehen lassen. Curzio nahm an, daß es daran lag, auch wenn er nie gefragt hatte. Über so etwas sprach man unter Männern nicht, selbst wenn es sich um den besten Kumpel handelte. Und schließlich war Benito ja wahrlich alt genug, um zu wissen, was er wollte.

»Entschuldigung …«, sagte der kleine Mann im Frack zaghaft.

»Das baut sich langsam auf«, sagte Franco Marcantoni. Er ließ seine runzlige Hand senkrecht nach unten fahren. »Und zack, dann kippt es um! Alle Sicherungen brennen gleichzeitig durch. So ähnlich wie damals kurz nach dem Krieg bei Milenas Großvater, der …«

»Entschuldigung!« Der Zwerg im Frack versuchte ein wenig energischer, von irgend jemandem wahrgenommen zu werden.

»Was ist?« fragte Ivan Garzone.

»Ich bin der Pianist«, sagte der Mann im Frack.

»Wie schön für Sie«, sagte Ivan Garzone und sah gebannt den Möbelpackern zu, die einen zweiten Spiegel durch die Pfarrhaustür lavierten. Vielleicht sollte er seine Bar auch mit so etwas auskleiden. An gegenüberliegenden Wänden, so daß sich der Raum ins Unendliche vergrößerte und selbst ein einsamer Trinker seinen unzähligen Spiegelbildern zuprosten könnte.

»Welcher Pianist?« fragte Marta Garzone, doch da war Benito Sgreccia endlich auf das traurige Männchen aufmerksam geworden. Er rief den Maestro zu sich und trug ihm auf, zu prüfen, ob das Steinway unter dem Transport gelitten habe.

»Ich bin kein Klavierstimmer«, schnaubte das Männchen.

»Und nebenberuflich?« fragte Sgreccia. Er zog die Brieftasche aus der Anzugjacke und holte ein paar Scheine heraus, die den Pianisten überzeugten, doch mal nachzusehen. Er steckte das Geld ein und verschwand im Pfarrhaus.

Auf der Piazzetta wurden die Parkplätze knapp, als ein geschlossener weißer Lastwagen einfuhr. Die Schrift auf beiden Seitenwänden ließ unschwer erkennen, daß er vom Feinkostgeschäft und Partyservice Mariotti aus Ancona kam. Es dauerte dreißig Minuten, bis die Kartons mit Prosecco, Weiß- und Rotwein, Grappa und verschiedenen Likören, die Antipasti-Platten, die Kisten mit Obst, Gemüse und Porzellangeschirr, die Kühltruhen mit Fleisch, Fisch, Meeresfrüchten und achtzehn verschiedenen Sorten Speiseeis ausgeladen waren. Als letztes trugen die Männer eine Art Aquarium mit etwa einem Dutzend lebender Hummer ins Pfarrhaus.

Der alte Sgreccia rieb sich die Hände und verlangte noch nach etwas Dekorativem. Der Chef der Feinkostleute sah ihn fragend an.

»Fahnen! Große meerblaue Fahnen, die im Wind flattern«, sagte Sgreccia. »Könnten Sie das organisieren?«

Der Mann tippte auf seinem Handy herum und telefonierte kurz. Dann meldete er, daß der Koch und das Personal kurz vor San Lorenzo seien. Sie würden versuchen, dort etwas Passendes zu bekommen. Es könne also noch eine halbe Stunde dauern, bis sie einträfen.

Vorher schon kam ein weißer Mercedes mit römischem Kennzeichen an. Die drei jungen Damen, die ihm entstiegen, verschlugen zumindest der männlichen Bevölkerung Monteseccos den Atem. Zwei langbeinige Schönheiten, die eine blond, die andere rothaarig, waren mit Minirock und halbtransparenter Bluse beziehungsweise kurzem weißen Kleidchen vielleicht ein wenig zu sommerlich für den windigen Oktobertag gekleidet. Die dritte war schwarz wie Ebenholz, hatte die langen, lila gefärbten Haare in jede Menge dünne Zöpfe geflochten und trug ein bodenlanges

Seidenkleid, dessen Farbe je nach Lichteinfall etwas changierte, im ganzen aber den Farbton der Haare perfekt aufnahm.

»Filmstars«, flüsterte Ivan Garzone. Er saß auf der Steinbrüstung am Rande der Piazzetta. Links lag seine Bar, ein einstöckiger Kasten, dessen Fassade er nur zu zwei Dritteln renoviert hatte, bevor ihm das Geld ausgegangen war. Die geplante Leuchtschrift über dem Eingang konnte er für die nächsten Jahre vergessen, und so blieb die Werbetafel für Sammontana-Eis das einzig sichtbare Zeichen für die Funktion des Gebäudes. An die Bar lehnte sich die Sebastianskapelle mit ihrem abblätternden roten Putz. Gegenüber standen das seit Jahrzehnten verlassene Pfarrhaus und daneben eine kleine Dorfkirche, die höchstens jeden zweiten Sonntag geöffnet wurde. Rechts wurde die Piazzetta von einem halb niedergetretenen Maschendrahtzaun abgeschlossen, hinter dem der ehemalige, inzwischen völlig von Unkraut überwucherte Gemüsegarten des Pfarrhauses lag. Mitten auf der Piazzetta wuchsen zwei Eschen empor, die den beiden Steinbänken im Sommer Schatten spendeten. Das war alles. Es war der Ort, an dem sich die fünfundzwanzig Einwohner Monteseccos auf einen Plausch und ein Glas Wein trafen. Hier war nicht die Spanische Treppe oder die Piazza Navona, hier gab es kein Pantheon und keine Designerboutiquen wie in der Via Condotti. Es war nicht die Schuld Monteseccos, daß es als Kulisse für Filmstars so armselig wirkte. Dennoch schämte sich Ivan ein wenig für sein Dorf.

»Fotomodelle!« nuschelte der alte Marcantoni. Er schüttelte den Kopf. Filmstars traten allein auf. Oder vielleicht noch als Paar, die schöne Hauptdarstellerin mit ihrem Filmliebespartner nämlich. Aber drei schlanke, perfekt gebaute Mädchen, von denen eines noch dazu schwarz war, das konnten nur Models sein. Franco hätte jetzt gern seinen Nadelstreifenanzug getragen. Oder zumindest die guten schwarzen Schuhe statt der ausgelatschten Schlappen.

17

»So ein Quatsch«, sagte Marta Garzone.

»Das sieht doch ein Blinder, was das für welche sind«, sagte Milena Angiolini.

»Fotomodelle aus Rom«, sagte Franco Marcantoni.

»Filmstars aus Cinecittà«, sagte Ivan Garzone.

»Halt dich zurück, Ivan! Und du geh rein, Gigino! Los, geh schon!« Marta Garzone gab ihrem Sohn einen Klaps. Gigino verzog sich murrend in die Bar.

»Das sind eindeutig Nutten«, sagte Milena Angiolini.

Franco Marcantoni fragte sie, ob sie nicht leiser reden könne, er sei zwar alt, aber noch lange nicht schwerhörig. Im übrigen verstehe er überhaupt nicht, wie sie auf so einen Quatsch komme, er habe im Gegensatz zu ihr nämlich schon Nutten gesehen, Ende der fünfziger Jahre im Hafenviertel von Neapel und dann später noch mal in Bari, und er könne den Anwesenden versichern, daß die ganz anders ausgesehen hätten, grell geschminkt und aufgeschwemmt und irgendwie, na ja, vulgär, während diese jungen Damen hier elegant und geschmackvoll und wie das blühende Leben selbst …

»Edelnutten sind auch Nutten«, sagte Marta Garzone.

»Die verlangen bloß mehr«, sagte Milena Angiolini.

Lidia Marcantoni bekreuzigte sich und lief zum Kirchentor. Sie schloß auf, so schnell es ihre zitternden Hände zuließen. Vor dem Marienbild kniete sie ächzend auf das ungepolsterte Holz der Kirchenbank nieder. Sie faltete die Hände und flehte die Muttergottes an, vor Gott zu bezeugen, daß sie nur das Beste gewollt habe.

Draußen auf der Piazzetta stakste die Rothaarige auf die Gruppe an der Steinbrüstung zu. Sie hatte einen ganz leichten Silberblick und lächelte Franco Marcantoni an, als habe er zu entscheiden, wer auf der Oktobertitelseite von Playboy Italia abgebildet würde. »Wissen Sie vielleicht, wo wir Signor Sgreccia finden können? Benito Sgreccia?«

Franco Marcantoni lächelte. Er brachte kein einziges Wort heraus, doch gelang es ihm irgendwie, den Arm zu heben. Stumm wies er auf die Tür des Pfarrhauses. Die Rothaarige dankte und wandte sich um. Franco sah ihr nach, wie sie über die Piazzetta stöckelte. Er lächelte noch immer.

»Warum hast du nichts gesagt?« tuschelte Ivan Garzone.

Franco Marcantoni lächelte selig.

»He, Franco!« Ivan stieß ihn in die Seite.

»Hm?«

»Du hättest sie in ein Gespräch verwickeln sollen.«

»Was hätte ich denn sagen sollen?« fragte Franco.

»Was weiß ich? Ob sie zum erstenmal in Montesecco ist?«

»Genial!« höhnte Franco. »Hast du sie vielleicht schon mal hier gesehen?«

»Dann halt etwas anderes. Wie es ihr hier gefällt?«

»Du hast keine Ahnung von Psychologie«, sagte Franco. »Eine so attraktive Frau wird andauernd dumm angesprochen. Da schätzt man es, wenn sich ein Mann mal etwas zurückhält. Das wirkt viel interessanter. Als ich Mitte der sechziger Jahre mal einen Sommer lang Tretboote am Strand von Marotta vermietet habe, habe ich mit dieser Taktik nur die allerbesten ...«

»Du alter Spinner«, sagte Milena Angiolini. »So eine wie die interessiert sich nur fürs Geld.«

»Für viel Geld«, sagte Marta Garzone.

»Und ich frage mich, woher der alte Sgreccia das hat«, sagte Milena Angiolini. Aber wahrscheinlich war sie nur neidisch, weil sie nicht mehr die Schönste in Montesecco war.

Drei Tage lang war an den alten Sgreccia nicht heranzukommen. Er ließ die anderen nicht etwa an der Pfarrhaustür abweisen, sondern wechselte durchaus ein paar Worte mit jedem, der ihn aufsuchte. Seinen Sohn Angelo und dessen Frau Elena lud er zu einem fünfgängigen Abendessen ein, den Kindern des Dorfes ließ er vom Pianisten ein Konzert geben, Franco Marcantoni und Gianmaria Curzio stellte er die drei Damen aus Rom, die auf die Namen Wilma, Laura und Piroschka hörten, vor. Allerdings schaltete Sgreccia auf stur, sobald ihm jemand ins Gewissen reden oder auch nur begreifen wollte, was in dem Alten vor sich ging.

»Heute ist der erste Tag vom Rest deines Lebens.« Das war das einer Erklärung am nächsten Kommende, wozu sich Sgreccia herabließ. Daß er hinzufügte, den Spruch in seinem Abreißkalender gelesen zu haben, trug wenig zum tieferen Verständnis bei.

»Immerhin ist der Satz zweifelsohne richtig«, sagte Marisa Curzio, die erst vor kurzem zum zweitenmal geheiratet hatte und nach langen Jahren illusionsloser Weltbetrachtung wieder zu wissen glaubte, was Glück war. Allerdings war der Satz gestern und vorgestern und vor zwanzig Jahren genauso richtig gewesen. Er erklärte nicht, wieso einer im Alter von zweiundachtzig Jahren plötzlich beschloß, sein Leben zu ändern.

Doch man wußte nicht einmal sicher, ob der alte Sgreccia das wirklich beschlossen hatte. Tatsache war, daß er feierte. Er feierte Tag und Nacht, mit einer Energie, die dem klapprigen Greis mit der kaputten Lunge keiner zugetraut hätte. Er suhlte sich in einem Luxus, der Montesecco nur aus dem Fernsehen bekannt war, er gab sich einer unbeschwerten und gerade deshalb besonders befremdlichen Vergnügungssucht hin, er scherte sich nicht im geringsten um das, was der Rest des Dorfs von ihm dachte. Kurz, es war unheimlich, was im Pfarrhaus geschah.

Und doch zog es alle fast unwiderstehlich auf die Piazzetta, wo sie die tiefblauen Fahnen über dem Pfarrhaus flattern und durch die offenen Fenster das Dienstpersonal geschäftig hin und her laufen sahen, wo sie das Klappern des Geschirrs und das Klicken der Billardkugeln vernahmen, das überraschend tiefe Kichern einer der Edelnutten

– Wilma, vermutete Franco Marcantoni –, wenn Sgreccia nach mehr Champagner für seine Täubchen rief.

Da standen die Dorfbewohner, wenn sie vom Feld kamen oder von der Achtstundenschicht unten im Tal, und schüttelten die Köpfe und fragten sich, aus welchem fernen Universum dieses fremde Raumschiff herangeflogen war. Und wieso es gerade in Montesecco gelandet war. Irgendwann gingen sie nach Hause, setzten sich um den Tisch, aßen einen Teller Pasta, schenkten sich aus der Damigiana ein Glas schlechten Weißweins ein, planten den nächsten Tag, drehten den Fernseher an und später wieder aus. Mehr aus Gewohnheit als wegen der wenigen zu dieser Jahreszeit noch aktiven Stechmücken löschten sie das Licht, bevor sie die Schlafzimmerfenster öffneten, und gingen zu Bett.

Die gewohnte Nachtbrise flüsterte durch die Gassen, doch dahinter, dazwischen, darüber hörten sie ein fernes Auflachen und Gläserklirren vom Pfarrhaus her, als hätte sich das Leben selbst dorthin geflüchtet. Wie zur Bekräftigung setzte Klaviermusik ein. Rhythmus und Melodie wurden durch den Wind verzerrt, ein wenig nur, nicht so, daß man den Walzer nicht mehr erkannt hätte. Seltsamerweise störten die verwehten Töne nicht, ganz im Gegenteil, sie verliehen der Musik etwas unwirklich Leichtes, als würde sie nicht von einem traurigen Männchen im Frack gespielt werden, sondern entspränge ganz aus sich selbst.

So muß der Wind in einer Welt der Träume klingen, dachte Antonietta Lucarelli. Sie drehte den Kopf ein wenig nach rechts und fragte leise: »Schläfst du schon?«

»Nein«, flüsterte Matteo Vannoni zurück.

»Es ist ein Walzer«, sagte Antonietta.

»Ja«, sagte Vannoni.

»Machst du dir Sorgen wegen Sabrina und Sonia?«

»Nein.«

»Sie mögen dich. Es ist nur alles ungewohnt für sie. Laß ihnen ein wenig Zeit!«

»Ja.«

Antonietta hörte dem Walzer zu. Der Pianist spielte gut. Beschwingt. Eine Frau lachte fern. Es war dunkel.

»Weißt du, daß wir noch nie zusammen Walzer getanzt haben?« fragte Antonietta.

»Ich kann gar nicht tanzen.«

»Das sagen alle Männer.«

»Ehrlich!«

»Du könntest es lernen.«

Vannoni schwieg. Antoniettas Blick suchte das Fenster. Der Mond war nicht zu sehen, doch ein silberner Schein lag auf dem Dach gegenüber. Darüber blinkten fern ein paar Sterne.

»Überlegst du noch?« fragte Antonietta zur Seite hin.

»Was?«

»Ob du tanzen lernen willst.«

»Antonietta, es ist Mitternacht vorbei«, sagte Vannoni.

»Ich weiß«, sagte Antonietta. Die Klaviermusik verklang, man hörte von fern dünnen Applaus, und dann wehte eine Polka durch die Gassen Monteseccos. Und wieder ein Walzer.

Antonietta hörte, wie Vannoni neben ihr seinen Oberkörper aufrichtete. Sie konnte nichts erkennen, doch sie wußte, daß er sich auf dem Arm abstützte und auf sie heruntersah.

»Was ist?« fragte sie.

»Also gut«, sagte Vannoni.

»Was?«

Vannoni stieg auf seiner Seite aus dem Bett. »Na, komm schon!«

»So kommandiert man eine Frau nicht herum«, sagte Antonietta.

»Darf ich bitten, Teuerste?«

»Gern.« Auch Antonietta stand auf. Im Schlafzimmer war beim besten Willen nicht genug Platz. So gingen sie in den Salotto hinab, zündeten eine Kerze an und öffneten die Haustür. Die Nachtbrise wehte im Dreivierteltakt herein, umspülte sie wie ein fremder blauer Fluß. Der Steinboden unter ihren nackten Füßen fühlte sich kühl an. Vannoni legte den rechten Arm um Antonietta. Sie ergriff seine linke Hand, und sie begannen zu tanzen. Einen Walzer.

»Du hast das Gesicht des schwarzen Manns also nie gesehen«, sagte ich, »aber seine Stimme würdest du wiedererkennen?«

»Nein«, sagte der Junge.

»Er hat doch mit dir gesprochen?«

Der Junge schüttelte den Kopf.

Aus der Fachliteratur wußte ich, daß Entführer sowenig wie möglich mit ihren Opfern sprachen. Außer bei politisch motivierten Taten. Bekannt ist ja das Stockholm-Syndrom. Davon spricht man, wenn sich die Entführungsopfer mit den Tätern identifizieren, die Tat rechtfertigen und ihre Motive gutheißen. Natürlich war es höchst unwahrscheinlich, daß der Junge einem politischen Extremisten in die Hände gefallen war. Dennoch konnte der schwarze Mann nicht durchgehend geschwiegen haben.

»Er hat dir doch sicher gesagt, daß du brav sein mußt«, sagte ich. »Daß du dich ruhig hinsetzen und basteln sollst. Wenn du schreist, müßte er dich leider umbringen. Hat er das nicht gesagt?«

»Doch«, sagte der Junge leise.

»Dann müßtest du aber seine Stimme kennen.«

»Ich will heim«, sagte der Junge.

»Bald! Du mußt verstehen, daß wir das zuerst klären müssen.«

Der Junge zog die Beine an und legte die Arme um die Knie.

»Konzentriere dich noch ein wenig!« sagte ich. »Würdest du die Stimme des schwarzen Manns wiedererkennen?«

»Ich weiß nicht«, sagte der Junge.

»Beschreibe die Stimme! War sie hoch oder tief, voll oder dünn?«

Der Junge sah mich an, als wolle er die Antwort von meinem Gesicht ablesen, doch ich konnte ihm nicht helfen. Schließlich hatte der schwarze Mann ihn bedroht, nicht mich.

»Also?« fragte ich.

»Ich glaube, ich würde die Stimme nicht erkennen«, sagte der Junge.

»Wieso nicht?«

»Weil er seine Stimme verstellte. Er redete mit mir gar nicht wie ein normaler Mensch. Es war eher so ein Fauchen. Als ob er beim Reden Feuer spucken würde.«

»Wie ein Drache?« fragte ich.

»Genau.«

»Verstehe«, sagte ich. Das paßte zu den feuersprühenden Augen, die der Junge beim schwarzen Mann gesehen haben wollte.

»Kann ich jetzt nach Hause?« fragte der Junge.

Ich setzte mich neben ihn auf die Decke. Die Wand, an die ich meinen Rücken lehnte, war kalt. Das Seidenpapier hatte der Junge säuberlich aufgeschichtet. Daneben lagen Bambusholzstäbe, Schnur, Bastelschere und Klebstofftube. Ein paar der Stäbe hatte der Junge schon miteinander verbunden. Es sah aus, als versuche er, einen dreidimensionalen Rahmen herzustellen. Vielleicht einen Würfel.

»Warum bastelst du nicht noch ein wenig?« fragte ich.

Die Fahnen über dem Pfarrhaus bauschten sich in der steifen Brise. Es wäre ein wunderbarer Tag für das Windrad gewesen, das Ivan Garzones Bar vom Stromnetz der ENEL unabhängig machen sollte. Autarkie sei das Zauberwort, hatte er gesagt und daran erinnert, daß die Behörden im Vipernsommer ganz Montesecco zwei Tage lang den Strom abgestellt hatten. Zwar habe man sich damals nicht unter Druck setzen lassen, aber zumindest er habe keinen Spaß daran gefunden, in stockdunkler Nacht herumzutappen, zumal das ganze Dorf voller Giftschlangen gewesen sei. Dem hatten die anderen durchaus zugestimmt, ohne deswegen Ivans Windkraftprojekt mitzutragen. Im Gegenteil, da sein selbstgebauter Prototyp einen Heidenlärm veranstaltete, hatten die Dorfbewohner Ivan mit einem zweiwöchigen kollektiven Boykott seiner Bar dazu gezwungen, die Rotorblätter wieder abzubauen. Auf dem Flachdach der Bar stand nur noch das Stahlskelett, an dem das Windrad befestigt gewesen war. Es erinnerte ein wenig an einen fehlgeplanten Bohrturm.

Ivan war nach wie vor von seinem Projekt überzeugt und tröstete sich damit, daß für jede revolutionäre Idee die Zeit erst reifen müsse. Er hatte sich vorgenommen, kontinuierlich Überzeugungsarbeit zu leisten, doch in den letzten drei Tagen hatte Sgreccias rätselhafte Luxusorgie auch seine Phantasie mehr als alles andere beschäftigt. Ivan stand in der Tür der Bar und sah zum Pfarrhaus hinüber. Irgendwo spülte ein Dienstmädchen Töpfe ab und trällerte dabei vor sich hin, doch sonst war nichts zu hören.

»Es ist halb sechs. Die können doch nicht noch immer ihren Mittagsschlaf halten«, sagte Ivan. Er kratzte sich am Ellenbogen.

»Ein Mittagsschlaf mit drei schönen Fräuleins kann sich hinziehen«, sagte der alte Marcantoni. Er hatte sich einen Beobachtungsposten an der Außenwand der Bar gesichert und saß nun auf einem Stuhl zwischen der Tür und der Gasse, die zum Tor hinabführte. Versonnen rührte er in seinem Espresso.

»Das glaube ich nicht«, sagte Ivan. »Sgreccia ist ein Tattergreis. Nach drei Tagen Rumstata bettet der darum, daß sie ihn mal in Ruhe lassen.«

»Das Alter spielt überhaupt keine Rolle. Es kommt darauf an, wie man sich gehalten hat«, nuschelte Franco Marcantoni und ärgerte sich sofort über sich selbst, weil er ganz überflüssigerweise das Alter verteidigt hatte. Schließlich war er fast sieben Jahre jünger als Benito Sgreccia, gehörte

25

also einer ganz anderen, vergleichsweise jugendlichen Generation an, auch wenn ihm der Arzt wegen seines Blutdrucks und der leidigen Leberwerte vorschreiben wollte, was er zu tun oder zu lassen hatte. Franco Marcantoni starrte auf seinen Espresso, dessen Schaum durch die Löffelbewegungen langsam untergepflügt wurde.

»Das Schwarze in deiner Tasse, das ist Kaffee«, sagte Ivan von oben herab.

»Ja und?«

»Das wird keine Schlagsahne, da kannst du noch soviel rühren.«

Franco legte den Löffel auf die Untertasse und nippte einmal kurz. Er hatte anderes im Kopf, als sich mit Ivan zu zanken. Wer hätte das dem alten Sgreccia zugetraut? Fast war Franco ein wenig neidisch.

Ivan wies mit dem Kopf zum Pfarrhaus hinüber. »Mal im Ernst, du meinst doch nicht, daß das normal ist?«

»Na ja, ungewöhnlich schon«, gab Franco zu. »Andererseits ist es durchaus verständlich, daß einer nach Jahrzehnten harter und entbehrungsreicher Arbeit den Rest seiner Tage genießen will.«

»Mit drei Nutten aus Rom!« sagte Ivan. Er grüßte zu Matteo Vannoni hin, der mit seinem Enkel gerade um die Ecke der Kapelle bog.

»Na und?« sagte Franco. »Was ist schon dabei?«

»Das würde deine Schwester nicht gern hören.«

»Lidia? Aus lauter Angst vor dem Fegefeuer hat die doch noch keinen einzigen Tag in ihrem Leben wirklich gelebt. Und glaub mir, die wird sich sogar weigern zu sterben. Hundertfünfzig Jahre wird die alt werden, lebt nicht, stirbt nicht, und alles bloß aus Angst vor einem nicht existierenden Fegefeuer.« Franco Marcantoni stellte die leere Espressotasse ab. Er wandte sich Matteo Vannonis Enkel zu und zeigte auf den Papierdrachen, den der Junge mit beiden Händen vor sich trug. »Na, Kleiner, was hast du denn da?«

»Das ist ein Rokkaku.«

»Was?«

»Ein japanischer Kampfdrachen.«

»Zeig uns doch mal, ob er auch fliegt, Kleiner!« sagte Franco.

Ivan verschwand in der Bar, um seinen Sohn zu holen, damit die beiden Jungen zusammen spielen konnten, kam aber allein wieder zurück. Gigino hatte keine Lust. Vannoni nickte seinem Enkel zu. Eigentlich sollte er ihn nach Hause bringen, doch auf eine halbe Stunde mehr oder weniger kam es nun auch nicht an. Mit seinem Drachen lief der Junge die Gasse zum Tor hinunter, hinter dem links der Weg zur Bocciabahn abzweigte. Matteo Vannoni blieb auf der Piazzetta. Über die Steinbrüstung hinweg hatte er seinen Enkel gut im Blick. Er wandte sich an Franco Marcantoni: »Wie oft soll ich dir noch sagen, daß du ihn nicht ›Kleiner‹ nennen sollst. Er heißt Minh Son.«

Franco Marcantoni brummte, ob man den Kleinen nicht Franco oder Marco oder Gabriele hätte taufen können, von ihm aus auch Eros, wenn es etwas Modernes sein sollte, aber Minh Son? Was sei denn das für ein Name?

»Das ist ein vietnamesischer Name, das weißt du ganz genau«, sagte Vannoni.

»Ich bin immer Internationalist gewesen«, sagte Franco. »Ich fand es damals völlig richtig, daß die Vietcong die Amis hinausgeworfen haben, aber wenn die Mutter des Kleinen Italienerin ist und sie hier in Italien leben, da könnte man ihm doch …«

»Catia hat ihn nun mal so genannt«, sagte Vannoni. »Jetzt heißt er so, und ich will, daß er auch so angesprochen wird.«

Bevor Franco antworten konnte, kam Ivan wieder auf Benito Sgreccias späten Frühling zu sprechen. Vannoni hielt sich zurück. Er wußte nicht, was er dazu sagen sollte. Sich wie alle anderen das Maul darüber zu zerreißen, lehnte er schon deshalb ab, weil er selbst in längst vergangenen

Zeiten einmal Gegenstand des Dorfklatsches gewesen war. Damals, als die Geschichte mit Maria und Giorgio Lucarelli passiert war. Als er in seiner Verzweiflung das Gewehr aus dem Schrank geholt und abgedrückt hatte. Wieder und wieder. Manche hatten seine Tat verstanden, andere nicht. Beides hatte nichts geändert. Wenn Vannoni irgend etwas daraus gelernt hatte, dann, daß man selbst mit seinem Leben klarkommen mußte. Von ihm aus sollte der alte Sgreccia tun, was er wollte.

Und doch merkte Vannoni, daß wie bei allen anderen Dorfbewohnern auch in ihm Fragen aufstiegen, Fragen, die bei jedem etwas anders lauten mochten, sich aber sogleich als die eigentlich entscheidenden gebärdeten: Was man denn selbst anfangen würde, wenn man unbegrenzt Geld zur Verfügung hätte? Was einem denn eigentlich wichtig war im Leben? Ob man dafür nicht schon längst etwas hätte tun sollen? Und warum, zum Teufel, man sich all diese Fragen erst jetzt zu stellen begann? Nur weil der alte Sgreccia beschlossen hatte, verrückt zu spielen?

Minh war nun auf der Freifläche vor dem Bocciodrom angelangt. Er stellte sich mit dem Rücken zum Wind, spulte ein wenig Schnur ab, stülpte das ringförmige Handstück, an dem sie befestigt war, über den linken Unterarm und richtete den Drachen vorsichtig und konzentriert, ja fast andächtig über seinem Kopf aus.

Der Maestrale blies aus Nordwesten, von der Dorfmauer weg, und er war stark genug. Um den Drachen in die Luft zu bringen, war es nicht nötig, gegen ihn anzulaufen. Der Wind schlüpfte unter das rote Seidenpapier, erweckte es zum Leben, und Minh ließ den Rahmen los. Es sah aus, als blähe der Drachen die Backen auf und überlege einen Moment, ob er wirklich fliegen oder am Boden zerschellen wollte, doch er schüttelte nur einmal unwillig den Kopf und stieg dann so schnell nach oben, wie Minh Leine nachgeben konnte. Vannoni vermochte sein Gesicht nicht zu sehen, aber er wußte, daß es nun fast erwachsen wirkte, obwohl Minh erst acht Jahre alt war. Nichts nahm ihn so gefangen wie ein Drachen im Wind. Stundenlang konnte er dastehen und nach oben schauen, auf ein Stück buntes Seidenpapier an einem Rahmen, das seinen Handbewegungen gehorchte, stieg und fiel, Kreise und Achten beschrieb, im Sturzflug …

Da ertönte der Schrei. Ein gellender Schrei, der Vannoni durch Mark und Bein fuhr und den wahnwitzigen Gedanken auslöste, daß so nur ein japanischer Kampfdrachen aufheulen könne, wenn er im Sturzflug über seine Opfer kommt, doch der Drachen Minhs stieg schon wieder, es war auch die völlig falsche Richtung, und Vannoni wirbelte um seine Achse. Auf der Dachterrasse des Pfarrhauses stand das rothaarige römische Mädchen. Sie hatte die eine Hand vor den Mund geschlagen, als sei sie selbst über ihren Schrei zu Tode erschrocken, und mit der anderen Hand tastete sie nach dem Geländer.

»Wilma, um Gottes willen!« Der alte Marcantoni war aufgesprungen. Auch Ivan Garzone rief irgend etwas. Die Rothaarige schwankte und setzte sich mit dem Rücken zu ihnen aufs Geländer. Marcantoni lief auf die Pfarrhaustür zu. Die anderen beiden folgten. So fanden sie Benito Sgreccia, der zweiundachtzig Jahre hinter sich gebracht, dann drei Tage gelebt hatte und seit ein paar Stunden tot war. Friedlich lag er in einem weiß bespannten Liegestuhl, die Arme vor der Brust verschränkt, der Kopf nach vorne gesunken, so daß der Wind in seinem schütteren weißen Haar spielte, als wolle er sich nicht damit abfinden, daß Benito sich nie mehr rühren würde. Die Lippen waren blaß, die Falten in seinem Gesicht schienen noch tiefer geworden zu sein, und die Augen blickten leer auf das Geländer des Pfarrhausdachs. Vannoni sah zu den weißen Wolken auf, die hoch über ihm dahinzogen. Dann schloß er dem Toten die Lider.

Irgendwer rief den Arzt an, irgendwer holte Sgreccias Sohn. Die Nachricht verbreitete sich in Windeseile, Nachbarn kamen vorbei, um zu fragen, ob sie irgendwie von Nutzen sein konnten, das Pfarrhaus füllte sich. Als der Arzt erschien, stellte er offiziell fest, was offensichtlich war, den Tod Benito Sgreccias nämlich. Auf den Totenschein schrieb er Altersschwäche und Herzversagen, wie immer, wenn keine andere Ursache zu erkennen war.

»Ein schöner Tod!« murmelte man, wie immer, wenn ein Alter ohne lange Qualen aus dem Leben schied. Dann trugen die Männer den toten Körper nach drinnen und betteten ihn auf das rote Ledersofa, weil das Wasserbett dafür dann doch nicht geeignet schien. Damit die nächsten Angehörigen Totenwache halten konnten, wurden davor ein paar Stühle aufgereiht. Es waren Jugendstilstühle mit grüner Polsterung und fein geschnitztem Rückenteil, an das sich niemand zu lehnen wagte. Wie immer wurden Kerzen angezündet. Franco Marcantoni holte dafür die beiden fünfarmigen Leuchter vom Eßtisch. Er stellte einen auf dem riesigen Fernsehapparat, den anderen auf dem schwarzen Klavier ab. Der von Benito engagierte Pianist bot flüsternd an, ein paar melancholische Improvisationen zum besten zu geben, wurde aber von Marisa Curzio des Raumes verwiesen. Angelo Sgreccia bekam davon nichts mit. Er saß mit versteinertem Gesicht da, Elena stand hinter der Stuhllehne und hatte beide Hände auf die Schultern ihres Mannes gelegt. Lidia Marcantoni murmelte ein Gebet vor sich hin, dessen Worte nicht zu verstehen waren.

Was zu tun war, wurde getan. Wie immer. Man versuchte, der Unfaßbarkeit des Todes mit dem Ritual, das sich dafür herausgebildet hatte, zu begegnen, und doch war alles ein wenig anders als sonst. Man spürte durchaus den Schmerz und den Ernst, der einem solchen Schicksalsschlag gegenüber angebracht war, aber wie hinter einem Schatten, der von etwas Fremdem geworfen wurde. Vielleicht lag es an der unangemessenen Einrichtung und dem von Sgreccia angeheuerten Personal, das sich zwar in abgelegene Zimmer zurückzog oder verlegen an die Wand drückte, wenn es einem der Dorfbewohner auf der Treppe begegnete, das aber doch da war und keine Anstalten machte, das Pfarrhaus zu verlassen. Vielleicht hatte sich über das Haus auch der Schatten der vergangenen drei Tage gelegt, in denen der alte Sgreccia durch seine unbegreifliche Maßlosigkeit einen Wall zwischen sich und den anderen aufgeschüttet hatte. Hatte er dabei zu viele neue Fragen losgetreten, die jetzt durch die Zimmer und die Gedanken schwirrten und es der Trauer unmöglich machten, sich ungestört einzurichten?

Man merkte das nicht nur bei Franco Marcantoni, der es sich zur Aufgabe gemacht hatte, den drei Römerinnen und speziell Wilma zur Seite zu stehen. Jemand müsse das ja übernehmen, denn allein komme so ein junges Ding nicht klar, wenn es völlig unvermutet mit dem Tod konfrontiert werde. Er sei sich sicher, sagte Franco später, das sei ganz im Sinne des alten Sgreccia gewesen, denn schließlich habe dieser ja die drei für seine letzten Lebenstage engagiert, was ja wohl bedeute, daß sie ihm am Herzen gelegen hätten.

Normalerweise hätte es sich keiner der anderen nehmen lassen, Franco unter die Nase zu reiben, daß Wilma augenscheinlich vor allem ihm selbst ans Herz gewachsen war, doch sie alle spürten, daß es ihnen im Grunde nicht anders ging. Drei Tage hatten nicht ausgereicht, um den alten Sgreccia als Fremden zu sehen, aber doch, um so viel Distanz zu schaffen, daß darin neben dem Schmerz um den Toten noch genug Platz für die eigenen Probleme und Sehnsüchte, Ängste und Wünsche blieb. Denn der alte Sgreccia würde in ein paar Tagen begraben sein, doch man selbst lebte weiter und mußte schauen, wo man blieb und wie man ein wenig mehr aus diesem Leben machen konnte.

Nur Angelo Sgreccia wollte davon nichts merken. Er hatte seinen Vater verloren. Auch wenn sie früher öfter aneinandergeraten waren und jeder sein eigenes Leben gelebt hatte, so war Benito doch immer sein Vater geblieben. Angelo versuchte, sich an Szenen aus seiner Kindheit zu erinnern, sich Episoden zu vergegenwärtigen, in denen sie miteinander gesprochen und zusammen gelacht hatten, doch sie blieben seltsam schemenhaft und verschwanden hinter dem dumpfen Gefühl der Leere, das sich in ihm festgebissen hatte und mit dem Pulsschlag schwer durch seinen Körper pochte. Angelo ging in die Küche. Er drehte den Wasserhahn auf. Die Garzones, die am Tisch saßen, nahm er nicht wahr, bis Ivan fragte, ob er bei einem Beerdigungsinstitut anrufen solle. Angelo nickte abwesend und wusch sich das Gesicht mit kaltem Wasser ab. Als er sich wieder zur Tür wandte, kamen zwei der Nutten herein und sprachen ihn an.

»Unser tief empfundenes Beileid!« sagte die blonde Piroschka.

»Er war ein guter Mensch«, sagte die schwarzhäutige Laura.

»Es ist jetzt sicher ein unpassender Moment ...« Piroschka stockte.

»... aber wir möchten Sie in Ihrer Trauer nicht länger stören«, fiel Laura ein. »Wir würden gern abreisen. Der Chauffeur ist schon verständigt. Es ist nur ...«

»Unser Honorar.«

»Wir hatten mit Ihrem Vater eine Vereinbarung getroffen.«

»Dreitausend Euro«, sagte Piroschka und fügte schnell hinzu: »Für alle drei.«

»Pro Tag«, ergänzte Laura.

»Ihr Vater hat es uns bar auf die Hand versprochen.«

Marta Garzone zischte die beiden an, daß das wohl das letzte sei, was sie je in ihrem Leben gehört habe, doch Angelo winkte ab. Er wollte keine Auseinandersetzung. Nicht jetzt.

»Es tut uns schrecklich leid ...«, sagte Laura.

»... aber Vereinbarung ist Vereinbarung«, sagte Piroschka.

»Genug!« Angelo wollte nichts mehr hören. Die drei sollten ihr Geld bekommen und dann verschwinden.

Ivan Garzone sagte: »Das sind neuntausend Euro! Woher willst du denn so eine Summe …?«

»Zwölftausend!« sagte Laura.

»Den heutigen Tag eingerechnet«, sagte Piroschka.

»Im Billardraum steht ein kleiner Tresor«, sagte Laura.

»Den Schlüssel hat er um den Hals hängen«, sagte Piroschka.

Angelo schüttelte den Kopf. Dann wandte er sich an die Garzones und bat sie, das für ihn zu erledigen. Er könne das jetzt nicht. Er schaffe es einfach nicht.

»Wir …«, sagte Marta.

»Bitte!«

Marta und Ivan verließen die Küche. Angelo wartete, bis sie den Schlüssel geholt hatten und die Treppe nach oben stiegen. Dann ging er zurück zum Körper seines toten Vaters, zu seinem dumpfen, begriffslosen, ihm selbst ungenügend erscheinenden Schmerz und zu seiner Unfähigkeit, auch nur eine einzige schöne Erinnerung wieder lebendig werden zu lassen.

Der Tresor war ein topaktuelles Modell, das selbst einem professionellen Einbrecher große Probleme bereitet hätte. Doch professionelle Einbrecher gab es in Montesecco nicht, und sie hätten auch nicht den geringsten Grund gehabt hierherzukommen. Bisher wenigstens. Für Ivan Garzone jedenfalls war ein Tresor die überflüssigste Anschaffung, die man sich denken konnte. Da mochte Marta noch so sehr einwenden, daß man mit allem rechnen müsse, wenn man sich geldgierige Nutten ins Haus hole. Trotzdem war Ivan gespannt, als er den Schlüssel drehte. Immerhin hatte der alte Sgreccia in den letzten Tagen für einige Überraschungen gesorgt.

Ivan zog die schwere Stahltür des Tresors auf. Im oberen Fach befanden sich Papiere, im unteren stand eine

Schuhschachtel, deren Pappdeckel sorgfältig geschlossen war. Ivan zog sie heraus und öffnete sie. Darin lagen, sauber aufeinandergeschichtet, vier Stapel von druckfrischen Zehn-, Fünfzig-, Einhundert- und Fünfhundert-Euro-Scheinen.

»Porca madonna!« entfuhr es Ivan. Er nahm den Fünf-hunderterstapel heraus. »Schau dir das an, Marta, das sind garantiert hundert Scheine! Das macht, äh, fünzigtausend Euro allein in Fünfhundertern, das sind hundert Millionen Lire, kannst du dir das vorstellen? Hundert Millionen Lire! Und dazu kommt das Kleingeld, sicher noch mal … Hörst du mir überhaupt zu, Marta?«

Marta blätterte den Stapel Papiere aus dem oberen Fach durch.

»Doch, klar, fünfzigtausend Euro plus das ganze Kleingeld«, sagte sie.

»Ja und? Ist das nichts?«

»Doch, für uns schon«, sagte Marta. Sie schob Ivan zwei Sparbücher und ein paar Kontoauszüge hinüber. »Schau dir mal das an!«

Ivan wog den Stapel Geldscheine in der Hand. Er legte ihn in die Schachtel zurück und richtete die Kanten sorgfältig übereinander aus. Dann blickte er in das erste Sparbuch. Er sah zu Marta auf. Er schaute ins zweite Sparbuch. Er glotzte ins Leere. Er schüttelte den Kopf und begann zu lachen, wie man lacht, wenn man einen Witz nicht verstanden hat, dies jedoch niemanden merken lassen will. Er sagte: »Das ist …«

Ivan setzte sich auf den Boden und lehnte sich mit dem Rücken an die Wand. Der alte Sgreccia hatte sich in den letzten Tagen wahrlich ungewöhnlich aufgeführt, aber nun verstand ihn Ivan überhaupt nicht mehr. Warum hatte er nicht ganz Montesecco und die umliegenden Gehöfte aufgekauft, alles niederreißen, die Hügel einebnen und einen Flughafen anlegen lassen, von dem er mit seinem Privatjet zu den Malediven hätte aufbrechen können? Vielleicht

34

mit einem Zwischenstopp in Fiumicino, um die römischen Nutten zuzuladen. Ivan fuhr sich mit der Hand über die Stirn. Er hatte das Gefühl, sich jetzt konzentrieren zu müssen. Ihm fiel ein, daß er einen Satz begonnen und nicht zu Ende geführt hatte. Er sagte: »... unglaublich!«

Ivan stand auf. Das mußten sie sofort Angelo mitteilen! Marta hielt ihren Mann am Arm fest. Sie hatte ein Schulheft aufgeschlagen und zeigte auf die Eintragungen in der krakeligen Handschrift Benito Sgreccias. Der Alte hatte über die Ausgaben der letzten drei Tage Buch geführt. Die Rechnungen für die neuen Möbel, den Umzug, die gelieferten Lebensmittel hatte er sofort beglichen. Und er hatte das von ihm angeheuerte Personal jeden Morgen für den jeweiligen Tag ausbezahlt. In bar. Auch die drei Nutten, die in Sgreccias Buchführung vornehm als Hostessen firmierten. Nur daß das hier vermerkte Honorar achthundert und nicht tausend Euro pro Kopf und Tag betrug.

Wahrscheinlich lernte man diese Art von Geschäften in Rom, weil man dort die Machenschaften der Regierung direkt vor Augen hatte. Ivan fragte sich, ob er die Unverfrorenheit der Nutten verabscheuen oder bewundern sollte.

»Die können etwas erleben!« sagte Marta. Sie nahm die Papiere mit, und Ivan verschloß das Bargeld im Tresor.

Die drei Hostessen lächelten wie der Sonnenschein höchstpersönlich und versuchten sich in Augenaufschlägen, die jeden Eisberg zum Schmelzen gebracht hätten, solange er nur männlich gewesen wäre. Marta drohte mit der Polizei und wurde dabei so laut, daß alle, die im Pfarrhaus waren, zusammenliefen.

»Ein Mißverständnis«, flötete Wilma. »Meine Kolleginnen wußten nicht, daß der verstorbene Herr Sgreccia mir das Geld jeden Morgen ausgehändigt hat.«

Die beiden anderen nickten eifrig.

»Und der Aufschlag von zweihundert Euro?« fragte Ivan.

35

»… ist uns bei besonderer Zufriedenheit des Klienten in Aussicht gestellt worden«, säuselte Laura.

»Er kann das ja leider nicht mehr bestätigen, aber wir sind der festen Überzeugung, daß man glücklicher nicht sterben kann«, trällerte Piroschka.

»Raus!« befahl Marta.

Zwar war der Mercedes noch nicht da, doch ein kurzer Blick in die Runde überzeugte die drei Hostessen davon, daß es angebrachter war, dem Wagen entgegenzustöckeln. Sie lächelten noch einmal ihr Illustriertentitelbildlächeln und wiegten die Hüften in Richtung Ausgang. Nur Franco Marcantoni grüßte zum Abschied. Er wartete, bis sich die Tür hinter ihnen geschlossen hatte, und tat triumphierend kund, daß er Wilmas Telefonnummer habe. Er solle sie mal in Rom besuchen.

»Dann fang schon mal an zu sparen!« sagte Milena Angiolini.

»Wilma ist eine Seele von Mensch«, begehrte Franco Marcantoni auf.

»Sie ist eine Geldvernichtungsmaschine«, sagte Marisa Curzio.

»… mit einem Haufen sekundärer Geschlechtsmerkmale außen herum«, ergänzte Catia Vannoni.

»Pure weibliche Eifersucht«, brummte Marcantoni. Er wandte sich an die Männer: »Was meint ihr dazu? He, Ivan!«

Doch Ivan Garzone hatte Wichtigeres im Kopf. Er nötigte Elena und Angelo Sgreccia, sich hinzusetzen, da das, was er ihnen zu sagen habe, sie sonst umhauen würde. Aus rein dramaturgischen Gründen bat er um Ruhe, obwohl nach dieser Einleitung sowieso keiner mehr sprach. Dann räusperte er sich, ließ sich von Marta die Papiere geben und begann: »Es ist ein trauriger Tag für uns alle, besonders aber für dich, Angelo, der du deinen Vater, und für dich, Elena, die du deinen Schwiegervater verloren hast. Nichts kann einen solchen menschlichen Verlust aufwiegen, immer wird euch und uns Benito Sgreccias Leben und Schaffen ein Vermächtnis bleiben. Doch aus dem Schmerz und der Trauer, die wir alle empfinden, wächst ein kleines grünes Pflänzchen der Hoffnung, was sage ich, eine hundertjährige Eiche des Glücks empor, und gerade an diesem Tag und in dieser Stunde sollte es euch ein besonderer Trost sein, ein weiterer Beweis – wenn er denn nötig gewesen wäre – der Fürsorge eures entschlafenen Vaters und Schwiegervaters, daß er selbst diesen Baum mit starker Hand gepflanzt hat, auf daß euch und uns allen der Abschied von ihm nicht so schwer werde, denn in nichts beweist sich die väterliche Liebe ...«

Marta stieß ihren Mann in die Seite.

»Was?«

»Jetzt sag es endlich!«

»... beweist sich ...« Ivan starrte auf die Papiere in seiner Hand und blickte dann wütend zu seiner Frau. »Wegen dir habe ich den Faden verloren!«

»Angelo, Elena, ihr seid steinreich!« sagte Marta und erläuterte in dürren Worten, daß Benito Sgreccia auf verschiedenen Konten insgesamt fünfeinhalb Millionen Euro angesammelt hatte. Das waren elf Milliarden Lire!

»Unmöglich!« sagte Angelo Sgreccia. »Davon hätte ich doch wissen müssen!«

Marta gab ihm die Unterlagen. Dann herrschte Schweigen. Nicht nur Elena und Angelo brachten keinen Ton mehr heraus, auch den anderen schien es die Sprache verschlagen zu haben. Es war, als hätte sich der Raum mit einer unvorstellbaren Menge von Geldscheinen gefüllt, die kaum mehr Luft zum Atmen, geschweige denn zum Sprechen ließen. Nur die Gedanken setzten sich in Gang. Angestoßen vom Gewicht einer nackten Zahl, elf Milliarden, machten sie sich auf den Weg, gewannen Fahrt, schwirrten in die unterschiedlichsten Richtungen aus, um die Kanten und über die Kerben, die das Leben in das Denken eines jeden Dorfbewohners geschnitten hatte, und gelangten

37

schon nach kurzem in weit voneinander entfernten Gegenden an.

Wenn wir das Geld hätten, dachte Marta Garzone, müßte ich Ivan die Pistole auf die Brust setzen: Erst werden die Schulden abbezahlt, und der Rest wird so angelegt, daß wir von den Zinsen leben können. Sie würde ihm keine Spinnereien mehr erlauben, keinen neuen Billardtisch, keine Poolbar mit künstlichen Palmen auf dem Dach, keine nervtötenden Windräder. Entweder du läßt mich machen, würde sie sagen, oder Gigino und ich gehen. Vielleicht hätte sie das schon längst tun sollen. Vielleicht auch nicht. Gigino brauchte seinen Vater. Und wenn nicht jeder Cent, der hereinkam, schon dreimal ausgegeben wäre, würde sie vielleicht auch ganz anders darüber denken. Lockerer. So unbekümmert wie Ivan. Und wie sie selbst damals dachte, als sie ihn am Strand von Marotta kennengelernt hatte.

Windräder, dachte Ivan Garzone, einen ganzen Windenergiepark könnte man mit dem Geld auf den Feldern westlich von Montesecco hochziehen, den Ivan-Garzone-Windpark, der ihm den Innovationspreis der Region Marche genauso wie eine Urkunde des Umweltministeriums in Rom einbringen würde. Delegationen aus der ganzen Welt würden nach Montesecco kommen, um seine hypermoderne Anlage zu besichtigen, und er würde ihnen nach der Führung durch das Gelände das Stahlskelett auf dem Dach seiner Bar zeigen und sagen, daß damit alles angefangen habe. Dann müßte auch der rückständigste Bewohner Monteseccos zugeben, daß er, Ivan, damals die richtige Vision ...

... wieso in diesem heruntergekommenen Pfarrhaus? Das war das einzige, was Franco Marcantoni nicht verstand. Er an Sgreccias Stelle hätte sich eine große Yacht gekauft, die drei Mädchen und den Koch daraufgepackt und wäre von Insel zu Insel durchs Mittelmeer geschippert. Was hielt einen denn schon in Montesecco? Daß man jeden Stein kannte? Jedes Gesicht? Daß man genau wußte, wer wann aus welchem Grund eine Kerze in der Kirche entzündet hatte? Freilich, Lidias Ohnmachtsanfall hätte Franco schon gern miterlebt, wenn er mit einem Dutzend spärlich bekleideter Nutten auf der Piazza ...

... Benito war also ein Multimillionär gewesen, dachte Matteo Vannoni, wie Agnelli, wie Berlusconi, wie einer von denen, für die Geld alles war, was zählte. Gegen die Vannoni damals angekämpft hatte. Wegen denen er Jahre seines Lebens auf Demos, bei Schulungen, mit dem Verfassen von Flugblättern verbracht hatte. Lotta continua, der Kampf geht weiter. Fast wünschte er, sich noch wie früher darüber aufregen zu können, daß für einen, der Geld wie Heu scheffelte, Hunderte andere entlassen wurden. Und daß, während ein paar wenige ihren Reichtum verpraßten, die halbe Welt verhungerte. In Schwarzafrika, in Südamerika, in Vietnam. Er erinnerte sich an seine Überzeugung, daß es keine Unschuld im Reichtum gab, wohl aber das Verbrechen, nicht über die offensichtlichsten Zusammenhänge nachdenken zu wollen. Doch der Gedanke blieb blaß, das Feuer war erloschen, und er fragte sich, ob er klug oder faul oder feige geworden war ...

... Unsereins plagt sich durch die Schule, durch die Uni, dachte Sabrina Lucarelli, und kann sich danach glücklich schätzen, einen Job zu bekommen, für den du nichts davon brauchen kannst. Außer vielleicht ein wenig Mathematik, weil man so mies bezahlt wird, daß man mit jeder Lira rechnen muß. Und du, Benito? Fünfeinhalb Millionen Euro! Das hast du dir doch nicht von der Rente abgespart! Hast du im Lotto gewonnen? Die Bank von Italien überfallen? Hat dir die Mafia aus Versehen die Gewinne aus dem Drogengeschäft des letzten Jahres überwiesen, weil du zufällig genauso heißt wie der Padrone? Oder warst du am Ende seit Jahrzehnten selbst der Padrone, der im geheimen alle Fäden in der Hand hatte? Im Grunde geht es mich nichts an, Benito, aber ich würde trotzdem gern wissen, wie du es angestellt hast, wie du fünfeinhalb Millionen …

Wie der Wind draußen an den Ziegeln, so zerrten diese Gedanken an dem, was die kleine Welt von Montesecco zusammenhielt, doch nichts davon wurde ausgesprochen. Es blieb in den Köpfen derer verborgen, die sich in der Küche des alten Pfarrhauses eingefunden hatten. Nebenan, hinter der westlichen Wand, ruhte der tote Benito Sgreccia. Verlassen lag er auf einem roten Ledersofa, das Gesicht eingefallen, die Augen geschlossen, als wolle er zeigen, daß all das, was um ihn herum geschah, ihn nichts mehr anging. Es war still. Das einzige, was sich bewegte, waren die Flammen der beiden Kerzen. Sie flackerten in der Luft, die durch das halbgeöffnete Fenster hereinströmte. Draußen pfiff der Wind durch die Gassen. Langsam sank die Sonne zu den Hügeln im Westen hinab, und unaufhaltsam kletterte die Nacht aus ihren unterirdischen Verstecken.

2
Libeccio

»Also gut, noch einmal«, sagte ich, »der böse schwarze Mann, der dich entführt hat …«

»Aber ich habe es doch schon hundertmal erzählt«, sagte der Junge.

»Kein wirklicher Mensch sprüht Feuer aus den Augen!«

»Der schwarze Mann schon.«

»Vielleicht gibt es ihn nur in deiner Phantasie«, sagte ich.

»Nein, er hat mich gepackt und mir mit der Hand den Mund zugehalten und mich fortgeschleppt und eingesperrt.«

»Er hat dich geschleppt? Die ganzen fünf Kilometer bis zu deinem Gefängnis?«

»Er hat mich zu seinem Auto geschleppt, in den Kofferraum gesperrt und weggefahren«, sagte der Junge.

»Was für ein Auto?«

»Ein schwarzes.«

»Marke, Nummernschild?«

»Ich weiß nicht.«

»Aber keiner hat dort in der Nähe ein schwarzes Auto gesehen. Und weder im Gras noch auf dem Feldweg waren Reifenspuren zu erkennen«, sagte ich.

»Vielleicht hat er die Spuren weggemacht. Mit einem Rechen oder so.«

»Das müßte man sehen.«

»Ich weiß nicht, wie er es gemacht hat«, sagte der Junge. »Kann ich jetzt spielen?«

»Nein«, sagte ich. »Was war im Kofferraum des Wagens?«

»Ein silberfarbener Wagenheber.«

»Wieso weißt du seine Farbe?«

»Ich habe ihn gesehen.«

»In einem stockfinsteren versperrten Kofferraum?«

41

»Etwas Schweres hat mich gedrückt, das habe ich unter mir hervorgezogen. Ich wollte es dem schwarzen Mann auf den Kopf hauen, aber er nahm es mir gleich weg, als er den Kofferraum wieder aufsperrte. Da habe ich gesehen, daß es ein silberner Wagenheber war.«

Es klang glaubhaft. Der Junge verstrickte sich nicht in unauflösbare Widersprüche. Manches wußte er eben nicht, und daß sich nicht alles bis ins letzte Detail klären ließ, war völlig normal. Das war bei dieser Geschichte nicht anders als sonst im Leben auch. Und dennoch, die Zweifel blieben. Ich konnte einfach nicht sicher sein. Was auch immer ich anstellte, ich würde nie völlig sicher sein können.

»Nochmal von vorn«, sagte ich. »Welche Augenfarbe hat der böse schwarze Mann?«

Die Beerdigung Benito Sgreccias fand an einem Oktobertag statt, der sich alle Mühe gab, hochsommerlich zu wirken. Die Sonne hing schwer im Himmel, das Thermometer stieg schon vormittags auf fast dreißig Grad. Hinter den Friedhofsmauern schwitzte man in den zu dicken schwarzen Anzügen und Kostümen. Nur die letzten Reihen der Trauergäste ahnten dank der sanften Brise, die durchs Gitter des Friedhofstors eindrang, kühlere Tage. Einen kaum merklichen Unterton von fallenden Blättern, Morgennebeln und grauem Nieselregen, der bald die Staubstraßen grundlos machen und die Hitze dieses Tages als Lügengespinst entlarven würde.

Jeder aus Montesecco, der sich auf zwei Beinen halten konnte, war da, und darüber hinaus eine Menge Leute von auswärts. Der Verein der Ex-Minenarbeiter von Cabernardi hatte eine Delegation mit zwei Fahnenträgern geschickt, und natürlich war Benito Sgreccia in Pergola, San Pietro, San Vito und den anderen Orten in der Nähe vielen bekannt gewesen, auch wenn er in der letzten Zeit kaum das Haus, geschweige denn das Dorf verlassen hatte. Wer jedoch wirklich dem Toten das letzte Geleit geben wollte oder nur aus Neugier gekommen war, das war schwer zu entscheiden. Wie ein Lauffeuer hatte sich herumgesprochen, daß mit dem unscheinbaren Greis der reichste Mann weit und breit gestorben war.

Durch erfolgreiche Börsengeschäfte habe sein Vater ein Vermögen gemacht, hatte Angelo durchblicken lassen. Das raunte man sich gegenseitig zu, als man hinter den Sargträgern zum Friedhof hinabging, und nicht wenige zogen dabei die Brauen hoch. Benito Sgreccia ein Börsenspekulant? Da hätte man noch eher geglaubt, daß der Alte einen Goldschatz am Ende eines Regenbogens ausgegraben hatte.

Diese Skepsis war vorauszusehen gewesen, und ebenso klar war Angelo und Elena, daß man sich nach dem Begräbnis die Mäuler zerreißen würde, wie immer sie es gestalten mochten. Betteten sie den Toten in einen Ebenholzsarg mit massiv goldenen Griffen und ließen sie ein Streichorchester antreten, hieße es sofort, daß die Erben sich schon als etwas Besseres vorkämen, noch bevor der alte Benito unter der Erde wäre. Hielten sie sich in der Ausgestaltung der Feierlichkeiten zurück, würde über die Knickrigkeit der Neureichen gelästert werden, die nicht einmal für die Beerdigung des Menschen in die Tasche griffen, der sie ihnen bis zum Rand gefüllt hatte.

Sie hatten sich für einen Mittelweg entschieden, hatten den zweitteuersten Sarg ausgewählt, das Steinway auf den Friedhof transportieren lassen und statt einer Banda den Pianisten verpflichtet, der Benito Sgreccia in seinen letzten drei Lebenstagen aufgespielt hatte. Jeder im Dorf, den sie um Rat gefragt hatten, hatte dazu beifällig genickt, doch Angelo war sich keineswegs sicher, ob das ernst gemeint war. Vielleicht interpretierte er auch nur seine eigene Unsicherheit in die Reaktionen der anderen hinein. Er war Lastwagenfahrer, hielt Elena und sich mehr schlecht als recht über Wasser, er hatte keine Ahnung, wie man sich benahm, wenn man über Nacht steinreich geworden war, und noch weniger, was Verwandte, Bekannte und Nachbarn von einem Multimillionär erwarteten.

»Eins nach dem anderen«, sagte Elena. »Wir haben ja das Geld noch nicht einmal. Erst kommt die Beerdigung, dann kommen die ganzen Erbformalitäten, und dann laß uns in Ruhe überlegen!«

Die Schonfrist, die sich Elena erhofft hatte, lief jedoch aus, kaum daß der Sarg Benitos in die Wandnische geschoben, die Marmorplatte verschraubt und der letzte Segen des Pfarrers gesprochen war. Schon auf dem Weg zurück ins Dorf wurde Elena von Lidia Marcantoni angesprochen.

Eingedenk des Beispiels, das die drei römischen Damen mit der unaussprechlichen Berufsbezeichnung gegeben hatten, hatte sich Lidia die Frage gestellt, ob man von den Machenschaften des Teufels lernen dürfe, wenn man sie für einen unzweifelhaft gottgefälligen Zweck zu nutzen gedachte. Sie würde auf keinen Fall lügen, sie würde strikt bei der Wahrheit bleiben und diese höchstens ein wenig anders arrangieren. Das konnte doch keine Sünde sein! Ein gewisser Zweifel ob der Rechtschaffenheit ihres Vorhabens blieb, aber sie war zu dem Schluß gekommen, deswegen nicht extra den Pfarrer in Pergola zu belästigen. Notfalls konnte sie im nachhinein immer noch beichten.

Und so begann Lidia Marcantoni den Charakter des Verstorbenen zu loben, der noch in seinen letzten Lebenstagen neue Kirchenbänke gestiftet habe. Das sei ihr während der gesamten Beerdigung nicht aus dem Kopf gegangen. Ein wahrhaft guter Mensch ist von uns gegangen, habe sie gedacht und die Tränen kaum zurückhalten können. Vielleicht sei sie aber auch vom Spiel des Pianisten so angerührt worden, woran man klar und deutlich sehe, daß ohne Musik selbst der Trost des Glaubens unvollkommen bliebe, so seien die Menschen nun mal beschaffen, auch ihre gefühlsmäßige Seite müsse angesprochen werden, und was könne dabei bessere Dienste leisten als die Kunst und speziell die Macht der Töne und Melodien?

Deswegen sei es ja so ein Jammer, daß die schöne alte Orgel in der Kirche schon seit Jahrzehnten nicht mehr spielbar sei, weil das Geld zu ihrer Renovierung fehle, und deswegen sei sie auch so froh, daß der Verstorbene bei all seinem irdischen Reichtum in den Schoß der Mutter Kirche zurückgefunden und an sein Seelenheil gedacht habe, denn – und jetzt gebe sie Benitos Worte wörtlich wieder – er könne sein Geld ja nicht mit ins Grab nehmen.

»Stimmt«, sagte ihr Bruder Franco, »er hat sich wirklich bemüht, es vorher auszugeben. Nach dem Motto: Lasset die hübschen Mädchen zu mir kommen, denn …«

»Schweig!« herrschte Lidia ihn an. »Die neuen Kirchenbänke hatte Benito sozusagen als Bezahlung für die Nutzung des Pfarrhauses fest zugesagt. Was die Orgel angeht, haben wir noch nichts Festes vereinbart, aber daß er mir vertraut hat und daß es ihm nicht ums Geld ging, war eindeutig. Ich schwöre bei Gott, daß er mir gesagt hat: Du wirst schon das Richtige aussuchen!«

Mit Mühe konnte Elena sie vertrösten, ohne feste Zusagen zu machen.

Tags darauf trat Donato an Angelo heran. Donato lebte erst in Montesecco, seit er vor ein paar Monaten in Marisa Curzios Haus eingeheiratet hatte. Er arbeitete in der Bauabteilung der Kommune von Pergola, wo man zwar kein Vermögen verdiente, aber ein sicheres Auskommen fand. Das wenigstens hatte Angelo immer gedacht, doch so wie Donato auf ihn einquasselte, mußte ihm das Wasser bis zum Hals stehen.

»Überlege es dir, Angelo, klar, überlege es dir nur in Ruhe!« sagte Donato. »Aber du und ich, wir wären ein unschlagbares Team. Du hast das Kapital, ich habe die Verbindungen und kenne das Geschäft. Die Toskana ist voll, die Marken liegen schwer im Trend, und da im Norden frieren Millionen und Abermillionen von Deutschen, Engländern, Holländern, Skandinaviern. Sie frieren und träumen von Sonne, Strand, Kultur und Tagliatelle al cinghiale.

Und wir werden ihre Träume wahr machen. Wir kaufen auf, was an verlassenen Bauernhöfen zu haben ist, lassen renovieren, einen Swimmingpool graben – die Genehmigungen sind überhaupt kein Problem, das garantiere ich dir –, und dann sehen wir zu, wie sich die Ausländer gegenseitig überbieten. Wir können Millionen machen, Angelo!«

Du willst Millionen machen, dachte Angelo, wir haben sie schon. Und du willst deine Millionen mit unseren machen.

Fast kamen sich Elena und Angelo schäbig vor, daß sie auf diese Vorschläge so mißtrauisch reagierten. Sie hatten ja gar nicht vor, das ganze Geld auf einen Haufen zu kehren und Tag und Nacht darauf sitzen zu bleiben, doch sie fanden es erbärmlich, wie die anderen sich an sie heranwanzten. Beziehungsweise an ihr Erbe. Und sie begannen zu ahnen, daß sie in Zukunft nicht mehr wissen würden, ob die Nachbarn zu ihnen oder zu ihrem Geld »guten Morgen« sagten. Sie würden auf die Untertöne zu hören haben, mußten herausfinden, ob jemand tatsächlich vom Wetter sprach, wenn er sagte, daß es nach Regen aussehe, oder ob er damit dezent darauf hinweisen wollte, daß ihm das Geld zur Reparatur des Hausdachs fehle.

Doch das war nicht alles. Jahre und Jahrzehnte hatten die Bewohner Monteseccos das Feld bestellt und die Hühner gefüttert, waren morgens in die Fabrik gefahren und hatten es nicht erwarten können, abends gemütlich auf der Piazzetta zu sitzen. Sie hatten ein paar Tomaten und Zucchini verkauft und auf die EU geflucht, die ihnen verbieten wollte, den Schafskäse so herzustellen, wie man ihn immer hergestellt hatte. Man hatte sich recht und schlecht durchgeschlagen und war dabei zufrieden gewesen, doch plötzlich schien das alte Leben nicht mehr zu genügen. Es war zu eng geworden, zu unbequem und unmodisch, wie ein Hochzeitsanzug, in den man sich zwanzig Jahre später zu zwängen versuchte.

Etwas Neues mußte her, etwas anderes. Frischer Wind war gefragt, und die Luft in Montesecco schwirrte nur so vor Ideen, Wünschen, Projekten, die unterschiedlicher kaum hätten sein können und nur eins gemeinsam hatten: Sie kosteten alle Geld. Mal viel, wie Ivan Garzones Windparkprojekt oder Milena Angiolinis Plan, das verlassene Pfarrhaus zu einer Wellnessoase umzubauen, mal weniger, wie Sonia Lucarellis Wunsch nach einer kleinen Motorrollerflotte, die der Jugend kostenlos zur Verfügung gestellt werden sollte, um der Abwanderung aus Montesecco entgegenzuwirken. Immer jedoch war mehr Geld nötig, als die Leute selbst besaßen. Die Sgreccias verbarrikadierten sich, so gut sie konnten, doch sobald sie ihr Haus verließen, hatten sie alle Hände voll zu tun, die an sie herangetragenen Investitionswünsche nicht allzu brüsk abzulehnen.

Einer der wenigen, die nicht in Zukunftsvisionen schwelgten, war Gianmaria Curzio, der nun der älteste Einwohner Monteseccos war. Wenn er auf sein Leben blickte, zählte die Vergangenheit deutlich mehr als das bißchen Zukunft, das ihm noch blieb und das hoffentlich ausreichte, um die eine Sache, die ihm noch wichtig war, zu Ende zu führen. Dafür mußte vielleicht auch er Montesecco von oben bis unten umkrempeln, aber Benitos Geld brauchte er nicht. Darauf pfiff er. Für ihn zählte nur, daß Benito Sgreccia sein Kumpel gewesen war.

Am Tag seines Todes hatte sich Curzio nicht in Montesecco aufgehalten. Er hatte bei einem Bekannten, der in Barbara ein Weingut besaß, den Abschluß der Lese gefeiert. Sie hatten geredet, gelacht, getrunken, während Benito sein Leben ausgehaucht und stundenlang tot in einem Liegestuhl auf dem Pfarrhausdach gelegen hatte. Curzio glaubte nicht an Übersinnliches, doch mußte man nicht spüren, wenn der beste Freund knapp fünfzehn Kilometer entfernt starb? Sollte es da nicht einen Stich im Herzen geben, sollte sich nicht ein Schatten vor die Augen legen und ein ferner, leiser Seufzer im Kopf widerhallen? Aber Curzio hatte nichts dergleichen bemerkt. Er hatte gefeiert. Es war so spät geworden, daß er in einem Gästezimmer auf dem Weingut übernachtet hatte und gegen Mittag des folgenden Tages zurückgebracht worden war. Erst dann erfuhr er die Nachricht, erst dann sah er Benitos Leiche auf dem roten Ledersofa aufgebahrt.

Curzios erster Gedanke war, daß es sich um einen Irrtum handeln mußte. Benito konnte doch nicht so mir nichts, dir nichts gestorben sein. Einfach so, von einer Sekunde auf die andere! Diese eingefallene bleiche Haut über den Gesichtsknochen mußte irgendeinem anderen alten Mann gehören, der Benito nur ein wenig ähnlich sah. Selbst jetzt, Tage nach der Beerdigung, zweifelte Curzio noch manchmal, wenn er zum Friedhof hinabspazierte. Er würde sich nicht wundern, wenn eines Tages Benito neben ihm vor der Grabnische stünde, die Schrauben der Marmorplatte löste und sagte: »Mal sehen, wen sie da unter meinem Namen ins Loch geschoben haben!«

Curzios zweiter Gedanke war, daß Benito noch leben würde, wenn er selbst in Montesecco geblieben wäre. Sicher, er war weder Notarzt, noch konnte er Wunder vollbringen, doch vielleicht hätte es schon genügt, wenn er einfach dagewesen wäre. Benitos seltsames Verhalten in seinen letzten drei Tagen, die Nutten, die Tanzmusik, die Völlerei, das hätte ihm zu denken geben müssen. Er hatte Benito gegen die anderen, die ihn für verrückt hielten, zaghaft in Schutz genommen, doch er hatte nicht begriffen, daß Benito damit vielleicht mitteilen wollte, daß es mit ihm zu Ende ging. Curzio hätte ihn aufsuchen und ihm sagen müssen, daß er sich gefälligst ein wenig zusammenreißen solle, er wolle doch ihn, Curzio, nicht allein in Montesecco zurücklassen. Mit wem könnte er denn dann noch streiten? Und Benito hätte etwas Unverständliches zwischen den Zähnen hervorgebrummt, hätte die Nutten zum Teufel gejagt, und dann hätten sie beide sich noch ein paar Jährchen an der Bank vor dem Dorf treffen und ein paar Fläschchen Grappa vernichten können. Doch Curzio war nicht zur Stelle gewesen, als es darauf ankam.

Der dritte und wichtigste Gedanke erschöpfte sich nicht im Hätte, Könnte, Würde, er versank nicht in dumpfem Grübeln und schwarzer Verzweiflung, er löste die Lähmung, die Curzio befallen hatte, weil nicht sein konnte, was nicht sein durfte. Dieser Gedanke kam ihm erst spät. Leider so spät, daß die Spuren – wenn es denn welche gegeben haben sollte – schon längst beseitigt waren. Die Reste der Austern und Muscheln, die Benito vor seinem Tod gegessen hatte, faulten auf irgendeiner Mülldeponie, das Glas, aus dem er seinen letzten Schluck Wein getrunken hatte, war mehr als einmal gespült worden, und im Pfarrhaus waren so viele Füße herumgetrampelt, hatten so viele Finger so viele Gegenstände angefaßt, daß selbst eine Einheit von Spurensicherungsspezialisten nichts mehr damit anfangen könnte.

Nichtsdestotrotz hatte Gianmaria Curzio den Tatort genau inspiziert, er hatte sich auf dem Dach in den Liegestuhl gesetzt, in dem Benito gestorben war, er hatte die Wolken über sich ziehen sehen, den Wind auf seiner Haut gespürt und vor sich hin genickt. Er wußte nicht, wie es getan worden war noch warum, noch von wem, doch er war nun sicher, daß Benito ermordet worden war. Es mußte einen Schuldigen geben, irgendeiner hatte seinen Freund auf dem Gewissen.

»Und den werden wir finden, Benito!« murmelte Curzio, als er wieder einmal vor der Marmorplatte auf dem Friedhof stand und über seine bisherigen Bemühungen Rechenschaft ablegte. Zuerst hatte er das von Benito eingestellte Dienstpersonal ausfindig gemacht und befragt. Keiner wollte etwas Verdächtiges bemerkt haben. Der Arzt, der den Totenschein ausgestellt hatte, reagierte eher ungehalten auf Curzios Frage, ob denn nicht auch Gift als Todesursache in Frage käme. Curzios Versuch, eine

Obduktion zu beantragen, scheiterte daran, daß er nicht antragsberechtigt war und die zuständigen Stellen keinen Anlaß für eine solche Maßnahme erkennen konnten. Die Polizei erklärte ihm, von tatsächlich begangenen Verbrechen so in Anspruch genommen zu werden, daß sie sich unmöglich um nicht begangene kümmern könne.

Curzio ließ sich durch diese Mißerfolge nicht entmutigen. Sie spornten ihn eher an, denn sie zeigten ihm, daß es auf ihn allein ankam. Der Mord an Benito würde nie aufgeklärt und gesühnt werden, wenn er nicht hartnäckig blieb. Irgendwann würde er ein erstes Indiz finden, das ihn dann zu weiteren führen würde, bis sich ein Verdacht ergab, über den niemand mehr hinwegsehen konnte. Ja, genau so würde es geschehen.

»Einverstanden, Benito?« fragte Curzio und klopfte an die Marmorplatte, hinter der die Leiche seines Freundes in einem Eichensarg lag. Er wartete ein wenig, hörte aber nur den Wind durch die Zypressen rascheln. Mit keinem konnte man so gut schweigen wie mit Benito. Er schwieg sogar, wenn man mit ihm reden wollte. Die längste zusammenhängende Äußerung, an die sich Curzio erinnern konnte, war: »Prost, Gianmaria, zum Wohl!«

Nein, viel hatte Benito nicht gesprochen, doch wehe, wenn er sich mal dazu entschloß. Er sah einen an, als könne er kein Wässerchen trüben, hustete, als hätte man ihm schon vor Jahrzehnten beide Lungenflügel herausoperiert und vielleicht noch ein paar tragende Knochen dazu, so schief stand er in der Gegend herum, und dann schoß er ein, zwei Worte hervor, die Curzio manchmal wünschen ließen, sein Geschwätz der letzten halben Stunde ungeschehen machen zu können. Man hatte es ihm nicht angesehen, doch Benito war ein schlaues Köpfchen gewesen. Und Humor hatte er, der war so trocken, daß man unbedingt einen Grappa nachschütten mußte. Oder zwei.

Das hatten Benito und er im Sommer ja auch oft genug getan, wenn sie am Kreuz vor dem Dorfeingang gesessen und übers Land geschaut hatten, über die Weizen- und Sonnenblumenfelder, über die Linien der Weinberge, die in sanftem Schwung die Hügel hinaufstiegen, und die überwachsenen Ruinen verlassener Bauernhöfe, in denen alle weggestorben waren, die mit ihnen aufgewachsen waren, bis hin zu den Häusern von Cabernardi, unter denen die Erde sechshundert Meter tief durchlöchert war wie Schweizer Käse, und noch weiter bis zu den Silhouetten der Berge, des Monte Acuto, des Monte Catria, deren Spitzen in den tiefblauen Himmel ragten.

Ruhig war es dort auf der Steinbank, himmlisch ruhig. Nichts hörte man von der Welt, nur das ferne Gebimmel von Luigis Herde, das Wogen des Getreides im Wind und ab und zu die eigene Stimme, wenn Curzio kontrollieren wollte, ob der neben ihm sitzende Sgreccia noch lebte, und ihn deshalb fragte: »Noch einen, Benito?«

Curzio lächelte. Sobald er seine Nachforschungen abgeschlossen hatte, würde er zum letztenmal auf den Friedhof gehen, sich vor Benitos Sargnische stellen und ihm seine ganz persönliche Abschiedsrede halten. Er würde ihm genau schildern, wie er den Fall gelöst hatte, er würde ihm auch sonst alles sagen, was zu sagen war, und Benito würde dazu schweigen, wie er meistens geschwiegen hatte, und dann würde Curzio langsam hinauf zur Steinbank am Ortseingang gehen, sich in den Herbstwind setzen und über die Äcker schauen, in die der Pflug tiefe Furchen gerissen hatte. Er würde wissen, wo sich der Monte Catria im Wolkengrau versteckte, er würde die Grappaflasche aus der Jackentasche ziehen und fragen: »Einen letzten, Benito?« Er würde einen Schluck für ihn nehmen und einen auf sich selbst, und dann würde er warten, bis er selbst an der Reihe war.

Seine Ausschweifungen mochte Benito Sgreccia auf Heller und Pfennig bezahlt haben, doch das Pfarrhaus hatte er nicht gekauft. Das gehörte Mutter Kirche, und die hatte es in die Obhut Lidia Marcantonis gegeben. Auch wenn das Pfarrhaus seit langem verlassen war und nicht direkt auf geweihtem Grund stand, hatte Lidia feste Vorstellungen, was sich für einen solchen Ort schickte. Eine Ausstattung mit wandhohen Spiegeln, roten Ledersofas und Wasserbetten gehörte keinesfalls dazu, und so hatte Lidia von den Sgreccias die umgehende Entfernung dieser Objekte und überhaupt die Wiederherstellung des alten Zustands verlangt. Weil die Sgreccias nicht wußten, wohin mit dem ganzen Zeug, hatten sie auf Zeit gespielt, doch gegen den heiligen Furor einer Lidia Marcantoni half das nicht lange. Sie wiegelte das halbe Dorf auf, bis Angelo Sgreccia eine Umzugsfirma anrücken ließ, um die Lotterhöhle, die erst vierzehn Tage zuvor eingerichtet worden war, wieder zurückzubauen und bis auf weiteres irgendwo im Tal zwischenzulagern.

Lidia ließ es sich nicht nehmen, die Arbeiten höchstpersönlich zu überwachen, und so war sie es, die den Umschlag fand. Es war ein einfacher, nicht beschrifteter weißer Briefumschlag, der in den Spalt zwischen Wasserbett und Wand gerutscht sein mußte. Lidia zögerte. Eigentlich ging sie der Inhalt nichts an. Da aber die zugegebenermaßen nicht sehr wahrscheinliche Möglichkeit bestand, daß Benito Sgreccia ihr auf diesem Weg die versprochene Spende für die Kirchenbänke hatte zukommen lassen wollen, war es ja beinahe ihre Pflicht, den Brief zu öffnen. Außerdem wäre sie vor Neugier fast geplatzt. Sie riß den Umschlag auf, entfaltete das Papier darin und las:

Testament

Im Vollbesitz meiner geistigen Kräfte vermache ich, Benito Sgreccia, mein gesamtes in bar, auf Sparkonten, in Aktien, Schatzbriefen oder sonstigen Anlageformen vorhandenes Vermögen Herrn Ivan Garzone, wohnhaft in Montesecco. Meinen Haus- und Grundbesitz soll mein Sohn Angelo Sgreccia, ebenfalls wohnhaft in Montesecco, erben.

Vor Benitos krakeliger Unterschrift stand das Datum. Lidia rechnete zurück. Benito hatte das Testament am Tag vor seinem Tod abgefaßt. In der unteren Hälfte bezeugten weitere Unterschriften die Richtigkeit des letzten Willens. Drei unbekannte Frauennamen. Lidia schwante Ungeheuerliches. Zur fraglichen Zeit hatten schließlich drei sogenannte Hostessen Benito Gesellschaft geleistet!

Lidia wurde ganz schummerig. Sie setzte sich auf das Wasserbett. Das Haus Sgreccias war vielleicht vierzigtausend Euro wert, die paar verpachteten Äcker deutlich weniger. Das hinterlassene Geldvermögen belief sich dagegen auf fünfeinhalb Millionen Euro, war also ungefähr hundertmal mehr wert. Benito hatte seinen Sohn praktisch enterbt! Seit der Papst in den siebziger Jahren durch Pergola gereist war, hatte sich nichts so Aufregendes mehr ereignet. Das mußte sofort das ganze Dorf erfahren.

Angelo Sgreccia hielt das Ganze für einen schlechten Witz, bis er das Papier in die Hand bekam. Er las es ein paarmal durch, sagte kein einziges Wort und schloß sich mit Elena ein.

»Daß Benito von seinem Sohn nichts hielt, wundert mich nicht«, sagte Marisa Curzio.

»Aber die Nutten als Zeugen zu nehmen war schon frech«, sagte Milena Angiolini.

»Wieso eigentlich alle drei?« fragte Sonia Lucarelli. »Genügen bei so etwas nicht zwei?«

»Er konnte sich halt nicht entscheiden«, sagte Franco Marcantoni, »was ich persönlich durchaus verstehe ...«

»Für Ivan Garzone hat er sich sehr wohl entschieden«, sagte Matteo Vannoni.

»Obwohl sie ja so eng nicht miteinander waren«, sagte Catia Vannoni.

»Los, hinauf zur Bar!« sagte Lidia Marcantoni und stapfte voran.

Ivan Garzone verschlug es die Sprache, als er von der Erbschaft vernahm, aber er wäre nicht Ivan gewesen, wenn er sich nicht binnen kurzem gefangen hätte. Als Franco Marcantoni eine Runde auf Kosten des Hauses forderte, nickte Ivan kurz, trug Marta auf, den besten Wein zu holen, stellte sich in Positur und begann zu sprechen:

»Wenn ich in späteren Jahren an diesen Moment zurückdenke, will ich mich an die zwei Gefühle erinnern, die mich jetzt erfüllen: Ernst und Stolz. Ernst, weil es für mich eine Verpflichtung ist, diese fünfeinhalb Millionen Euro zum Wohle ganz Monteseccos anzulegen. Stolz, weil Benito Sgreccia mich für würdig befunden hat, diese Aufgabe anzugehen. Warum gerade mich, fragt ihr euch? Nun, weil es gar nicht um mich geht, nicht meinen persönlichen Vorteil. Benito war nicht dumm, sonst hätte er kein solches Vermögen angehäuft. Und als er merkte, daß es mit ihm zu Ende ging, sah er sich um und fragte sich, wer als erster Diener Monteseccos am besten geeignet sei. Ich bin nicht unfehlbar, doch ich werde alles tun, um seinem Vermächtnis gerecht zu werden. Das wußte der alte Benito, und er wußte auch, daß dafür neben Pflichtbewußtsein und Ehrlichkeit auch Visionen, strategisches Denken und Arbeit, Arbeit, Arbeit nötig sind.«

Ivan hob das Glas, in das ihm Marta zwei Finger breit Brunello eingeschenkt hatte, prüfte die Farbe des Rotweins gegen das Licht der Neonröhren an der Decke der Bar und sagte: »Benito, ich werde dich nicht enttäuschen!«

»Vielleicht solltest du erst mal unsere Schulden zurückzahlen«, warf Marta ein.

Ivan würdigte seine Frau keiner Antwort. Er hatte nicht vor, sich die Größe des Augenblicks durch irgendwelche Alltagsprobleme madig machen zu lassen. Er hob das Weinglas ein weiteres Mal an und prostete den anderen zu. »Auf Benito Sgreccia! Auf Montesecco! Auf die Zukunft!«

»Zum Beispiel die deines eigenen Kindes«, sagte Marta. Ivan kippte den Brunello in einem Zug hinab, drehte das leere Glas zwischen den Fingern und warf es mit Schwung gegen die Nordwand der Bar. Die Scherben schlitterten bis zu den Füßen des Kickers neben der Tür.

Noch am Tag zuvor hätte man Ivans Sprüche mit einem Witz abgetan, doch bei einem Mann, der fünfeinhalb Millionen Euro in Aussicht hatte, verhielt sich das ein wenig anders. Außerdem mußte man zugeben, daß Ivan Garzone seine Mission mit Elan anpackte. Schon am übernächsten Tag lud er die Dorfgemeinschaft zu einer Informationsveranstaltung über das Projekt »Montesecco – 21. Jahrhundert« in seine Bar ein.

Hinter der Bierbank, die zum Konferenztisch umfunktioniert worden war, saß ein flott gekleideter Enddreißiger mit randloser Brille. Ivan stellte ihn als Dottor Andrea Soundso vor, der in Bologna und Harvard Marketing studiert habe und inzwischen in beratender Funktion für verschiedene internationale Großunternehmen tätig sei.

Der Dottore bestand darauf, nur mit dem Vornamen angesprochen zu werden – denn man sitze ja nun im selben Boot –, und tat kund, daß es für ihn eine sehr reizvolle Aufgabe sei, mal ein ganzes Dorf zu promoten. Nach kaum zehn Minuten Einleitung kam er zur Sache, die für ihn einen einzigen Namen trug: *corporate identity*.

»Was?« fragte Lidia Marcantoni.

»Ich denke, es geht um die Zukunft Monteseccos«, sagte Franco Marcantoni.

»Damit Montesecco eine Zukunft hat«, sagte der Dottore, »müssen die Menschen zuwandern, nicht abwandern. Es muß Geld hierherfließen, es müssen Arbeitsplätze, Freizeit- und Kulturangebote geschaffen werden, die Touristen müssen strömen, Infrastruktur muß bereitgestellt werden. Aber, frage ich euch, warum soll das gerade in Montesecco passieren? Warum nicht in …?« Er blickte hilfesuchend zu Ivan.

»In Nidastore oder San Pietro oder Castelleone di Suasa oder …«, sagte Ivan.

»… oder sonstwo«, sagte der Dottore. »Es gibt Hunderte von Dörfern in den Marken, Tausende in Italien. Was hebt gerade Montesecco unter all diesen hervor? Was macht Montesecco lebenswert und attraktiv? Was macht es unverwechselbar?«

Er blickte von einem zum anderen. Die Bewohner Monteseccos hatten sich das noch nie gefragt. Die meisten saßen auf Klappstühlen an wackligen, holzfurnierten Tischen. Ein paar der Jungen lehnten hinten an der Wand, zwischen den Fotos von irgendeinem längst vergangenen Dorffest und den beiden blinkenden Glücksspielautomaten, die Ivan mit dem letzten Kredit angeschafft hatte.

»Wir haben Geschichte«, sagte Milena Angiolini zögernd. »Wahrscheinlich ist Montesecco schon in römischer Zeit gegründet worden …«

»Ja, von Suasa aus«, sagte Sabrina Lucarelli, »und im Umkreis von ein paar Kilometern gibt es garantiert zehn ältere Orte.«

»Unsere Kirche …«, sagte Lidia Marcantoni.

»Die in Nidastore ist wenigstens nicht von Napoleon abgebrannt worden«, sagte Franco.

»Und deswegen haben die in Nidastore auch keine Christusstatue, die durch ein Wunder das Feuer überstanden hat«, trumpfte Lidia auf.

»Und wieso pilgert keiner hierher, sondern alle zur Madonna nach San Pietro?« fragte Franco hämisch.

Vom Kastell stand im Gegensatz zu den prächtigen Anlagen in San Lorenzo und Mondavio nur noch ein bescheidenes Tor, wertvolle Kunst war schon vor Jahrhunderten gestohlen worden, die Trüffeln waren in Aqualagna besser, der Wein in Jesi, die Schluchten in Furlo imposanter, die Höhlen in Frasassi, und das Meer war fünfunddreißig Kilometer und zig Ortschaften entfernt. Es gab nichts, was Montesecco auszeichnete. Nichts, was es unverwechselbar machte. Nichts, worauf man besonders stolz sein konnte.

Es gab nicht viel, worauf sich eine *corporate identity* hätte gründen lassen.

»Und deswegen«, sagte Dottor Andrea, der in Bologna und Harvard studiert hatte, »müssen wir etwas Neues schaffen.«

Das leuchtete ein, warf aber die Frage auf, worin dieses Neue denn bestehen sollte. Donato schlug eine Sagra mit gastronomischen Spezialitäten vor. Als niemand begeistert reagierte, forderte er zusätzlich ein historisches Spiel mit Kostümen und Fahnenschwingern und Musik und allem Drum und Dran.

»Willst du im Andenken an Napoleon jährlich Montesecco niederbrennen?« fragte Marisa spöttisch, und Donato selbst war klar, daß sein Vorschlag nichts Unverwechselbares schuf. Wer an einem beliebigen Sommerwochenende durch die Provinz fuhr, geriet in mindestens fünf Sagre und zwei Rievocazioni storiche. Auch weitere Ideen von Milenas Wellnessdorf bis hin zum Safaripark mit Giraffen und Zebras konnten nicht überzeugen, denn all das hatte mit Montesecco nichts zu tun.

»Corporate identity«, erinnerte der Dottore sanft. Das schien das Stichwort für Ivan zu sein, der sich bis dahin überraschend zurückgehalten hatte. Jetzt stand er auf, ging zur Tür und forderte die anderen auf mitzukommen.

Draußen auf der Piazzetta sammelten sie sich. Es hatte aufgeklart. Über die weiten Hügel, die vom Pflug aufgerissenen Äcker, die wie von Künstlerhand dazwischengestreuten Waldstücke schweifte der Blick bis zur Küstenlinie bei Marotta und zum blauen Strich des Meeres dahinter. Zum Greifen nah schienen die Mauern von Nidastore zu sein, das sich im Schutz der Kirche an den Hang gegenüber schmiegte. Ein Traktor tuckerte den steilen Feldweg zu Casavecchias Gärtnerei hinab. Den Flußlauf kennzeichnete ein Band noch kaum vom Herbst gefärbten Urwalds. Wer sich über die Steinbrüstung der Piazzetta beugte, konnte ins Friedhofsgeviert sehen. Die Spit-

57

zen der dort gepflanzten Zypressen bogen sich unter dem Wind nach Nordosten.

»Macht die Augen zu!« sagte Ivan.

Irgendwo schlug ein Fensterladen. Die Fahnen auf dem Pfarrhaus knatterten. Die Luft roch nach Erde und schmeckte ein wenig nach Pilzen.

»Was spürt ihr?« fragte Ivan.

Was sie spürten? Was sollte man schon spüren, wenn man mit geschlossenen Augen auf einer Piazzetta hoch über dem Umland stand? Nichts. Nichts weiter Bemerkenswertes.

»Spürt ihr nicht den Wind?« fragte Ivan. »Wie er euch über die Haut streicht und durchs Haar fährt?«

Gut, den Wind spürten sie schon. Es war der Libeccio, der sanft aus Südwesten blies. Über dem Apennin hatte er abgeregnet und bescherte jetzt der adriatischen Seite Italiens schönes Wetter und gute Fernsicht.

»Der Wind, der die Landschaft formt«, sagte Ivan, »der die Pollen fliegen, die Drachen steigen läßt, der die Segel bläht, der durch Poesie und Lieder weht, der ein halbes Dutzend antiker Götter beschäftigt, der Energie liefert und …«

»Daher weht der Wind«, sagte Marisa Curzio. »Du willst uns dein selbstgebautes Kraftwerk andrehen!«

»Corporate identity«, sagte Ivan. »Montesecco wird das Dorf der Winde werden.«

»Aber Wind gibt es doch überall«, wandte Franco ein.

»Nicht so viel wie bei uns«, sagte Ivan, »höchstens in ein paar Orten, die auch ganz oben auf einer Bergkuppe liegen, aber …«

»Arcevia, Montevecchio, Piticchio, Barchi, Montalfoglio …«, spöttelte Sabrina Lucarelli.

»… aber viel wichtiger ist, daß noch keiner auf die Idee gekommen ist«, sagte der Dottore. »Vielleicht werden sie uns imitieren, aber Montesecco wird das Original sein. Wir sind die ersten und müssen nur entschlossen zugreifen.

Wir krallen uns den Wind mit allem, was dazugehört. Der Rest ist eine Frage der Positionierung. Wenn alle dahinterstehen ...«

»Montesecco – das Dorf in den Lüften«, fiel Ivan ein.

»Die Braut der Winde«, skandierte der Dottore.

»Äolus' Heim«, sagte Ivan.

»Von Brisen umschmeichelt und sturmumtost«, flüsterte der Dottore.

»Flieg, Montesecco, flieg!« rief Ivan begeistert aus.

Man war nicht überzeugt, aber beeindruckt. Es klang durchaus machbar. Es schien möglich, daß aus Montesecco etwas ganz Besonderes werden konnte. Nur Marisa Curzio zeigte auf das Dach der Bar, wo ein Stahlskelett an Ivans erste Versuchswindkraftanlage erinnerte. Falls die Höllenmaschine wieder in Gang gesetzt werde, gebe das eine gewaltige Bruchlandung. Ivan versprach, damit vors Dorf hinauszugehen und auch den Rotorenlärm deutlich zu reduzieren. Er habe ja jetzt ganz andere Möglichkeiten.

»Welche denn?« fragte eine Stimme von der Sebastianskapelle her. Dort stand plötzlich Angelo Sgreccia. Seit Lidia ihm das Testament übergeben hatte, war er von niemandem mehr gesehen worden. Allerdings hatte auch kaum einer an seine Tür geklopft, und einige hatten sogar, ohne es sich selbst so recht einzugestehen, einen weiten Bogen um sein Haus gemacht. Denn wie sollte man jemandem gegenübertreten, der von seinem eigenen Vater enterbt worden war? Den Verstorbenen zu beschimpfen war genauso fehl am Platz wie ihm recht zu geben. Ivan stotterte, daß er schon die ganze Zeit mal bei Angelo vorbeischauen wollte, um ...

»Nett von dir«, sagte Angelo, »aber du bist ja sehr beschäftigt. Ich befürchte allerdings, daß du ein wenig zu voreilig losgelegt hast.«

»Was soll das heißen?« fragte Ivan.

»Daß ich das Testament anfechte«, sagte Angelo.

59

»Was gibt es da anzufechten? Benito hat sich doch klar genug ausgedrückt.«

»Formal gesehen, mag die letztwillige Verfügung durchaus korrekt aussehen, lieber Ivan, aber wir leben nun mal in einem Rechtsstaat, in dem man sein Vermögen nicht einfach jedem x-beliebigen vermachen kann. Nach Artikel 542 des Codice civile sind Kinder Pflichterben, was in meinem Fall bedeutet, daß ...«

»Du behauptest, daß das Testament ungültig ist?«

»Nicht direkt«, gab Angelo zu, »aber sobald wir eine Herabsetzungsklage nach Artikel 553 einreichen, werden die pflichtteilswidrigen Bestimmungen gerichtlich aufgehoben werden. Das ist so sicher wie das Amen in der Kirche, sagen die Juristen. Was den Rest des Vermögens angeht, muß erst geklärt werden, was mein Vater wirklich wollte.«

»Du kannst doch lesen, Angelo, oder?« fragte Ivan. Noch immer wirkte er eher verblüfft als wütend.

»Es ist gar nicht abwegig, daß mein Vater aus Versehen die Namen falsch eingesetzt hat. Und selbst wenn nicht, bestreiten wir, daß er wußte, was er tat. Wieso hätte er sonst dich bedacht? In seinen letzten drei Lebenstagen und damit zum Zeitpunkt der Testamentserrichtung war er unzurechnungsfähig. Das kann doch jeder von euch bezeugen. Und das bedeutet nach Artikel 591, daß sein Testament nicht das Papier wert ist, auf dem es geschrieben steht.«

Ivan starrte sein Gegenüber an. Erst langsam schien er zu begreifen, was sich abspielte. Wie alle anderen überraschte ihn die Art, in der Angelo sich ausdrückte. So, als spräche ein anderer aus ihm. Es lag nicht nur an den juristischen Spitzfindigkeiten, die kaum zu einem einfachen Lastwagenfahrer paßten. Die mochte sich Angelo in stundenlangen Beratungen mit irgendwelchen Anwälten angeeignet haben. Doch woher kam der eisige Ton in seiner Stimme? Dieser mühsam hinter trockenen Fachausdrücken versteckte Haß?

Man begann zu verstehen, wie sehr Angelo Sgreccia verletzt worden war. Es ging um ein Vermögen, ja, doch das war nicht alles. Angelos Selbstachtung hing davon ab, ob er es schaffte, das Erbe in seinen Besitz zu bekommen. Nur so konnte er ungeschehen machen, was ihm mit dem Testament angetan worden war. Warum sich sein Vater so entschieden hatte, verstand keiner, doch Angelo konnte diese Frage nicht einfach offenlassen. Er mußte sie mit nagelneuen Euroscheinen zustopfen, weil er keine Antwort darauf fand. Belog er sich damit selbst? Oder hatte er gar keine Wahl, um in Montesecco weiterleben zu können?

Ivan mochte das nicht entscheiden. Von ihm aus konnte sich Angelo therapieren, wie er wollte. Aber nicht, wenn es auf Kosten anderer ging. Auf Ivans Kosten zum Beispiel! Er sah zu dem Gerüst auf dem Flachdach der Bar hoch. Der Wind pfiff um den nackten Stahl. An der Spitze waren noch die Halterungen für die Rotorblätter zu erkennen.

»Damit kommst du nicht durch!« sagte Ivan. »Das schwöre ich dir.«

»Wir werden sehen«, sagte Angelo. Er grinste freudlos.

»Davon hätte ich doch wissen müssen? Das war der genaue Wortlaut?« Unwillkürlich beugte sich Gianmaria Curzio nach vorn, obwohl Sabrina Lucarelli keine zwei Schritte von ihm entfernt stand. Es war schon dunkel, das gelbe Licht der Laterne am Eingang zur Piazza wurde von den Nebelschwaden aufgesogen. Dennoch sah Curzio so klar wie seit vierzig Jahren nicht mehr.

Sabrina Lucarelli nickte ungeduldig. »Hör mal, Gianmaria, ich komme gerade von der Uni, habe einen harten Tag hinter mir und würde jetzt wirklich gern …«

»Klar, geh nur!« sagte Curzio. Er sah ihr nach, wie sie die Piazza überquerte. Ihre schlanke Silhouette verschwamm im Grau, nur ihre Absätze klackten noch auf dem Asphalt.

Dann öffnete sich die Tür bei den Lucarellis, ein Lichtschein leckte über den feuchten Boden bis zu Donatos Renault und schnurrte wieder zurück, als sich die Tür hinter Sabrina schloß. Curzio zog den Kragen seines Mantels enger.

»Davon hätte ich doch wissen müssen.« Curzio sagte sich den Satz noch einmal vor. Diese sechs Wörter, die sich so harmlos anhörten und doch so schwer wogen wie Blei. Ja, Blei war passend. Denn wenn man obduziert und eine Bleikugel in Benitos Brustkorb gefunden hätte, hätte das nicht aussagekräftiger sein können. Curzio sog die feuchte Luft ein. Hatte er nicht gleich gewußt, daß Benito ermordet worden war? Er zwang sich, nicht voreilig zu triumphieren. Vor Gericht würde sein Satz keinesfalls ausreichen, und wahrscheinlich würde nicht einmal die Polizei darauf anspringen, so wie Curzio abgefertigt worden war, als er dort seinen Verdacht geäußert hatte. Immerhin hatte er nun etwas in der Hand. Sechs Wörter, aus denen eine komplette Geschichte erwachsen würde, in der keine Frage unbeantwortet blieb. Eine Geschichte, in der die Identität des Mörders, sein Motiv und der Tathergang geklärt würden.

Davon hätte ich doch wissen müssen.

Curzio wäre der Satz sofort aufgefallen, wenn er dabeigewesen wäre, aber er hatte ja unbedingt das Ende der Weinlese in Barbara feiern müssen. Es war ein hartes Stück Arbeit gewesen, den Verlauf des bewußten Tages Minute für Minute zu rekonstruieren, und Curzio war nahe daran gewesen aufzugeben. Keiner wollte sich für ihn Zeit nehmen, und wenn er sich nicht abweisen ließ oder immer wieder ankam, um seine Fragen zu stellen, dann nahm man ihn nicht ernst. Sie wollten nicht begreifen, daß es entscheidend sein konnte, ob Benitos Leiche um 17 Uhr 12 oder um 17 Uhr 14 aufgefunden worden war. Und wie viele Weingläser auf dem Tisch gestanden hatten. Und wer wann gesagt hatte: »Davon hätte ich doch wissen müssen.«

Lange genug hatte Curzio ergebnislos herumgestochert. Jetzt hatte er einfach Glück gehabt, daß Sabrina sich erinnerte, wie die Leute auf die Nachricht von Benitos Reichtum reagiert hatten. Wenn es denn stimmte. Curzio wußte nicht genau, was Sabrina studierte und was die jungen Leute an der Universität lernten, doch sollte man von einer Studentin nicht erwarten, daß sie sich sechs Wörter ein paar Tage lang merken konnte? Aber die Sache war zu wichtig, um sich darauf zu verlassen. Curzio steckte die Hände in die Manteltaschen und ging los.

Die Pinien am Hang oberhalb der Piazza schienen im Nebel zu schweben. Die davor geparkten Autos hatten ihre Farbe verloren. Dunkle Klötze, die ebensogut Felsbrocken sein konnten. Kein Mensch war mehr unterwegs. Vielleicht konnte Curzio in der Bar noch jemanden auftreiben, der Zeuge gewesen war. Doch statt nach links zur Piazzetta abzubiegen, zog ihn irgend etwas die Stufen hinab. Er ging bis zum Mäuerchen an der äußersten Gasse Monteseccos vor. Die vertrauten Umrisse der Hügel und die Lichter in den Tälern waren verschwunden, verschluckt von einem grauen Meer, in dem oben und unten nicht mehr zu unterscheiden waren. Von der Friedhofsbeleuchtung drang nur ein schwebender, unwirklich anmutender Schein durch, der aus dem Nebel selbst entsprungen zu sein schien. Da unten lag Benito. Der wartete auf keinen Morgen und auf keine Frühjahrssonne mehr. Curzio ging nach links, am Haus der Sgreccias vorbei. Die Persiane vor Benitos Fenster waren geschlossen, als gelte es, ein Verbrechen zu verbergen. Durch die Spalten zwischen den Lamellen sickerte schwarzer Tod heraus. Im Erdgeschoß brannte Licht. Fünfeinhalb Millionen Euro hatte Benito hinterlassen.

»Davon hätte ich doch wissen müssen«, hatte sein Sohn Angelo dazu gesagt, als wolle er einen Verdacht ausräumen, den gar keiner geäußert hatte. Als versuche er, ein mögliches Mordmotiv von Anfang an auszuschließen.

Denn wer nichts vom Reichtum seines Vaters wußte, der würde ihn natürlich auch nicht umbringen, um an das Erbe zu gelangen. Aus welchem Grund hatte Angelo das von vornherein klarstellen müssen? Wieso befürchtete er einen solchen Vorwurf, wenn er nicht Dreck am Stecken hatte? Wenn er nicht tatsächlich seinen Vater umgebracht hatte? Es war doch kaum vorstellbar, daß Benito ein Vermögen gemacht hatte, ohne daß sein eigener Sohn etwas davon geahnt haben sollte.

Langsam ging Curzio die Gasse hinauf und bog oben auf die Piazzetta. Den Scheinwerfer, der die Kirchenfassade anstrahlte, hatte jemand ausgeschaltet. Über dem Pfarrhausdach ballte sich der Nebel zu unförmigen Klumpen, die wie gefroren wirkten. Das mußten die Fahnen sein, die Benito hatte aufhängen lassen. Curzio betrat Ivans Bar. Das Neonlicht kam ihm kälter vor als sonst. Vor einem der Spielautomaten stand Sonia, die jüngere Lucarelli-Tochter, und starrte auf die blinkenden Symbole. Wohl aus Mangel an Kundschaft war Marta Garzone hinter der Theke hervorgekommen. Sie saß neben ihrem Sohn an einem der Tische und strickte. Gigino malte in einem Heft Figuren aus. Curzio setzte sich dazu.

»Davon hätte ich doch wissen müssen? Ja, das hat Angelo so gesagt. Und?« Marta legte nicht einmal ihr Strickzeug zur Seite. Als Curzio ihr mit vorsichtigen Formulierungen auseinandersetzte, was das seiner Meinung nach zu bedeuten hatte, schüttelte sie nur den Kopf und meinte, daß er Gespenster sehe. Benito sei als alter Mann an Herzversagen gestorben, das stehe doch fest. Niemand könne ewig leben, das müsse man akzeptieren. Was Angelo Sgreccia angehe, sei sie weit davon entfernt, ihn zu verteidigen, aber es genüge doch wohl, sich darüber aufzuregen, daß er nicht einmal ein eindeutig formuliertes Testament anerkenne.

Wie sollte er auch? Angelo kann doch nicht tatenlos zusehen, wie ihm der Lohn für sein Verbrechen genommen wird, dachte Curzio, aber er sagte nichts. Er wußte, was er wußte, und wenn Marta nicht über den eigenen Tellerrand hinauszuschauen vermochte, würde er sich halt an andere wenden. Doch wen er am nächsten und übernächsten Tag auch ansprach, seine Tochter Marisa, Donato, die Marcantonis, Vannoni und Antonietta, Milena und Catia, er erlebte immer das gleiche: Niemand nahm seine Theorie ernst. Sie schüttelten den Kopf, lächelten herablassend, empörten sich, und je eifriger Curzio argumentierte, desto weniger wollten sie davon hören. Es war fast, als ob sie sich verabredet hätten, die Wahrheit über Benitos Tod nicht zur Kenntnis zu nehmen.

Bald fühlte Curzio, daß die unsichtbare Mauer, gegen die er vergeblich ansprach, auf allen Seiten immer höher wuchs und ihn auf einer winzigen Fläche einzuschließen drohte, auf der neben ihm selbst nur noch die Gedanken an seinen ermordeten Freund Platz fanden. Er beschloß, ab sofort den Mund zu halten, jeden Schritt Angelos zu beobachten und allein weiterzuermitteln. Irgendwann würde er andere Ungereimtheiten aufdecken und auf weitere Indizien stoßen, vor denen keiner mehr die Augen verschließen konnte.

Und vielleicht wäre es auch so gekommen, wenn nicht das mit dem Jungen passiert wäre.

3
Ponente

*Ich würde lügen, wenn ich behauptete, daß mir der schwarze
Mann nicht mehr aus dem Kopf ging. Ganz im Gegenteil.
Nichts hielt ihn mehr in meinen Gedanken, er wuchs, trat
heraus aus meinem Hirn, wurde ein Mensch aus Fleisch und
Blut. Ich glaubte ihn zu sehen, wie er sich in lichtlose Ecken
drückte, wie er sich eine schwarze Maske übers Gesicht zog,
unter der seine Augen tatsächlich fremd und bedrohlich wirkten. Ich glaubte zu hören, wie er die Messer wetzte.*

*Dabei war ich erst so sicher gewesen, daß der Junge ihn
erfunden hatte. Von Anfang an hätte ich mich heraushalten
sollen, aber nachher ist man immer schlauer. Der Junge hatte
mich gerührt, weil er so verloren aussah. Sonst hätte ich ihn
gar nicht angesprochen.*

»Was tust du hier?« hatte ich den Jungen gefragt.

»Ich habe Angst.«

»Wovor denn?«

»Vor dem bösen schwarzen Mann.«

*»Du willst dich vor der Schule drücken, was?« Ich er-
innerte mich, daß ich als Kind immer Bauchschmerzen vor-
täuschte, wenn ein Schulsportfest anstand. Ich haßte Sport-
feste.*

»Nein, das ist es nicht«, hatte der Junge gesagt.

»Du würdest gern zur Schule gehen?«

»Ja.«

»Ist irgend etwas anderes?«

Der Junge hatte den Kopf geschüttelt.

»Aber ein schwarzer Mann ist hinter dir her?«

*Der Junge hatte genickt. Man kann sich alles einreden. Als
Kind tat mir tatsächlich der Bauch weh, wenn ich es nur lange
genug behauptet hatte. Wahre Koliken glaubte ich zu spüren.*

»Na, dann muß ich dir wohl helfen«, hatte ich gesagt. Mein Fehler war, daß ich den Jungen ernst nahm. Ich dachte, er habe Probleme und könne nicht darüber reden. Ich hätte besser den schwarzen Mann ernst genommen. Aber wer konnte schon ahnen, wie sich das alles entwickeln sollte?

Inzwischen machte der schwarze Mann selbst mir angst. Nachts, wenn ich nicht schlafen konnte, dachte ich an die Drohung auf dem Zettel: »Zwei Millionen, sonst bringe ich den Jungen um!« Das sagt sich leicht, das schreibt sich leicht auf ein Stück Papier, doch was ist, wenn es ernst wird? Wer ist denn fähig, die Hand um einen Messergriff zu krallen und zuzustechen, wenn einem ein Mensch aus Fleisch und Blut gegenübersteht? Noch dazu, wenn es ein verängstigter kleiner Junge ist. Oder ihm die Hände um den Hals zu legen und zuzudrücken, bis er aufhört, um sich zu schlagen, bis seine Augen aus den Höhlen treten und ...

Schon beim Gedanken daran wurde mir übel. Ich stand auf, trank einen Schluck Wasser und sah hinauf zum Mond, der bleich wie ein totes und schon angenagtes Kindergesicht im Himmel hing. Der Westwind trieb milchige Wolkenfetzen an ihm vorbei, und ich sagte mir, daß man ein Monster sein müsse, um eine solche Tat kaltblütig zu begehen.

Vorstellbar erschien mir höchstens ein Mord im Affekt, in maßloser Wut und unbeherrschbarem Haß. Oder wenn jemand in einer Zwangslage steckte, die ihm keine Wahl ließ. Wenn er sich das Gehirn vergeblich zermartert hatte, um eine andere Lösung zu finden, wenn er alles, aber auch wirklich alles versucht hatte, um nicht morden zu müssen, wenn er mit dem Rücken zur Wand stand, so dicht, daß kein Haar mehr dazwischenpaßte, und wenn er nur noch zusehen konnte, wie sie ihn einkreisten und auf ihn zurückten, um ihn zu zerfleischen.

Dann vielleicht, dachte ich. Ich sah zu, wie Wolkenberge am Nachthimmel aufmarschierten und ihn unerbittlich besetzten. Das Mondgesicht verschwand im Grau. Ich legte mich wieder hin und schlief dann wohl ein, denn ich

*träumte, daß der schwarze Mann zu mir sprach. Ich kann
mich nicht erinnern, was er sagte, doch am Morgen wußte
ich eins genau: Wenn das Kind starb, würde der schwarze
Mann das nicht überleben. Noch im selben Moment würde
auch er verrecken. Das war ein kleiner Trost. Immerhin.*

Keiner wußte genau, wann Minh verschwunden war. Am
Sonntagmorgen hatte ihn Catia Vannoni zu ihrem Vater
Matteo geschickt, doch dort war er nie eingetroffen, obwohl der Weg nicht weit war. Gerade mal dreißig Meter,
die Stufen hinab, am alten Waschhaus vorbei und quer über
die Piazza.

Vielleicht war der Junge zum westlichen Dorfeingang
abgebogen, um dort seinen Drachen steigen zu lassen. Zumindest schwor Costanza, das älteste der drei Marcantoni-Geschwister, am späten Vormittag einen hellgrünen
Kometdrachen über Curzios Feld tanzen gesehen zu haben. Auch wenn jeder wußte, daß Costanza Marcantoni
nicht nur gestern und heute, sondern Jahre und Jahrzehnte durcheinanderbrachte, schien sie diesmal recht zu
haben, denn Minh war tatsächlich mit einem grünen Drachen aus dem Haus gegangen, wie seine Mutter später be-
stätigte.

Daß er nicht früher vermißt wurde, war auf unglückliche Umstände und eine Kette von Mißverständnissen
zurückzuführen. Catia war von Milena Angiolini gedrängt
worden, sie auf einen Kurzurlaub nach Apulien zu begleiten. Ohne den Jungen, denn erstens müsse der in die
Schule, und zweitens solle Catia auch mal an sich selbst
denken. Sie müsse mal raus aus dem Kaff, aus den Alltags-
verpflichtungen. Schließlich habe jeder das Recht auf ein
eigenes Leben, und sie ohnehin, sie sei ja gerade mal fünfundzwanzig Jahre alt, eine junge hübsche Frau, der anscheinend gar nicht klar sei, daß es da draußen in der Welt
jede Menge Männer gebe, die sich die Finger nach ihr ab-
lecken würden.

Catia hatte nur die Augen verdreht, nach einigem Hin und Her aber zugestimmt. Sie wollte Minh für einige Tage bei Angelo und Elena Sgreccia unterbringen. Bei ihnen war Catia aufgewachsen, als ihr leiblicher Vater im Gefängnis gesessen hatte, fünfzehn Jahre lang. Auch wenn Catia nun eine selbständige Frau war, in deren Leben man sich nicht einmischen wollte, hatten die Sgreccias durchaus Geschmack daran gefunden, sich wenigstens ein bißchen als Minhs Großeltern zu fühlen. So hatten sie sofort zugesagt, Minh ein paar Tage zu sich zu nehmen, teilten später aber mit, daß das zumindest für die ersten zwei Tage doch nicht möglich wäre, da sie am Montagmorgen einen Termin bei einem auf Erbschaftsangelegenheiten spezialisierten Staranwalt in Mailand hätten und schon am Abend vorher abreisen würden.

»Dann muß ich Minh halt doch mitnehmen«, hatte Catia den Sgreccias ein wenig vorwurfsvoll geantwortet, überlegte es sich dann aber doch anders und fragte bei ihrem Vater nach, obwohl sie wußte, daß es ihm bei aller Liebe für Minh nicht passen würde. Erst vor kurzem und immerhin drei Jahre nachdem sie sich nähergekommen waren, war Matteo Vannoni bei Antonietta Lucarelli eingezogen. Natürlich hatte das im Dorf für einiges Aufsehen gesorgt. Schließlich hatte vor mehr als zwanzig Jahren Antoniettas Mann ein Verhältnis mit Vannonis Frau gehabt. Insgeheim neigte man dazu, die neue Liebe als späte Rache gegenüber den toten Expartnern anzusehen, doch beeinflußt durch diverse Fernsehserien, die solche Verstrickungen als alltäglich und zeitgemäß darstellten, wagte man es kaum, öffentlich darüber zu lästern.

Anders stellte sich die Situation im Hause Lucarelli dar. Tag für Tag hatte Vannoni gegen den passiven Widerstand von Antoniettas Töchtern und vor allem gegen die unverhohlene Feindschaft von Antoniettas Schwiegermutter anzukämpfen. Zäh verteidigte sie jeden Zentimeter gegen den Eindringling, indem sie das Haus mit Fotos ihres toten Sohns, mit Erinnerungsstücken und Privataltären übersäte. Keinesfalls würde sie akzeptieren, daß Matteo Vannoni auch noch seinen Enkel einschleppte. Dennoch sagte Matteo nach Absprache mit Antonietta zu, auf Minh aufzupassen.

Als der Junge am Sonntag um 9 Uhr noch nicht bei ihm eingetroffen war, machte sich Matteo Vannoni auf die Suche. Sein Häuschen, in dem jetzt nur noch Catia mit Minh wohnte, war verschlossen, Catia offensichtlich schon abgereist. Auf der Piazzetta vor der Kirche traf Vannoni Elena Sgreccia, die ihr letztes Gespräch mit Catia noch im Ohr hatte und ihm versicherte, daß Catia den Jungen mitgenommen habe.

»Das hätte sie mir ja auch sagen können«, brummte Vannoni.

»Du kennst doch deine Tochter«, sagte Elena. »Wahrscheinlich hat sie nicht einmal daran gedacht, ihn in der Schule krank zu melden.«

Vannoni versprach, das am Montagmorgen zu erledigen. Er hatte keinen Grund, an Elenas Aussage zu zweifeln, und wenn er ehrlich war, fühlte er sich sogar ein wenig erleichtert, dem Konflikt mit der Lucarelli-Sippe aus dem Weg gehen zu können.

Catia versuchte am Sonntagabend und – nach einer Bootstour zu den Tremiti-Inseln – ab Montagnachmittag mehrfach, bei den Lucarellis anzurufen, um ihren Sohn zu sprechen, kam aber nie durch, da Antoniettas Töchter ausdauernd im Internet surften. In der Nacht von Montag auf Dienstag wurde Catia von unerklärlichen Ahnungen gepeinigt, die ihr den Schlaf raubten. Sie wies sich selbst zurecht, schalt sich wegen ihrer Unfähigkeit, mal loszulassen, und unterdrückte bewußt ihr Bedürfnis, mitten in der Nacht anzurufen. Um 6 Uhr hielt sie es nicht mehr aus. Sie ließ das Telefon so lange klingeln, bis sich Matteo Vannoni schlaftrunken meldete. Ein paar Minuten später mobilisierte er alles, was zwei Beine hatte.

Da waren fast achtundvierzig Stunden vergangen, seit Minh das letzte Mal gesehen worden war. Zwei Tage und zwei Nächte, in denen jeder seinem Alltag nachgegangen war. Man hatte mit Anwälten verhandelt, gearbeitet, gekocht, gegessen, geschlafen. Man hatte über Politik gestritten und übers unbeständige Wetter geklagt, für das der Ponente verantwortlich war, der die atlantischen Störungen bis nach Italien wirken ließ. Zwei Tage und zwei Nächte hatte man an alles mögliche gedacht, doch niemand hatte den Jungen vermißt.

Catia und Milena Angiolini setzten sich sofort ins Auto, hielten nur einmal auf der Höhe von Pescara zum Tanken und fuhren am Mittag in Montesecco ein. Die ersten Suchtrupps kamen gerade zurück. Sie hatten zuerst das Dorf durchkämmt, jedes Haus, jeden Hühnerstall, jedes in den Fels geschlagene Kellerloch, und dann waren sie ausgeschwärmt, hatten die Bauern der Umgebung befragt, Luigis Schafstall durchfilzt und die Spürhunde von Pellegrini in größer werdenden Kreisen ums Dorf gejagt.

»Nichts«, sagte Elena Sgreccia. »Es ist, als wäre der Junge vom Erdboden verschluckt.«

Catia war bleich. Um ihre Augen lagen dunkle Ringe.

»Hat jemand die Polizei verständigt?« fragte Milena Angiolini.

Matteo Vannoni nickte. Zwei Polizisten waren dagewesen. Sie hatten ein Foto Minhs mitgenommen, aber nicht den Eindruck erweckt, der Sache besonderes Gewicht beizumessen. In neunzig Prozent der Fälle kämen vermißte Kinder von selbst zurück. Ein Zehnjähriger sei mal allein und ohne Geld nach Rom aufgebrochen, um den Papst zu sehen. Im Zug sei er schwarzgefahren, und in Rom hätten ihn die Drogensüchtigen an der Tor Vergata durchgefüttert. Vier Tage später sei er quietschfidel wieder zurückgekommen und habe lauthals verkündet, er wolle auch mal Papst werden. Oder Drogensüchtiger, um anderen Menschen zu helfen.

Vannoni hatte die beiden Polizisten angebrüllt, sie sollten sofort die Fahndung einleiten, was sie zwar versprochen hatten, aber wohl nur, um endlich abhauen und in Ruhe unten in der Bar frühstücken zu können. In den umliegenden Krankenhäusern hatte Antonietta Lucarelli angerufen. Nirgends war ein unbekannter kleiner Junge eingeliefert worden.

»Wenn meinem Sohn irgend etwas zugestoßen ist ...«, sagte Catia mit klarer Stimme. Sie ließ offen, was dann geschehen würde.

Der Halbsatz hing schwer in der Luft. Man hätte sich eine Sturmbö gewünscht, um ihn zu zerfetzen, doch es sah nicht danach aus. Der Himmel kleidete sich in ein eintöniges Grau, und auf der Piazza stand das Wasser von der letzten Regennacht. In einer großen Pfütze unter der Anschlagtafel schimmerten silbrig-violette Ölschlieren.

»Quatsch!« Franco Marcantoni bemühte sich, locker zu klingen. »Der Kleine wird bei irgendeinem Freund untergeschlüpft sein.«

Jeder wußte, daß Minh ein Einzelgänger war, der keine engen Freunde hatte.

»Oder er hat sich hier irgendwo versteckt, sieht uns zu und lacht sich ins Fäustchen«, sagte Franco.

Sie hatten jeden Winkel im Dorf durchsucht und keine Spur des Jungen gefunden.

»Was soll denn schon geschehen sein?« fragte Franco. Er grinste aufmunternd in die Runde.

»Er ist seit achtundvierzig Stunden verschwunden«, sagte Marta Garzone.

»Ja und?« sagte Franco. »Er ist ein Junge. Jungen suchen Abenteuer. Als ich klein war ...«

»Seit mehr als achtundvierzig Stunden, verstehst du, Franco? Er wäre längst zurück, wenn nicht ...«

»Wenn nicht was?« Franco lachte laut auf. »Wir sind hier immer noch in Montesecco. Hier wird kein kleiner Junge entführt.«

73

Niemand widersprach, niemand stimmte ihm zu. Alles andere wäre besser gewesen als dieses Schweigen. Franco hatte ein wenig Zuversicht verbreiten wollen, doch ihm wurde klar, daß er das Gegenteil erreicht hatte. Er hatte das Wort »Entführung« ins Spiel gebracht, er hatte einen Gedanken ausgesät, den die anderen nicht zu denken gewagt hatten. Und obwohl er wußte, daß solch eine Saat schneller keimte und tiefer wurzelte als das hartnäckigste Unkraut, mußte er versuchen, sie wieder auszureißen.

»Hat jemand vielleicht einen fremden bösen Mann mit einem Sack auf dem Rücken gesehen?« fragte er höhnisch. Keiner erwiderte Francos Blick. Ein kleiner schwarzweißer Hund trollte sich übers Pflaster. Eine Taube flatterte auf. An der Anschlagtafel klebte eine Bekanntmachung der Gemeinde Pergola mit den Bestimmungen für die neue Jagdsaison. Im Westen wurde die Piazza vom Palazzo Civico begrenzt. Die Uhr an der Fassade war seit Jahrzehnten defekt. Niemand hatte es für nötig befunden, sie instand setzen zu lassen.

Ihre Zeiger standen auf zwanzig nach acht.

»Außerdem entführt niemand so zum Spaß«, sagte Franco, »sondern weil er Geld erpressen will. Also entführt er jemanden, der reich ist. Seid ihr reich, Catia?«

Keiner in Montesecco war reich. Außer dem verstorbenen Benito Sgreccia natürlich. Beziehungsweise seinem Erben, wer immer das letztlich sein würde. Seit kurzem lag in Montesecco eine Menge Geld herum. War jemand auf die Idee gekommen, etwas davon aufzusammeln?

»Und warum wurde dann nicht Ivans Sohn entführt? Oder jemand aus Angelo Sgreccias Familie?« fragte Franco.

»Ja, wer von beiden?« fragte Marisa zurück. Am Aufgang zum ehemaligen Waschhaus standen die Dorfbewohner. Sie kannten einander so gut, wie man andere Menschen kennen kann. Jahraus, jahrein lebten sie zusammen, waren aufeinander angewiesen, halfen sich ganz selbstverständlich, wenn Not am Mann war.

»Wenn Catia zwei Millionen Euro bräuchte, um ihren Sohn auszulösen, könntest du da nein sagen, Ivan?« fragte Marisa. Sie wandte sich zu Sgreccia. »Oder du, Angelo?«

Catia sagte: »Es ist allein meine Schuld. Ich hätte Minh nie allein lassen dürfen.«

»Es hat doch niemand ahnen können, daß …«, sagte Milena Angiolini.

»Mein Fehler«, sagte Catia, »ich hätte mich nie von dir überreden lassen dürfen! Ich habe doch gesehen, wie das hier läuft, seit Benito tot ist. Jeder denkt nur an sich, ans Geld, wie er mehr davon kriegt und wofür er es ausgeben will. Ich nehme mich nicht aus. Ich wollte mich auch mal amüsieren. Und habe deswegen meinen Sohn allein zurükkgelassen. In Montesecco. In einem Kaff von fünfundzwanzig Leuten, die so sehr mit ihrem eigenen Kram beschäftigt sind, daß sie nicht mal merken, wenn ein Junge entführt wird und achtundvierzig Stunden lang nicht mehr auftaucht!«

»Catia«, sagte Vannoni, »das ist nicht gerecht.«

»Mein Fehler, sage ich doch«, zischte Catia. »Ich hätte mich nie auf euch verlassen dürfen.«

»Das ist doch alles Spekulation«, sagte Franco in einem letzten Versuch, zu retten, was nicht mehr zu retten war. »Es gibt ja nicht einmal eine Lösegeldforderung, oder?«

Nacheinander stiegen sie die Stufen zu Catias Haus hoch. In ihrem Briefkasten lagen eine Postkarte aus Namibia, auf der ein gähnendes Löwenbaby abgebildet war, und die Stromrechnung der ENEL.

»Na also«, sagte Franco Marcantoni. Doch auch wenn niemand dagegenhielt, glaubte keiner mehr daran, daß sich der Junge freiwillig irgendwo versteckte. Nicht einmal Franco selbst.

Sie suchten dennoch weiter, bis die Nacht schwarz wurde. Sie stellten Rumpelkammern auf den Kopf, durchkletterten Räucherkamine, klopften die Wände der verfallenden Häuser ab und ließen sich sogar bei den Deutschen, die das Haus Paolos gekauft hatten, jede Schranktür öffnen. Nichts. Keine Spur von dem Jungen.

Daß die Lösegeldforderung am nächsten Morgen auftauchte, überraschte niemanden. Doch die Umstände, unter denen sie aufgefunden wurde, gaben den Bewohnern Monteseccos zu denken. Und die Form, in der sie abgefaßt war, machte sie sprachlos.

»Laßt sehen!« sagte Matteo Vannoni. Er war mit dem Morgengrauen aufgestanden, und da alles besser schien, als herumzusitzen, war er durch den Wald Richtung Magnoni gestapft. Als er zurückkam, saß fast das ganze Dorf in Catias Wohnzimmer. Der Zettel lag auf dem Tisch, den er selbst abgeschliffen und neu lackiert hatte. Niemand machte Anstalten, ihm den Zettel zuzuschieben, also nahm er ihn sich.

Zwei Millionen, sonst bringe ich den Jungen um.
Bis übermorgen 12 Uhr, sonst bringe ich ihn um.
Keine Polizei und keine Tricks, sonst bringe ich ihn um.

Vannoni schob den Zettel in die Mitte des Tischs zurück. Es klang, als habe der Entführer Spaß daran gefunden, die Morddrohung gleich dreimal aufzuschreiben. Als dürste es ihn nach Blut und als warte er nur darauf, endlich morden zu können. Als hoffe er fast, daß seine Bedingungen nicht erfüllt würden. Seltsam verstärkt wurde diese Wirkung durch die Nachlässigkeit, mit der die Worte in Druckbuchstaben hingekritzelt waren. Als wäre es nicht mehr als ein Einkaufszettel. Als wäre es gar nicht der Mühe wert, dafür langwierig Buchstaben aus Zeitungsüberschriften auszuschneiden.

Die Lucarelli-Schwestern und Ivan Garzone redeten auf Catia ein, die Polizei einzuschalten. Wer sonst hatte die Mittel, solch einen eiskalten Verbrecher dingfest zu machen? Man mußte Spuren sichern, die Handschrift auf dem Zettel analysieren, sich über Verhandlungstaktiken beraten lassen und …

»Nein!« sagte Catia Vannoni.

»Natürlich ohne Aufsehen zu erregen«, sagte Ivan. »Die Spuren werden sowieso irgendwo in einem Labor untersucht, und hier bräuchte man nur ein paar Spezialisten, die dein Telefon überwachen und …«

»Auf keinen Fall!« sagte Catia entschieden.

»Aber der Kerl ist gefährlich«, sagte Elena Sgreccia. »Und der Zettel lag bei uns im Briefkasten. Nicht bei dir, Catia, bei uns! Einfach so, ohne Umschlag, ohne Briefmarke. Den hat nicht der Postbote eingeworfen, das hat der Entführer selbst getan. Er war an unserer Haustür, und wir hatten nicht einmal abgeschlossen.«

»Ich war die ganze Nacht wach, bin von der Tür zum Telefon gelaufen und vom Telefon zur Tür. Er wird sich bei mir nicht getraut haben.« Catias Stimme klang ruhig, aber sie selbst sah fürchterlich aus. Leichenblaß, abgezehrt. Matteo Vannoni ging zu ihr und legte den Arm um sie. Sie schüttelte ihn ab.

»Ja, aber warum gerade bei uns?« fragte Elena Sgreccia. »Warum hat er den Zettel nicht bei den Lucarellis oder Curzios eingeworfen? Oder von mir aus an die Kirchentür genagelt?«

»Vielleicht, weil vor allem du dafür verantwortlich bist, daß niemand Minh vermißt hat«, sagte Catia kalt.

»Ich habe doch nur …« Elena brach ab und setzte neu an: »Catia, wir alle verstehen, wie dir zumute ist. Es geht uns doch genauso. Wir alle lieben den Jungen.«

»Und woher hätte der Entführer denn wissen sollen, daß Elena …?« fragte Angelo.

»Gute Frage«, sagte Catia. »Ist euch übrigens aufgefallen, daß er genau die Summe verlangt, die Marisa Curzio gestern nannte? Zwei Millionen.«

»Catia, du verrennst dich da in etwas!« sagte Franco Marcantoni, doch er konnte sie nicht mehr stoppen.

»Er weiß über alles Bescheid, er hat die Gelegenheit genutzt, die ihr ihm geboten habt, und er war heute nacht hier im Dorf, wo man ein Auto schon eine halbe Stunde vor der Ankunft hört«, sagte Catia. »Glaubt ihr, er ist aus Pergola zu Fuß hergelaufen? Nein, der Entführer ist von hier, er ist einer von euch.«

Jemand, der einen kleinen Jungen in seine Gewalt brachte und Spaß daran fand, ihn mit dem Tod zu bedrohen, sollte aus Montesecco sein? Das war nicht möglich!

»Und weil das so ist«, sagte Catia unbeirrt, »weil der Entführer einer von euch ist, möchte ich ihm jetzt drei Dinge sagen: Erstens wird kein einziger Polizist nach Montesecco kommen. Zweitens werde ich alles tun, um das Geld rechtzeitig zu beschaffen. Und drittens: Wenn er meinem Sohn ein Haar krümmt, bringe ich ihn um. Wenn er meinem Sohn auch nur mit einem Wort Angst einjagt, bringe ich ihn um. Wenn er es meinem Sohn an irgend etwas fehlen läßt, bringe ich ihn um.«

Am Vitrinenschrank hingen Bilder, die Minh mit Wachsmalkreiden gemalt hatte. Roboter, Dinosaurier, ein hellblaues Meer, auf dessen Horizontlinie ein gelbes Schiff balancierte, ein Feuerwehrauto mit überdimensionaler Leiter – was achtjährige Jungen eben so malten. Das einzig Besondere war vielleicht, daß durch jedes Bild die immer gleichen stilisierten Vögel segelten.

Matteo Vannoni spürte, daß er etwas sagen sollte. Nicht irgend etwas, sondern das richtige Wort, das die Mordgedanken auslöschte und die verzweifelte Bitternis seiner Tochter linderte. Ein Wort, das Catia im Innern erreichte und ihr bewies, daß sie nicht allein war. Es sollte Hoffnung und Tatkraft vermitteln, ohne verlogen zu sein. Ihm fiel nichts ein. So ein Wort gab es nicht.

Vannoni hätte sich verfluchen können, weil er sich darauf verlassen hatte, daß Minh bei seiner Mutter sei. Er hätte spüren müssen, daß das nicht stimmte. Er hätte auf jeden Fall nachforschen müssen. Vannoni betrachtete das

Feuerwehrauto mit der überlangen Leiter. Dann stand er auf und ging hinaus, um beim Polizeiposten in Pergola anzurufen. Der Polizist am Telefon wußte nichts von einer Fahndung nach einem achtjährigen Jungen. Er fragte, wann die Vermißtenanzeige aufgegeben worden sei.

»Wenn Sie nichts haben, um so besser«, sagte Vannoni.

»Der Junge ist wieder da?« fragte der Polizist.

»Es hat sich erledigt«, sagte Vannoni. Als er zurück ins Wohnzimmer kam, waren die anderen schon gegangen. Catia saß allein auf der Couch. Sie hatte die Füße angezogen, die Arme über den Knien verschränkt und knabberte an den Nägeln der linken Hand. So mußte sie als Kind oft dagesessen haben. Das wenigstens hatten die Sgreccias erzählt, bei denen Catia aufgewachsen war. Vannoni war ja all die Jahre fort gewesen. Er hatte einiges gutzumachen.

»Catia …«, sagte er.

»Laß mich einfach ein paar Minuten allein!« sagte Catia.

Aus den paar Minuten wurden zweieinhalb Stunden. Dann war Catia soweit, sich um das zu kümmern, was am dringendsten war. Zwei Millionen Euro mußten beschafft werden, und nach Lage der Dinge konnte das nur gelingen, wenn sie die zwei Männer, die den Nachlaß Benito Sgreccias beanspruchten, an einen Tisch bekam.

Das war komplizierter als gedacht. Angelo Sgreccia war zwar durchaus zu solch einem Treffen bereit, hielt es aber für sinnvoll, sich vorher über die rechtliche Lage kundig zu machen. Seinen Mailänder Anwalt könne er leider erst nach 15 Uhr erreichen. Nachmittags war dann Ivan Garzone verschwunden. Nach Auskunft von Marta wollte er die Windgeschwindigkeit an einigen ausgewählten Stellen rund um Montesecco vermessen, war aber bei allem Suchen nirgends aufzufinden. Als er gegen 18 Uhr zurückkehrte, sagte er Catia, sie solle sich beruhigen, er sei ja nun da, und wenn Angelo wolle, könne er sofort zu ihm in die Bar kommen, um die Sache zu klären.

Angelo weigerte sich mit der Begründung, daß es in Ivans Bar zu zugig sei, und überhaupt scheine ihm ein nichtöffentlicher Raum wie zum Beispiel sein eigenes Wohnzimmer für solche Gespräche geeigneter. Ivan ließ ausrichten, daß er keinen Fuß in das Haus von jemandem setze, dem seine Bar nicht gut genug sei. Erst nach Vermittlung von Milena Angiolini und Lidia Marcantoni einigten sich die beiden auf ein Treffen im kleinsten Kreise und auf neutralem Terrain.

Um 20 Uhr saßen sich dann Angelo Sgreccia und Ivan Garzone an den Stirnseiten eines alten Tisches im Pfarrhaus gegenüber. Außer ihnen war nur Catia anwesend. Der Tisch wackelte, es war zugig, und von der Decke hing eine nackte Glühbirne, da die von Benito angeschafften Designerlampen schon wieder abmontiert waren.

Catia begann ohne Einleitung: »Für den Entführer ist das Leben meines Sohnes zwei Millionen wert, für mich ist es unbezahlbar.«

»Natürlich!« sagte Angelo Sgreccia. Er überschlug, wieviel von den fünfeinhalb Millionen nach Abzug der zwei Millionen Lösegeld, der Anwaltskosten und Gebühren noch bleiben würde. Gott sei Dank hatte Berlusconi wenigstens die Erbschaftssteuer abgeschafft.

»Unbezahlbar auch in der Hinsicht, daß ich selbst das Geld niemals aufbringen kann«, sagte Catia. »Deshalb brauche ich euch.«

»Völlig klar«, sagte Ivan Garzone. Ihn ärgerte, daß sie nicht wenigstens bitte sagte. Aber nein, die junge Dame machte es sich leicht: Ihr habt das Geld, ich brauche es, also her damit! Es interessierte sie nicht, daß damit Ivans gesamte Kalkulation zusammenbrach. Er hatte eh knapp gerechnet, hatte Co-Investoren und Kredite eingeplant. Aber wenn man das Grundkapital so ausdünnte, dann kam das Projekt überhaupt nicht auf die Beine. Die Zukunft Monteseccos …

»Seid ihr bereit, mir das Geld zu geben?« fragte Catia.

»Selbstverständlich«, sagte Angelo Sgreccia. Ihm ging nicht aus dem Kopf, daß die Lösegeldforderung in seinem Briefkasten gesteckt hatte. Als wolle der Entführer gerade ihn moralisch unter Druck setzen. Weil er sich nicht mit diesem hirnverbrannten Testament zufriedengeben konnte? Weil er einklagen wollte, was ihm zustand?

»Ivan?« fragte Catia.

»Keine Frage, ja, natürlich«, beeilte sich Ivan zu sagen. Er fragte sich, ob er und alle anderen in die falsche Richtung gedacht hatten. Vielleicht ging es bei dieser Entführung gar nicht darum, daß jemand schnell reich werden wollte. Vielleicht ging es darum, ihn, Ivan Garzone, so ausbluten zu lassen, daß er das Projekt seines Lebens buchstäblich in den Wind schreiben konnte.

»Gut«, sagte Catia, »das hätten wir geklärt.«

»Es gibt da leider ein Problem«, sagte Angelo Sgreccia. Er sah zur gegenüberliegenden Seite des Tischs. War es nicht seltsam, daß das Kind entführt worden war, kurz nachdem er das Testament angefochten hatte? Er wollte niemandem etwas unterstellen, aber drängte sich der Verdacht nicht geradezu auf, daß Ivan sich anderweitig holen wollte, was ihm vor Gericht zu entschwinden drohte? Vielleicht hatte Ivan selbst den Jungen ... Angelo schüttelte den Kopf. Er fuhr fort: »Ich komme nicht an das Erbe heran. Keiner kommt da heran. Außer wenn Ivan seine Annahmeerklärung zurückziehen und schriftlich auf jede Art von Ansprüchen verzichten würde.«

»Es geht um das Leben eines unschuldigen Kindes«, sagte Catia. »Verzichtest du, Ivan?«

Natürlich stellt sich Catia auf seine Seite, dachte Ivan. Kein Wunder, sie war ja bei den Sgreccias aufgewachsen. Und auch wenn sie immer so tat, als sei sie auf niemanden angewiesen, saß so etwas tief. Und sie hatte darauf bestanden, die Polizei aus dem Spiel zu halten. Angeblich, um den Jungen nicht zu gefährden. Vielleicht steckte aber etwas ganz anderes dahinter. Was ist, wenn es gar keine

Entführung gegeben hat? dachte Ivan. Wenn Catia ihren Jungen irgendwo versteckt und hier die verzweifelte Mutter spielt, um mich zu Tränen zu rühren? Sobald ich auf den Nachlaß verzichte, taucht der Junge auf, als sei nichts gewesen, Sgreccia lacht sich ins Fäustchen und gibt Catia ein paar Hunderttausend ab. Das hätten die sich so gedacht! Ivan sagte: »Natürlich würde ich verzichten, wenn es die einzige Möglickeit wäre. Sie ist es aber nicht, sie ist nicht einmal die beste. Wir haben schließlich ein Testament vorliegen. Viel einfacher wäre, wenn Angelo seine Anfechtungsklage zurückziehen und sich schriftlich verpflichten würde, den letzten Willen seines Vaters anzuerkennen.«

»Er war nicht mehr bei Sinnen, das weißt du genau«, sagte Angelo.

»Er formulierte ziemlich klar und eindeutig«, sagte Ivan.

»Wieso sollte er denn gerade dir …?« fragte Angelo.

»Weil er seinem Sohn nicht über den Weg traute, und das völlig zu Recht, denn …«

»Hört auf!« brüllte Catia. Sie stand auf und ging zum Fenster. Draußen hatte es heftig zu regnen begonnen. Ein scharfer Wind fegte die Schauer über die Piazzetta. Sie tanzten schräg durch den honiggelben Schein der Laterne und trommelten auf dem Pflaster einen wilden Takt dazu. Dahinter war schwarzes Nichts, bis irgendwo in Richtung San Lorenzo ein Blitz fahl durch den Regenvorhang aufzuckte. Der Donner schien sich erst finden zu müssen, rollte dann langsam an, füllte die Welt, zerbarst in sich überlagernden Explosionen und ließ die Fensterscheiben zitternd aufsummen.

»Herr im Himmel, kann denn keiner von euch nachgeben?« stöhnte Catia.

»Angelo?« fragte Ivan.

»Ivan?« fragte Angelo.

Angelo saß schwer hinter dem Tisch, hatte die Ellenbogen aufgestützt. Ivan hatte sich zurückgelehnt. Mit dem

Mittelfinger der linken Hand strich er die Tischkante entlang. Fast am Eck war vor langer Zeit eine tiefe Kerbe hineingeschnitten worden. Ivan fuhr sie mit dem Fingernagel nach. Draußen prasselte der Regen.

»Gut«, sagte Catia. »Bevor das nicht geklärt ist, steht keiner von diesem Tisch auf!«

Die Lösung, die sie schließlich fanden, hätte auch den Politikern in Rom gut zu Gesicht gestanden. Sie klammerte das Problem aus und war nicht praktikabel. Angelo und Ivan wollten eine Vereinbarung unterzeichnen, in der sie sich beide einverstanden erklärten, daß Catia zwei Millionen bekommt, egal, wem das Erbe zugesprochen würde.

»Gleich morgen früh gehen wir zur Bank«, sagte Angelo.

»Wir tun, was wir können«, sagte Ivan.

»Das genügt nicht«, sagte Catia. »Das ist viel zuwenig.«

Sowohl Angelo als auch Ivan schienen sich Catias Ermahnung in ganz eigener Weise zu Herzen zu nehmen. Beide wußten, daß keine Bank der Welt zwei Millionen Euro aufgrund einer windigen Vereinbarung zur Verfügung stellen würde, bevor die Erbfrage nicht eindeutig geklärt war. Wenn das Geld auf den Tisch mußte, um den Jungen nicht dem sicheren Tod auszuliefern, würde einer von beiden also auf seine Ansprüche verzichten müssen. Es galt sicherzustellen, daß es der andere war. Um den Druck zu erhöhen, konnte es keinesfalls schaden, die öffentliche Meinung des Dorfs auf der eigenen Seite zu haben.

Und so machten sich beide ans Werk, kaum daß sie das Pfarrhaus verlassen hatten.

Ivan hatte den strategischen Vorteil, mit seiner Bar über ein ideales Kommunikationsforum zu verfügen. Angelo mußte Klinken putzen, profitierte aber von dem Unwetter, das mehr Leute als gewöhnlich in den eigenen vier Wänden hielt. Die Türen öffneten sich ihm bereitwillig, denn natürlich war jeder neugierig, wie die Verhandlungen im Pfarrhaus abgelaufen waren. Wirklich klar wurde das allerdings nicht, vor allem für diejenigen, die in den Genuß beider Darstellungen kamen.

In Ivans Version war Angelo Sgreccia zu einem starrsinnigen Egomanen mutiert, der Realitäten einfach ableugne und nicht davor zurückschrecke, seinen verstorbenen Vater in den Schmutz zu ziehen. Vorsichtig lancierte Ivan den Gedanken, daß so einem alles zuzutrauen sei, verzichtete aber vorerst darauf, seinen Verdacht unter die Leute zu bringen, daß Angelo diese Entführung nur inszeniert habe. Vom Kartenspiel her wußte Ivan, daß es immer gut war, noch einen Trumpf in petto zu haben. Man mußte schließlich nachlegen können, wenn es nötig war.

Vielleicht weil Angelo unter dem Zwang, hart bleiben zu müssen, wirklich litt, setzte er eher auf menschliches Mitgefühl. Man könne sich kaum vorstellen, wie kalt und unnachgiebig Ivan Garzone gegenüber Catias verzweifeltem Flehen geblieben sei. Nur mit größter Mühe habe er, Angelo, ihn zu einem Kompromiß überreden können, der hoffentlich auch durchführbar sei. Wenn Minhs Schicksal aber von Ivans Entscheidungen abhängen sollte, dann sei Gott dem Jungen gnädig!

Es war schwer zu sagen, wer größeren Erfolg hatte. Mancher neigte mehr Ivan zu, andere standen eher auf Angelos Seite, doch noch schwankte die Mehrheit der Dorfbewohner. Sie hatten erkannt, welch tiefer Spalt sich zwischen den beiden aufgetan hatte. Man fürchtete, daß der Grund nirgends mehr sicher sei, wenn die Erde einmal in Bewegung geraten war. Leicht konnten sich Risse durchs ganze Dorf ausbreiten und die Narben alter, längst vergessen geglaubter Feindschaften aufbrechen.

Und doch fanden die Dorfbewohner auch ein wenig Geschmack an der Macht, die ihnen das Ringen zwischen Ivan und Angelo zukommen ließ. Montesecco konnte sich gegen einen von beiden entscheiden und ihn vor die Wahl stellen, ein Vermögen aufzugeben oder für alle Zeit als Mörder eines kleinen Jungen zu gelten.

Um den Jungen verstreut lagen Seidenpapierbögen. Einen gelben und einen blauen hatte er in lauter Spiralen von circa zehn Zentimetern Durchmesser zerschnitten.

»Was wird das?« fragte ich.

»Ein Drachenschwanz.«

»Geht dir diese ewige Drachenbastelei nicht auf die Nerven?«

Der Junge legte die kleine Papierschere beiseite.

»Ich habe dir ein anderes Spiel mitgebracht.« Ich gab ihm das Blatt Papier mit den beiden Silhouetten.

Der Junge warf einen Blick darauf, drehte es auf den Kopf und wieder zurück, sagte: »Ich möchte lieber nach Hause.«

»Eigentlich ist es kein Spiel, sondern ein Test«, sagte ich.

»Trotzdem möchte ich lieber …«

»Bevor du nicht alle Tests bestanden hast, kannst du nicht nach Hause.«

Der Junge rührte sich nicht. Ich wußte nicht, ob er mich haßte oder ob er verstand, daß ich nur tat, was ich tun mußte. Ob ihm klar war, daß wir aufeinander angewiesen waren?

»Was siehst du auf dem Bild?« fragte ich.

»Einen Becher.« Der Junge hatte nur kurz hingeblickt.

»Du meinst wahrscheinlich einen Kelch, oder? Zeig ihn mir!«

Der Junge tippte auf die weiße Fläche in der Mitte des Papiers.

»Das ist falsch. Schau genauer!«

Der Junge schaute auf das Blatt oder tat zumindest so. Dann fuhr er die Linien zwischen der weißen und den beiden schwarzen Flächen nach. »Das ist doch ein Bech…, ein Kelch.«

»Nein, das ist gar nichts. Nur leere weiße Fläche. Bedeutungsloser Hintergrund.«

»Aber ich sehe doch …«

»Wem traust du mehr, deinen Augen oder mir?«

Der Junge antwortete nicht, doch ich sah ihm an, daß er nur nicht wagte, sich offen gegen mich aufzulehnen.

Ich legte die Handfläche über die weiße Fläche auf dem Blatt. »Schau jetzt nur auf das Schwarze hier links! Erkennst du wirklich nichts?«

»Ein Gesicht!« sagte der Junge.

»Im Profil, ja! Das Gesicht von wem?«

»Von einem schwarzen Mann.«

»Nur die glühenden Augen fehlen«, sagte ich. »Und was ist hier rechts?«

»Noch ein Gesicht von einem schwarzen Mann, der den anderen anschaut.«

»Und dazwischen?«

»Eine leere weiße Fläche.«

»Wer hatte also recht? Deine Augen oder ich?«

»Du«, sagte der Junge leise.

»Man sieht nur, was man weiß«, sagte ich. »Merk dir das, Junge!«

Gianmaria Curzio hatte sich ein neues Handy gekauft, nachdem er das alte irgendwo verloren hatte. Ein Siemens-Handy, das auch wirklich in Deutschland hergestellt worden war, wie der Verkäufer bei der Madonna und allen Heiligen beschwor. Curzio glaubte fest, daß sich die Deutschen bei all ihren negativen Eigenschaften in zweierlei Hinsicht vor anderen Völkern hervortaten: die Züge auf die Minute pünktlich ankommen zu lassen und zuverlässige technische Geräte zu bauen.

Erstere Überzeugung gründete sich auf einen Besuch Curzios bei entfernten Verwandten im Ruhrgebiet Anfang der siebziger Jahre, letztere auf den Schwarzweißfernseher von Grundig, der ihn fünfundzwanzig Jahre lang nie im Stich gelassen hatte und wahrscheinlich noch weitere fünfundzwanzig Jahre funktioniert hätte, wenn Curzio nicht zum 75. Geburtstag von seiner Tochter einen taiwanesischen Farbfernseher geschenkt bekommen hätte, den abzulehnen er nicht den Mut gefunden hatte. Das mit der deutschen Wertarbeit stimme schon lange nicht mehr, hatte Marisa auf seine zaghaften Einwände gesagt, doch Curzio wußte, was er wußte. Er schaltete das Siemens-Handy ein. Schade, daß man keine Toten anrufen konnte!

Er blickte auf den leeren Platz neben sich. Die Steinbank unter dem Kreuz war feucht. Wer da eine Weile sitzen blieb, würde sich garantiert den Tod holen. Überhaupt hatte sich Curzio in der letzten Zeit hier nicht mehr so richtig wohl gefühlt. Man sah zwar immer noch so weit über die Hügel wie früher, doch mal regnete es, mal war es zu windig, mal knatterte der Rasenmäher der Deutschen so laut herüber, daß einem die Gedanken erzitterten. Curzio stand auf. Er ging langsam zum Friedhof hinab. Mal sehen, was Benito so trieb!

Der Blumenschmuck unterhalb der Grabplatte welkte vor sich hin. Curzio bückte sich mühsam, sammelte ein paar der unansehnlichsten Sträuße auf und trug sie nach draußen zur Mülltonne. Dann kehrte er zurück und las mit halblauter Stimme den Namen und die Lebensdaten Benito Sgreccias, die mit goldenen Lettern in den Stein graviert waren. Er schüttelte den Kopf und prüfte, ob die Schrauben der Marmorplatte festsaßen.

Daß der Junge entführt worden war, wunderte ihn überhaupt nicht. Irgend etwas hatte passieren müssen. Es hatte förmlich in der Luft gelegen. Am Tag von Benitos Tod war ein Schatten über Montesecco gefallen, der einen auch an den immer spärlicheren Sonnentagen frösteln ließ. Vielleicht war Curzio der einzige, der bemerkt hatte, wie sich das Licht in den Gassen verdüstert hatte, wie der Morgennebel, der aus den Tälern heraufstieg, sich nicht auflöste, sondern durch die Haut drang und die Knochen aufweichte. Curzio fragte: »Was meinst du dazu, Benito?«

Benito antwortete nicht. Es war fast wie früher. Zu solchen Fragen hatte Benito immer geschwiegen, und eigentlich hatte er damit ja auch recht. Um aussagekräftige Antworten zu bekommen, mußte man die richtigen Fragen stellen. Curzio spürte, daß ein kühler Wind aufkam, und hätte zum Aufwärmen gern einen Grappa gekippt, doch er hatte die Flasche nicht dabei. Er fragte: »Gibt es einen Zusammenhang zwischen der Entführung des Jungen und deinem Tod, Benito?«

Er horchte. Irgendwo hinter dem Hügel bimmelten die Glöckchen von Luigis Schafen. Curzio stellte sich vor, daß Benito in seinem Sarg den Mundwinkel hochzog. Natürlich gab es einen Zusammenhang, das war doch offensichtlich.

Der Wind raschelte durch die vertrockneten Blumen zu seinen Füßen. Er trieb den Zellophanstreifen einer Zigarettenpackung vor sich her, legte ihn ab, schob ihn hierhin und dorthin, wirbelte ihn wieder hoch und blies ihn über die Grasfläche fort. Man mußte am Anfang anfangen! Die Entführung, der Streit ums Testament, das Testament selbst, Benitos drei Tage mit den römischen Nutten, sein Rückzug in den Monaten davor, all das wäre ohne die fünfeinhalb Millionen Euro nie geschehen. Die hatten alles andere in Bewegung gesetzt. Curzio klopfte an die Marmorplatte und fragte: »He, Benito, woher zum Teufel hast du das verdammte Geld?«

Ein paar Momente lang spürte Curzio überdeutlich seinen eigenen Herzschlag, zu dem der Wind schnaufte wie nach einer großen Anstrengung. Dann flaute er ein wenig ab und begann Curzio ins Ohr zu flüstern. Es dauerte ein wenig, bis er die Worte verstand, doch bald wurden sie klar und deutlich, und ihm schien fast, daß es Benitos Stimme war, mit der der Wind wisperte: »Finde es doch heraus, Gianmaria Curzio!«

Curzio nickte. Das würde er tun. Er würde herausfinden, wie Benito sein Vermögen gemacht hatte. Und was danach geschehen war.

»Danke, Benito!« sagte Curzio. Er strich noch einmal über die Steinplatte. Ihn schmerzte, daß es da drin so dun-

kel war. Langsam ging er zum Dorf zurück, hörte den
Wind in den Büschen am Straßenrand rascheln, ver-
schnaufte kurz, bevor er das Tor von Montesecco passierte, und klopfte gleich darauf bei den Sgreccias an. Angelo war nicht zu Hause, und Elena fragte ein wenig
mißtrauisch, ob Curzio keine anderen Probleme habe und
wozu er denn den Namen des Börsenmaklers benötige.

Curzio beugte sich vor und sagte hinter vorgehaltener
Hand, er befürchte, daß Ivan Garzone in seinem verdam-
mungswürdigen Versuch, den Sgreccias das ererbte Vermögen zu entreißen, so weit gehen könnte, dessen recht-
mäßigen Erwerb in Frage zu stellen. Dem müsse man
entgegenwirken. Elena sah ihn skeptisch an, doch da sie
einen erklärten Verbündeten gegen die Ansprüche Ivans
offensichtlich nicht verprellen wollte, rückte sie die Telefonnummer des Brokers heraus, der Benito Sgreccias Geschäfte an der Mailänder Börse getätigt hatte.

Auf dem Weg nach Hause überlegte sich Curzio die Fragen, die er stellen wollte. Erst als er auf seinem Bett saß
und die Nummer schon eingetippt hatte, fiel ihm ein, daß
der Broker wahrscheinlich gar keine Auskunft erteilen
würde.

»Silvio Forattini«, meldete sich eine etwas zu gut auf-
gelegte Männerstimme in genau dem Ton, der Curzio bei
einem Gemüsehändler ziemlich sicher sein ließ, daß die
zweite Lage Tomaten an der Unterseite angeschimmelt
war.

»Hier Sgreccia«, sagte Curzio aus einer spontanen Eingebung heraus, »ich …«

»Wie schön, Herr Sgreccia, wieder mal von Ihnen zu
hören«, sagte der Börsenmakler. »Wie geht es Ihnen denn
so? Gesundheitlich alles in Ordnung?«

»Äh«, sagte Curzio. Er dachte an den Eichensarg in der
Wandnische des Friedhofs. Er räusperte sich. Er sagte:
»Na ja. Man ist ja schon froh, wenn man keine Schmerzen
hat.«

»Gut, schön, das freut mich.« Forattini schien kaum zugehört zu haben. »Ich wage ja kaum zu hoffen, daß Sie wieder ins Geschäft einsteigen wollen. Zugegeben, die Stimmung ist im Moment etwas gedrückt, aber das eröffnet ja auch jede Menge Chancen. Antizyklisch handeln, das ist das Gebot der Stunde! Und Sie haben Ihren Instinkt ja schon mehr als eindrucksvoll unter Beweis gestellt.«

»Ja«, preßte Curzio hervor. Instinkt, antizyklisch, gedrückte Stimmung. Die Wörter umschwirrten Curzio, doch er bekam sie nicht zu fassen. Sosehr er sich auch bemühte, konzentriert bei der Sache zu bleiben, war da etwas Fremdes, das ihn lähmte, ihn einschnürte. Er fühlte sich wie eingesperrt in einen dunklen, engen Raum, lebendig begraben in einem Sarg in einer gemauerten und fest verschraubten Wandnische, aus der man erst in vielen Jahrzehnten, wenn niemand mehr da war, der noch deinen Namen kannte, den Staub ausräumen würde, zu dem die Knochen zerfallen waren.

»Womit kann ich Ihnen dienen, Herr Sgreccia?« fragte Forattini.

Curzios linke Hand krallte sich in die Tischplatte. Ihm war, als werde es im Zimmer dunkler. Als zerfalle sogar das Licht zu Staub. Plötzlich schien es ihm ungeheuer bedeutsam, begriffen zu haben, daß alles zerfiel.

»Herr Sgreccia?« In Forattinis professionelle Leutseligkeit mischte sich eine Spur Mißtrauen.

Curzio wischte sich über die Stirn. Er schloß die Augen und öffnete sie wieder. Das Licht war so hell wie eh und je. Es war nur ein kleiner Aussetzer gewesen, ein Schwindelanfall. Es war schon wieder vorbei. Curzio sagte: »Benito Sgreccia ist tot. Ich bin sein bester Freund.«

»Oh«, sagte Forattini.

»Es gibt da ein paar offene Fragen, die ich gerne …«

»Mein aufrichtiges Beileid, Herr …?«

»Curzio, Gianmaria«, sagte Curzio. »Mich würde zum Beispiel interessieren, ob Benito Sgreccia tatsächlich

fünfeinhalb Millionen mit Börsenspekulationen verdient
hat.«

»Gianmaria Curzio«, wiederholte Forattini langsam. So,
als ob er sich den Namen aufschriebe.

»Wenn ja, wie hat er das gemacht, wenn er doch keine
Ahnung von Börse und Wirtschaft hatte? Und wer wußte
darüber Bescheid?«

»Herr Curzio«, sagte Forattini, »solche Geschäftsinfor-
mationen sind streng vertraulich. Wenn Sie bei mir Kunde
wären, würden Sie auch nicht wollen, daß ich alles über Sie
in die Welt hinausposaune.«

»Benito ist tot. Der hat nichts mehr dagegen«, sagte
Curzio, und obwohl er noch ein paar Minuten auf den
Börsenmakler einredete, gelang es ihm nicht, ihn umzu-
stimmen. Forattini ließ sich nur zu dem Satz herab, daß es
sich bei Benito Sgreccia wirklich um eine außergewöhn-
liche Persönlichkeit gehandelt habe, mit der Geschäfte zu
machen ein Vergnügen gewesen sei.

Die Mafia gibt es nicht. Hat es nie gegeben. Und wenn es
sie gegeben hätte, dann höchstens in den abgelegensten Gebieten Siziliens, wo halbleibeigene Bauern sich im 19. Jahrhundert gegen die Zumutungen der Grundherrn organisieren mußten.

Die neapolitanische Camorra und die kalabresische
’Ndrangheta gibt es genausowenig. Sicher wird gedealt,
wird hier und da ein Geschäft überfallen, wird ab und zu
ein Beamter geschmiert, und es kommt auch durchaus vor,
daß ein paar Kriminelle ihre Streitigkeiten untereinander
mit Gewalt austragen. Doch wo passiert das nicht? Exi-
stiert irgendwo in der Welt eine Insel der Seligen ohne Verbrechen?

Mafia, Camorra, ’Ndrangheta – das sind alles Erfindun-
gen, Mystifikationen, konstruierte obskure Mächte, deren
Existenz nur deswegen so hartnäckig behauptet wird, weil
es bestimmten Leuten sehr zupaß kommt. Cui bono? Wer

profitiert von diesen Hirngespinsten? Ist es ein Zufall, daß das sogenannte organisierte Verbrechen ausgerechnet die Regionen Italiens beherrschen soll, in denen die staatlichen Institutionen am offensichtlichsten versagen? Wie soll denn ein unfähiger, korrupter und nur auf den eigenen Vorteil bedachter Politiker seinen Wählern sonst erklären, daß nichts vorangeht? Daß keine Arbeitsplätze geschaffen werden, Nahverkehr und Gesundheitswesen im Chaos versinken, Autobahnen ins Nichts gebaut werden, Erdbebenopfer jahrelang vergeblich auf versprochene Finanzhilfen warten und und und.

Natürlich, die Mafia ist schuld, die Camorra, die 'Ndrangheta, ungreifbare Geheimbünde mit lächerlichen Riten, angeborenem Blutrausch und dem einzigen Ziel, die ach so ehrenwerten Bemühungen der Politiker zunichte zu machen. Eine absolut durchsichtige Schutzbehauptung, die aber unter der geflissentlichen Mithilfe sensationsgieriger Medien immer noch funktioniert und seit Jahrzehnten den immer gleichen Machteliten in Region, Provinz, Kommune ihre Positionen sichert.

So ungefähr lautete das Ergebnis von Catia Vannonis Nachforschungen. Sie hatte Freunde angerufen, die sie wiederum an Freunde weitervermittelt hatten. Je näher sie den Freunden von Freunden kam, die angeblich mit dem Milieu zu tun haben sollten, desto weniger real wurde die Mafia. Jede Vorstellung, der man sich sicher zu sein glaubte, schien sich zu verflüchtigen, ähnlich wie das Sujet eines großformatigen Gemäldes, das sich in wirr anmutenden Pinselstrichen und Farbflächen verliert, wenn man bis auf wenige Zentimeter herantritt.

Catia hatte fast schon aufgegeben, als sie von einer Frau angerufen wurde, die sagte, es sei ihr zu Ohren gekommen, daß Catia dringend einen kurzfristigen Kredit benötige. Zufällig arbeite sie in der Branche und wäre glücklich, helfen zu können. Sie schlug ein Treffen in einem Fischrestaurant zwischen Cattolica und Pesaro vor. Mit der Bemerkung, daß sich jetzt zeige, wem das Leben Minhs wirklich am Herzen liege, zwang Catia sowohl Angelo Sgreccia als auch Ivan Garzone, sie zu begleiten. Sie stiegen in Ivans Fiat Uno und trafen eine knappe Stunde später am Restaurant ein.

Die »Capanna del pescatore« lag direkt an der Kante der Steilküste des Monte San Bartolo. Von der Terrasse blickte man weit übers Meer, das von hier oben völlig glatt und unbewegt wirkte, obwohl eine leichte Brise zu spüren war. Das Blau des Wassers hellte sich zur Horizontlinie hin auf. Zwei, drei Schiffe, die auf offener See auszumachen waren, wirkten wie verlorengegangenes Spielzeug.

»Ich liebe diesen Ort«, sagte eine etwa dreißigjährige Frau, die aus der Tür des Restaurants getreten war. Sie trug ein weißes Sommerkleid und hatte eine Strickjacke über den Schultern hängen.

»Signorina …?« fragte Catia.

Die Signorina lächelte. »Sie müssen Catia Vannoni sein! Ist der Blick von hier nicht bezaubernd?«

»Schon«, sagte Ivan Garzone. Wohl um zu zeigen, daß man einen wie ihn nicht so schnell in die Tasche steckte, fügte er hinzu: »Nur das Essen scheint nichts zu taugen, sonst wäre es hier nicht so gähnend leer.«

»Ich habe mir erlaubt, das ganze Restaurant zu buchen«, sagte die Signorina fast entschuldigend. »Bei geschäftlichen Unterredungen ist es nicht so angenehm, wenn irgendwer am Nachbartisch die Ohren spitzt.«

»Und wo sind Ihre Leibwächter?« fragte Ivan.

»Sind Sie denn so gefährlich, Herr Garzone?« Die Signorina hatte den Ton ihrer Stimme um eine Nuance gesenkt. Auch wenn man genau auf Aussprache und Modulation achtete, war nicht der Hauch eines sizilianischen Dialekts herauszuhören.

»Woher kennen Sie meinen Namen?« fragte Ivan Garzone.

Die Signorina legte den Zeigefinger quer über die Lippen, zwinkerte Ivan zu und sagte: »Sie wollen einer Frau doch nicht beim ersten Rendezvous alle Geheimnisse entreißen? Doch im Ernst, das Essen ist hier ausgezeichnet. Ich würde Ihnen die Meeresfrüchte-Antipasti dringend empfehlen. Was den Fisch angeht …«

»Könnten wir zur Sache kommen?« sagte Catia. Sie fragte sich, was ihr Sohn wohl zu essen bekam. Ob er überhaupt etwas bekam.

»Natürlich.« Die Signorina rückte einen Stuhl zurecht, setzte sich und zog die Strickjacke enger um die Schultern. Es war ein wenig zu frisch, um draußen zu essen, aber die Signorina schien nicht auf den Blick verzichten zu wollen. Sie sagte: »Sie brauchen zwei Millionen?«

»Ja«, antwortete Catia, »und zwar so schnell wie möglich.«

»In gebrauchten, nicht durchgehend numerierten Scheinen, nehme ich an.«

Catia hatte keine Ahnung. Das konnte zumindest nicht verkehrt sein. Sie nickte.

»In zwei Tagen kann ich liefern«, sagte die Signorina.

»Das ist zu spät. Es muß schneller möglich sein«, sagte Catia.

»Haben Sie schon mal versucht, auch nur den hundertsten Teil der Summe bei Ihrer Bank abzuheben?« fragte die Signorina. Sie überlegte. »Vierundzwanzig Stunden. Schneller geht es nicht. Und das kostet extra.«

»Sie tun das nicht aus Nächstenliebe?« fragte Ivan spöttisch.

Die Signorina sah ihn aufmerksam an. Als wäge sie ab, ob er einer ernsthaften Antwort würdig sei. Dann sagte sie: »Nächstenliebe ist das falsche Wort. Mitgefühl wäre besser oder Verständnis, unbürokratische Menschlichkeit. Ich bin jemand, der hilft, wenn sonst keiner mehr helfen kann. Die letzte Instanz sozusagen. Und dafür bekomme ich fünf Prozent.«

»Fünf Prozent Zinsen?« fragte Angelo Sgreccia.

»Pro Tag«, sagte die Signorina.

»Pro Tag?« fragte Ivan Garzone.

»Sie wollen zwei Millionen von heute auf morgen. Das Geld liegt nicht auf der Straße herum«, sagte die Signorina.

Fünf Prozent, das machte hunderttausend Euro! Pro Tag! An Zinsen! Siebenhunderttausend pro Woche. In nicht mal drei Wochen wäre neben den zwei Millionen Darlehen dieselbe Summe an Zinsen fällig.

»Sie sind ja total verrückt!« sagte Angelo Sgreccia.

»Absolut wahnsinnig!« bekräftigte Ivan Garzone.

»Keiner zwingt Sie«, sagte die Signorina. »Es ist nur ein Angebot.«

Zwei Kellner brachten Weißwein und zwei große Antipastiplatten, obwohl noch keiner von ihnen bestellt hatte. Der Wein war ein hochklassiger Verdicchio di Matelica der Kellerei Bisci. Auf der einen Platte befanden sich warme, auf der anderen kalte Vorspeisen. Es fehlte nichts, was das Mittelmeer an Meeresfrüchten zu bieten hatte.

»Sie bedienen sich selbst«, sagte die Signorina. Sie wandte sich zu Ivan: »Das geht natürlich auf meine Kosten.«

Das Meer sah aus, als hätte man aus einem riesigen Kübel dickflüssige blaue Farbe ausgekippt. Der Wind kletterte über die Terrassenbrüstung und spielte in den Blättern der Zitronenbäume. Im Windschatten des Hauses döste eine getigerte Katze.

»Es kann sich Monate hinziehen, bis die Erbschaftsfrage geklärt ist«, sagte Angelo.

»Tägliche Zinsen, das geht nicht«, sagte Ivan. »Wir müssen wissen, was es letztlich kostet.«

»Minh ist acht Jahre alt«, sagte Catia. Ihre Stimme zitterte ein wenig, doch sie zwang sich weiterzusprechen. »Letzten Monat hat er Geburtstag gefeiert. Ich habe ihm ein Fahrrad geschenkt, und er kann auch schon ganz gut

damit fahren. Nur bergauf geht es noch ein wenig wacke-
lig.«

»Nehmen Sie doch von den gratinierten Canocchie!«
sagte die Signorina. »Ich weiß nicht, wie die das hier so
lecker hinbekommen.«

»Hunderttausend fix«, sagte Ivan. Angelo nickte. Die
Signorina lächelte, nahm das Tuch von der Weinflasche und
schenkte sich nach.

»Mein Sohn ist klein für sein Alter«, plapperte Catia,
»aber er stellt sich geschickt an. Beim Basteln zum Beispiel. In der Schule geht es mehr schlecht als recht. Dabei
fehlt es nicht an Begabung, meint seine Lehrerin, er sei nur
mit den Gedanken oft anderswo. Aber es wird schon werden, Minh ist ja noch so jung.«

Die Katze streckte die Vorderpfoten von sich, gähnte,
buckelte und tapste heran. Sie strich um die Tischbeine.
Die Signorina ließ einen Garnelenschwanz fallen.

»Er hat sein ganzes Leben noch vor sich und ...« Catia
verstummte. Sie rückte das Fischmesser auf der Serviette
zurecht.

»Zweihunderttausend fix«, sagte Angelo. Ivan nickte.
Der Blick der Signorina wirkte ein wenig verächtlich. Er
sagte, daß sie nicht auf dem Basar seien. Und daß es nicht
um Teppiche oder Goldkettchen gehe.

»Kürzlich hat er wieder nach seinem Vater gefragt. Ob
wir nach Vietnam reisen und ihn suchen«, sagte Catia.
»Dabei weiß ich überhaupt nicht, ob er in Vietnam ist oder
sonstwo. Ich habe ihn nie mehr gesehen. Nur diese eine
Nacht.«

»Und wenn ich meine Klage zurückziehe?« sagte Angelo zu Ivan. »Ich erkenne das Testament an, und du ga-
rantierst mir meinen Pflichtteil plus die Hälfte des rest-
lichen Erbes.«

Das würde die Wartezeit vielleicht auf ein paar Wochen
verringern. Aber Catia brauchte das Geld sofort. Die Signorina probierte von dem Tintenfischsalat, der mit ge-

hackten Tomaten, Chili, Limettensaft und verschiedenen Kräutern angemacht war.

»Sein Vater wird nicht um ihn trauern«, sagte Catia. »Er weiß ja gar nicht, daß er einen Sohn hat.«

Die Signorina nahm sich einen Zahnstocher und pulte damit ein paar der in Weißwein gekochten Meeresschnekken aus dem Gehäuse.

»Hören Sie doch endlich auf zu essen!« zischte Ivan.

Die Signorina tupfte sich die Lippen mit der Serviette ab und sagte: »Ich komme Ihnen entgegen, so weit ich kann: Eine Million pro angebrochenem Monat. Das ist mein letztes Wort.«

»Das ist nicht drin«, sagte Ivan.

»Völlig unmöglich«, sagte Angelo.

»Ihr letztes Wort?« fragte die Signorina.

»Am liebsten spielt er mit Drachen, die er selbst gebastelt hat.« Catia sprach hastig, als hinge alles davon ab, gerade das noch anzubringen. »Er läßt sie in den Himmel steigen und im Wind tanzen. Er sieht zu ihnen hinauf, daß man meinen könnte, seine Seele wäre mit da oben.«

»Nun?« fragte die Signorina. Mit einem eleganten Satz sprang die Katze auf ihren Schoß.

»Fünfhunderttausend«, knirschte Angelo zwischen verkniffenen Lippen hervor.

Die Signorina hob den Arm und rief: »Cameriere, die Rechnung bitte!«

Catia schlug die Hände vors Gesicht.

»Warten Sie!« Angelos Stimme klang belegt.

Die Signorina schubste die Katze von ihrem Schoß.

»Verdammt, verdammt, verdammt«, murmelte Ivan vor sich hin.

Die Signorina stand auf.

»Also gut«, sagte Angelo.

»Eine Million pro Monat«, sagte Ivan.

Die Signorina setzte sich wieder. Catia begann zu schluchzen. Jetzt erst.

»Wenn Sie erlauben, nehme ich mir noch ein paar Austern«, sagte die Signorina. Sie griff zu, schlürfte das Austernfleisch aus der halben Schale, verdrehte genießerisch die Augen und sagte: »Das Geld geht der jungen Dame morgen mittag per Kurier zu. Beide Herren bürgen gleichermaßen für die Begleichung des Kredits plus der Zinsen. Wegen der Rückzahlung werde ich mich zu gegebener Zeit mit Ihnen in Verbindung setzen.«

»Wegen der Sicherheiten …«, sagte Angelo.

»Ich gehe davon aus, daß Sie Ihre Verpflichtungen erfüllen werden.« Die Signorina pfefferte eine weitere Auster.

»Und wenn nicht?«

»Das kommt bei meinen Kunden nicht vor«, sagte die Signorina. Sie schlürfte die Auster.

»Haben Sie schon einen Vertrag aufgesetzt?« fragte Ivan.

»Handschlag genügt. Unter Männern, sozusagen.« Die Signorina lachte. Es war ein glucksendes, zufriedenes Lachen. Dann blickte sie übers Meer und sagte wie zu sich selbst: »Wo sonst hat man so eine schöne Aussicht!«

Die Frist, die der Entführer gesetzt hatte, lief um 12 Uhr ab.

»Wie spät ist es jetzt?« fragte Catia. Sie saß auf der zweituntersten Stufe der Treppe, die zu ihrem Haus hinaufführte, und sah zur Uhr am Palazzo Civico hoch. Die Zeiger standen auf zwanzig nach acht.

»12 Uhr 10«, sagte Franco Marcantoni. An dem Mäuerchen, das die Piazza zum Hang hin abschloß, lehnten zwei schwarze Koffer.

»Weshalb läßt eigentlich niemand die verdammte Uhr richten?« Catia sprang auf. Sie machte ein paar schnelle Schritte, starrte auf die Ehrentafel der Gefallenen, ohne einen Namen wahrzunehmen, und lief zurück.

»Setz dich!« sagte Milena Angiolini.

»Wieso hat man denn eine Uhr auf der Piazza, wenn sie nicht funktioniert?« fragte Catia. Sie schlug mit der flachen Hand auf den Kofferraum von Angelos Wagen.

»Es nützt nichts, wenn du dich verrückt machst«, sagte Milena.

»Man wird doch wohl noch fragen dürfen, warum hier seit zwanzig Jahren eine kaputte Uhr hängt«, begehrte Catia auf.

»Er will das Geld, also wird er sich schon melden«, sagte Franco.

Catia setzte sich wieder auf die Stufe, verschränkte die Arme über den Knien und legte den Kopf darauf. Sie reagierte nicht, als ihr Lidia Marcantoni ein Panino anbot.

»Und ein wenig schlafen solltest du auch«, sagte Milena. »Wir wecken dich, sobald sich etwas tut.«

Catia murmelte etwas in ihre Armbeuge hinein.

»Was?« fragte Milena.

»Schlafen kann ich genug, wenn ich tot bin«, sagte Catia, ohne den Kopf zu heben. Der Wind spielte sanft in ihrem Haar.

»Sag nicht so einen Unsinn!« sagte Milena.

»Versündige dich nicht!« sagte Lidia Marcantoni.

Die Sonne hatte den herbstlichen Morgennebel schon seit geraumer Zeit aufgelöst, aber erst jetzt begann sie zu wärmen. Obwohl es Mittag war, stand sie so tief, daß jeder der Herumstehenden einen deutlichen Schatten warf. Auch die Umrisse der beiden Koffer zeichneten sich klar auf dem Asphalt ab.

Franco Marcantoni schlug vor, inzwischen das Geld zu zählen. Er nahm die Hände aus den Hosentaschen.

»Wozu?« fragte Catia dumpf.

»Na hör mal! Was ist, wenn der Entführer behauptet, daß es nur eine Million war? Und du hast keine Ahnung, ob ...«

Catia zuckte die Achseln. Franco zögerte. Dann ging er auf die Koffer zu, nahm einen hoch und legte ihn auf dem Mäuerchen ab. Bevor er ihn öffnen konnte, protestierte

Lidia. Angeblich befürchtete sie, daß der Wind das Geld zerstreuen könnte, doch man merkte genau, daß sie es für ungehörig hielt, in der Öffentlichkeit Geld zu zählen. Noch dazu so eine Menge Geld. Niemand in Montesecco hatte je auch nur einen Bruchteil der Summe auf einem Haufen gesehen.

»Wenn nicht eh bloß Papierschnipsel drin sind«, sagte Franco.

Die Koffer waren eine halbe Stunde zuvor von zwei jungen Männern angeliefert worden, die statt nach seriösen Geldkurieren eher nach Aushilfsfahrern eines großstädtischen Pizzaservice ausgesehen hatten. Sie waren mit einem tuckernden alten Diesel-Mercedes in Montesecco eingerollt. Der Fahrer, ein Blonder mit überlangen Koteletten, der unentwegt Kaugummi kaute, hatte die Koffer aus dem nicht verschlossenen Kofferraum gehievt, sie vor dem Mäuerchen auf den Boden geknallt und war dann die Stufen zu Catia hochgestiegen. Der andere blieb im Wagen sitzen und beauftragte durchs herabgedrehte Fenster Ivans Sohn Gigino, ihm Zigaretten zu holen. Als er erfuhr, daß es seit dreißig Jahren keinen Laden mehr in Montesecco gab, geschweige denn einen Sale e Tabacchi, stieg er doch aus, nahm die Sonnenbrille ab, breitete die Arme aus, legte den Kopf in den Nacken, drehte sich im Kreis, und mit einer Lautstärke, die alles zusammenlaufen ließ, was sich nicht sowieso schon auf der Piazza befand, schrie er: »So sieht also der Arsch der Welt aus!«

Der Blonde wies von oben vage in Richtung der Koffer und beschränkte sich darauf, Catia zu sagen, daß sie ja Bescheid wisse. Dann hüpfte er die Stufen hinab und stieg ins Auto, nicht ohne zuvor seinen ausgelutschten Kaugummi an den Außenspiegel von Angelos Wagen geklebt und einen neuen eingeworfen zu haben. Nach drei Minuten war der Auftritt der beiden vorüber. Sie fuhren ab und ließen nichts als eine blaue Abgaswolke über der Piazza zurück. Und zwei schwarze Koffer.

Endlich ließ Franco die Messingverschlüsse aufschnappen, öffnete den Koffer einen Spalt und blickte hinein. Die anderen traten heran. Franco klappte den Deckel vorsichtig zurück. Da lagen sie. Es sah aus wie im Film. Lauter Einhundert-Euro-Noten, mit weißen Banderolen gebündelt, dicht an dicht geschichtet, bis an die obere Kante der Kofferöffnung.

»Wahnsinn!« sagte Donato.

Zögernd nahm Franco eines der Bündel heraus. Er wog es in der Hand, bog es, ließ die einzelnen Scheine durch die Finger rattern. Es waren schätzungsweise hundert. Das ergab zehntausend Euro pro Bündel! Mit spitzen Fingern zog Lidia einen Schein heraus und hielt ihn gegen das Licht. Auf den ersten Blick sah er echt aus. Marisa Curzio stöberte in der zweiten Lage. Auch weiter unten fanden sich keine Papierschnitzel. Nur Geld, Geld und Geld. Donato griff sich vier Bündel. Zwei davon legte er mit ein wenig Abstand parallel auf die Mauer, die anderen beiden quer darüber. Er fragte: »Wißt ihr, was das ist?«

»Vierzigtausend Euro«, sagte Milena.

»Der neue Toyota Landcruiser. Four by four«, sagte Donato.

»Was?« fragte Lidia.

»Allradantrieb«, sagte Donato. Er legte noch einen Pakken Geldscheine darauf und ergänzte: »Mit allen Extras, die du dir vorstellen kannst. Plus Bullbar, zweiter Batterie, zweitem Reserverad und so vielen Zusatztanks, daß du damit ganz Afrika durchqueren kannst, ohne einmal anhalten zu müssen.«

»Was willst du denn in Afrika?« fragte Lidia.

»Was ich …?« Donato brach ab. Er überlegte. Dann grinste er Lidia breit an und sagte: »Missionieren. Den kleinen Negerkindern den wahren Glauben bringen.«

»Damit scherzt man nicht«, sagte Lidia entrüstet.

Um nicht stundenlang beschäftigt zu sein, einigte man sich darauf, ein paar der Bündel durchzuzählen und bei den anderen nur zu kontrollieren, ob sie gleich dick waren. Franco schüttete den Inhalt des Koffers auf die Mauer, Milena Angiolini, die für ihr gutes Kopfrechnen bekannt war, addierte, und argwöhnisch beäugt von Lidia, schichtete Donato die Bündel zurück. Dann zählten sie den Inhalt des zweiten Koffers. Es waren tatsächlich zwei Millionen.

Franco schloß die Koffer sorgfältig und stellte sie an ihren Platz. Er selbst setzte sich daneben auf das Mäuerchen. Auch die anderen zog es nicht nach Hause. Das Mittagessen würde heute ausfallen. Catia fragte in regelmäßigen Abständen nach der Uhrzeit und schlief kurz nach 15 Uhr auf den Treppenstufen ein. Man überlegte, ob man sie in ihr Bett tragen solle, verzichtete aber darauf, um sie nicht aufzuwecken.

Die Koffer standen an der Mauer und warfen immer längere Schatten. Es war, als ob sie die Bewegungsfreiheit der Dorfbewohner einschränkten. Man konnte doch nicht zwei Millionen unbeaufsichtigt auf der Piazza herumstehen lassen! Und vier Augen sahen mehr als zwei, acht sahen mehr als vier. Doch auch wenn das ganze Dorf noch so angestrengt aufpaßte, es passierte nichts. Von selbst liefen die Koffer nicht weg, und keiner kam, um sie zu holen. Es meldete sich nicht mal einer, der sie gern haben wollte.

Es war schon deutlich kühler geworden, als Catia nach über zwei Stunden Schlaf aufwachte. Sie schreckte hoch, brauchte einen Moment, um wieder in die Welt zu finden, in der man einen Sohn gegen zwei schwarze Koffer eintauschte. Milena Angiolini schüttelte den Kopf. Eingedenk des ersten Zettels, der bei den Sgreccias gefunden worden war, hatten sie alle Briefkästen im Dorf überprüft. Keine Nachricht vom Entführer! Hatte er es sich anders überlegt? Hatte er Gewissensbisse bekommen? Jetzt, da das Geld bereitlag? Und wenn es so wäre, warum ließ er dann den Jungen nicht frei? Oder konnte er ihn nicht freilassen, weil er ihm schon längst die Kehle durchgeschnitten hatte? Aber würde er dann nicht trotzdem versuchen, an das Geld zu kommen?

»Ich habe doch alles getan, was er verlangt hat«, sagte Catia hilflos.

»Wir können nur warten«, sagte Marisa Curzio.

Franco bot an, die Koffer bis zum nächsten Morgen sicher aufzubewahren, doch Catia schüttelte den Kopf. Sie wollte das Geld bei sich haben, falls der Entführer noch käme. Milena Angiolini und Marisa Curzio erklärten sich bereit, die Nacht über bei ihr zu bleiben. Sie trugen die Koffer nach oben.

Die Nacht schickte ihre Kälte voraus, bevor sie selbst über Montesecco kam. Langsam und sorgfältig wusch sie dem Himmel die Farbe aus, warf zwei Handvoll Sterne in das Schwarz und ließ gnädig zu, daß ein riesiger rötlicher Vollmond über San Pietro aufging. Aber nicht deshalb schlief man schlecht und hörte genauer auf die Geräusche in der Dunkelheit. Ein Entführer mochte gerade durch die Gassen schleichen, um irgendwo eine Nachricht zu hinterlassen. Man wußte nicht genau, ob man sich davor fürchten oder darauf hoffen sollte. Und mancher, den die Nacht zwischen unruhigem Schlaf und dämmrigem Wachsein hin und her schob, stellte sich vielleicht auch vor, daß zwei messingfarbene Kofferverschlüsse im Schwarz aufklickten und wie durch Zauberei ein neues Leben herausflattern ließen.

Doch am nächsten Morgen war alles wie am Tag zuvor. Der Nebel lag in den Tälern, zwei schwarze Koffer standen in Catias Haus herum, Minh blieb verschwunden, der Entführer hatte sich nicht bemerkbar gemacht. Nur war die gesetzte Frist jetzt schon zwanzig Stunden überschritten. Die Frist, nach der der Entführer Minh töten wollte.

4

Ostro

»Ich will nicht mehr über den schwarzen Mann reden«, sagte der Junge. Glaubte er denn, daß mir das Spaß machte? Aber es half ja alles nichts.

»Warum nicht? Weil du Angst vor ihm hast?« fragte ich.

Der Junge antwortete nicht. Irgendwie mußte ich an sein Inneres herankommen, ich mußte wissen, was sich da wirklich tat. Seine Gedanken aufblättern und darin lesen wie in einem Buch. Die Vorstellung gefiel mir. Daß ein Mensch wie ein Roman ist, der rätselhaft und unverständlich erscheint, wenn man aufs Geratewohl eine Seite aufschlägt. Und doch fügt sich irgendwann alles zu einer Geschichte.

»Was würde der schwarze Mann denn mit dir tun?« fragte ich.

Der Junge kratzte an seinem Daumen herum. Er zog ein paar Fäden eingetrockneten Klebstoffs ab.

»Wenn du nicht brav bist«, sagte ich. Ich griff nach seiner Hand.

»Er würde mir weh tun«, sagte der Junge. Seine Hand war warm.

»Nur weh tun?«

»Er würde mich umbringen«, sagte der Junge leise. Ich strich ihm sanft über den Handrücken.

»Wie?« fragte ich.

»Ich weiß nicht«, sagte der Junge. Das gefiel mir nicht. Er konnte nicht ewig vor seiner Geschichte davonlaufen. Er mußte sich seinen Ängsten stellen, auch wenn es schmerzte.

»Was denkst du denn, auf welche Weise er dich umbringen würde?« fragte ich.

»Vielleicht mit dem Gewehr erschießen?«

»Glaube ich nicht. Das macht zuviel Krach.«

105

»*Er würde mich erwürgen.*«

»*Mit seinen riesigen Pranken?*« *fragte ich.*

Der Junge nickte. »*Mit denen würde er meinen Hals zudrücken.*«

»*Du könntest nicht mal schreien*«, *sagte ich.*

»*Nein.*« *Der Junge entzog mir seine Hand.*

»*Bist du schon mal in der Badewanne untergetaucht und hast so lange die Luft angehalten, bis du gemeint hast, daß dir die Lunge platzt?*« *fragte ich.*

»*Nein.*«

»*Das solltest du mal probieren!*«

»*Ich will nach Hause*«, *sagte der Junge. Gleich würde er wieder zu weinen beginnen.*

»*Ich tu mein Bestes*«, *sagte ich,* »*aber ich frage mich wirklich, ob ich dich auf Dauer vor dem schwarzen Mann schützen kann.*«

Tagelang suchte Matteo Vannoni von morgens bis spät in die Nacht nach Minh. Er lief das Feld, auf dem Costanza Marcantoni den Jungen zuletzt gesehen hatte, Quadratmeter für Quadratmeter nach Spuren ab, er brach ziellos durch dichtes Unterholz, er klapperte noch einmal alle allein stehenden Gehöfte im näheren Umkreis ab und fragte bei den Besitzern nach, ob sie vielleicht irgendwo auf die Reste eines grünen Papierdrachens gestoßen wären.

Zu den Mahlzeiten kam er nach Montesecco zurück, verschlang wortlos und in sich gekehrt die Pasta, die ihm Antonietta aufgetischt hatte, und brach sofort wieder auf. Nachts schreckte er unvermittelt hoch, weil er den Schrei eines Kindes gehört zu haben glaubte, lauschte in den dunklen Raum, durch den die Ungeheuer huschten, die sich aus seinen Träumen davongestohlen hatten, und mußte lange den gleichmäßigen Atemzügen Antoniettas zuhören, um wieder in einen unruhigen Schlaf zu finden.

Antoniettas Töchter Sabrina und Sonia, die sonst um spitze Bemerkungen nie verlegen waren, kommentierten die verzweifelte Suche Vannonis mit keiner Silbe, und selbst Assunta Lucarelli hielt sich mit ihren Feindseligkeiten zurück. Offensichtlich hatte Antonietta verstanden, den anderen klarzumachen, wie sehr Vannoni unter dem Verschwinden seines Enkelkindes litt, und eine Schonfrist für ihn erwirkt.

Doch eines Nachmittags, als Vannoni wieder nach seinen schlammverkrusteten Stiefeln griff, bemerkte er die Blicke, die sich Sabrina und Sonia zuwarfen. In ihnen drückte sich ein seltsames Gemenge aus Mitleid und Spott aus, das Vannoni wie ein Schwall kalten Wassers erwischte. Er richtete sich auf. Er sah sich selbst, wie er in zehn Jahren zum tausendstenmal über die immer gleichen Felder stapfte und kopfschüttelnd vor sich hin murmelte, daß der Junge doch irgendwo zu finden sein müßte. War er schon eine lächerliche Figur oder nur auf dem besten Weg, eine zu werden?

»Was ist?« fragte er und stellte die Stiefel wieder auf den Boden.

»Nichts«, sagte Sabrina leichthin.

Antonietta sah von ihrer Tasse auf. Ihre Augen sagten Vannoni, daß sie ihn verstand oder zumindest akzeptierte, was er tat. Egal, was zwei junge Mädchen davon hielten. Doch Sabrina und Sonia waren nicht irgendwelche Mädchen. Vannoni begriff, daß er kämpfen mußte. Sein eigenes Leben war in Gefahr. Nicht wie das Minhs, keiner bedrohte ihn mit dem Tod. Es ging nur darum, daß er seinen Platz in diesem Haus behauptete, seine Zukunft an der Seite der Frau, die er liebengelernt hatte. Einer Frau mit zwei Töchtern, die froh waren, einen Grund gefunden zu haben, ihn nicht anerkennen zu müssen.

Fast nebenbei wurde Vannoni klar, daß er nicht nur durchs Gelände gehetzt war, um Minh zu finden, sondern mindestens genausosehr, weil er dabei sein schlechtes Gewissen loswerden wollte. Doch das konnte man nicht abhängen, indem man rastlos und immer schneller lief. Er mußte sein Versagen akzeptieren, er mußte innehalten, durchatmen, kalt werden, nachdenken, zuschlagen.

»Kommt ihr mit?« fragte Vannoni.

»Ich muß an meiner Seminararbeit weiterschreiben«, sagte Sabrina.

»Ich habe später eine Verabredung«, sagte Sonia.

»Ihr glaubt, die Suche bringt nichts?« fragte Vannoni.

»Ich weiß nicht«, sagte Sonia. Sie schlürfte an ihrem Espresso.

»Wahrscheinlich nicht«, sagte Sabrina.

»Das ganze Dorf hat vergeblich gesucht«, sagte Sonia.

»Und Minh hat sich nicht verlaufen, er ist entführt worden«, sagte Sabrina in dem vorsichtig-verständnisvollen Ton, mit dem man einen nicht ungefährlichen Verrückten auf den Boden der Tatsachen zurückzulenken versucht.

Vannoni nahm das kühl zur Kenntnis, er regte sich nicht auf. Mit Machtspielchen kannte er sich aus, das hatte er in seiner Jugend bei Lotta Continua gelernt und in jahrelangen politischen Diskussionen schon perfektioniert gehabt, als die beiden Mädchen noch gar nicht auf der Welt gewesen waren. Sie hielten ihn für lächerlich? Sie würden schon sehen. Er brauchte nur ein wenig herumzureden, um sie in die Tasche zu stecken. Wenn er wollte, konnte er sie davon überzeugen, daß die Erde ein weichgekochtes Ei war. Jetzt wollte er.

Es ging nicht mehr nur um die Sache, von der er sprach, und deswegen hatte Vannoni keinerlei Bedenken, alles, was ihm gerade durch den Kopf schoß, als Ergebnis sorgfältiger Überlegungen auszugeben. Er sagte:

»Mir kam gleich merkwürdig vor, daß in der Lösegeldforderung die Art der Geldübergabe nicht einmal andeutungsweise erwähnt wurde. Etwa daß Catia sich zu einem bestimmten Zeitpunkt allein mit einem Moped da und dort einfinden sollte. Der Täter muß also noch einmal mit ihr in Kontakt treten, was zweifellos ein Risiko ist. Wieso nimmt er das auf sich? Der Zettel wirkte so, als habe der

Täter ihn in aller Eile geschrieben und gar nicht die Zeit gefunden, sich einen genauen Plan zurechtzulegen. Wenn ich jemanden entführen wollte, würde ich mir allerdings vorher überlegen, wie ich das alles durchziehen könnte. Doch selbst wenn er nur die günstige Gelegenheit am Schopf gepackt hatte, war Minh ja immerhin drei Tage vorher verschwunden. Zeit genug, um sich ein paar Gedanken zu machen. Und da fragte ich mich, wieso der Täter überhaupt zweiundsiebzig Stunden wartete, bis er seine Forderung stellte. Warum nicht früher, warum nicht sofort?«

»Er mußte vielleicht erst ein Versteck für Minh finden«, sagte Sabrina.

»Und hat den Jungen drei Tage lang im Kofferraum herumgefahren?« fragte Vannoni. Jetzt, da es ihm darum ging, recht zu haben und sich als der Stärkere zu erweisen, fanden sich wie von selbst die Argumente, machte er sich endlich die Gedanken, auf die er schon längst hätte kommen müssen, statt tagelang blödsinnig durchs Gebüsch zu kriechen. Er fuhr fort: »Nein, so etwas will man schnell erledigen, man will ans Geld, man will die Geisel loswerden und mehr noch die dauernde Anspannung, die Ungewißheit, die Angst, entlarvt zu werden. Es paßte einfach nichts zusammen.«

»Aber genau so war es«, sagte Sonia.

»Vielleicht, vielleicht auch nicht«, sagte Vannoni. »Nehmen wir doch einfach mal an, Minh wäre weggelaufen, weil er sich vernachlässigt fühlte. Vielleicht versteckte er sich irgendwo oder er machte sich auf den Weg Richtung Vietnam, um seinen Vater zu suchen.«

»Und die Lösegeldforderung?« fragte Sabrina.

»Die hat einer geschrieben, der genausowenig wie wir weiß, wo der Junge steckt. Einer, der spontan beschlossen hat, zwei Millionen abzukassieren. Und das schlimme ist, daß wir den Täter auf die Idee gebracht haben, weil jeder nur das Geld aus dem Erbe im Kopf hatte. Franco Marcantoni hat es ausgesprochen, aber wir alle wollten nur zu gern an eine Entführung glauben. Es schien so wahrscheinlich, und es entlastete uns in gewisser Weise. Denn so war ein anderer schuld an Minhs Verschwinden, und wir konnten uns vor der Tatsache davonstehlen, daß ihn zwei Tage lang kein Mensch vermißt hatte. Irgendwer in Montesecco, der all das genau mitbekam, dachte sich: Ihr wollt eine Entführung haben, ich gebe euch eure Entführung! Er setzte sich hin und schrieb den Zettel mit der fürchterlichen dreifachen Morddrohung, die ihm leicht von der Hand ging, weil er sie gar nicht wahr machen konnte.«

»In dem Fall wäre es ja völlig sinnlos, das Lösegeld zu zahlen«, sagte Sonia.

»Und es würde bedeuten, daß Minh …«, sagte Antonietta.

»… immer noch irgendwo allein da draußen ist«, ergänzte Vannoni. Er verkniff sich die Bemerkung, daß er ja nicht zum Spaß ununterbrochen gesucht habe. Sie war nicht mehr nötig. Vannoni hatte eine Theorie entwickelt, die zwar nicht bewiesen war, aber plausibel genug erschien, und die sein eigenes Verhalten als wohlüberlegt rechtfertigte. Jetzt mußte er nur noch die beiden Mädchen dazu bringen, ihre Niederlage einzugestehen. Er bückte sich nach seinen Stiefeln, schnürte sie sorgfältig und fragte: »Hat vielleicht doch jemand von euch Zeit mitzukommen? Sabrina? Sonia?«

»Aber wo sollen wir denn noch suchen?« fragte Sabrina.

»Weiter entfernt«, sagte Vannoni. »So weit wie nötig. Wir müssen Leute befragen. Er muß sich irgendwo Essen besorgt haben. Er kann sich nicht in Luft auflösen.«

»Ich komme mit«, sagte Sonia.

»Na gut«, sagte Sabrina zögernd.

Vannoni hätte zufrieden sein können. Er hatte Antoniettas Töchter kleingekriegt. Sie würden nun genau das tun, wofür sie ihn gerade noch belächelt hatten. Doch so wichtig ihm das erschienen war, schmeckte der Erfolg schaler und schaler, kaum daß er ihn errungen hatte. Es war weniger das Gefühl, Minhs Verschwinden für seine eigenen Interessen mißbraucht zu haben. Schließlich hatte er Widersprüche aufgedeckt und Wichtiges herausgefunden. Ihn beschäftigte, daß er nicht früher daraufgekommen war. Als wäre das Schicksal des Jungen nicht bedeutend genug, um ihn zum Denken zu veranlassen. Als könnte sein Hirn nur ordentlich arbeiten, wenn es um das Ich, Ich, Ich ging.

Sich behaupten.

Sich durchsetzen.

Die Kontrolle erringen.

Macht ausüben.

Eins ging wie von selbst ins andere über. Er hatte gemeint, diese Mechanismen durchschaut zu haben und nicht mehr darauf hereinzufallen. Er hatte geglaubt, begriffen zu haben, daß damit alle Menschlichkeit verlorenging. Daß dadurch und nur dadurch die Revolte in den siebziger Jahren gescheitert war. Erstickt in Blut und Blei auf der einen Seite, in Karrierismus auf der anderen.

Und doch brauchte es nur den spöttischen Blickwechsel zwischen einem zwanzig- und einem zweiundzwanzigjährigen Mädchen, um all diese Einsichten wegzupusten. Vielleicht hatte er unrecht gehabt. Vielleicht war das Streben nach Macht nur natürlich. Vielleicht ging es gar nicht ohne. Sogar für jemanden, der nichts anderes wollte, als den Rest seiner Tage mit der Frau, die er gefunden hatte, in Harmonie, Seelenfrieden und Liebe zusammen zu leben.

Während die Mädchen ihre Jacken holten, breitete Vannoni eine Landkarte auf dem Tisch aus. Sie war im Maßstab 1:100000 gezeichnet und ermöglichte durch Höhenlinien und topographische Farbgestaltung eine gute Vorstellung auch von den entfernteren Gebieten, die man nicht aus dem Effeff kannte. Vannoni holte sich einen Bleistift. Er begann Zonen zu markieren.

»Wenn Minh wirklich absichtlich weggelaufen ist, sollten wir uns eher fragen, was in seinem Kopf vorgegangen ist«, sagte Antonietta.

Vannoni starrte auf die Karte, sah die grünen Schattierungen, die gewundenen Höhenlinien, entlang deren die Straßen liefen, wenn sie sie nicht in Serpentinen schnitten. Ein verwirrendes Muster, kaum weniger kompliziert als die Vorstellungswelt eines verschlossenen Achtjährigen. Antonietta hatte recht. Es hatte keinen Sinn, die Welt in Planquadrate einzuteilen, wenn es darum ging, einen Menschen wiederzufinden. Vannoni faltete die Karte zusammen. Sie setzten sich alle um den Küchentisch und versuchten sich in einen kleinen Jungen hineinzuversetzen. Was hatte ihn bewegt? Enttäuschung über die Mutter, von der er sich abgeschoben fühlte? Das Gefühl der Verlorenheit, der Unwille, sich bei den Lucarellis einzufügen? Hatte ihn Wut, Schmerz oder Verzweiflung weggetrieben?

»Als wir damals nach dem Tod von Papa abhauen wollten«, sagte Sabrina, »hatte ich keine Vorstellung, wohin. Ich wollte nur weg, wollte keinen mehr sehen und nie mehr gefunden werden.«

»Wir kamen ja nur bis zum Tor, wo wir die tote Viper fanden und dann von Ivan aufgelesen wurden«, sagte Sonia, »aber vom Gefühl her war es ein Abschied für immer. Oder zumindest für so lange, bis ich in der Fremde mein Glück gemacht hätte. Erst dann wollte ich zurückkehren, um Montesecco zu zeigen, wie erbärmlich es war.«

»Wir hatten nichts geplant, hatten nichts zu essen dabei, keine Decke, keinen Regenschutz, wir wollten nur fort und keine Sekunde länger in diesem Dorf bleiben«, sagte Sabrina.

Vannoni erinnerte sich, daß es auch am Tag, als Minh verschwunden war, zu regnen begonnen hatte.

»Aber Angst vor der Fremde hatten wir schon«, sagte Sonia, »ich zumindest. Und damals war ich drei Jahre älter, als Minh jetzt ist.«

»Und ihr wart zu zweit«, sagte Antonietta.

»Zweieinhalb. Ich wollte unbedingt den Hund mitnehmen.« Sonia lachte auf. »Wenn ich daran denke! Der kleine Beppone zog ja schon vor seinem eigenen Schatten den Schwanz ein. Welch ein toller Schutz!«

»Aber er war dir vertraut«, sagte Sabrina. »Minh hat keinen Hund.«

Vannoni hörte zu. Er versuchte sich vorzustellen, wie Minh die Straße entlanggetrippelt war. Wie seine Entschlossenheit, nie mehr zurückzukehren, mit jedem Schritt abnahm. Wie er bemerkte, daß sich Gewitterwolken über ihm ballten. Wie er schwankte, ob er aufgeben sollte, und sich trotzig ins Gedächtnis rief, daß ihn in Montesecco eh niemand schätzte. Wie er dennoch nach Sicherheit verlangte, vor dem Regen, vor der Angst, vor der Ungewißheit.

»Ein Versteck«, sagte Vannoni. Er war plötzlich sicher, daß Minh sich in einem Schlupfwinkel verkroch, den er schon lange kannte und an dem er sich deswegen geborgen fühlte. An einem Platz, der nur ihm gehörte, aber leicht erreichbar sein mußte. Minh befand sich ganz in der Nähe! Nur wo? Vielleicht hatte Minh mal eine Andeutung gemacht. Man mußte Catia fragen. Man mußte jeden fragen, der den Jungen kannte.

Sie standen auf, schwärmten aus, starteten von einem neuen Ansatzpunkt, der zu neuem Schwung verhalf. Kein Vergleich zu der stumpfen Beharrlichkeit, mit der sich Vannoni durch die vergangenen Tage gequält hatte. Er begann in der oberen Hälfte des Dorfs, quetschte zuerst Milena Angiolini aus. Kurz danach traf er auf der Straße Donato, der ihm versicherte, daß nur eine Höhle in Frage käme. Als Kind habe er sich jedenfalls immer eine Höhle als Geheimversteck vorgestellt, in der man Kerzen anzünden und Botschaften an die Nachwelt in den Fels ritzen konnte. Nein, er kenne auch keine geeignete Höhle in erreichbarer Nähe, und mitgeteilt habe ihm der Junge

113

gar nichts. Vorstellbar wäre deshalb auch ein Baumhaus mit einziehbarer Strickleiter oder eventuell …

Vannoni ließ ihn stehen und klopfte bei Costanza Marcantoni. Die Alte saß in ihrem Lehnstuhl. Auf der Decke, mit der sie sich eingehüllt hatte, schnurrte eine schwarze Katze. Weitere fünf oder sechs dösten irgendwo im Raum zwischen leeren Konservendosen, schmutzigem Geschirr und achtlos verstreuten Plastiktüten.

»Ja, ja, der Kleine, der kommt oft hierher.« Costanza nickte heftig. Ihre gelblichweißen Haare hingen wirr durcheinander. Sie schienen wochenlang nicht gewaschen worden zu sein.

»Ganz der Vater.« Costanza Marcantoni kicherte. »Als Paolo klein war, wollte er auch immer die Katzen streicheln. Jetzt haßt er sie, und die Katzen hassen ihn auch.« Sie zog eine grimmige Grimasse.

»Paolo ist seit neun Jahren tot«, sagte Vannoni, »und er ist nicht der Vater Minhs.«

»Ist er nicht?« fragte die Alte. »Ich dachte …«

»Hat Minh mal etwas von einem Geheimversteck erzählt?« fragte Vannoni. Allmählich gewöhnte er sich an den strengen Geruch der Katzenpisse.

»Natürlich«, sagte die Alte, »aber ich darf es nicht weitersagen.«

»Es ist wichtig«, sagte Vannoni.

»Ich habe es Giorgio versprochen«, sagte Costanza. Ihre rechte Hand zitterte unter der Decke hervor. Nur Haut und Knochen.

»Er heißt Minh«, sagte Vannoni.

»So?« fragte die Alte. »Ich dachte …«

»Was für ein Versteck?« fragte Vannoni. »Ich schwöre, daß ich es für mich behalte.«

Costanza ächzte. Dann winkte sie ihn mit einer kaum wahrnehmbaren Handbewegung heran. Vannoni beugte sich zu ihr hinab, so daß sie ihm ins Ohr flüstern konnte: »Hinten im Lieferwagen!«

»Welcher Lieferwagen?«

»Paolos Lieferwagen«, raunte die Alte. »Der weiße mit dem geschlossenen Laderaum.«

Paolos Lieferwagen war seit Jahren verschrottet. Vannoni nickte. Er sagte: »Danke, Costanza!«

Ihre Fingernägel krallten sich in seinen Unterarm. »Du darfst es niemandem verraten, Giorgio!«

»Ich bin Matteo«, sagte er, »und von mir erfährt niemand ein Wort.«

»Matteo?« fragte die Alte. Sie sah ihn mißtrauisch an.

»Ich schaue mal wieder vorbei«, sagte Vannoni.

Auch bei seinen nächsten Besuchen konnte er nichts Brauchbares herausfinden. Genausowenig wie Antonietta, die es übernommen hatte, Catia zu befragen, wofür Vannoni dankbar war. Jeder Blick und jede Geste seiner Tochter ihm gegenüber waren ein einziger Vorwurf. Doch Catia wußte sowieso nichts und war darüber hinaus mehr als skeptisch, was Vannonis Theorie anging. Sie mochte nicht glauben, daß ihr Sohn sie tagelang so auf die Folter spannen könnte.

Den Durchbruch brachten Sabrina und Sonia. Sie hatten die Klassenkameraden Minhs unter sich aufgeteilt und wollten alle einzeln abklappern. Es dunkelte schon, als Sabrina in Monterolo einen gewissen Niccolò Camporesi aufsuchte, der sich an ein Gespräch über Geheimverstecke erinnerte. Dabei habe Minh gesagt, daß es in seinem Versteck einen Globus gebe. Wenn man den anschalte, sei die ganze Welt von innen beleuchtet, und man könne sie drehen und mit dem Finger übers Meer nach Vietnam fahren. Wo das Versteck war, wußte der kleine Camporesi nicht. Er sagte nur noch, daß ein Globus nicht schlecht wäre, er selbst aber Pfeil und Bogen für wichtiger halte, falls mal eine Büffelherde vorbeiziehen würde.

Ein Globus. Und ein funktionierender Stromanschluß!

»Ist es möglich, daß sich Minh in einem bewohnten Haus versteckt?« fragte Antonietta.

115

»Ohne daß irgend jemand das bemerkt hat?« fragte Sabrina.

»Es muß eines der verschlossenen Häuser sein«, sagte Vannoni.

Davon gab es einige in Montesecco. Eines gehörte einer deutschen Goldschmiedin, die meisten aber alteingesessenen Familien, die auf der Suche nach Arbeit in den Norden Italiens oder ins Ausland abgewandert waren und nur in den Sommerferien in die alte Heimat zurückkehrten. Oder allenfalls noch über die Weihnachtsfeiertage. Den Rest des Jahres waren die Türen abgesperrt und die Fensterläden verrammelt, doch irgendwo mußte Minh ein Schlupfloch gefunden haben. Das ließ sich leicht nachprüfen. Zu jedem der Häuser war bei irgendeinem Nachbarn ein Schlüssel für eventuelle Notfälle hinterlegt worden. Und wenn das kein Notfall war!

Vannoni und die Lucarellis machten sich auf, hinaus in die Nacht. In die fahl erleuchteten Gassen, durch die der Wind pfiff und nach einem offenen Fenster oder einer angelehnten Dachluke suchte, die einem kleinen Jungen Einlaß gewähren könnte. Natürlich warf sich jeder Nachbar, bei dem sie anklopften, eine Jacke um und kam mit, so daß bald ganz Montesecco auf den Beinen war. Schnell hatte man die Schlüssel beisammen, nur Angelo Sgreccia konnte den zum Haus des Americano nicht finden. Er hatte den Schlüssel nie benutzt, war sich aber ganz sicher, ihn an einen Haken neben seiner Eingangstür gehängt zu haben, als der Americano abgereist war.

Der Americano war schon vor über vierzig Jahren nach Detroit ausgewandert, wo er es zu zwei Pizzerien und einem Vorstadtbungalow mit Doppelgarage gebracht hatte. Seit er nicht mehr arbeitete, schleppte er Jahr für Jahr seine Frau nach Montesecco, die sich von Anfang Juni bis Anfang September entsetzlich langweilte, während er mit seinen Jugendfreunden Briscola spielte. Neun Monate im Jahr stand das Haus leer.

»Weiß jemand, ob der Americano einen Globus hat?«
fragte Vannoni. Franco Marcantoni nickte. Zur Sicherheit
wurden ein paar Leute losgeschickt, um die Häuser zu kontrollieren, deren Schlüssel verfügbar waren, doch sie kamen
schnell zum Haus des Americano zurück, wo sich der Rest
versammelt hatte und beratschlagte, wie man am besten die
Tür aufbrechen sollte. Da keiner die Geduld hatte, am
Schloß herumzufummeln, setzten Ivan und Donato ein
Stemmeisen an und sprengten die Tür mit Gewalt.

Das Licht sprang sofort an, die Hauptsicherung war
nicht ausgeschaltet. In einem kleinen Zimmer unter dem
Dach, das sich der Americano aus unerfindlichen Gründen als Arbeitszimmer eingerichtet hatte, fand sich der
Globus. Er stand unter dem Schreibtisch und war noch
eingesteckt. Daneben, zu einem fast leeren Aktenregal hin,
lagen eine Wolldecke und das Sitzkissen des Schreibtisch-
stuhls auf dem Boden. Wenn man sich dort auf den Rük-
ken legte, konnte man durch das Fenster in der Dach-
schräge den Sternenhimmel beobachten.

Die anderen Zimmer schienen völlig unberührt. Nur in
der Küche waren Abfall und Essensreste zu finden, die
sicher nicht der Americano hinterlassen hatte: frisch ge-
leerte Einmachgläser, die nach Birnen- und Pflaumenkom-
pott rochen, andere, die noch Fasern von eingelegten Car-
ciofini erkennen ließen, zwei leere und eine angebrochene
Packung Zwieback, drei aufgedrehte Sardinendosen, in denen das Öl stand, eine zerknüllte Schachtel Amarettini,
ein Glas fast vollständig ausgelöffelte Erdbeermarmelade
und ein paar Teller mit verkrusteten Resten von Tomaten-
sugo. Es sah nicht so aus, als ob der Herd benutzt worden
wäre.

»Mein Gott!« sagte Catia. Sie setzte sich auf einen Kü-
chenstuhl. Man konnte sich vorstellen, was sie dachte. Daß
ihr Haus keine fünfzig Meter Luftlinie von hier entfernt
lag. Minh hätte es gehört, wenn sie laut nach ihm gerufen
hätte. Aber sie hatte nicht. Und ihr Sohn hatte tagelang

117

hier gesessen, ohne sich zu rühren. Allein, in einem dunklen, verrammelten Haus, wo er Zwieback mit kalter Tomatensoße gegessen hatte.

»Ihr habt doch das ganze Dorf durchsucht«, sagte Catia schwach.

»Die Tür war abgesperrt«, sagte Franco. »Die Fensterläden waren fest verschlossen.«

»Wir haben geklopft und gerüttelt«, sagte Donato.

»Wer konnte denn ahnen, daß er den Schlüssel nehmen und sich einsperren würde«, sagte Elena Sgreccia.

»Einen Trost haben wir immerhin«, sagte Antonietta. »Matteo hat recht gehabt: Minh wurde nicht entführt.«

Fast erleichtert stimmte man ihr zu. Niemand hätte Minh gegen seinen Willen hier mitten im Dorf festhalten können, ohne daß das bemerkt worden wäre. Man hätte ihn rund um die Uhr unter Kontrolle halten müssen. Nur ein Moment der Unaufmerksamkeit hätte genügt, und der Junge hätte um Hilfe rufen oder ein Fenster aufreißen können. Niemand aus Montesecco war tagelang abgetaucht gewesen, und Fremde hatte man weder kommen noch gehen sehen. Außerdem konnten die nicht wissen, wo der Schlüssel zum Haus des Americano zu finden war. Nein, Minh hatte sich freiwillig hier versteckt.

Nur Catia schüttelte den Kopf, als wolle sie das nicht glauben. Daß ihr Sohn nicht mit Gewalt festgehalten wurde, schien sie kein bißchen zu erleichtern. Ganz im Gegenteil. Mit tonloser Stimme fragte sie: »Warum ist er dann nicht nach Hause gekommen?«

Weil er seine Mutter genausowenig sehen wollte wie alle anderen? Weil ihn irgend etwas so verstört hatte, daß er nur allein sein wollte? Weil er beschlossen hatte, nie mehr in sein altes Leben zurückzukehren? Weil ihn das Leben überhaupt anödete? Auf Catias Frage gab es keine Antwort. Zumindest keine, die Catia gerne gehört hätte.

»Und wo ist er jetzt?« fragte Catia. »Wo ist mein Junge jetzt?«

Eins wußte Gianmaria Curzio genau: So würde er sich von diesem Forattini nicht abspeisen lassen! Sein erster Gedanke war, die Wildschweinbüchse einzupacken, den Zug nach Mailand zu nehmen und dem aufgeblasenen Börsenmakler ein paar Bleikugeln anzudrohen, falls er nicht über Benito Sgreccias angebliche Spekulationen Auskunft geben sollte. Ich bin achtzig Jahre alt, würde Curzio sagen, lange werde ich sowieso nicht im Knast sitzen, da mögen sie mich noch so sehr zu lebenslänglich verurteilen. Dann würde er das Gewehr spannen und sagen: Ich habe genug erlebt in meinem Leben, und bei Ihnen, lieber Forattini, wird es auch nur noch einen einzigen Knaller geben, wenn Sie nicht auf der Stelle auspacken.

Curzio zweifelte nicht, daß dies überzeugend gewirkt hätte, konnte es aber nicht in der Praxis ausprobieren. Zuerst weigerte sich seine Tochter beharrlich, ihn zum Bahnhof nach Senigallia oder zumindest zum Bus ins Tal zu fahren. Er solle sich den Unsinn aus dem Kopf schlagen, war ihr einziger Kommentar zu seinem Vorhaben, in Mailand das Motiv für Benitos plötzlichen Tod aufzuklären. Als Curzio die acht Kilometer nach San Lorenzo zu Fuß angehen wollte, stellte er fest, daß sein Gepäck und das Gewehr ziemlich schwer waren. Schon vom Hinschauen taten ihm die Bandscheiben weh. So war er nicht unglücklich, als Franco Marcantoni mitteilte, daß die Comitati di base der Lokführer sowieso für achtundvierzig Stunden streikten. Curzio verschob die Mailandreise auf unbestimmte Zeit und schlurfte statt dessen zum Friedhof hinab.

Das mußte auch anders gehen. Wenn Benito fünfeinhalb Millionen gemacht hatte, ohne einen Fuß aus Montesecco zu setzen, dann brauchte Curzio auch nicht in der Welt umherzufahren, um herauszubekommen, wie das möglich gewesen war. Nachdem er den Rest der welken Kränze entsorgt hatte, kratzte er sich am Kopf und fragte die Marmorplatte in der Friedhofsmauer: »Oder?«

»Genau«, pfiff ihm der Wind zu. Die Zypressen neigten zustimmend den Kopf.

»Soll ich den Börsenmakler noch einmal anrufen?« fragte Curzio.

»Erst denken, dann handeln«, sagte der Wind mit einer Stimme, die Curzio ziemlich vertraut vorkam. Er sah sich um. Die Kieswege längs der Mauer waren geharkt. Auf den Flächen für die Erdbestattungen wuchs Gras um die windschiefen Kreuze. Vor dem Familiengrab der Rapanottis hing eine Kette, die mit einem Vorhängeschloß gesichert war. Kein Mensch war zu sehen.

»Benito?« fragte Curzio.

»Du mußt Forattini etwas bieten«, sagte Benitos Stimme. Sie klang nicht so dumpf, wie sie durch einen Eichenholzdeckel und eine Marmorplatte hätte klingen müssen. Sie klang genau so, wie Curzio sie von früher in Erinnerung hatte, als sie oft genug nebeneinander auf der Bank saßen und Curzio redete und redete und Benito schwieg und schwieg, bis er irgendwann einmal den Kopf wiegte und einen halben Satz herausknarrte, der es in sich hatte. Curzio war froh, daß sein alter Kumpel ihn nicht im Stich ließ, nur weil er tot und begraben war. Aber ehrlich gesagt, war Curzio auch nicht besonders überrascht. Freund blieb Freund. Wieso sollte man sich plötzlich nicht mehr verständigen können? Nach achtzig gemeinsamen Jahren? Nur weil jetzt eine zwei Zentimeter dicke Marmorplatte zwischen ihnen lag?

»Was kann ich Forattini denn bieten?« fragte Curzio.

»Ein Geschäft«, sagte eine Stimme, die ganz eindeutig Benito gehörte.

Curzio nickte. Ein Börsenmakler gab dir nichts umsonst, nicht einmal ein paar lumpige Informationen. Der wollte etwas dafür.

»Geld?« fragte Curzio.

»Das hast du nicht«, sagte Benito.

»Was sonst?«

»Überleg mal!«

»Das einzige, was so einen außer Geld interessiert, ist, wie er an noch mehr Geld kommen kann«, sagte Curzio.

»Genau«, sagte Benito.

»Informationen!« sagte Curzio. »Der Mann weiß ebensowenig wie ich, auf welche Weise du dein Vermögen gemacht hast.«

»Aber er würde es gerne wissen«, sagte Benito.

»Du entschuldigst mich einen Moment, Benito?« fragte Curzio. Er kramte nach seinem Siemens-Handy.

»Aber bitte!« sagte Benito. So höflich und gesprächig hatte ihn Curzio selten erlebt. Vielleicht tat es Benito mal ganz gut, in einem Sarg herumzuliegen. Vielleicht war der Tod gar nicht so schrecklich, wie man ihn sich vorstellte. Zumindest wenn man jemanden hatte, mit dem man sich unterhalten konnte. Aus dem Speicher wählte Curzio die Nummer des Brokers Silvio Forattini in Mailand.

»Herr Curzio«, sagte Forattini, »und wenn Sie mich noch zehnmal anrufen, Sie werden von mir nichts über meine Kunden erfahren, seien sie nun tot oder lebendig.«

»Das ist auch gut so. Ich würde nämlich gern Ihre Dienste in Anspruch nehmen.«

»So?« Forattini klang mehr als skeptisch.

»Ich habe eine kleine Summe zur Verfügung, die …«

»Kaufen Sie Festverzinsliches«, sagte Forattini. »Das ist eine sichere Sache.«

»Ich bin achtzig Jahre alt. Nach mir die Sintflut«, sagte Curzio.

»Sie wollen auf Risiko gehen?« Der Makler schien ein wenig warm zu werden.

»Wenn ich zum Beispiel aus vierzigtausend Euro schnell das Doppelte machen wollte, was würden Sie mir raten?« fragte Curzio.

Forattini schien zu überlegen. Natürlich würde er Curzio nicht seinen besten Anlagetip auf die Nase binden. Wieso sollte er auch, wenn er Curzio gar nicht kannte und keinerlei Vereinbarung bestand, die das auch für ihn profitabel machte? Doch irgend etwas hielt Forattini davon ab, Curzio einen sorgenfreien Lebensabend zu wünschen und einfach aufzulegen. Er sagte: »Fiat-Aktien! Es spricht einiges dafür, daß die Agnellis unrentable Beteiligungen abstoßen und sich aufs Kerngeschäft konzentrieren. Wenn die Verkaufserlöse in die Mirafioriwerke investiert werden, bedeutet das Innovation, Automatisierung, höhere Produktivität. Man könnte Personal abbauen und die Kosten weiter senken. So wie die Gewerkschaften sich gerade präsentieren, ist kein größerer Widerstand zu erwarten, und wenn die Entwicklungsabteilung nur ein, zwei erfolgversprechende Modelle herausbringt, werden die Kurse fliegen.«

»Hm«, sagte Curzio. »Haben Sie nicht etwas anderes?«

»Wieso?« fragte Forattini.

Curzio hatte keine Ahnung von Wirtschaft. Er wußte aber, daß Forattini ihm den Tip nur gegeben hatte, weil etwas daran faul war. Er sagte: »Wenn Spinnen in die Häuser kriechen, sie einen kalten Winter riechen.«

»Was soll das heißen?« Forattinis Frage klang nicht verständnislos, sondern gespannt.

»Daß mir die Konzentration aufs Kerngeschäft suspekt ist«, sagte Curzio.

»Aber«, sagte Forattini, »eine andere Bauernregel besagt: Hält der Baum die Blätter lang, macht ein später Winter bang.«

»Und?«

»Das heißt doch wohl, daß man welke Geschäftszweige rechtzeitig abstoßen muß.«

Curzio lachte. Er sagte: »Eine Gans, die Weihnachten überlebt, taugt nichts.«

Forattini fragte: »Sie meinen, daß man Fiat-Aktien jetzt verkaufen sollte? Daß die Gans nicht mehr fetter wird?«

»Unbedingt!« sagte Curzio.

»Und wenn Sie kaufen wollten?« fragte Forattini. »Wo würden Sie jetzt investieren?«

»Halten die Krähen Konzilium, sieh nach Feuerholz dich um!« sagte Curzio.

»Energiebranche?« fragte Forattini zögernd.

»Eigentlich sollten Sie mir die Anlagetips geben, nicht umgekehrt«, sagte Curzio.

Forattini stöhnte ins Telefon. Er sagte: »Ich habe mir Hunderte von Bauernregeln aus dem Internet gezogen, ich habe mir Bücher gekauft, ich habe alles von vorn bis hinten durchstudiert, aber wenn es konkret wird, komme ich einfach nicht klar. Nehmen wir irgendeine von zwei Milchbärten gegründete New-Economy-Firma, um die alle ein Riesengeschrei machen: angeblich die ultimative Geschäftsidee, angeblich unbegrenzte Wachstumschancen, und die Notierung verdoppelt sich alle zwei Wochen, bis irgendwann alles zusammenkrachen wird. Nur wann? Passiert es erst in sechs Monaten, kann ich Millionen herausholen, wenn ich heute investiere. Passiert es morgen, brauche ich kein Zündholz mehr, um mein investiertes Geld zu verbrennen. Ich sehe mir die Bauernregeln an und lese: ›Sind der Maikäfer und Raupen viel, steht eine reiche Ernte am Ziel.‹ Wunderbar, denke ich, also investieren! Dann lese ich in der nächsten Zeile: ›Sind die Maulwurfshügel hoch im Garten, ist ein strenger Winter zu erwarten.‹ Also Finger weg von der Anlage, oder?«

»Unbedingt!« sagte Curzio.

»Aber woher soll man wissen, welche Regel anzuwenden ist?« Forattini weinte fast ins Telefon. »Wie macht ihr das in eurem verdammten Montesecco? Wer sagt euch, ob ihr euch an Maikäfern oder an Maulwurfshügeln orientieren sollt? Und ob es gerade Winter oder Sommer an der Börse ist?«

Curzio nickte der Marmorplatte in der Friedhofsmauer zu. So war also Benito zu seinem Vermögen gekommen! Tatsächlich mit Börsenspekulationen. Es steckten keine krummen Geschäfte dahinter. Nur ein paar Bauernregeln. Curzio war fast ein wenig enttäuscht.

»Wie zum Teufel wißt ihr das?« schluchzte Forattini.

»Reich werden war ja gar nicht so schwer, Benito«, murmelte Curzio.

»Wie bitte?« fragte Forattini.

»Das habe ich auch nie behauptet«, wisperte Benitos Windstimme über den Friedhof. Curzio überlegte, ob er auch versuchen sollte, ein Vermögen zusammenzuspekulieren. In den paar Jahren, die ihm noch blieben. Vielleicht waren es auch nur noch ein paar Monate.

»Hast du dir mal überlegt, wo du liegen wirst, wenn du tot bist?« fragte Benito.

Die Gräber von Curzios Vorfahren befanden sich an der Nordseite. Eigentlich sollte er dort bestattet werden. Auch schräg über Benito war noch eine Grabnische frei. Doch wenn die Sonne brannte oder wenn es stürmte, war man da oben besonders ausgesetzt. Und außerdem hätte Curzio die Marmorplatte von Benitos Grab gern im Blick gehabt.

»Mal sehen«, sagte Curzio.

»Ganz wie du meinst«, sagte Benito.

»Herr Curzio, sind Sie noch dran?« fragte Forattini durchs Telefon.

Curzio spürte einen sanften Lufthauch auf der Haut. Er überlegte, was wohl genau passierte, wenn der Wind einschlief. Hörte er einfach auf? Blieb gar nichts zurück, wenn er nicht mehr vorwärts trieb, wenn er sich nicht mehr bewegte? Konnte man das mit dem Sterben von Menschen vergleichen? Curzio sagte ins Telefon: »Herr Forattini, wenn Sie kaufen wollen, unbedingt in der Energiebranche! Aber schauen Sie genau hin, und denken Sie daran: Dreht mehrmals sich der Wetterhahn, so zeigt er Sturm und Regen an.«

»Du bist von zu Hause fortgelaufen«, sagte ich.

»Weil ich Angst vor dem schwarzen Mann hatte«, sagte der Junge.

»Lüg mich nicht an!« Auch wenn er noch ein Kind war, konnte er über die Tatsachen nicht einfach hinweggehen. Wer sollte ihm sonst glauben?

»Aber du hast doch selbst gesagt ...«

»Ich spiele überhaupt keine Rolle«, sagte ich. *»Es geht um dich. Und darum, daß du fortgelaufen bist, bevor der schwarze Mann aufgetaucht ist und dich entführt hat.«*

Der Junge schwieg. Ich packte mir ein Panino aus. Es war mit gekochtem Schinken und Mozzarella belegt. Ich biß hinein und kaute. Ich fragte: *»Oder?«*

»Ja«, sagte der Junge.

»Warum bist du fortgelaufen?« fragte ich.

»Ich weiß nicht.«

»Wenn du nicht fortgelaufen wärst, hätte dich der schwarze Mann nie kriegen können.«

»Doch, er hätte mich überall gekriegt. Er ist böse und gefährlich.«

»Vielleicht«, sagte ich. *»Aber du hast es ihm leicht gemacht, das mußt du zugeben.«*

»Ich wußte doch nichts vom schwarzen Mann«, flüsterte der Junge. *»Ich wollte nur nicht zu ...«*

»Zu wem?« fragte ich und biß von meinem Brötchen ab.

»Zu Großvater und den Lucarellis«, sagte der Junge zögernd.

»Von denen hätte dir doch keiner etwas getan, oder?«

»Nein.«

»Und vor dem schwarzen Mann wärst du dort sicher gewesen.«

»Ich weiß nicht.«

»Doch, das weißt du genau!«

»Dort ist aber nicht mein Zuhause«, murmelte der Junge.

»Das stimmt«, sagte ich. *»Aus deinem Zuhause hat dich deine Mutter weggeschickt.«*

Das Panino war nicht mehr ganz frisch, schmeckte aber noch einigermaßen. Ich drehte den Verschluß der Wasserflasche auf und nahm einen Schluck.

»Du fühlst dich, als hättest du gar kein richtiges Zuhause, stimmt's?« fragte ich. »Du glaubst, deine Mutter habe dich ...«

»Kann ich mal beißen?« Der Junge deutete auf das halbe Panino in meiner Hand.

Ich schüttelte den Kopf. »Wie sagt man?«

»Kann ich bitte mal beißen?« sagte der Junge. Ich legte mein Panino vorsichtig auf das Einwickelpapier, damit es nicht mit dem schmutzigen Boden in Berührung kam. Dann holte ich ein zweites aus meiner Tasche und wickelte es aus. Es war mit Salami belegt.

»Magst du Salami?«

Der Junge nickte und griff nach dem Panino. Ich zog meine Hand zurück und sagte: »Du denkst, du bist ein armer kleiner Junge, um den sich niemand kümmert. Aber das stimmt nicht. Ich kümmere mich um dich, ich rede mit dir, ich beschütze dich vor dem schwarzen Mann, und ich gebe dir zu essen.«

Ich hielt dem Jungen das Panino hin. Er ergriff es mit beiden Händen und biß hastig hinein.

»Wie sagt man?« fragte ich.

»Danke«, sagte der Junge.

Auf der Hügelkuppe und fast schon am Ortsrand von Montesecco, da, wo man sowohl ins Cesano- als auch ins Nevola-Tal hinabschauen konnte, wenn nicht grauer Nebel die Flußtäler einebnete, lag Costanza Marcantonis Häuschen. An der Ostseite war ein Schuppen angebaut, dessen Wellblechdach gegen den Wind mit dicken Feldsteinen beschwert war. Daneben stand eine defekte Straßenlaterne, über die wie zum Hohn die Stromleitung führte, die ganz Montesecco versorgte. Sie endete in einem Betonturm, mit dem die ENEL vor einigen Jahren den Kirchturm als höchstes Gebäude des Ortes entthront hatte.

Noch etwas höher ragte allerdings die Akazie auf, die entweder vom Großvater der Marcantoni-Geschwister oder aber vom ebenfalls lange verstorbenen Don Igino, der als Gemeindepfarrer zweiundfünfzig lange Jahre Montesecco beherrscht hatte, gepflanzt worden war, und zwar – das wußte man genau – am Tag, als die Glocken das Ende des Ersten Weltkriegs verkündeten. Mit seiner weit ausladenden Krone bildete der Baum den Scheitelpunkt der Silhouette Monteseccos, von dem aus sich die Flucht der Dächer nach unten rundete. Drei Generationen hatte die Akazie Schatten gespendet, kein Blitz hatte sie fällen können, allen Stürmen hatte sie getrotzt und wahrscheinlich Hunderten von Vögeln Nistplätze geboten.

Doch nicht deswegen standen die Bewohner Monteseccos um ihren Stamm und starrten hinauf. Fluchend versuchten Donato und Ivan Garzone, eine lange Leiter so durch das Astwerk zu bugsieren, daß man an den Papierdrachen gelangen konnte, der sich in den äußeren Zweigen verfangen hatte. Es war ein hellgrüner Drachen. Das Grün stach fast schmerzhaft von den dunkleren Akazienblättern ab und entsprach genau dem Farbton des Drachens, den Minh mit sich geführt hatte, als er zum letztenmal gesehen worden war.

Die Leine des Drachens glitzerte wie ein Spinnenfaden in der Sonne. In sanftem Schwung führte sie nach unten und schlang sich zweimal um die Straßenlaterne. Die Spule hing zum Boden hinab. Natürlich hatte man versucht, den Drachen mittels der Leine zu befreien, doch alles Ziehen und Rütteln, alles Hin und Her hatte nichts genützt. Der Drachen hing eisern fest, er war tot, wie man gesagt hätte, hätte nicht Catia Vannoni mit starrem Gesicht in der Gruppe gestanden.

»Ich verstehe den Jungen nicht«, sagte Elena Sgreccia. »Erst verkriecht er sich tagelang beim Americano, dann verschwindet er, kurz bevor wir sein Versteck finden, treibt sich wer weiß wo herum, kommt zurück, um mitten in der Nacht seinen Drachen im Dorf steigen zu lassen, und ist wieder wie vom Erdboden verschluckt.«

127

»Der Kleine hält uns zum Narren«, brummte Franco Marcantoni. Er war hörbar schlechter Laune und sah aus, als habe er die ganze Nacht kein Auge zugetan.

»Als ob wir nichts anderes zu tun hätten, als mit ihm Versteck zu spielen«, rief Ivan herüber. Er prüfte den Sitz der Leiter, die Donato und er an einem festen Ast angelegt hatten.

»Wir sollten nun endlich die Polizei einschalten«, sagte Marisa Curzio.

»Nein, nicht die Polizei«, sagte Catia Vannoni.

»Die sollen ein paar Hundertschaften schicken und ihn suchen«, sagte Ivan. »Wozu blechen wir denn unsere Steuern?«

»Du vor allem«, sagte Angelo Sgreccia spöttisch. Jeder wußte, daß Ivan mit seiner Bar seit Jahren rote Zahlen schrieb.

Ivan holte tief Luft. »Wenn mal der Windpark steht und …«

»Hört auf!« unterbrach Marta Garzone. Sie wandte sich an Catia: »Wieso keine Polizei? Wenn es keine Entführung gegeben hat, schwebt Minh ja auch nicht in Lebensgefahr. Da sollten wir doch alle Möglichkeiten ausschöpfen, und die Polizei hat nun mal …«

»Er kommt schon zurück«, sagte Catia dumpf.

»Du kannst doch nicht warten, bis dein Sohn mal die Lust verliert, uns an der Nase herumzuführen«, protestierte Franco.

»Er braucht nur ein wenig Zeit«, sagte Catia.

Kopfschüttelnd nahm Ivan einen Besenstiel und begann die Leiter hochzuklettern. Donato hielt unten fest.

»Hör zu, Catia!« sagte Milena Angiolini. »Jeder hat verstanden, daß du nichts riskieren willst, was Minh gefährden könnte, aber nun hat sich die Situation doch völlig geändert.«

»Er ist mein Sohn«, fuhr Catia auf, »und ich will keine Polizei. Basta!«

Eng an die Leiter gepreßt, schob sich Ivan durch das
Astwerk. Er gelangte nicht bis auf Griffweite an den Drachen heran, doch er konnte ihn mit Hilfe des Besenstiels
befreien.

Marisa zog an der Leine, und der Drachen kam im Sturzflug herab. Ivan ließ den Besenstiel fallen und stieg dann
vorsichtig ab.

Catia war zuerst bei dem Drachen. Sie hob ihn so sanft
auf, als wäre er ein schlafendes Kind, das sie ins Bett tragen wollte, ohne es aufzuwecken.

»Und? Ist es der von Minh?« fragte Marisa. Sie spulte die
Leine auf.

Catia nickte. Sie nahm Marisa die Spule aus der Hand
und wandte sich zum Gehen, doch Milena hielt sie auf. Sie
zeigte auf das grüne Seidenpapier. »Da hat doch jemand
etwas daraufgeschrieben.«

»Das war Minh«, sagte Catia. »Er kritzelt öfter auf seinen Drachen herum.«

»Wahrscheinlich wünscht er uns viel Spaß beim Kleine-
Jungen-Suchen«, raunzte Franco.

»Laß mal sehen!« sagte Elena Sgreccia. Sie griff nach
dem Drachen. Catia hielt ihn fest, doch sie kam nicht mehr
weg. Alle umringten sie und blickten auf das Seidenpapier
hinab. Mit schwarzem Filzstift stand quer darüber gekra-
kelt: *Juventus gegen Milan 2:0.*

»Ist das Minhs Schrift?« fragte Marisa.

»Von wem sonst?« fragte Catia gereizt. »Es ist sein
Drachen.«

»Ich wußte gar nicht, daß er sich für Fußball interessiert«, sagte Milena.

»Warum nicht?« fuhr Catia auf. »Er ist ein Junge. Jungen interessieren sich für Fußball. Wieso sollte gerade er
anders sein? Was soll das überhaupt heißen, daß Minh sich
nicht für Fußball interessiert? Was willst du damit sagen,
Milena?«

»Ich habe mich ja nur gewundert«, sagte Milena.

»Das Spiel war gestern abend«, sagte Donato. »Ich habe es im Fernsehen gesehen. Beide Tore hat Nedwed gemacht. Der Mann ist ganz große Klasse.«

Niemand interessierte sich im Moment für die Fußballstars der Serie A. Man fragte sich, wo der Junge das Spiel gesehen haben mochte. Und warum um alles in der Welt er das Ergebnis auf seinen Drachen geschrieben hatte, bevor er ihn mitten im Dorf in den höchsten Baum fliegen ließ. So als wolle er allen zeigen, daß er mitbekam, was in der Welt passierte.

»Blödsinn«, sagte Catia. »Das hat mit dem Spiel gestern gar nichts zu tun. Minh hat schon viel früher mal auf dem Drachen herumgekritzelt.«

»Zwei zu null für Juve, das gab es seit Jahren nicht«, sagte Donato.

»Er ist Juve-Fan«, sagte Catia tonlos, »er hat vielleicht gehofft, daß …«

»Hör auf, Catia!« sagte Marisa. »Du weißt genau, daß es sich um ein Lebenszeichen handelt. Er will zeigen, daß er wohlauf ist. Daß er gestern abend nach dem Fußballspiel noch wohlauf war.«

»Dazu bräuchte er doch bloß aus seinem Versteck zu kommen und an Catias Tür zu klopfen«, sagte Donato.

»Und wenn er nicht kann?« fragte Milena.

»Den Drachen konnte er ja auch steigen lassen.«

»Wer sagt denn, daß er das war«, sagte Marisa. »Und das Fußballspiel muß er auch nicht gesehen haben.«

»Vielleicht hat ihm einer das Ergebnis diktiert«, ergänzte Milena.

»Irgendeiner, der beweisen will, daß Minh noch lebt«, sagte Marisa.

Der Drachen war ein einfacher, selbstgebastelter Kometdrachen. Er bestand aus zwei über Kreuz gelegten Holzstäben, die mit Seidenpapier bespannt waren. Am Ende des kurzen Schwanzes klebte ein grünes Papierdreieck. Der Drachen war ein Spielzeug, wie es die Kinder schon seit hundert Jahren bastelten und in die Lüfte steigen ließen, wenn die Winde wehten. Zwar änderten sich die Zeiten, und auch in Montesecco geriet alles durcheinander, doch über eines brauchte man nicht zu diskutieren: Kinderspielzeug sollte Kinderspielzeug bleiben. Es war nicht recht, daß ein Entführer es mißbrauchte, um mitzuteilen, daß sein Opfer noch lebte.

»Catia?« fragte Marisa Curzio.

»Ich sagte doch: keine Polizei!« Catia fuhr mit den Fingerspitzen über das Seidenpapier. An einer Stelle war es eingerissen.

»Das hast du schon gesagt, bevor Ivan den Drachen aus dem Baum holte«, sagte Marisa.

»Du wußtest es vorher«, sagte Elena Sgreccia.

»Ich wußte gar nichts«, sagte Catia schnell, »aber als Mutter spürt man so etwas.«

»Ein Lebenszeichen, aber nicht die kleinste Anweisung für die Übergabe des Lösegelds«, wunderte sich Milena. »Umgekehrt wäre es logischer. Der Entführer müßte dir zuerst mitteilen, wo und wann du das Geld abliefern sollst. Ich an deiner Stelle würde dann, bevor ich zahle, einen Beweis verlangen, daß es meinem Sohn gutgeht.«

Catia sagte nichts.

»Der Entführer hat sich schon bei dir gemeldet!« sagte Franco.

»Vielleicht schon vor Tagen«, sagte Angelo.

»Du weißt genau, wie die Geldübergabe ablaufen soll«, sagte Elena.

»Und uns hast du alles verschwiegen!« sagte Angelo.

»Als ob uns das überhaupt nichts anginge«, sagte Ivan. »Als ob es dein eigenes verdammtes Geld wäre, das du irgend jemandem in den Rachen werfen kannst, ohne ein Sterbenswörtchen darüber zu verlieren.«

Catia preßte den grünen Drachen an die Brust. Man sah ihr an, daß sie es vorgezogen hätte, weiterhin auf einer Illusion zu beharren, an die keiner mehr glaubte. Doch alle

Forderungen des Entführers zu erfüllen und dabei so zu tun, als wisse sie von nichts, das ging nicht mehr. Nicht gegen eine ganze Dorfgemeinschaft, die sich hintergangen fühlte und jeden ihrer Schritte argwöhnisch beobachten, wenn nicht sogar hintertreiben würde. Catia hatte keine Wahl. Sie mußte versuchen, das Mißtrauen der anderen zu zerstreuen, und dazu mußte sie reden.

»Ja, ja, ja, ihr habt recht«, sagte sie, »ich bin in Kontakt mit dem Entführer. Er hat verlangt, daß ich das für mich behalte, und ihr wißt verdammt genau, warum ich das getan habe.«

Doch damit gaben sich die anderen nicht mehr zufrieden. Von allen Seiten prasselten die Fragen auf Catia ein. Man wollte wissen, wie der Entführer sie kontaktiert und was er ihr mitgeteilt hatte. Wie und wo sollte das Lösegeld übergeben werden? Oder hatte sie etwa schon bezahlt?

Zögernd berichtete Catia, daß der Entführer per SMS seine Anweisungen für die Geldübergabe durchgegeben habe. Bis morgen früh müsse sie einen Heißluftballon besorgen, der die zwei Koffer tragen könne. Der Ballon solle auf der Terrasse des Pfarrhauses bereitgehalten werden, bis Catia durch eine SMS das Startzeichen bekomme. Sie vermute, daß der Entführer deswegen keine genaue Uhrzeit angegeben habe, weil er ganz bestimmte Windverhältnisse benötigte, um den Ballon in die gewünschte Richtung fliegen zu lassen. Noch herrschte Ostro, ein Südwind, der für die Jahreszeit so ungewöhnlich war, daß er sicher nicht lange Bestand haben würde.

»Und wie will er das Ding an der richtigen Stelle landen lassen?« fragte Donato.

Catia zuckte die Achseln. Ivan Garzone sagte: »Wahrscheinlich über den Brenner: Er wird genau mitteilen, wieviel Treibstoff eingefüllt werden soll, und dann kann er annähernd berechnen, wann der Ballon zu Boden sinkt.«

Angelo Sgreccia sagte: »Windstärke und Außentemperatur und was weiß ich noch alles sind aber zu berücksichtigen. Da muß sich einer gut auskennen, wenn das klappen soll.«

»Aber es ist machbar«, sagte Ivan.

»Für dich wäre das natürlich kein Problem«, sagte Angelo spöttisch.

»Was willst du damit sagen?« fragte Ivan.

»Nur, daß sich in Montesecco keiner so gut mit Windkraft auskennt wie du«, sagte Angelo.

»Sprich dich ruhig aus, du Feigling!« sagte Ivan.

»Und daß der Entführer ganz ähnliche Qualitäten wie du haben muß«, sagte Angelo.

»Weißt du, was du für mich bist?« fragte Ivan kalt. »Ein bemitleidenswürdiges Stück Dreck und sonst gar nichts.«

Ivan drehte sich um, eilte mit langen Schritten den Weg hinab, an einem leerstehenden Haus vorbei, den felsigen Abhang entlang, in dessen Spalten sich Agaven klammerten. Er ließ den Gedenkstein für Don Igino, der vielleicht den höchsten Baum Monteseccos gepflanzt hatte, rechts liegen und hörte noch, wie ihm Angelo Sgreccia mit sich überschlagender Stimme nachrief: »Und überhaupt, wer außer einem Spinner wie dir käme auf die hirnrissige Idee, sich zwei Millionen durch den Wind zutragen zu lassen?« Ivan spuckte aus, als er an der Sebastianskapelle die Piazzetta erreichte, und verschwand in der Tür seiner Bar.

5

Scirocco

Gegen den erbitterten Protest des alten Curzio, der dadurch das Andenken an Benito Sgreccia beleidigt sah, wurden die blauen Fahnen auf dem Pfarrhausdach abgenommen und die Stangen flachgelegt. Andernfalls sei der sichere Start des Heißluftballons nicht zu gewährleisten. Der Wetterbericht hatte Scirocco vorhergesagt. Wenn der Saharawind tatsächlich kam, sich über dem Mittelmeer vollsaugte, die Adria hochstürmte und hohe Wellen bis nach Venedig hineinpeitschte, würde es sowieso schwierig werden, den Ballon ohne Schaden für das Kirchendach steigen zu lassen. Doch einstweilen lag die Hülle noch ausgebreitet auf dem Flachdach, während ein paar der Männer den Brenner zur Probe laufen ließen.

Ivan Garzone hatte die technische Leitung unter der Bedingung übernommen, daß sich Angelo Sgreccia nicht in der Nähe der Piazzetta aufhielt, was dieser auch bereitwillig zugestand, da er keine Lust habe, einem mutmaßlichen Entführer Handlangerdienste zu leisten. Ivan ließ sich dadurch nicht beirren und stürzte sich mit einem solchen Feuereifer in die Arbeit, daß man meinen konnte, es gehe um nichts Geringeres als die Realisierung seiner Vision vom Dorf der Winde.

Der PR-Manager, mit dem Ivan die Idee entwickelt hatte, war zwar nicht mehr gesichtet worden, seit die Finanzierungsgrundlage und vor allem sein Honorar unsicher geworden waren, doch dafür hatte Ivan nun einen Typen namens Michele aufgetrieben, den er vollmundig als Experten für Heißluftballone vorstellte. Angeblich war Michele ein alter Freund, auch wenn noch niemand von ihm gehört oder ihn gar schon einmal in Montesecco

135

gesehen hatte. Er legte bei der Ballonmontage kein einziges Mal selbst Hand an, sondern beschränkte sich darauf, mehr oder weniger kluge Kommentare abzugeben, Kette zu rauchen und eine Tasse Espresso nach der anderen hinunterzukippen. Marta sorgte klaglos für Nachschub. Nach zwei Stunden strich sich Michele das blonde Haar zurück und verkündete, daß ihm von dem vielen Kaffee übel sei. Außerdem müsse er sich die Beine vertreten. Das Wesentliche sei geschafft, mit dem Rest würden die anderen ja wohl alleine klarkommen.

»Kein Problem!« rief Ivan, und von da an promenierte Michele durch die Gassen, mißtrauisch beäugt von den Einwohnern Monteseccos, die sich nicht sicher waren, ob sie ihn für einen Spion des Entführers, für einen Kontrolleur des Mafiaclans, der das Lösegeld zur Verfügung gestellt hatte, oder für einen simplen Kriminellen, der eben dieses Geld zu stehlen beabsichtigte, halten sollten.

Überhaupt war die Stimmung im Dorf gereizt, was sich vielleicht dadurch erklärte, daß man des Wartens und der Unsicherheit überdrüssig war. Auch wenn niemand zugab, daß er dem Schrecken ohne Ende notfalls ein Ende mit Schrecken vorgezogen hätte, fieberte man dem Ballonstart mit Unruhe entgegen. Fast so, als brenne man darauf, auch bei sich selbst die Leinen lösen und endlich durchstarten zu können. Wo immer der Ballon landete, der Entführer würde sich zeigen müssen, um an das Geld zu kommen. Eine bessere Gelegenheit, ihn zu identifizieren und zu fassen, würde sich nicht ergeben, da mochte Catia noch so sehr betteln, auf jede Art von Verfolgung zu verzichten, bis Minh wohlbehalten zu Hause sei. Natürlich war das Schicksal des Jungen niemandem egal, natürlich litt man mit der Mutter, aber durfte man deswegen einen Verbrecher mit zwei Millionen Euro einfach so davonkommen lassen?

Noch war man sich unschlüssig, scheute das hilflose Nichtstun genauso wie die Möglichkeit, das Leben des

Jungen zu gefährden, doch als Ivan endlich den Brenner installiert und angeworfen hatte, änderte sich das. Je weiter sich der festgezurrte Ballon aufrichtete und füllte, je stärker sich diese seltsame silberfarbene Kartoffel aufblähte und zur Kugel rundete, je unnachgiebiger die letzten Falten von der Heißluft weggebügelt wurden und je mehr die pralle Haut in der Sonne glitzerte wie das Leben selbst, desto stärker wurde die Jagdlust. Hilflos mußte Catia zusehen, wie die Stimmung kippte, und daß keiner so recht mit der Sprache herausrückte, machte die Sache nicht besser. Nein, man würde nicht unvorsichtig sein und keinesfalls unüberlegt handeln, das verspreche man Catia ja gern, aber sie könne ihrerseits nun wirklich nichts dagegen haben, wenn man schnell ins Tal hinunterfahre, um den Wagen vollzutanken, oder sich daran erinnere, daß man schon lange das Jagdgewehr putzen wollte.

Wortlos machte sich Catia davon. Matteo Vannoni wußte, daß es sinnlos war, ihr nachzulaufen. Sie würde sich in ihrem Haus einschließen und jedes Gespräch verweigern. Insbesondere mit ihm. Daß seine Tochter stur bis zum Starrsinn war, konnte er ihr nicht vorwerfen. Sich gerade in Extremsituationen ganz auf sich selbst zurückzuziehen hatte sie gelernt, als sie ohne ihre leiblichen Eltern aufgewachsen war. Die Mutter tot, der Vater fünfzehn Jahre lang im Gefängnis, was blieb ihr da schon anderes übrig, wenn sie irgendwie mit dem Leben zurechtkommen wollte?

Dennoch oder gerade deshalb mochte Vannoni nicht zusehen, wie Catia auch die gegen sich aufbrachte, die ihr wohlgesonnen waren. Die Dorfgemeinschaft war auf ihrer Seite gewesen, hatte getan, was getan werden konnte, und hätte dafür nur ein wenig Offenheit erwartet. Aber Catia hatte es vorgezogen, ihren Kontakt mit dem Entführer zu verheimlichen und die Sache soweit wie möglich allein durchzuziehen. Dafür hatte sie die anderen angelogen, bis es nicht mehr ging, und vielleicht sogar ein wenig länger.

Daran war nun nichts mehr zu ändern. Und genausowenig daran, daß halb Montesecco den Ballon über jeden kleinen Feldweg verfolgen und allen die Knarre unter die Nase halten würde, die sich den Koffern näherten. Helfen würde nur, den Jungen wohlbehalten zurückzubringen, bevor eine Katastrophe geschah. Daran hatte sich nichts geändert, außer daß Vannoni sich seltsam gelähmt fühlte. Anfangs hatte er den Erfolg mit bewußtlosem, trotzigem Suchen erzwingen wollen, dann hatte er überlegt nachgeforscht, bis er sich schon fast am Ziel gesehen hatte, nur um wieder enttäuscht zu werden. Jetzt begriff er gar nichts mehr. Es gab Beweise, daß Minh entführt worden war, und es gab Beweise, daß er selbst fortgelaufen war. Außer Vannoni schien sich keiner in Montesecco über diesen Widerspruch Gedanken zu machen. Für die anderen zählte nur, was sich zuletzt ereignet hatte. Die Wahrheit vom Tag zuvor war so schnell vergessen wie ein überholter Wetterbericht.

Vannoni betrachtete den Ballon, der knapp über der Dachterrasse des Pfarrhauses schwebte. Die silbern glänzende Kugel hatte einen Durchmesser von ungefähr sechs Metern. Gegen die alte Steinbrüstung, die verwaschenen Ziegel des Kirchendachs, den abblätternden Lack der Fensterläden des Pfarrhauses und das Unkraut, das sich in den Mauerritzen des Kirchturms festgesetzt hatte, wirkte sie in ihrer glatten Perfektion grotesk. Ein Fremdkörper, wie aus einer anderen Zeit herbeigeweht, fremder, als es ein Ufo sein könnte. Fast erwartete Vannoni, daß das Ding platzen und zu nichts verpuffen würde. Oder daß die alten Mauern Monteseccos zerfallen und statt ihrer Stahlkonstruktionen und kühle Glasfassaden in den Himmel wachsen müßten. Aber nichts dergleichen geschah. Natürlich nicht. Der Ballon schwebte einfach mitten in Montesecco, und wenn Vannoni sich die Mühe machen würde, die Treppe des Pfarrhauses hinaufzusteigen, würde er ihn sogar berühren können.

»Klasse, was?« rief Ivan vom Dach herab.

Vannoni nickte. Nicht alles, was unvereinbar schien, war auch unvereinbar. Wenn es Beweise sowohl für als auch gegen eine Entführung gab, dann war eben beides richtig. Als Catia ihren Sohn nicht nach Apulien mitgenommen hatte, war Minh tatsächlich weggelaufen und hatte sich im Haus des Americano versteckt. Irgendwer aus dem Dorf hatte ihn dort entdeckt, aber aus irgendwelchen Gründen den Mund gehalten. Vielleicht war dieser Mensch sofort auf die Idee gekommen, dabei abzukassieren, wahrscheinlich aber erst später. Zuerst ging es ihm wohl nur darum, den Leuten im Dorf eins auszuwischen. Ohne es wirklich ernst zu meinen, schrieb er die Lösegeldforderung und begann den Jungen darin zu bestärken, nicht aufzugeben und es den anderen, die sich nicht um ihn geschert hatten, mal richtig zu zeigen.

Und diese anderen machten sich tatsächlich daran, das Lösegeld zu beschaffen. Aus dem grausamen Spaß erwuchs plötzlich die Chance auf ein neues Leben. Zwei Millionen Euro waren zum Greifen nahe, wenn der Junge nur noch ein wenig durchhielt, aber irgendwann konnte Minh nicht mehr, er hatte genug, wollte zu seiner Mutter zurück. Keine Bitten, keine Versprechungen, keine Lügen über die Gleichgültigkeit der Dorfbewohner, kein Appell an seine Indianerehre zogen mehr, Minh wollte einfach nur nach Hause, wo vielleicht schon zwei Koffer mit jeweils einer Million Euro herumstanden, und dann, erst dann, wurde der Entführer zum Entführer. So kurz vor dem Ziel mochte er nicht aufgeben, auch wenn er den Jungen nun mit Gewalt festhalten mußte.

Ob er Minh geknebelt und mit Gewalt aus dem Haus des Americano verschleppt hatte, wußte Vannoni nicht. Vielleicht hatte er ihn auch dazu überredet, etwa mit dem Vorschlag, noch irgendwo einen Blumenstrauß für Catia zu besorgen. Doch Vannoni glaubte zu begreifen, was in dem Entführer vorgegangen war und was ihn so weit getrieben hatte: Fast noch wichtiger als das Geld selbst war der unbedingte Wille geworden, die einmalige Chance zu nutzen, die ihm der Zufall geboten hatte. Ein wenig Angst vor der eigenen Courage schwang mit, gerade so viel, daß der Adrenalinspiegel hochgehalten wurde, aber mehr noch der Stolz auf die eigene Entschlossenheit und, ja, eine verkniffene Wut auf den kleinen Jungen, der nicht mal mehr einen Tag oder zwei durchhalten wollte und den Entführer somit zwang, Gewalt anzuwenden, ihn irgendwo einzusperren, ihn mit Drohungen einzuschüchtern.

Vannoni erschrak, wie leicht er sich in den Entführer hineinversetzen konnte. Und er erkannte, in welch großer Gefahr der Junge schwebte, wenn der Entführer ihm unterstellte, selbst an allem schuld zu sein, es ja nicht anders gewollt zu haben. Während Vannoni bisher nur sehr unbestimmt um Minh Angst gehabt hatte, wurde ihm jetzt klar, daß der Junge tatsächlich ermordet werden könnte. Vannoni mußte unbedingt …

Ein lauter Knall brach in seine Gedanken. Ein schneller Blick zeigte Vannoni, daß nicht der Ballon zerplatzt war. Silbern und fremd schwebte er über dem Pfarrhausdach, völlig unberührt von dem Nachhall des Gewehrschusses, der irgendwo in den Gassen Monteseccos gefallen war. Einen Moment blieb alles still, als hielte die Welt den Atem an, dann schrie eine Männerstimme, die Vannoni nicht identifizieren konnte, irgend etwas, was Vannoni nicht verstand. Er hörte Angelo Sgreccia erregt antworten. Die Stimme kam aus westlicher Richtung, von irgendwo oberhalb der Piazza. Etwa von da, wo sein ehemaliges Haus stand, das er vor kurzem Catia überlassen hatte.

Vannoni spürte sein Herz pochen, es übertönte das Stimmengewirr, das nun einsetzte und sich langsam zu nähern schien. Vannoni wollte ihm entgegenlaufen, doch seine Beine versagten ihm den Dienst. Er schwankte. Er setzte sich auf die Brüstung, die die Piazzetta begrenzte. Der Stein war kalt. Hinter der Mauer fiel der Hang ein paar Meter jäh ab. Steil genug, um sich den Hals zu brechen,

140

wenn man hinunterstürzte. Vannoni starrte auf die silberne Kugel über dem Pfarrhaus. Er fragte sich, ob er in seinem Leben irgend etwas richtig gemacht hatte.

»Los, vorwärts!« tönte Angelo Sgreccias Stimme hinter der Sebastianskapelle hervor, doch vor ihm stolperte Ivans Freund Michele ums Eck auf die Piazzetta. Der angebliche Ballonexperte reckte die Arme nach oben. Das Grinsen in seinem Gesicht wirkte festgefroren. In seinen Rücken bohrte sich der Lauf von Angelos Flinte.

»Was soll das?« fragte Ivan vom Dach des Pfarrhauses herab.

»Er fragt, was das soll!« Angelo kicherte. Hinter ihm erschienen Donato und dann Catia. Sie sah bleich und erschöpft aus, wie immer in den letzten Tagen, doch sie war völlig unverletzt. Matteo Vannoni stand auf. Nur weil irgendwo ein Schuß gefallen war, hatte er seine Tochter in Gedanken blutüberströmt auf dem Pflaster liegen sehen. Er wußte nicht, wieso er so sicher gewesen war. Als ob nur die schlimmstmögliche Wendung eintreten könnte. Natürlich war Vannoni froh, daß er sich geirrt hatte, doch er wagte nicht, sich der Erleichterung ganz zu überlassen. Nur langsam verblaßte der Schatten des Todes, und Vannoni fürchtete, ihm neue Nahrung zu geben, wenn er ihn provozierte.

»Wir können doch wie vernünftige Menschen …«, sagte Michele.

»Die Flossen bleiben oben!« brüllte Angelo. Seine rechte Hand krampfte sich um den Gewehrschaft. Der Zeigefinger zitterte vor dem Abzug.

»Hör auf mit dem Quatsch!« sagte Ivan vom Dach herab.

»Dein alter Freund, was?« Angelos Stimme triefte vor Häme. »Einer, mit dem man Pferde stehlen kann. Und nicht nur das.«

»Du machst einen Fehler«, sagte Ivan.

»Ich?« Angelo lachte. Es klang überreizt. So als spiele das Adrenalin verrückt, als rase sein Puls die ganze Zeit in irrwitzigem Tempo. Erst allmählich war er in der Lage zu berichten, was eigentlich passiert war. Dieser Michele sei ihm gleich verdächtig vorgekommen, und so habe er sich mit seinem Gewehr auf die Lauer gelegt. Zwei-, dreimal sei der Kerl um Catias Haus geschlichen und habe sich fast den Hals ausgerenkt, um durch die Fenster alles beobachten zu können.

»Zuerst dachte ich, daß er sich die Örtlichkeiten einprägt, um bei einem nächtlichen Einbruch nicht gegen jeden Stuhl zu rumpeln, aber der Kerl war dreister, als ich mir vorstellen konnte. Er drückte sich vor Catias Haus herum, horchte, und plötzlich – so schnell konntest du kaum schauen – verschwand er in der Tür. Ich nichts wie raus aus meinem Versteck! Im Laufen spannte ich das Gewehr, drückte vorsichtig die Tür auf und schlich auf Zehenspitzen hinein. Im Wohnzimmer stand er, keinen Meter von den Koffern mit dem Geld entfernt. Er wandte mir den Rücken zu, hatte vielleicht eine Pistole gezückt, und deshalb gab ich sicherheitshalber einen Warnschuß ...«

»Der hätte mich fast erschossen!« rief Michele empört aus.

»Das kann noch passieren, wenn du nicht die Klappe hältst«, zischte Angelo. Der Lauf seines Gewehrs wanderte am Rückgrat des Mannes nach oben. Die Mündung lag jetzt am Hemdkragen.

»Nimm die Flinte weg, bevor ein Unglück geschieht!« sagte Ivan. »Das ist kein Spaß.«

»In der Tat«, schnaubte Angelo.

»Vielleicht solltest du uns ein paar Dinge erklären, Ivan«, sagte Antonietta. Auch die anderen wollten gern wissen, wer Ivans sauberer Freund wirklich war, wieso Ivan ihn hergeholt und wer ihn auf die Idee gebracht hatte, bei Catia einzubrechen.

»Wie wäre es, wenn du dich mal zu uns herunterbemühen würdest?« fragte Angelo zuckersüß. Das Gewehr schwenkte kurz zur Seite und zielte auf den silbernen Ballon über dem Dach. Ivan seufzte und verschwand Richtung Treppe. Kurz danach stand er unten auf der Piazzetta.

»Also?« fragte Marisa.

»Und?« fragte Ivan zu Michele hin.

»Alles klar«, sagte Michele.

»Schieß los, Ivan!« sagte Donato.

»Sonst tu ich es«, sagte Angelo.

»Laß Michele in Ruhe!« sagte Ivan. »Ich schwöre euch, daß er das Geld nicht klauen wollte. Es ging um etwas völlig anderes. Je weniger ihr davon wißt, desto besser ist es. Und zwar für alle Beteiligten. Vertraut mir einfach, ich mache das schon!«

Ivan grinste breit. Die anderen sahen sich an. War es möglich, daß Ivan die Situation so gründlich mißverstand? Oder spielte er nur den Unbedarften, weil er viel mehr zu verbergen hatte, als man eh schon vermutete? Auf jeden Fall mußte man ihn zum Reden bringen.

»Wir sollten die beiden erst mal fesseln«, sagte Marisa Curzio.

»Und in der Sebastianskapelle einsperren, bis sie zur Vernunft kommen«, sagte Donato.

»Wieso gerade in der Kapelle?« fragte Lidia Marcantoni.

»Wegen der schweren Tür und den winzigen Fenstern. Die ist ausbruchssicher.«

»Trotzdem«, sagte Lidia. »Die Kapelle ist ein geweihter Ort. Sollten wir sie nicht besser gleich hier foltern, bis sie …«

»Foltern?« quiekte Michele. »Ihr seid doch total verrückt!«

»Das meinen die nicht ernst«, sagte Ivan.

»Nein?« fragte Angelo. Er ging um Michele herum und drückte ihm den Lauf des Gewehrs unters Kinn. Michele legte den Kopf in den Nacken und wich langsam bis zur Außenmauer der Kapelle zurück, als Angelo den Druck erhöhte. Angelos Mundwinkel zitterten vor mühsam unterdrückter Wut. Er war alles andere als ein gewalttätiger

143

Mensch. Über zwanzig Jahre lang hatte er sich als Lastwagenfahrer abgearbeitet, war auf tagelangen Touren in ganz Europa unterwegs gewesen, um für Elena und sich den Lebensunterhalt zu verdienen. Im Dorf hatte er sich nie besonders hervorgetan, er galt als verläßlich, gutmütig, ein wenig langweilig und farblos. Er war einer von denen, die man leicht vergaß, wenn man aufzählte, wer sich am Abend vorher in der Bar hatte blicken lassen. Von ihm erwartete man keinen gewagten Witz, keine überraschende Entscheidung und erst recht keine Gewalttat an einem Fremden, der ihm nichts getan hatte.

Und doch schien es denkbar, daß er gleich einen Menschen ermordete. Daß er irgendeine Verwünschung zwischen den Zähnen herauspreßte, den Finger krumm machte und Michele eine Kugel durch den Schädel jagte. Ja, es schien sogar wahrscheinlich, wenn man das verzerrte Gesicht Angelos betrachtete und sich fragte, was um Himmels willen mit diesem Mann geschehen war, der ein Gewehr in den Kehlkopf eines anderen Menschen drückte. Litt er so sehr unter dem Verlust seines Vaters? Hatte er nicht verkraftet, daß ihm unvermutet ein Vermögen in den Schoß gefallen war, das ihm sofort wieder zu entgleiten drohte? Hatte er sich beim Versuch, dagegen anzukämpfen, so tief in einem Gewirr aus taktischem Verhalten, juristischen Winkelzügen, populistischer Stimmungsmache und wechselseitiger Intrige verheddert, daß er nach einem beliebigen Opfer verlangte, an dem er seine Frustration auslassen konnte?

»Die Koffer standen doch da«, krächzte Michele. »Ich hätte nur zugreifen müssen. Das habe ich aber nicht getan. Ich wollte doch bloß …«

»Sei still!« sagte Ivan.

»Sprich weiter!« sagte Angelo. Er zog das Gewehr ein wenig zurück. Ein roter Ring am Hals Micheles zeigte, wo sich die Mündung in die Haut gedrückt hatte. Angelo ließ den Gewehrlauf langsam über Micheles Backe hinaufwandern. Sanft strich das Metall über Schläfe und Stirn, glitt auf der anderen Gesichtsseite wieder hinab, erkundete kurz den Mundwinkel und nahm über das Kinn die Kreisbewegung erneut auf. Es war ein obszönes Streicheln. Als genieße der Tod die Sekunden, bevor er sein Opfer zerfleischte.

»Du wolltest doch bloß …?« fragte Angelo, ohne die Bewegung des Gewehrs auszusetzen.

Michele starrte ihn mit schreckgeweiteten Augen an. Fast unhörbar flüsterte er: »Das Handy.«

»Lauter!« befahl Angelo.

»Catias Handy«, brüllte Michele. »Ich wollte die Nummer wissen, von der aus der Entführer die SMS geschickt hat. Die Nummer, bei der Catia ein Lebenszeichen von ihrem Sohn eingefordert hat.«

»Du Idiot!« sagte Ivan, doch Michele war nicht mehr zu bremsen. Wie sehr Ivan auf Verschwiegenheit bestanden, was immer er versprochen haben mochte, es war für Michele nicht genug, um dafür das eigene Leben zu riskieren. Er plapperte nun wie ein Wasserfall:

»Ich heiße Michele Serra, bin Privatdetektiv, zugelassen und registriert in Rimini, und zwar seit fünfzehn Jahren, schauen Sie nur in meiner Innentasche, es ist alles da: Ausweis, Waffenschein, Führerschein, Codice fiscale, ja, ich zahle sogar Steuern, auch wenn meine Frau meint, daß ich da wohl der einzige … Jedenfalls, es ist alles in bester Ordnung, und wenn ich mal kurz die Hände herunternehmen dürfte, könnte ich es Ihnen beweisen. Ich mache hier nur meinen Job, Herr Garzone hat mich angerufen, und ich habe den Auftrag angenommen, weil sonst kein Geld hereinkommt und ich meinen verwöhnten Kindern ihre Invicta-Rucksäcke und was weiß ich für Designerklamotten zahlen muß. Woher hätte ich denn wissen sollen, daß hier in diesem Dorf lauter Verrückte … äh, ich meine, daß die Situation hier ziemlich kompliziert ist, und was das Handy angeht, so war es natürlich nicht ganz richtig, einfach in

145

das Haus hineinzugehen, das gebe ich zu, aber ich habe ja nur ein paar Tasten gedrückt und das Ding sofort wieder auf den Tisch gelegt. Mehr war wirklich nicht, und wegen so etwas kann man doch keinen Menschen abknallen, oder?« Er starrte Angelo an und murmelte dann: »Ich würde jetzt gern eine Zigarette rauchen.«

Donato fingerte aus Micheles Innentasche eine Brieftasche, klappte sie auf und zog ein paar Plastikkarten heraus. Nachdem er die Daten überprüft hatte, nickte er. Angelo schnaufte unwillig. Er sah sich um, als halte er Ausschau nach einem, den er ersatzweise umbringen könnte. Dann ließ er langsam das Gewehr sinken. Michele tastete nach seinen Zigaretten. Seine Finger zitterten.

Catia beachtete ihn nicht mehr. Sie ging auf Ivan zu, blieb vor ihm stehen, musterte ein paar Sekunden lang sein Gesicht, holte mit der rechten Hand aus und schlug zu. Ivan fing ihre Hand rechtzeitig ab. Seine Finger krallten sich um ihr Handgelenk. Ruhig sagte er: »Einer mußte mal etwas tun. Du hättest uns die Handynummer des Entführers nie gegeben. Jetzt haben wir sie. Wir müssen nur herausfinden, auf wen sie zugelassen ist.«

»Ich habe da meine Verbindungen«, sagte Michele. Er sog an seiner Marlboro.

»Du willst meinen Sohn umbringen, Ivan!« zischte Catia. Sie wand ihre Hand aus seinem Griff.

Ivan streckte die Hände nach vorn. »Das kannst du höchstens Angelo vorwerfen. Wenn er nicht in der Gegend herumgeballert und hier seine Wildwestshow abgezogen hätte, wäre alles nach Plan gelaufen. Niemand wüßte, daß ich dem Entführer auf der Spur bin.«

»Ja, du machst tolle Pläne, und wenn etwas schiefgeht, sind immer die anderen schuld«, sagte Elena Sgreccia. Sie drückte den Lauf des Gewehrs, das ihr Mann gegen Ivan erhoben hatte, nach unten.

»Keine Tricks, hat der Entführer gefordert, sonst …«, sagte Catia mühsam beherrscht.

»Du meinst, die Welt müsse stehenbleiben, weil dein Sohn entführt worden ist«, sagte Ivan, »aber das tut sie nicht. Sie dreht sich weiter, mit rasender Geschwindigkeit. Ich habe es mal ausgerechnet. Ein Punkt auf unserem Breitengrad bewegt sich schneller als der Schall. Mit mehr als dreihundertdreißig Metern pro Sekunde. Es kann einem fast schwindlig werden bei der Vorstellung. Aber es hilft nichts, keiner wird den Lauf der Welt aufhalten, auch du nicht, Catia. Du kannst weder auf die Bremse treten noch aussteigen. Und wenn du schon gezwungen bist mitzufahren, dann solltest du dein Gesicht in den Wind drehen und dich breitbeinig hinstellen, damit du nicht das Gleichgewicht verlierst.«

Catia klatschte langsam und schwer in die Hände. Einmal, zweimal, dreimal. Hohl kam der Hall von der Kirchenmauer zurück. Als hämisches Echo auf den schleppenden Applaus, der einen Schauspieler auf der Bühne mehr verhöhnt hätte, als es Stürme von Buhrufen vermochten. Catia sagte: »Bravo, bravo! Da bemüht so ein erbärmlicher Wicht wie du doch glatt den Kosmos, um zu rechtfertigen, daß er über Leichen geht. Nur um ein bißchen Geld festzuhalten, das ihm vielleicht gar nicht gehört.«

»Es geht darum, den zu schnappen, der deinen Sohn entführt hat«, sagte Ivan.

»Es geht darum, daß mein Sohn am Leben bleibt«, sagte Catia.

»Mit Däumchendrehen rettet man niemanden.«

»Du sollst niemanden retten!« schrie Catia. »Keiner soll versuchen, Minh zu retten. Ihr sollt einfach nur Ruhe geben!«

Catia und Ivan standen sich gegenüber. Ein silberner Ballon schwebte über dem Pfarrhaus. Die beiden Eschen auf der Piazzetta hatten ihre Blätter fast vollständig abgeworfen. Es sah aus, als seien sie abgestorben, erstickt durch den Asphalt, den ihre Wurzeln wölben, aber nicht durchbrechen konnten. Das welke Laub war durch den Wind am Fuß der Steinbrüstung aufgehäuft worden. Die Fläche davor wirkte verlassen. Es fiel schwer, sich vorzustellen, daß dort im Sommer Tische standen, auf die Ivan gegen Abend Karaffen mit zu warmem Weißwein stellte und zwischen denen Minh mit einem Wassereis in Raketenform umherspazierte. Nun war Herbst. Es war kühl.

»Wie lange würdest du brauchen, Michele?« fragte Ivan.

»Ein Anruf, und eine Viertelstunde später habe ich den Namen zu der Handynummer«, sagte Michele. Er zündete sich noch eine Zigarette an.

»Eine Viertelstunde, dann könnten wir es wissen.« Ivan nickte. Er sagte: »Die Entscheidung liegt bei euch. Wenn die Mehrheit dafür ist, ruft Michele an. Wenn nicht, dann nicht.«

Niemand reagierte.

»Dann fährt Michele nach Rimini zurück und vergißt die Sache, genauso wie wir sie vergessen. Wir setzen uns vor den Fernseher und warten, bis Minh zurückkommt oder bis irgendwer in ein paar Jahren zufällig seine Leiche findet.«

Irgend jemand murrte. Donato schüttelte den Kopf. Catias Lippen zitterten. Sie brachte kein Wort mehr heraus.

»Ihr habt kein Recht, über so eine Frage abzustimmen«, sagte Matteo Vannoni. »Es geht um Catias Sohn und …«

»Ich stelle fest, Matteo ist dagegen«, sagte Ivan. »Was ist mit euch anderen?«

»Anrufen kann man ja mal«, sagte Donato.

»Dann können wir immer noch entscheiden, ob wir etwas unternehmen«, sagte Elena.

»Es ist eine Chance«, sagte Marisa.

»Bevor man gar nichts tut«, sagte Milena.

»Anrufen!« sagte Marta.

»In Gottes Namen, ja!« sagte Lidia und schlug ein paar schnelle Kreuzzeichen.

Angelo Sgreccia legte das Gewehr über die Schulter. Augenscheinlich fiel es ihm schwer, sich auf die Seite Ivans zu schlagen, doch schließlich nickte auch er. Nur Antonietta und ihre Töchter zögerten noch, aber auf ihre Stimme kam es nicht mehr an.

»Das ist die Mehrheit«, sagte Ivan.

Michele nickte. Er schnippte die Zigarettenkippe über die Steinbrüstung, holte sein Handy aus der Tasche und tippte eine Nummer ein.

Ivan ging zur Tür seiner Bar. Der Schlüssel steckte außen. Ivan drehte ihn und stieß die Tür nach innen auf. Die anderen folgten ihm. Wortlos stellte Ivan eine Reihe von Schnapsgläsern auf die Theke und schenkte Averna aus. Die meisten griffen zu. Einen Magenbitter konnte man jetzt vertragen. Es dauerte gerade mal zehn Minuten, bis auch Michele die Bar betrat. Ohne die Dorfbewohner zu beachten, ging er zur Theke und verlangte ein Bier.

»Und?« fragte Ivan.

»Erst das Bier«, sagte Michele.

»Mach es nicht so spannend!« sagte Ivan, doch er schenkte ein Glas ein.

Michele kippte es hinunter, machte »ah«, schob Ivan das leere Glas zu und sagte: »Es ist einer aus Montesecco. Ratet mal, wer!«

Ivan tippte auf Franco Marcantoni. Vielleicht habe das niemand sonst mitbekommen, aber der Alte sei ganze Nächte nicht zu Hause gewesen. Michele schüttelte den Kopf und hob das zweite Bier. Angelo Sgreccia klopfte auf sein Gewehr. Er sagte: »Es reicht. Ich zähle bis drei. Eins, zwei …«

»Curzio«, sagte Michele schnell. »Das Handy gehört einem gewissen Gianmaria Curzio.«

»Sehr witzig«, sagte Marisa.

»Kennt den jemand von euch?« fragte Michele.

»Flüchtig«, sagte Marisa. »So gut man seinen eigenen alten Vater halt kennt.«

»Tja«, sagte Michele. »Man kann in einen Menschen halt nicht hineinschauen. Ich habe da zum Beispiel vor Jahren eine Geschichte erlebt, die so unglaublich ist, daß …«

»Angelo, könntest du den Kerl bitte erschießen, bevor er seinen Satz zu Ende bringt«, sagte Marisa Curzio.

»Und?« fragte ich.

»Ein neuer Drachen ist fertig.«

»Schön! Und?«

Der Junge zeigte auf einen Würfel aus Bambusrohren. Fünf Seiten waren mit verschiedenfarbigem Seidenpapier bespannt, eine Seite blieb frei.

»Das soll ein Drachen sein? Es sieht wie ein Lampion aus«, sagte ich.

Der Junge griff nach den Schnüren, die um das offene Quadrat befestigt waren. »Es ist ein Lenkdrachen. Was glaubst du, wie der fliegen wird!«

»Na, wenn du das sagst! Und?«

Der Junge zog den Würfeldrachen an sich. »Und … man kann ihn steuern. Man kann sogar …«

»Das habe ich nicht gemeint.« Langsam wurde ich ärgerlich.

»Was hast du dann gemeint?«

Ich nahm dem Jungen den Drachen weg. Ich hatte keinen guten Tag. Das kommt eben mal vor. Schließlich bin ich auch nur ein Mensch. Trotzdem konnte der Junge nicht allen Ernstes glauben, daß ich mich für seine Bastelarbeiten interessierte. Irgendwann mußte er begreifen, daß es um Wichtigeres ging. Nicht zuletzt in seinem eigenen Interesse. Ich tat, was ich konnte, aber wenn er sich nicht auch selbst ein wenig Mühe gab, würden wir nie zum Ziel kommen.

»Und?« fragte ich noch einmal.

Der Junge schüttelte den Kopf.

»Du willst mir nicht antworten?«

»Doch«, sagte der Junge schnell, »natürlich.«

»Also?«

»Ich weiß doch nicht, was du wissen willst.«

»Ich? Um mich geht es doch gar nicht. Es geht einzig und allein um dich und um das, was du fühlst und denkst.«

»Ich denke ans Drachensteigenlassen«, sagte der Junge.

»Nein, das tust du nicht.«

»Woran denke ich dann?« Der Junge war schon wieder fast am Weinen.

»Das mußt du doch selbst wissen!«

Der Junge schluchzte. Wahrscheinlich war das nicht so einfach für einen Achtjährigen. Da er mir leid tat, wollte ich ihm noch einmal helfen. Aber oft durfte das nicht mehr vorkommen. Ich wurde nicht laut, wunderte mich selbst, wie warm meine Stimme klang. »Vergiß mal den Drachen! Hör einfach tief in dich hinein, ganz tief! Und dann sag mir, woran du denkst!«

Der Junge sah mich an. Ich lächelte ihm zu, und er senkte den Blick. Es dauerte vielleicht eine halbe Minute, bis er sagte: »Ich denke an den schwarzen Mann, der mich entführt hat. Er trägt eine Maske, aus der die Augen ...«

»Siehst du? Es geht doch!« Ich ließ ihn die wichtigsten Informationen herunterbeten. Dann gab ich ihm den seltsamen Würfeldrachen zurück.

Seit er tot war, war Benito Sgreccia nicht wiederzuerkennen. So gesprächig hatte ihn Gianmaria Curzio die letzten achtzig Jahre nicht erlebt. Man konnte sich ganz ausgezeichnet mit ihm unterhalten, und daß er nicht an der Grappaflasche nippte, obwohl Curzio sie ihm mehrmals anbot, war zu verschmerzen. So blieb mehr für Curzio selbst.

Die Schnapsflasche hatte er in einer leeren Grabnische der untersten Reihe deponiert, nachdem er die Deckplatte entriegelt und zur Seite gestellt hatte. Auch ein paar Piadine und ein großes Stück Schafskäse lagerten nun dort. Der Klappstuhl, den Curzio aus dem Dorf mitgebracht hatte, stand an einer windgeschützten Stelle der Friedhofsmauer. Wenn es abends nicht so kalt geworden wäre, hätte Curzio keinen Grund gesehen, überhaupt noch ins Dorf zurückzukehren. Dort konnte er sowieso mit niemandem reden. Zumindest verstand ihn keiner annähernd so gut wie der tote Benito Sgreccia in seinem Eichensarg. Oder es wollte ihn keiner verstehen. Seit diese fünfeinhalb Millionen Euro herumspukten, erkannte er sein Dorf nicht wieder. Offensichtlich war Curzio der einzige, der sich fragte, wie es so weit hatte kommen können.

»Gut, du hast dein Geld zusammenspekuliert, Benito«, sagte Curzio, »aber dennoch bleiben eine Menge Fragen offen.«

»Das will ich meinen«, sagte Benito von irgendwoher.

Curzios größtes Problem war das Testament. Wenn es das nicht gäbe, würde alles wunderbar zusammenpassen: Angelo wußte vom Reichtum seines Vaters, und als der begann, sein Geld mit vollen Händen auszugeben, beschloß er, ihn umzubringen, weil er das Vermögen lieber selbst genießen wollte. Nur war Angelo dummerweise enterbt worden. Curzio hatte in Rom angerufen, nachdem Franco Marcantoni die Nummer unter der Bedingung herausgerückt hatte, daß Wilma von ihm herzlichst gegrüßt werde, daß sie zuvorkommend zu behandeln sei und keinesfalls als Nutte bezeichnet werden dürfe. Wilma hatte geschworen, daß mit dem Testament alles seine Richtigkeit hatte. Also mußte Curzio es ernst nehmen. Und zwar als Indiz, das Aufschluß über ein mögliches Verbrechen geben konnte.

Daß es Angelo nicht gefallen konnte, von seinem Vater praktisch enterbt zu werden, war klar. Doch wie hatte er überhaupt von dem Testament erfahren, wenn Benito es erst am Abend vor seinem Tod abgefaßt und im Pfarrhaus verwahrt hatte? Selbst wenn die Nutten geplaudert haben sollten, hätte Angelo dann in so kurzer Zeit einen nicht nachweisbaren Mord planen und durchführen können? Und warum hatte er nicht das Pfarrhaus auf den Kopf gestellt, um das Testament zu vernichten, wenn er schon deswegen gemordet hatte? Nein, das paßte alles nicht zusammen. Das Testament konnte nur der Schlüssel zu Benitos

Tod sein, wenn es viel früher verfaßt und irgend jemandem aus dem Dorf bekannt gewesen wäre.

»Genau«, flüsterte Benitos Stimme.

»Genau?« fragte Curzio. War es so gewesen? Hatte jemand das Testament nachträglich umdatiert? Oder hatte es gar ein erstes Testament gegeben, das Benito genau da aufbewahrt hatte, wo man es vermuten würde: bei sich zu Hause, in seinen persönlichen Unterlagen. Dort konnte es zum Beispiel Angelo schon viel früher gefunden haben. Natürlich hatte er seinen Vater zur Rede gestellt und ihn aufgefordert, diesen letzten Willen zu vernichten. Benito hatte eingelenkt, doch bald mußte ihm klargeworden sein, daß er nun in permanenter Lebensgefahr schwebte. Denn was außer seinem plötzlichen Tod hätte ihn hindern können, das gleiche Testament noch einmal aufzusetzen?

Er beschloß, zu genießen, was ihm vom Leben noch blieb, und zog ins Pfarrhaus um. Dort umgab er sich auch deshalb mit Nutten, Bediensteten und Musikern, um seinem mißratenen Sohn einen Mordanschlag so schwer wie möglich zu machen. Doch es nützte nichts, Angelo fand Mittel und Wege, um ihn binnen dreier Tage aus dem Weg zu schaffen. Nicht schnell genug allerdings, um die Abfassung eines neuen Testaments zu verhindern, das Benito den Nutten anbefahl, weil Angelo unweigerlich davon erfahren hätte, wenn jemand aus dem Dorf eingeweiht worden wäre. Doch die Nutten vergaßen das Testament in derselben Sekunde, in der ihnen klar wurde, daß Benito nie mehr seine Geldbörse für sie öffnen würde.

»Warum hast du denn niemandem etwas gesagt, Benito?« fragte Curzio.

»Wer hätte denn geglaubt, daß mein eigener Sohn mich umbringen will? Du vielleicht?« fragte Benito zurück.

Er hatte recht. Die anderen hatten ihn schon für verrückt erklärt, und Curzio selbst wußte es jetzt zwar besser, doch damals hätte er über so einen Verdacht wohl nur nachsichtig gelächelt. Dennoch sagte er: »Warum denn nicht?«

»Gianmaria!« rief Benito streng. Seine Stimme war plötzlich viel weiter entfernt.

»Bleib da, Benito!« bat Curzio. Er brauchte seinen Freund jetzt dringender als je zuvor, denn er spürte, daß es ernst wurde. Zwar hatte er immer gewußt, daß Benito einem Verbrechen zum Opfer gefallen war, aber er hatte sich dennoch Illusionen gemacht. Als ob er nur eine Art Kreuzworträtsel vor sich hätte, in das man die passenden Begriffe einsetzen mußte. Jetzt begann er zu begreifen, daß es nicht damit getan war, einen Mörder zu entlarven, der so lange stillhalten würde, bis Curzio genügend Beweise hatte, um ihn der Polizei auszuliefern. Nein, Curzio war ein alter Mann, der einem entschlossenen Mörder nicht viel entgegenzusetzen hatte. Curzio mußte höllisch aufpassen. Und er stand ziemlich allein.

»Benito?« fragte er und nahm einen langen Schluck aus der Grappaflasche.

»Gianmaria!« rief Benito. Seine Stimme war nicht nur weit weg, sie klang nun auch fremd.

Curzio zwang sich, in Ruhe nachzudenken. Wenn es ein erstes Testament gegeben hatte, dann stellten sich zwei Fragen: Wie war Angelo auf die Idee gekommen, danach zu suchen? Und wer hatte bei diesem ersten Testament als Zeuge unterschrieben? Es lag nahe, daß sich Benito zuerst an jemanden aus dem Dorf gewandt hatte, der dann Angelo einen Tip gegeben hatte. Doch wieso hatten die Zeugen nach Benitos überraschendem Tod kein Sterbenswörtchen von dem Testament gesagt? Warum hatten sie geschwiegen, wenn auch der Dümmste unter diesen Umständen ein Verbrechen vermuten mußte? Vielleicht gab es gar keinen einzelnen Mörder, vielleicht stand Curzio einer gigantischen Verschwörung gegenüber! Daß ihn keiner im Dorf ernst genommen hatte, lag dann gar nicht daran, daß sie alle zu dumm waren, das Offensichtliche zu sehen. Nein, Angelo hatte sie dazu überredet, und er mußte gewichtige Argumente vorgebracht haben. Stapelweise Argumente in Form von Einhundert-Euro-Noten.

»Gianmaria!« rief eine ferne Stimme, die überhaupt nicht mehr nach der Benitos klang. Eher schon nach der Franco Marcantonis. Curzio traute ihm genausowenig über den Weg wie seinen beiden Schwestern. Die eine tat bigott, die andere debil, und was mit ihrem Bruder nicht stimmte, würde er schon noch herausfinden.

»Gianmaria!« rief Milena Angiolini. Was wollten sie nur von ihm? Curzio ging die paar Schritte zum Friedhofstor. Vorsichtig blickte er durch das Gitter. Sie waren noch gut hundertfünfzig Meter entfernt. Im Laufschritt kamen sie die Straße vom Dorf herab, acht, zehn Leute, und natürlich war Angelo Sgreccia mittendrin. Der Mörder Benitos! War das nicht ein Gewehr, was er da über der Schulter trug? Jetzt wollte er Curzio ans Leben!

Wie, zum Teufel, hatte er die anderen dazu gebracht, ihm bei der Hatz zu helfen? Waren sie alle seine Komplizen? Franco, Lidia, Milena, Matteo, Antonietta? Egal, Curzio hatte keine Zeit zu überlegen. Sie durften ihn nicht kriegen, das war das einzige, was nun zählte. Doch wo sollte er hin? Sie würden ihn sehen, wenn er durchs Friedhofstor schlüpfte. Über die Mauer und den Berg hoch bis in den Wald? Curzio war keine Zwanzig mehr. Er blickte sich um. Die Kapelle war immer versperrt, vor der Familiengruft der Rapanottis hing eine Kette mit Vorhängeschloß. Hinter den hüfthohen Buchsbaumhecken längs des Mittelwegs würde jeder Dreijährige Curzio finden, und sonst war die Anlage so übersichtlich wie ein Fußballplatz. Curzio drückte sich an der Innenseite der Friedhofsmauer entlang und hielt Ausschau nach etwas Waffenähnlichem, doch nicht einmal ein Spaten lag irgendwo herum. Draußen riefen Milena und Franco in bedrohlicher Nähe Curzios Namen. Es klang wie ein Hinrichtungsbefehl.

»Herrgott, Benito!« knirschte Curzio zwischen den Zähnen hervor. Benito schwieg. Der machte es sich leicht, der hatte es hinter sich, ihn brachte keiner mehr um, er lag tot in seinem Sarg, geschützt von einer Marmorplatte und …

Die Sargnische, in der Curzio seinen Proviant gebunkert hatte! In aller Eile rückte er die Verschlußplatte neben der Öffnung zurecht, kniete sich ächzend auf den Boden, steckte die Beine nach hinten in das rechteckige Loch und schob mit den Händen nach. Die Grappaflasche fiel um, als er sie mit der Hüfte streifte, doch sie ging nicht kaputt. Jetzt kratzte sein Oberkörper über den Zement, der Kopf verschwand in der dunklen Höhlung, die Hände tasteten nach der Verschlußplatte und zogen sie vor die Öffnung. Oben lag die Platte ganz an, doch sosehr Curzio auch mit den Fingernägeln krallte, er schaffte es nicht, sein Versteck auch unten abzudichten. Durch die Ritze an den Seiten fielen zwei dünne Streifen Tageslicht herein. Curzio konnte nur hoffen, daß das niemandem auffallen würde.

Er winkelte die Arme an und schob den Oberkörper vorsichtig nach oben, bis er mit dem Kopf die Decke berührte. Die Grabnische war geräumiger, als er gedacht hatte. Schätzungsweise achtzig Zentimeter breit und sechzig hoch. Eigentlich recht bequem, so ein Grab! Wenn bloß keine Skorpione hier hausten. Curzio tastete nach der Grappaflasche und drehte den Verschluß auf. Er nippte zweimal. Als er die Flasche abstellte, achtete er darauf, ja kein Geräusch zu verursachen. Sie konnten nicht mehr weit entfernt sein. Er horchte. Noch einmal wurde sein Name gerufen, dann klirrte Metall, als sie den Riegel des Friedhofstors zurückschoben.

Der eigene Atem kam Curzio viel zu laut vor. Das Geräusch hallte dumpf von den Wänden der Grabnische wider. Oder war es nur das Blut, das in seinen Ohren pochte? Draußen knirschte der Kies unter schweren Schritten, eine Stimme murmelte Unverständliches, und Curzio hielt die Luft an. Er dachte, daß es sich nicht gehöre, in einem Grab zu atmen. Da lag man still und tot und rührte sich nicht und schnaufte nicht.

»Das ist sein Klappstuhl«, sagte Lidias Stimme.

»Und er selbst ist sicher auch nicht weit. Die letzten Tage hat er sich nur hier herumgetrieben.«

»Wir hätten stutzig werden müssen, aber ich dachte, daß er einfach nicht über Benitos Tod hinwegkommt.« Das war Angelo. Daß die Stimme eines Mörders so harmlos klingen konnte!

»Du meinst, das war gar nicht der wirkliche Grund?«

»Irgendwer muß dem Jungen doch zu essen bringen.« Dem Jungen? Wen interessierte denn jetzt der Junge? Es ging doch um den Tod Benitos! Und darum, daß er, Curzio, auf dem besten Weg war, einen Mord aufzuklären.

»Dann müßte er Minh ja hier gefangenhalten! Schauen wir in der Kapelle nach!« sagte Milena.

Die wollten doch nur von ihren eigenen Verbrechen ablenken! Curzio mußte die Dinge ins Lot rücken. Er mußte sofort aus seinem Versteck kriechen, Angelo zur Rede stellen und ihn als Vatermörder entlarven. Curzio legte die Fingerspitzen an die Verschlußplatte. Dann hielt er inne. Er stellte sich vor, wie Angelo mit dem Gewehr im Anschlag ein paar Schritte entfernt lauerte. Wie er um die eigene Achse wirbeln würde, wenn sich die Verschlußplatte des Grabs bewegte. Wie er abdrücken würde, sobald Curzio den Kopf aus der Grabnische geschoben hätte. Notwehr, würde Angelo behaupten. Ich dachte, der Alte hätte eine Waffe auf mich gerichtet, würde er sagen, und die anderen, die er davon überzeugt hatte, daß Curzio ein skrupelloser Entführer sei, würden nicken und höchstens darüber diskutieren, ob es überhaupt der Mühe wert sei, seine Leiche aus dem Grab hervorzuziehen, oder ob sie gleich die Platte davorschrauben sollten. Curzio brach der Schweiß aus. Ihm war heiß. Seine Ellenbogen schmerzten. Die Grabnische war enger, als es zuerst den Anschein gehabt hatte. Und die Luft stickiger.

»Nichts«, sagte Milena draußen.

»Er kann doch nicht vom Erdboden verschluckt worden sein«, sagte Lidia.

»Ich bleibe hier«, sagte Angelo. »Irgendwann kommt Curzio wieder, und dann hat er einiges zu erklären.«

Du verdammter Heuchler! dachte Curzio. Daß er erklärte, wer Benito umgebracht hatte, war doch genau das, was Angelo zu verhindern suchte. Curzio war sich jetzt sicher, daß Angelo die Entführung nur benutzte, um ihn leichter beseitigen zu können.

»Ciao, ci vediamo«, murmelten draußen ein paar Stimmen. Irgendwer setzte sich geräuschvoll in den Klappstuhl. Etwas Metallenes schlug gegen die Friedhofsmauer. Es konnte ein Gewehrlauf sein. Weiter entfernt knirschten die Scharniere des Friedhofstors, dann wurde der Riegel vorgeschoben. Nichts war mehr zu hören. Curzio lag stocksteif in einer Grabnische, vor der ein Mann saß, der ihn umbringen wollte. Curzio fragte sich, ob Angelo hiergeblieben war, weil er etwas bemerkt hatte. War ihm die angelehnte Verschlußplatte aufgefallen? Würde er sie gleich zur Seite schieben, Curzio den Gewehrlauf ins Gesicht drücken und höhnisch sagen, daß er sich genau das richtige Versteck ausgesucht habe?

Curzio schloß die Augen. Er war achtzig Jahre alt geworden, hatte den Krieg überlebt, ein ganzes Arbeitsleben, seine Frau und auch Benito Sgreccia. Zwar hätte er noch gern diesen Fall gelöst, aber sonst ging ihn das Leben nichts mehr an. Sollten sie sich doch betrügen und entführen und ermorden! Sollten sie sich doch an die Mafia verkaufen und sich die Geldbündel in die gierigen Mäuler stopfen! Sollten sie doch Montesecco niederreißen, wenn es ihnen behagte. Er mußte das nicht mehr miterleben. Vielleicht war es sogar besser, wenn er in einer Minute starb statt in ein paar Monaten oder Jahren. Einen Schluck Grappa würde er vielleicht noch gern trinken und kurz den Wind auf seiner Haut spüren, während er voller

Verachtung vor Angelo ausspuckte. Curzio öffnete die Augen und starrte auf den Spalt, den die Verschlußplatte ließ. Der Lichtstreifen blieb unverändert, kein Laut war zu hören.

Warum tat Angelo nichts? Warum handelte er nicht endlich? Einer, der seinen eigenen Vater umgebracht hatte, würde doch bei einem anderen alten Mann keine Skrupel bekommen. Schon gar nicht, wenn er hoffen konnte, dadurch seine Haut zu retten. Curzio überlegte, was Angelo von seinen Nachforschungen wissen mochte. Am Anfang war Curzio viel zu unvorsichtig vorgegangen. Daß er praktisch jeden im Dorf mehrfach ausgequetscht hatte, konnte Angelo nicht verborgen geblieben sein. Und genausowenig, daß er des Vatermords verdächtigt wurde. Jetzt erst fiel Curzio auf, daß ihn Angelo deswegen nie zur Rede gestellt hatte. Wäre das nicht die natürlichste Reaktion gewesen?

Aber Angelo hatte ruhig zugesehen, war wie die Spinne im Netz sitzen geblieben und hatte gewartet, bis sich Curzio in den von ihm gelegten Fäden verheddern würde. Und nun lag Curzio in einer sechzig mal achtzig mal zweihundert Zentimeter großen Grabnische und zitterte am ganzen Körper. Das mußte an der Kälte liegen, die der nackte Zement ausströmte. Angst vor dem Tod hatte Curzio keinesfalls. Höchstens vor dem Sterben. Und vor dem körperlichen Schmerz, wenn ihm die Kugeln Fleisch und Knochen zerfetzten.

Curzio hörte, wie der Klappstuhl durch den Kies zurükkgeschoben wurde. Angelo war aufgestanden und ging jetzt mit schweren Schritten auf und ab. Curzio versuchte sich einzureden, daß ihn nur der kalte Wind hochgescheucht hatte, aber er konnte nicht verhindern, daß ihn die Angst anfiel wie eine ausgehungerte Ratte. Wenn es nur schnell ging! Und wenn ihn Angelo nur nicht in den Kopf schoß! Curzio wollte aufgebahrt werden, wie es sich gehörte. Seine Tochter und seine Nachbarn sollten ihn noch erkennen können, bevor sie den Sargdeckel über ihm schlossen.

Die Schritte stoppten in unmittelbarer Nähe. Bitte nicht ins Gesicht! dachte Curzio. Er schob sich so geräuschlos wie möglich weiter in die Sargnische hinein. Seine Schuhsohlen preßten sich gegen die hintere Wand. Draußen knirschte der Kies wieder auf, doch anders als zuvor. So, als sei Angelo in die Hocke gegangen. Curzio starrte auf die Verschlußplatte. Hatte sich nicht gerade das Licht, das durch den Spalt auf der rechten Seite fiel, abgeschwächt? Als hätte sich ein Schatten darüber gelegt. Der Schatten, den der Tod vorauswarf.

Und jetzt begann der Tod zu grummeln. Er murrte vor sich hin, daß man sich um alles selbst kümmern müsse. Der Tod war ganz schlechter Laune, und ausgerechnet dann mußte er Curzio holen. Sollte Curzio ihn anflehen, ein andermal wiederzukommen? Sein Mund war ausgetrocknet. Nicht einmal ein Gurgeln brachte er hervor, gar nichts, er lag nur bewegungslos auf dem Bauch, die Augen weit aufgerissen, den Blick starr auf die Verschlußplatte gerichtet, die sich nun langsam bewegte. Hohl klang Stein gegen Stein. Ein handbreiter Streifen Licht fiel auf den Zementboden, als die Platte oben abgehoben wurde, und Curzio sah die Fingerkuppen, die über ihren Rand griffen.

Der Tod hat frisch geschnittene Fingernägel, stellte er verwundert fest, und dann dachte er nur noch, daß er nicht sterben wollte. Nicht jetzt. Ein, zwei Jahre noch oder Monate oder wenigstens Wochen. Aber nicht sofort. Alles hätte Curzio dafür gegeben, nur noch ein paar Tage weiterleben zu dürfen. Freundschaft, vergangenes Glück, seine Erinnerungen, alles. Für jede Minute mehr hätte er einen Finger gegeben, für eine Stunde die ganze Hand, und wenn ihm jemand angeboten hätte, eine längere Lebensfrist mit unerträglichen Schmerzen zu bezahlen, hätte er keine Sekunde gezögert. Alles war besser als der Tod.

Wirf mich in die Hölle! bettelte Curzio in Gedanken einen Gott an, den es wahrscheinlich gar nicht gab. Mach mit mir, was du willst, aber laß mich noch ein klein wenig weiteratmen!

Und als ob der Gott, den es vielleicht doch gab, seine Bitte erhört hätte, wurde die Verschlußplatte nicht zur Seite gestellt, schob sich kein Gewehrlauf durch die Öffnung der Grabnische, erschien kein mordlüsternes Gesicht, in dem die Augen nur kurz zuckten, wenn der Finger den Abzug betätigte, es gab keinen Knall, und keine Kugel schlug in Curzios Schädel. Er lebte, er lebte immer noch, und er sah, wie die untere Kante der Verschlußplatte in die Führung eingepaßt wurde, wie sich die Seitenkanten genau ausrichteten, und dann sah er gar nichts mehr, weil jemand die Platte auch an der oberen Kante in die Höhlung der Nische drückte, so daß kein noch so feiner Spalt mehr blieb, durch den Licht hereinfallen könnte. Curzio sah nur noch Schwarz, doch er hörte, wie nacheinander die beiden Riegel vorgeschoben wurden, und er wußte, daß die Platte jetzt festsaß.

Curzio war eingesperrt.

In einer Grabnische mit Zementwänden um sich herum.

Er war lebendig begraben.

Curzio durfte noch ein wenig weiteratmen. So lange, bis er den Sauerstoff in seinem Grab verbraucht hatte. Er wußte nicht, wie lange das dauern würde. Ein paar Stunden möglicherweise, wenn er sparsam mit der Luft umging und sich nicht anstrengte. Wenn er darauf verzichtete, sich die Finger am Stein wund zu kratzen.

Curzio hörte Schritte auf dem Kies. Er wollte schreien, wollte Angelo anflehen, ihn herauszulassen und dort zu erschießen. So würde er noch einmal das Tageslicht sehen, den Wind spüren und im Moment seines Todes an das denken, was er wollte, weil er nicht damit beschäftigt war, qualvoll und vergeblich nach ein wenig Luft zu hecheln. Doch Curzio schrie nicht. Er konnte nicht. Und vielleicht hatte er ja Glück, vielleicht schloß die Platte nicht luft-dicht ab, vielleicht reichte es fürs Atmen, so daß er noch ein paar Tage vor sich hatte, bis er verdurstete.

In ein paar Tagen konnte viel geschehen. Er würde ver-mißt werden. Sie würden ihn suchen. Vielleicht würde ihn jemand finden, der ihn nicht sofort umbringen wollte. Curzio hatte seinen Grappa, er hatte ein paar Piadine und ein Stück Pecorino, er war zäh genug, um eine ganze Weile durchzuhalten. Wenn er in der ewigen Nacht nicht durch-drehte. Wenn er sich nicht den Schädel an der Zement-decke einschlug, weil er es nicht aushielt, dazuliegen wie eine langsam verwesende Leiche. Wenn ihn die Vorstel-lung, lebendig begraben zu sein, nicht sowieso erstickte, egal, ob genug Luft vorhanden war.

»Angelo!« flüsterte Curzio.

»Mach auf, Angelo!« rief er.

»Um Himmels willen, hol mich hier heraus, Angelo!« brüllte er. Die Worte brachen an den engen Wänden der Grabnische und stürzten über ihm zusammen. Ein dump-fer Hall klang in seinen Ohren nach. Von draußen hörte er nichts.

»Angelo, bitte!« wimmerte Curzio. Er trommelte gegen die Steinplatte vor sich. Er horchte. Nichts. Da war keiner mehr. Außer Benito Sgreccia, der schräg oberhalb in einem Grab lag, das seinem zum Verwechseln glich. Aber Benito konnte ihm nicht helfen. Der war tot, und Curzio lebte. Noch.

»Psst«, machte ich. Ich legte den Finger über die Lippen.

»Was ist?« fragte der Junge leise.

»Hörst du ihn nicht?«

»Den schwarzen Mann?«

»Na, wen sonst?«

»Vielleicht ist es bloß der Wind, der durch die Mauerrit-zen pfeift«, flüsterte der Junge. Er zog die Decke vor seiner Brust zusammen.

»Der Wind!« Ich kicherte. »Wenn das der Wind ist, fresse ich einen Besen. Hörst du nicht seine tiefe Stimme? Wie er draußen auf und ab geht und grummelt und murmelt, daß er gleich einem kleinen Jungen den Kopf abreißen wird. Der Wind redet doch nicht!«

»Nein«, sagte der Junge.

»Was nein?«

»Der Wind kann nicht reden. Der ist ja kein Mensch.«

»Eben!« sagte ich. Wir spitzten die Ohren, doch wir konnten kein Wort von draußen verstehen. Durch das an- und abschwellende Rauschen des Windes hörten wir nur halb ersticktes Gemurmel und das geheimnisvolle Rascheln der Blätter. Eine Krähe krächzte auf, als wäre sie aus einem Alptraum hochgeschreckt, und irgendwo – vielleicht bei dem Brunnenhäuschen drüben – ächzte ein Scharnier in die Nacht. Vorn am Haus schlug irgend etwas gegen Mauerwerk, in regelmäßigem, dumpfem Rhythmus. Fast hörte es sich an, als stapfe ein großer, schwerer Mann in Stiefeln langsam eine Steintreppe hoch.

»Tipp ... tapp ... tipp ... tapp«, machte ich. Der Himmel über dem geborstenen Dach war schwarzgrau. Kein Stern war zu sehen. Die Krähe krächzte noch einmal.

»Ich habe Angst«, murmelte der Junge.

»Soll ich dir ein Märchen erzählen?«

»Ich will nach Hause«, sagte der Junge.

»Es war einmal ein kleiner Junge, der wollte sein Glück machen und lief von zu Hause weg. Zwei Tage lang ging er geradeaus, und am dritten Tag kam er in einen Wald, der schnell wilder und wilder wurde. Schon waren die Bäume so hoch, daß der kleine Junge nicht mehr sah, wo die Stämme endeten, und die Zweige wurden so dicht, daß fast kein Tageslicht hindurchfand. Der Pfad verlor sich im Dickicht, und der kleine Junge stolperte über Wurzeln und schlug sich an umgestürzten Bäumen die Knie auf. Bald wußte er nicht mehr, aus welcher Richtung er gekommen war, und noch viel weniger, in welche Richtung er gehen sollte. Er versuchte es hier und da, doch der Wald hörte nicht auf. Der kleine Junge setzte sich auf einen Baumstamm und wollte etwas essen, doch seine Vorräte waren schon zur Neige gegangen. Überall im dunklen Wald knackte und wisperte es, so daß der Junge große Angst bekam. Er dachte an seine Eltern zu Hause und begann bitterlich zu weinen. Er weinte so laut, daß eine große schwarze Krähe ihn hörte und heranflatterte.

›Ich habe mich verirrt‹, schluchzte der Junge, ›kannst du mir nicht helfen?‹

›Ich habe Mitleid mit dir‹, krächzte die Krähe, ›und deshalb hast du drei Wünsche frei. Aber überlege dir gut, was du dir wünschst!‹

Der kleine Junge überlegte genau und sagte: ›Als erstes wünsche ich mir, daß dieser finstere Wald bald endet und ich wieder Licht sehe, als zweites, daß ich meine Eltern finde, und als drittes, daß ich nie mehr von ihnen getrennt werde.‹

›Gewährt!‹ sagte die Krähe. Sie flatterte dem kleinen Jungen von Ast zu Ast voran, bis sie das Ende des Walds erreichten. Es war Nacht geworden, doch aus der Dunkelheit blinkten dem Jungen Lichter entgegen, ganz wie er es sich gewünscht hatte. Die Krähe flatterte in den Wald zurück, und der kleine Junge ging auf die Lichter zu. Er erreichte eine Mauer und trat durch ein schmiedeeisernes Tor. Als er es hinter sich geschlossen hatte, fand er sich in einem Friedhof wieder. Kein Mensch war zu sehen, und die Lichter waren die Grablichter, die vor den Wandnischen der Toten flakkerten. Der Junge trat an eine der Grabplatten und las darauf den Namen seiner Mutter und den Namen seines Vaters. Da wußte er, daß seine Eltern tot waren und es ihm nichts nützte, daß er sie wiedergefunden hatte. Er wollte fliehen, aber das Friedhofstor ließ sich nicht mehr öffnen, und die Mauer war viel zu hoch, um darüberzuklettern. So setzte sich der kleine Junge vor das Grab seiner Eltern und starb. Jetzt würde er nie mehr von ihnen getrennt werden. Auch sein letzter Wunsch hatte sich erfüllt.«

Der Junge hatte die Augen zugekniffen. Ich wußte nicht, ob er mir bis zum Ende zugehört hatte oder vorher einge-schlafen war.

»Ich muß jetzt gehen«, sagte ich.

Der Junge schlug die Augen auf. Mit dünner Stimme sagte er: »Bleib bitte da!«

»Ich komme ja wieder.« Ich stand auf.

Die Flasche Grappa hatte Gianmaria Curzio geleert, den Schafskäse und die Teigfladen hatte er nicht angerührt. Ihm war nicht nach Essen zumute. Wie lange er schon in der stockdunklen Grabnische eingeschlossen war, wußte er nicht. Ewigkeiten, vermutete er. Lange genug jedenfalls, um schon tausend Tode gestorben zu sein. Er war erstickt, bei lebendigem Leib verfault, an Herzrasen krepiert, ihn hatte einstürzender Zement erdrückt, und vor Todesangst hatte er sich selbst erdrosselt. Doch er lebte noch immer. Er atmete schwer, aber er atmete.

Mit all seiner Kraft und all seinem Willen hatte er sich gegen die Verschlußplatte gestemmt. Immer wieder hatte er um Hilfe gebrüllt, was seine Lungen hergaben. Er hatte es mit Klopfzeichen versucht, auf die nicht einmal Benito geantwortet hatte. Er hatte die leere Grappaflasche zer-schlagen und mit einer Glasscherbe einen Spalt an der Kante der Verschlußplatte auszuschaben versucht. Sogar die Rückwand der Grabnische hatte er Zentimeter für Zentimeter abgetastet, um vielleicht eine Stelle zu finden, an der er ins Freie durchbrechen konnte. Alle Bemühun-gen waren vergeblich gewesen, und jetzt konnte er nicht mehr. Er wollte auch nicht mehr. Er legte den Kopf auf die verschränkten Unterarme, schloß die Augen und wartete auf den Tod. Vielleicht würde er ihn holen, während er schlief.

Ein paar Minuten lang war ihm die Brust noch eng, zuckten noch Schreckensbilder durch sein Hirn, dann at-mete er ruhiger, und auch seine Gedanken sammelten sich langsam. Vielleicht war es an der Zeit, sein Leben noch einmal an sich vorbeiziehen zu lassen! Nicht chronologisch von Kindheit an. An dem Ort, zu dem er gleich aufbrechen würde, brauchte er keinen vollständigen Lebenslauf vorzulegen. Curzio wollte sich auf ein paar schöne Momente beschränken. Solche, in denen er gespürt hatte, am Leben zu sein, und dankbar dafür gewesen war. Besser noch wäre, an gar nichts bewußt zu denken, sondern einfach loszulassen und zu sehen, welche Erinnerungen sich von selbst einstellten.

Mit seinem Leben konnte Curzio zufrieden sein. Selten hatte er Hunger leiden müssen, er hatte sich durchgeschlagen, war zwar nie aus Montesecco weggekommen, aber wieso hätte er auch gehen sollen? Seine Freunde lebten hier, hier hatte er seine Frau geheiratet und eine Familie gegründet. Hier kannte er jedes Haus und jede Hundehütte. Hier wußte er, wo er am ersten warmen Frühjahrstag die Sonnenstrahlen einatmen und unter welchem Baum er bei brütender Sommerhitze Schatten finden konnte.

Am wohlsten hatte er sich unter Godis alten Olivenbäumen gefühlt. Früher hatte er manchmal Stunden dort gesessen, den Kopf an einen der knorrigen Stämme gelehnt und die Augen halb geschlossen, so daß die verkrümmten Äste wie die Gliedmaßen von Fabelwesen wirkten, während sich die Blätter über ihm in silbernes Licht auflösten. Der Wind pfiff eine Melodie, die selbst den Steinen Leben einhauchte. Die Blätter flüsterten Curzio ihre Geheimnisse zu, die Schatten zitterten, als würden sie gleich vom Boden auffliegen, die Ähren hangabwärts wogten wie das Meer. Die ganze Welt war in Bewegung, doch die Zeit stand still.

Curzio dachte an gar nichts. Er war der Wind, der Stamm, das Blattwerk, die Sonne, der Schatten. Er fühlte sich nicht nur glücklich, er war das Glück selbst. Er würde leben, solange es Leben gab. Er wunderte sich nicht, daß

der Olivenstamm sich als grinsender Benito Sgreccia ent-
puppte, der nur ein wenig krummer stand als sonst. Licht
und Schatten verschmolzen hervorstehende Wurzeln zu
einer Wiege, aus der Curzios kleine Tochter Marisa lachte,
und die uralte Hand seiner Großmutter streckte sich mit
den Zweigen nach unten und strich ihm übers Haar. Weit
oben begann der Chor der Engel zu singen. Schnell wurden die Töne lauter, kamen näher. War Curzio gestorben,
ohne es bemerkt zu haben? Flog seine Seele dem Himmel
zu?

Verwundert stellte er fest, daß die Engel gar nicht san-
gen. Sie spielten eine Melodie, die ihm bekannt vorkam.
Seine Seele brummte mit: »Nehmt Abschied, Brüder, un-
gewiß ...«

Curzio schreckte hoch und schlug mit dem Kopf gegen
etwas Hartes.

»... ist alle Wiederkehr ...«

Es war stockdunkel. Curzio mußte kurz eingeschlafen
sein. Links und rechts fühlte er glatte, kalte Wände.

»... diiii, diiii, di, di ...«

Curzio lag in einer verschlossenen Grabnische. Allein.
Der Himmel war anderswo. Weit und breit gab es keinen
Engel, und die Melodie, die Curzio hörte, kam aus ihm
selbst. Genauer gesagt, aus seiner Jackentasche. Wie hatte
er nur sein Handy vergessen können! Sein nagelneues Siemens-Handy, auf dem ihm der nette Verkäufer diesen
überirdisch schönen Klingelton eingerichtet hatte.

»... diiii, diiii, di, di ...«

Hastig holte Curzio das Handy hervor. Er sah das Dis-
play mattgrün leuchten, die Zahlen, die Symbole, er sah
wieder, sah seinen eigenen Daumen, der zitternd auf die
Taste mit dem grünen Telefonhörer drückte und die Melodie abrupt beendete, aber das machte nichts, weil er dieses
Lied sein Lebtag lang im Kopf behalten würde, und wenn
er hundertfünfzig Jahre alt werden sollte, was keinesfalls
auszuschließen war, denn wer einmal von den Toten auf-

erstanden war, dem war alles zuzutrauen. Curzio hob das Handy ans Ohr. Zögernd fragte er: »Ja?«

»Einen wunderschönen guten Morgen, Herr Curzio! Hier Forattini, Sie erinnern sich?«

»Ja«, sagte Curzio. Er war nicht tot. Bald war er frei. Da machte es nichts aus, daß der rettende Engel, der speziell für ihn zuständig war, als Börsenmakler aus Mailand auftrat.

»Wissen Sie, was passiert ist?« fragte Forattini.

»Ein Wunder!«

»So ähnlich«, sagte Forattini. »Kaum kaufe ich Shell, sichern die sich überraschenderweise die alleinigen Rechte für ein riesiges Ölvorkommen vor Angola. Wissen Sie, ich möchte Sie als kleines Zeichen meiner Anerkennung gern zum Essen einladen. Ich würde mich wirklich sehr freuen, wenn Sie kommen könnten.«

»Ich auch«, sagte Curzio, »aber …«

»Kein Aber! Ich schicke Ihnen meine Limousine nach Montesecco. Sie müssen mal raus aus Ihren vier Wänden. Sonst fällt Ihnen ja die Decke auf den Kopf.«

Mit der freien Hand griff Curzio nach oben. Der Zement war glatt und kühl. Curzio sagte: »Sie haben recht, ich muß unbedingt hier raus.«

»Dann machen wir das doch gleich für heute abend fest. In drei, spätestens dreieinhalb Stunden ist mein Fahrer in Montesecco. Wo genau soll er Sie abholen?«

»Auf dem Friedhof. Er soll einfach hereinkommen. Wenn er mich nicht sieht, soll er noch einmal anrufen.«

»Sie haben immer etwas Besonderes auf Lager, was?« Forattini lachte. Dann fragte er: »Fühlen Sie sich gut, Herr Curzio?«

»Wie neugeboren.«

»Na wunderbar. Dann bis heute abend!« Forattini legte auf.

Natürlich wartete Curzio nicht auf den Fahrer. Er war lange genug eingesperrt gewesen und wollte keine Sekunde länger als unbedingt nötig in dem verdammten Grab verbringen. Jetzt, da er über sein Handy verfügte, konnte er ja jemanden anrufen. Seine Tochter Marisa zum Beispiel. Daß auch sie der Verschwörung gegen sein Leben angehörte, mochte er nicht glauben. Sein eigen Fleisch und Blut! Er tippte Marisas Nummer ein und hatte Glück, daß sie selbst sich meldete. Sie überfiel ihn mit Fragen, doch Curzio wehrte ab und beschwor sie, keiner Menschenseele und nicht einmal ihrem Mann etwas von seinem Anruf zu verraten. Sie solle sich anziehen, unauffällig das Dorf verlassen, und wenn sie sicher sei, daß ihr niemand folge, solle sie zu ihm kommen.

»Wohin denn?« fragte Marisa.

»Versprochen?«

»Du hast doch nicht wirklich etwas mit der Entführung zu tun?«

»Versprich es mir! Bei allem, was dir heilig ist.«

Zögernd willigte Marisa ein. Eine Viertelstunde später schob sie die Riegel zurück und stellte die Verschlußplatte zur Seite. Curzios Gelenke schmerzten höllisch, sein linkes Bein war eingeschlafen. Ohne die Hilfe seiner Tochter hätte er es kaum geschafft, aus dem Grab herauszuklettern. Mühsam richtete er sich auf. Er atmete tief durch, blinzelte. Die Sonne stand hinter Wolken, doch auch so war das Tageslicht für seine Augen zu grell. Curzio wischte ein paar abgefallene Blätter von der Sitzfläche seines Klappstuhls und setzte sich. Die Marmorplatte vor Benitos Grabnische war fest verschraubt.

Curzio schloß die Augen wieder. Er überließ sich dem sanften Wind, der von der Hangseite her durchs Friedhofsgeviert spielte. Es schien ihm ganz einfach, die Poren zu öffnen, und er spürte, wie ihm der Luftzug neues Leben einhauchte. Ein pralles Leben, das viel zu schön war, um nur auf eine Sekunde davon zu verzichten.

»Hörst du mir überhaupt zu?« fragte Marisa.

»Was?« Curzio öffnete die Augen. Der Himmel war grau.

169

»Wie, um Himmels willen, bist du da hineingeraten?«
Marisa deutete auf die offene Grabnische.

Curzio sah einem gelben Blatt zu, das langsam nach unten tanzte und sich auf dem Kies niederließ. Er hatte nicht die geringste Lust zu reden, doch er würde nicht umhin kommen, Marisas Fragen zu beantworten. So berichtete er, wie er sich vor den Dorfbewohnern im Grab versteckt und daß Angelo Sgreccia die Verschlußplatte verriegelt hatte, um ihn mitsamt der Wahrheit über den Mord an Benito Sgreccia für immer zu begraben.

An Marisas ungläubigen Nachfragen erkannte er, daß sie höchstens an eine unglückliche Verkettung von Zufällen glaubte, und auch das nur, weil nicht ersichtlich war, wie er sich selbst hätte einsperren können. Sicher, Curzio konnte nicht beweisen, daß Angelo ihn in der Grabnische überhaupt entdeckt hatte, und er merkte selbst, wie wenig überzeugend seine Worte klangen, als er die ganze Dorfgemeinschaft der Verschwörung bezichtigte, doch im Grunde kam es darauf nicht an. Wichtig war, daß er lebte. Und daß er wußte, was er wußte.

Ein wenig mehr Mitgefühl hätte er allerdings schon erwartet. Und ziemlich befremdlich erschien ihm, daß Marisa sich mehr für sein Handy interessierte als für die Frage, wer ihren Vater fast umgebracht hatte. Freilich läge er ohne das Handy immer noch im Grab, aber mußte seine Tochter deswegen gleich kontrollieren, welche Gespräche er geführt hatte? Stumm sah Curzio zu, wie Marisas Finger über die Tasten glitt.

»Du hast alle SMS gelöscht?« fragte Marisa.

»Welche SMS?« Curzio hatte keine Ahnung, wie man eine SMS öffnete, geschweige denn, wie man sie versandte oder löschte. Die Briefe, die er in seinem Leben geschrieben hatte, ließen sich an zwei Händen abzählen, aber sie waren ihm so wichtig gewesen, daß er dafür jeweils einen Entwurf angefertigt und diesen dann in seiner schwungvollsten Handschrift auf einen blütenweißen Bogen Papier übertragen hatte. So wollte er es weiterhin halten, auch wenn man heutzutage vorzog, mühsam einzelne Buchstaben einzutippen, als hätte man nie selbst schreiben gelernt. Jedenfalls hatte sich Curzio ein Mobiltelefon gekauft, um zu telefonieren. Ihm genügte es völlig, wenn er das jederzeit und an jedem Ort tun konnte.

Marisa gab ihm das Handy zurück und fragte: »Du hast noch ein zweites, oder?«

»Was soll ich denn mit zweien?«

»Wo ist es?«

»Ich habe mir ein neues gekauft, weil ich das alte verloren habe.« Curzio verstand nicht, worum es Marisa ging. Er betrachtete sein Handy. Die Tasten waren eigentlich viel zu klein für seine Finger.

»Wo? Wann?« fragte Marisa. Sie ging vor Curzios Stuhl in die Hocke.

Curzio zuckte die Achseln.

»Schau mich an, Vater!« sagte Marisa. »Du mußt dich erinnern. Es ist wichtig.«

Eigentlich verstand Curzio die ganze Welt nicht mehr. Was ihm auf den Nägeln brannte, interessierte niemanden sonst, und was die anderen elektrisierte, war ihm herzlich egal. Er sagte: »Es ist schon eine Weile her. Als wir das Dorf nach dem Jungen absuchten, hatte ich noch das alte Handy. Ich weiß genau, daß ich Pellegrini wegen seiner Spürhunde angerufen und es dann wieder in meine Jakkentasche gesteckt habe. Am Abend war es verschwunden. Ich habe überall vergeblich gesucht und mir zwei Tage später das neue gekauft.«

»Ist das wahr?« fragte Marisa.

Wieso sollte das nicht wahr sein? Was hatte Curzio davon, wegen so einer Lappalie zu lügen? Und überhaupt gehörte es sich nicht, daß ihn die eigene Tochter verhörte, als verdächtige sie ihn eines Kapitalverbrechens. Er hätte gern mit Benito über diesen Verfall der Sitten diskutiert, doch er wollte vermeiden, daß Marisa im Dorf verbreitete, ihr

Vater würde sich mit den Toten unterhalten. Das ging niemanden etwas an. Es genügte, daß er selbst das Gefühl hatte, das Leben habe ihn überholt und sei in der Ferne verschwunden. Nur er war an einer gottverlassenen Stelle, an die sich sonst keiner mehr erinnerte, zurückgeblieben.

»Also gut, dann ist es eben wahr.« Marisa nickte, doch an ihren Augen erkannte Curzio, daß sie zweifelte. Er sah darin Unverständnis, Unglauben, Abwehr, ja eine mühsam unterdrückte Bitternis über sich selbst, weil sie ihm im Grunde ihres Herzens nicht glauben konnte, obwohl sie es versuchte, und er wußte, daß er nicht einmal auf seine Tochter zählen konnte. Zwar hatte sie ihn aus dem Grab befreit, würde vielleicht sogar das Stillschweigen bewahren, um das er sie gebeten hatte, doch mehr war nicht von ihr zu erwarten.

Im selben Moment, als Marisa ihn aufforderte, mit ihr hinauf ins Dorf zu gehen, um dort alles zu klären, wurde ihm klar, daß er weg mußte. Und zwar allein. Vielleicht hätte Marisa das sogar verstanden, aber er wollte nichts riskieren. Er lächelte sie an und sagte, daß er genau dasselbe wie sie habe vorschlagen wollen, nur solle sie ihn vorher noch ein Stündchen oder zwei allein lassen. Er sei immerhin von den Toten auferstanden und müsse den Wind auf seiner Stirn spüren und das Tageslicht ein wenig genießen, um es wirklich glauben zu können.

Marisa sah ihn prüfend an. Ganz offensichtlich wäre ihr lieber gewesen, ihn nicht aus den Augen zu lassen, sei es aus Sorge, sei es aus Mißtrauen.

»Bitte!« sagte Curzio. »Ich brauche ein wenig Zeit für mich.«

»Mach bloß keinen Blödsinn!« sagte Marisa. Sie drückte Curzios Hand, stand auf und entfernte sich Richtung Friedhofstor.

Curzio machte keinen Blödsinn. Er wartete, bis Marisa fast oben im Dorf angekommen sein mußte, fragte Benito, ob er ihn vielleicht begleiten wolle, und machte sich, als er keine klare Antwort bekam, allein auf den Weg. Statt nach Montesecco zurückzukehren, bog er nach rechts ins Tal hinab. Obwohl die ersten heftigen Regenfälle schon niedergegangen waren, war die Straße noch gut in Schuß. Den Hof Ranieris in der Kehre passierte er so vorsichtig, daß ihn nur die Gänse und Truthähne am Straßenrand bemerkten. Er ging langsam weiter und nahm jeden Schritt so bewußt wahr, als ahne er insgeheim, daß er nie mehr zurückkommen würde. An den Hang jenseits des Cesano klammerten sich die Häuser von San Vito. Das Grau des Himmels lastete schwer auf den Dächern. Die Kopfweiden unten im Tal waren schon geschnitten. Verstümmelt sahen sie aus, und anklagend hell leuchteten die Schnittflächen, wo sie ihrer Gliedmaßen beraubt worden waren.

Auf einem Trampelpfad umging Curzio die Mühle, an der er wahrscheinlich auf Bekannte gestoßen wäre. Vor der kleinen Brücke über den Cesano wartete er hinter noch belaubten Büschen, bis die Luft rein war, und als er die Hauptstraße erreichte, setzte er sich etwas abseits der Abzweigung nach Montesecco unter eine Steineiche. Von dort beobachtete er knappe zwei Stunden lang die Wagen, die vorüberfuhren. Daß der schwarze Mercedes der richtige sein würde, wußte er, noch bevor der Fahrer von der Hauptstraße abbog und das Mailänder Kennzeichen zu lesen war. Curzio stellte sich auf die Straße und hielt den Wagen an.

»Gianmaria Curzio«, stellte er sich vor, als der Fahrer die Seitenscheibe herabgelassen hatte. »Und Sie sind …?«

»Zu Ihren Diensten, Herr Curzio!« Der Fahrer stieg aus und öffnete Curzio die hintere Tür.

»Na, dann los!« sagte Curzio. Er ließ sich in das Lederpolster fallen, machte es sich bequem, sah nicht mehr zurück und summte leise die Melodie von »Nehmt Abschied, Brüder« vor sich hin.

6
Levante

Mamadou Thiam war ein Vucumprà. Allenfalls war er noch ein Schwarzer, aber sonst war er nichts. Während ein Italiener ein Italiener war, der aus Rom oder Urbino oder sonstwoher stammte und Rossi oder De Gasperi hieß, war Mamadou Thiam kein Senegalese von der Volksgruppe der Wolof, der in Saint Louis geboren war. Er hatte keinen Namen, er stammte von keinem Vater und keiner Mutter ab, sein älterer Bruder war nicht an Aids gestorben, und er hatte auch keine drei Schwestern, von denen er nicht wußte, ob sie noch lebten. Er besaß keinen Paß, keinen Wohnsitz und erst recht keine Bankverbindung. Er hatte keinen Geburtstag, ja nicht einmal ein Alter. Daß er sich in Dakar seit seinem zwölften Lebensjahr das Schneidern selbst beigebracht hatte, daß er die knappen Ersparnisse aus sieben Jahren Arbeit einer Schlepperbande abgeliefert hatte, die ihn durch halb Afrika und übers Meer geschafft hatte, daß er fast verdurstet wäre, als er sich in Sizilien vor den Carabinieri versteckt hatte, das interessierte so wenig, daß es nicht wahr sein konnte.

Mamadou Thiam hatte weder eine Vergangenheit noch eine Zukunft, er hatte keinen Traum von einem besseren Leben, denn ein Vucumprà hatte all das nicht zu haben. Von Mai bis September beschränkte sich seine Existenz darauf, durch den heißen Sand an der Adriaküste zu trotten und den Urlaubern mal Sonnenbrillen und gefälschte Markenuhren, mal bunte Strandtücher und billige T-Shirts anzubieten. Zu Recht wurden Mamadou und seine Kollegen aus Gambia, Guinea und Kamerun nach der einzigen Frage benannt, die sie an Menschen mit Namen und Bankkonto richten durften: »Vuoi comprare? Willst du kaufen?«

Und mit noch größerem Recht wurde diese Benennung zu »Vucumprà« verballhornt, denn so spiegelte sie viel besser wider, wie dumpf, eindimensional, unvollständig und falsch die Existenz war, die man einem wie Mamadou in Italien zubilligte.

Er solle sich nicht beklagen, hatte Habib gesagt, schließlich würden sie nicht zusammengeschlagen werden, wie es in anderen Ländern Europas anscheinend üblich war. Sie würden nicht bedroht, nur selten beschimpft werden, und daß sie mit fünf anderen in einem kahlen Zimmer schliefen, seien sie doch von zu Hause gewohnt. Sicher war das alles richtig, doch es genügte Mamadou nicht. Nicht mehr. Seit er gestern diesen seltsamen Gedanken gehabt hatte.

Ende September, als die Sonne den Sand endlich nicht mehr zum Glühen brachte und ein frischerer Wind vom Meer her wehte, hatten sie ihn vom Strand in Senigallia nach Urbino geschickt. Außerhalb der Badesaison lief das Geschäft für einen Vucumprà – wenn überhaupt – nur in Kulturstädten mit Ganzjahrestourismus. Mamadou wäre lieber nach Rom oder Venedig gegangen, aber da hatte sein Chef nur gelacht. Er solle sich erst bewähren, in fünf, sechs Jahren könne man vielleicht mal darüber reden. Und Urbino war ja auch eine Stadt mit prächtigen Palästen, zumindest von außen, und es lag so schön oben auf dem Hügel. Vielleicht war es ein wenig kalt, wenn der Herbstwind in den engen Gassen Fahrt aufnahm und die Fassaden auf den Plätzen erzittern ließ.

Mamadou hatte sich mit seinem Koffer vor dem alten Universitätsgebäude oberhalb des Herzogspalastes postiert. Die schwarz kopierten CDs und Videos, die er nun anzubieten hatte, wurden eher von Studenten als von Touristen gekauft. Wenn er nicht vor einer der gelegentlichen Polizeikontrollen abhauen mußte, war sein Tagesablauf langweilig. Meistens saß er nur da und versuchte seine Erinnerungen an daheim zu verdrängen, indem er die Passanten beobachtete und sich vorstellte, wohin sie gingen, wer sie dort erwartete und was sie dann taten. Daß er vor allem den jungen Mädchen nachsah, fand er nicht verwerflich. Es waren ja nur Blicke, und mehr würde daraus nie werden, denn wer auch immer hier vorbeiging, lebte in einer Welt, für die einer wie Mamadou nicht existierte und nie existieren würde.

Der Gedanke, der alles veränderte, überkam ihn, als ein Mann, der dreimal so alt wie er selbst sein mochte, eine CD von Lucio Dalla kaufte. Mamadou reichte dem Mann die CD über den Koffer hinweg, nahm das Geld entgegen, und da fiel ihm der Gegensatz zwischen ihren Händen auf. Seine eigene war glatt und schwarz, die des alten Mannes hell und verschrumpelt, doch was sie wirklich unterschied, war, daß die Hand des alten Mannes auf Geld stieß, wenn sie in die Tasche griff. Aus irgendeinem Grund schien das bedeutsam zu sein, und als der Mann schon längst weg war, starrte Mamadou noch auf seinen Handrücken, auf dem die Adern nicht blau hervortraten, sondern wie unterirdische schwarze Flüsse wirkten.

Er wendete seine Hand, blickte auf die Handfläche, die bis auf die dunklen Striche in den Fingergelenken fast so weiß war wie die des alten Mannes, und dann ballte er eine Faust und dachte, daß er ein Mensch war. Wie alle anderen auch. Kein Vucumprà, sondern ein Mensch mit allem, was dazugehörte. Mit zwei Händen, mit Menschenwürde und mit dem Recht auf ein Leben, das diese Bezeichnung verdiente. Irgendwann war es an der Zeit, darauf zu bestehen, und welcher Moment konnte besser dafür geeignet sein als dieser?

Mamadou ließ den Blick über die absteigenden Fassaden der Häuser gegenüber gleiten, über das graue Pflaster, blickte hinab zu der Stelle, wo sich die Piazza vor Herzogspalast und Dom erweiterte. Er hätte die Unterschiede nicht benennen können, doch alles sah anders aus. Die Passanten gingen vorbei, als wäre nichts geschehen. Mamadou ließ sich nicht beirren. Er suchte ein paar CDs heraus, Giorgio Gaber, Francesco De Gregori, Eros Ramazotti, und drückte sie einem Mädchen, das nicht einmal besonders hübsch war, in die Hand. »Da, das schenke ich dir, wenn du mir sagst, wie du heißt.«

Es hätte ihm nicht viel ausgemacht, wenn die junge Frau ihn stehengelassen hätte. Alles war gut, solange er nicht mehr »vuoi comprare?« fragen mußte. Doch sie antwortete ihm sogar. Sie hieß Lucia. Mamadou fand, daß das ein sehr schöner Name war. Daß sie nicht fragte, wer er sei, konnte er verschmerzen. Er wußte, wer er war. Er hatte einen Namen, er hatte eine Geschichte, er hatte Träume, er war auf dem besten Weg, ein Mensch zu werden. Und deshalb nahm er sich die Freiheit, den Koffer mit den Raubkopien vor dem alten Universitätsgebäude in Urbino zurückzulassen und aus der Stadt zu verschwinden, ohne Habib und den anderen oder gar seinem Chef Bescheid zu geben.

Er ging über den Berg nach Aqualagna, wo er einen Laib Olivenbrot kaufte. Danach hatte er noch zwölf Euro dreißig in der Tasche. Das würde eine Weile reichen, und dann würde er weitersehen. Irgendeine Chance würde sich ergeben, dessen war sich Mamadou sicher, denn er war jetzt wieder jemand. Von den Menschen, die ein Haus besaßen und alle paar Jahre ein neues Auto kauften, trennte ihn nur, daß er kein Geld hatte. Aber was die konnten, konnte er auch, und wenn dazu wirklich ein Wunder nötig sein sollte, dann würde dieses Wunder eben geschehen.

Mamadou überlegte, ob er der Via Flaminia Richtung Rom folgen sollte, zog dann aber verkehrsarme Feldwege vor. Hinter Cagli stieß er auf die Straße, die nach Pergola führte. Er folgte ihr wenige Kilometer, bis er an einer in Stein gefaßten Quelle anlangte. Da es schon dämmerte, beschloß er, im Dickicht dahinter zu übernachten. Kalt würde es überall werden, und hier gab es immerhin frisches Wasser. Stunden vor Morgengrauen wachte Mamadou fröstelnd auf, aß ein Stück Brot, trank und brach auf.

Damit ihm warm wurde, ging er schneller als sonst. Der Nachthimmel war bedeckt, doch Mamadou glaubte sowieso nicht, daß ihm die Sterne den Weg weisen würden. Er hoffte auf ein Zeichen, ein ungewöhnliches, einzigartiges, nur für ihn bestimmtes Zeichen, das ihm bedeuten würde, was er zu tun und wohin er sich zu wenden hatte.

Ein Igel trippelte vor ihm über die Straße. Fern klagte ein Käuzchen. Rechts schwebten gelbe Lichter in der Nacht und ließen die Umrisse eines Turms und starker Mauern erahnen. Der Wind kam von Osten. Mamadou ging ihm entgegen. Einmal überholte ihn ein Auto. Schon von weitem erfaßten ihn die Scheinwerfer und warfen seinen Schatten überlang auf den grauen Asphalt vor ihm. Der Fahrer hupte, als er vorbeifuhr, und Mamadou grüßte mit der Hand. Sie waren beide Menschen, der Autofahrer und er.

Allmählich färbte sich der Horizont vor Mamadou in ein schmutziges Rosa. Er dachte an den Fußmarsch durch die mauretanische Wüste zurück, als der offene Lastwagen der Schlepper liegengeblieben war. Schweigend waren sie gegangen, im Gänsemarsch, einer in den Fußstapfen des anderen, und Mamadou, der einer der letzten in der Reihe war, starrte auf die Spur, die von der Menge der Sandalen breit und unförmig wurde. Er tappte genauso in die Abdrücke hinein wie die vor ihm und trug so dazu bei, sie in den Wüstensand zu brennen, aus dem damals die Welt bestand, denn jeder andere Gedanke verglühte in flirrender Hitze.

Nun freilich war es kühl, auch wenn die Sonne, die inzwischen zwei Handbreit über dem Horizont stand, eine Lücke zwischen den Wolken gefunden hatte. Hell glänzten ihre Strahlen, vor allem dort drüben, hinter den taunassen Wiesen, knapp über dem Wald, der den Hügel bedeckte. Eine zweite Sonne schien dort aufzugehen, eine silberne diesmal. Mamadou blieb stehen. Von irgendwoher zwitscherte eine Amsel, der Wind säuselte, und über den

Hügel schwebte langsam und völlig geräuschlos die silberfarbene Kugel heran. Ein Ballon, der genau auf Mamadou zuhielt, als sei gerade er auserwählt unter all den Menschen, die dieses Land bewohnten. Das mußte das Zeichen sein, auf das er gewartet hatte!

Mamadou sah sich um. Weit und breit war niemand. Er kniff die Augen ein wenig zusammen und fixierte den Ballon. An seinem unteren Ende hing ein mit Seilen befestigter Korb, der gerade einen hohen Baumwipfel streifte: Mamadou konnte nicht erkennen, ob ein Mensch darin saß, doch er bezweifelte es. Was immer da ankommen mochte, ging nur ihn etwas an. Er verließ die Straße, überkletterte die Böschung und stapfte über die nasse Wiese dem Ballon entgegen, der seinen Korb mit Mühe durch die Zweige der letzten Baumreihen am Waldrand zerrte und über dem freien Feld schnell weitersank. Er war jetzt nur noch fünfzig Meter entfernt. Mamadou blieb stehen. Ihm schien es ganz selbstverständlich, daß der Korb ein Dutzend Schritte vor ihm aufschlug und von dem langsamer werdenden Ballon durchs Gras zu ihm geschleift wurde. Er brauchte nur den Rand des Korbs festzuhalten. Der silberne Ballon über ihm beugte sich mit dem Wind, und auch Mamadou neigte den Kopf. Er flüsterte: »Mein Name ist Mamadou Thiam, ich bin zwanzig Jahre alt, stamme aus Saint Louis im Senegal und bin nach Italien gekommen, um ein Wunder zu erleben.«

Er fragte sich, wieso er gerade jetzt an seine Familie in Westafrika denken mußte. Vielleicht, weil sein Wunder von fern durch die Luft herangeflogen war? Mamadou blickte in den Korb des Ballons. Darin befanden sich zwei schwarze Koffer, die mit Riemen festgezurrt waren. Was könnte er sich nicht alles leisten, wenn die voller Geld wären! Seinen Eltern würde er eine Villa im besten Viertel Dakars bauen, seinen Schwestern, falls sie noch nicht verheiratet waren, eine fürstliche Aussteuer bereitstellen, ein Heim für Aids-Waisen würde er einrichten und nach seinem Bruder benennen. Über die abgelegensten Dörfer würde er fahren, und jedem Kind, das ihm den eigenen Namen sagte und fest daran glaubte, daß es ein Mensch sei, würde er die Schulausbildung oder zumindest eine Schneiderlehre bezahlen.

Mamadou löste die Riemen und hievte die beiden Koffer aus dem Ballonkorb. An ihrem Gewicht merkte er, daß sie nicht leer waren. Sein Herz pochte. Er preßte die Finger gegen die Schläfen und sagte sich, daß er nicht zuviel erwarten dürfe. Auch in Italien schwebten die Millionen nicht einfach vom Himmel herab. Das hatte er in den letzten anderthalb Jahren zur Genüge erfahren müssen. Er dachte an den Koffer, den er in Urbino mitsamt seiner alten Existenz zurückgelassen hatte. An die raubkopierten CDs mit fast aktuellen Hits und alten Schlagern, die oft genug die Wunder beschworen, die sich im Leben manchmal ereigneten. Nein, zuviel wollte er nicht erwarten, aber auch nicht zuwenig. Nicht jedem sank ein silberner Ballon mit zwei schwarzen Koffern vor die Füße. Vielleicht war Mamadou kein Mensch wie jeder andere. Vielleicht war er etwas ganz Besonderes.

Von der Straße her hörte Mamadou sich nähernde Autos. Er legte einen der Koffer flach auf den Boden und ließ die Verschlüsse aufschnappen. Als hinter der Böschung Bremsen quietschten, zögerte er. Einmal, zweimal, dreimal erstarb Motorengeräusch. Autotüren schlugen, Stimmen flüsterten erregt. Die da angehalten hatten, konnten Mamadou genausowenig sehen wie er sie. Wahrscheinlich war ihnen der Ballon aufgefallen, der zwar nicht mehr steigen mochte, aber den um seinen Inhalt erleichterten Korb ein paar Dutzend Meter Richtung Straße weitergeschleift hatte.

Mamadou ließ die Verschlüsse wieder zuklicken und hob beide Koffer an. Sie gehörten ihm. Es war sein Wunder, und wenn ihm tatsächlich Millionen beschert würden, wie er es fast erwartete, dann war es allein seine Entscheidung, mit wem er teilen wollte. Mamadou schleppte die Koffer zum Waldrand. Hinter dichtem Unterholz stellte er sie ab und blickte zurück. Er zählte sieben Männer, die sich nach und nach um den Korb des Ballons versammelten. Sie hatten Gewehre dabei. Schwere Büchsen, wie man sie zur Jagd auf Wildschweine verwendete. Mamadou glaubte gehört zu haben, daß die Jagdsaison erst im November eröffnet werde, aber vielleicht täuschte er sich, denn ganz offensichtlich handelte es sich um eine Gruppe von Jägern.

Sie beratschlagten jetzt ziemlich lautstark, aber da der Wind aus Mamadous Richtung kam, konnte er nichts verstehen. Er sah zwei der Männer zur Straße zurücklaufen. Kurz danach tauchte eines der Autos, ein blauer Fiat, hinter der Böschung auf. Es fuhr Richtung Cagli, bog aber schon nach zweihundert Metern links auf einen Feldweg ab, der am westlichen Rand des Waldstücks, in dem sich Mamadou verbarg, vorbeiführte. Der Rest der Männer schwärmte aus. Einer folgte der Spur, die Mamadou im nassen Gras hinterlassen hatte, die anderen pirschten im Abstand von jeweils etwa dreißig Metern in dieselbe Richtung. Auf den Waldrand zu. Ihre Gewehre zeigten nach schräg unten. Mamadou zweifelte nicht, daß sie geladen waren.

Erst jetzt begriff er, daß er selbst das Wild war, auf das es die Jäger abgesehen hatten. Er war ein Mensch, und sie waren Menschenjäger, die sich einen Dreck um Beginn oder Ende irgendeiner Jagdsaison scherten. Sie wollten ihn aufspüren, hetzen, einkreisen, stellen, töten. Sie gönnten ihm sein Wunder nicht, sie wollten ihm alles nehmen, was er hatte. Seine Zukunft, seine Träume, sein Leben. All das, was er erst gestern in Urbino wiedergefunden hatte.

Mamadou witterte. Obwohl der Wind aus der falschen Richtung kam, glaubte er ihre Ausdünstungen, ihr Jagdfieber, ihre Mordlust zu riechen. Mit ihnen zu reden hatte keinen Sinn. Sollte er sich in eine Erdkuhle pressen wie ein Gazellenjunges und bewegungslos liegenbleiben, bis sie um ihn herumstanden und gar nicht mehr vorbeischießen konnten? Mamadou zog die Koffer an sich und schlich geduckt in den Wald hinein. Er hoffte, daß ihm das Buschwerk am Waldrand genügend Sichtschutz bieten würde, doch er hatte noch keine fünf Schritte getan, als er einen der Jäger erregt rufen hörte: »Da ist er! Auf elf Uhr!«

Mamadou verharrte in der Bewegung, als hätte ihn ein Schuß getroffen. Einen winzigen Moment stand er still, gerade lang genug, daß sich die Panik auch der letzten Faser seines Körpers bemächtigte und ihm befahl, um sein Leben zu laufen. Mamadou sprintete schneller, als je ein Mensch mit zwei Koffern durch einen dichten Wald gelaufen war. Er brach durchs Gebüsch wie ein verwundeter Büffel, schrammte an knorrigen Baumstämmen vorbei, achtete nicht auf die Zweige, die ihm das Gesicht blutig peitschten, hörte kaum, wie die morschen Äste unter seinen Sohlen knackten, weil sein eigenes Keuchen ihm überlaut in den Ohren klang.

Rechts vor ihm tauchte eine grüne Jacke zwischen den Stämmen auf. Das war einer der Menschenjäger, die ihn mit dem Auto umfahren hatten! Mamadou schlug einen Haken, spurtete Richtung Westen, den Hügel hinan, schräg an der Front seiner ursprünglichen Verfolger entlang, die nun auch in den Wald eingedrungen waren und ihm den Weg abschneiden konnten, wenn er nicht viel schneller lief. Die Stimmen der Jäger wurden lauter und schienen von überallher zu kommen. Es waren kurze, kehlige Rufe, die für Mamadou wie das Bellen von Bluthunden klangen. Sie würden ihn zerfleischen, wenn er nicht rannte.

Er rannte, und ein Gewehrschuß knallte. Mamadou wußte nicht, ob sie auf ihn gezielt oder in die Luft geschossen hatten. Ob der Schuß vor oder hinter ihm, links oder rechts gefallen war. Er hetzte vorwärts. Seine Lunge zersprang, doch er rannte weiter. Wozu brauchte er eine Lunge, wenn er zwei Beine hatte, die Riesensätze machten,

183

obwohl er sie nicht mehr spürte? Und dann hakte er doch in einer Wurzel ein, stolperte, fiel. Mamadou schmeckte Blut in seinem Mund, seine linke Hand krallte sich in den feuchten Waldboden und …

Verdammt, wo war der zweite Koffer? Mamadou rappelte sich auf, sein rechtes Bein knickte über dem Schmerz, der durch das Knie stach, doch er schleppte sich ein paar Meter zurück und fischte den Koffer aus einem Dornengestrüpp. Es waren seine Koffer, seine Zukunft. Ohne sie war er nichts. Wenn er sie jetzt zurückließ, hatte sich sein Wunder nie ereignet. Dann existierten gar keine Wunder, die aus einem Niemand einen Menschen machten, dann würde alles auf ewig so bleiben, wie es war.

Mamadou keuchte. Er horchte. Von allen Seiten knackte der Wald, raschelten Blätter, näherten sich seine Verfolger. Schon konnte Mamadou zwei von ihnen sehen, nein, drei. Huschende Gestalten mit Gewehren im Anschlag. Mamadou versuchte noch irgendwo eine Lücke ausfindig zu machen, durch die er entkommen konnte. Vielleicht da, Richtung Nordwesten. Er tat einen Schritt. Tausend Messer stachen durch sein rechtes Knie, und er sackte zusammen, schrie nicht, mühte sich wieder hoch, belastete nur das linke Bein. Er schob die Koffer einen Meter nach vorn, stützte sich mit beiden Händen auf ihnen ab und wuchtete seinen Körper hinterher, bis er wieder auf dem linken Bein stand. Mit den Koffern als Krücken legte er zehn quälende Meter Richtung Nordwesten zurück, dann gab er auf. Einer der Jäger stand ein paar Schritte vor ihm. Er trug eine khakifarbene Jacke mit einer Menge aufgenähter Taschen und grinste schief. Sein Gewehr hielt er in Hüfthöhe. Der rechte Zeigefinger lag am Abzug, und der Lauf zeigte auf Mamadous Brust.

Mamadou ließ sich auf den Waldboden fallen. Er hatte kaum noch genügend Kraft, um die Koffer an sich heranzuziehen. Er hätte jetzt gern geweint, so wie er als Kind manchmal geweint hatte, doch er konnte nicht.

»Ich habe ihn!« rief der Jäger triumphierend zwei anderen entgegen, die schwer atmend zwischen den Bäumen herbeiliefen. Ja, sie hatten Mamadou, es war aus, vorbei. Sollten sie ihn doch erschießen, wenn es ihnen Spaß machte! Vorher würde Mamadou nur gern einmal in die Koffer sehen. Einen einzigen Blick auf das neue Leben werfen, das er nie führen würde. Er spürte das Leder der Koffer unter seinen Ellbogen, doch er wagte es nicht, sich zu rühren, bis alle sieben Männer um ihn herumstanden.

»Ein Schwarzer!« sagte ein Alter aus zahnlosem Mund. »Ich habe doch gleich gesagt, daß wir es mit organisierter Kriminalität zu tun haben. Solchen Verbrechern ist alles zuzutrauen. In Bari bin ich mal mit einer Bande von Nigerianern aneinandergeraten, die …«

»Ist gut, Franco«, unterbrach ihn ein anderer und wandte sich dann an Mamadou: »Wo ist er?«

»Wo hältst du den Jungen gefangen?« fragte ein dritter.

»Sag schon, du miese Ratte!« sagte ein vierter.

Mamadou kapierte nicht, wovon sie sprachen. Es war ihm auch egal. Seine rechte Hand glitt langsam zurück, bis die Finger einen der Schnappverschlüsse des Koffers ertasteten. Er zögerte. Die Jäger taten, als debattierten sie untereinander, aber Mamadou traute ihnen nicht.

»Der versteht uns doch überhaupt nicht«, sagte der zahnlose Alte.

»Das ist nur ein armes Schwein, das keine Ahnung hat.«

»Und wieso schnappt er sich dann das Geld, Ivan?«

»Weil ihn der Entführer vorgeschickt und ihm ein paar Euro versprochen hat, wenn er ihm die Koffer abliefert.«

»Zu riskant! Der Schwarze könnte doch leicht in Versuchung kommen, sich den Inhalt anzuschauen. Und schwupp wäre er damit drüben in Afrika!«

»Nicht, wenn der Entführer in der Nähe ist und ihn beobachtet.« Der mit der Safarijacke sah sich um. Mamadou riskierte es. Er schob den Verschluß zurück und hustete laut, um das Klicken des Schlosses zu übertönen.

»Wenn wir den Entführer verscheucht haben, reißt uns Catia den Kopf ab. Jedem einzelnen von uns«, sagte der Alte.

Einer, der bisher geschwiegen hatte, ging vor Mamadou in die Hocke und fragte: »Hat dir jemand aufgetragen, die Koffer an einen bestimmten Ort zu bringen?«

Mamadou starrte auf das Gewehr in den Händen des Mannes und schüttelte den Kopf.

»Weißt du etwas von dem Jungen?«

Mamadou schüttelte wieder den Kopf. Mit der Hand tastete er sich zum zweiten Kofferverschluß weiter.

»Willst du behaupten, daß du rein zufällig hier vorbeigekommen bist, als der Ballon landete?« fragte der Mann vor ihm.

»Zufällig? Nein«, sagte Mamadou. »Der Ballon war für mich bestimmt.«

»Für dich?« Der Mann lachte los, und die anderen stimmten ein. Das Gelächter war schlimmer als die Gewehre in ihren Händen, denn es konnte nicht nur Wunden schlagen und ein Leben, das keines war, auslöschen, sondern es leugnete den Traum Mamadous, ein Mensch zu sein. Sie hielten es für lachhaft, daß er sich eingebildet hatte, ausgerechnet ihm könne ein Wunder widerfahren. Mamadou kniff die Lippen zusammen. Sollten sie ihn töten, doch daß ein anderes Leben vorstellbar gewesen wäre, das ließ er sich nicht nehmen! Das durfte keine Illusion sein! Er mußte mit eigenen Augen sehen, daß er recht hatte.

Mamadou gab sich keine Mühe mehr, seine Handbewegungen vor ihren Augen zu verbergen. Schnell zog er den zweiten Schnappverschluß zurück und riß den Koffer so heftig auf, daß ein großer Teil der Bündel auf den Waldboden kippte. Da lagen sie, rechteckige, von Gummis zusammengehaltene Papierstreifen, die Mamadous Träume hatten wahr machen, seine Zukunft sichern und ihn als Wohltäter in seine Heimat zurückkehren lassen sollen.

Mamadou starrte auf die Bündel. Für einen Moment war er um keinen Deut anders als die Jäger, die um ihn herumstanden: sprachlos, starr und viel zu überrascht, um sich zu fragen, ob die eigenen Augen trogen. Doch dieser Moment flog vorüber. Ein Spalt tat sich zwischen Mamadou und dem Rest der Menschheit auf und wuchs sich zu einem Abgrund aus, den er nie mehr überwinden würde.

Sie hatten ihn zu Recht ausgelacht, weil er sich angemaßt hatte, eine Zukunft haben zu wollen. Irgendein grausamer Gott hatte ihn dafür verhöhnt. Was er für sein persönliches Wunder gehalten hatte, war nichts als ein böser Streich gewesen, der ihm schmerzhaft bewies, daß einer wie er sich nichts erträumen durfte. Denn die Bündel vor ihm bestanden nicht aus Geldscheinen, sondern aus nachlässig geschnittenem Zeitungspapier. Aus Wetterberichten und Börsennotierungen, aus Meldungen über Verkehrsunfälle, Drogentote und Wohltätigkeitsbasare, aus Leitartikeln, Werbeanzeigen und überholten Fernsehprogrammen.

Daß auch die Jäger in den Koffern ein Vermögen vermutet hatten, konnte Mamadou nicht trösten. Wie durch Watte bekam er mit, daß sie ihn zunächst verdächtigten, das Geld gegen Zeitungspapier ausgetauscht und auf der Flucht versteckt zu haben. An dieser Idee begannen sie erst zu zweifeln, als einer fragte, wie der Schwarze das denn ahnen konnte. Ob sie etwa glaubten, daß so einer mit zwei Kofferfüllungen geschnittenen und gebündelten Zeitungspapiers durch die Gegend laufe.

»Wenn er nicht doch mit dem Entführer unter einer Decke steckt«, nuschelte der zahnlose Alte.

»Jetzt pack endlich aus!« zischte einer und hielt Mamadou das Gewehr vors Gesicht.

»Was bist du überhaupt für einer?« fragte der mit der Khakijacke.

Mamadou war niemand. Er war nichts. Er hatte keinen Namen, keine Familie, keine Heimat, keine Vergangenheit und erst recht keine Zukunft. Selbst der Koffer, den er in Urbino stehengelassen hatte, gehörte ihm nicht. Er sah zu, wie der Wind durchs Zeitungspapier eines der Bündel blätterte. Dann sagte er: »Ich bin nur ein Vucumprà.«

Die Rückkehr der Männer, die den Ballon verfolgt hatten, gestaltete sich alles andere als triumphal. Die zwei Millionen Euro waren verschwunden, und von Minh gab es ebensowenig eine Spur wie vom Entführer. Zwar hatten sie einen Gefangenen gemacht, doch der war bloß ein Vucumprà. Mit jedem Kilometer, den sie sich Montesecco näherten, schien ihnen unwahrscheinlicher, daß er irgend etwas mit der Sache zu tun hatte. Mürrisch saßen die Männer in den Autos und überlegten, was eigentlich schiefgelaufen war. Luigi und sein Sohn fuhren gar nicht mehr ins Dorf hoch. An der Abzweigung hupten sie nur kurz zum Gruß und beeilten sich, auf ihren Hof zu kommen, um sich um die Tiere zu kümmern. Die anderen parkten auf der Piazza, von der sie ein paar Stunden zuvor in deutlich besserer Stimmung aufgebrochen waren.

Mitten in der Nacht hatte Catia bei Ivan geklopft und ihn um Hilfe gebeten, da sich der Entführer gemeldet und den sofortigen Start des Ballons verlangt habe. Die Koffer habe sie schon im Korb verstaut, doch schaffe sie es allein nicht, den Brenner anzuwerfen. Über ihre Bitte, Stillschweigen zu bewahren, lächelte Ivan nur. Es wäre sowieso zu spät gewesen, da Michele, der bei Ivan untergebrachte Privatdetektiv, die vorbereitete Telefonkette schon in Gang gesetzt hatte.

Franco Marcantoni brauchte nur noch in die Stiefel zu schlüpfen. Wie er den anderen nachher mitteilte, hatte er im Urin gespürt, daß es diese Nacht losginge, und deswegen schon in den Kleidern geschlafen. Gewehr, Patronentasche, Messer, Fernglas, Kompaß, topographische Karten, Trillerpfeife, Verbandmaterial, Wasserflasche und zwei Panini mit Salami lagen neben seinem Bett für die

Stunde Null bereit. Donato, der am Morgen zum Dienst im Bauamt hätte antreten müssen, berief sich auf übergesetzlichen Notstand, der eine Krankmeldung nicht nur rechtfertige, sondern sogar unbedingt erfordere. Auf einen Tag hin oder her käme es bei Baugenehmigungen sowieso nicht an, und hier gehe es immerhin um das Leben eines kleinen Jungen. Dem stimmte Angelo Sgreccia vorbehaltlos zu, mal ganz abgesehen davon, daß er Ivan gern unter Kontrolle hatte, wenn der einem Lösegeld von zwei Millionen Euro nachstellte. Luigi und sein Sohn Gianfranco beteiligten sich, weil sie gebraucht wurden. Nur sie verfügten über einen auf Allradantrieb umgerüsteten Fiat Uno. Ein Fahrzeug, mit dem man eine Schafherde auf steilen Stoppelfeldern zusammentreiben konnte, würde bei der Verfolgung eines Ballons über Stock und Stein sicher nicht schaden.

Daß Catia gegen den Aufbruch der Männer nur halbherzig protestiert und ihn schließlich offensichtlich resigniert hingenommen hatte, machte die Sache einfacher und war ihnen deshalb keinen weiteren Gedanken wert. Zu stark hatte sie der Jagdeifer gepackt, zu sehr waren sie damit beschäftigt gewesen, den silbernen Ballon im Auge zu behalten und die besten Verfolgungsstrecken auszuwählen.

Erst im nachhinein kam ihnen Catias Verhalten merkwürdig vor. Es schien fast, als habe sie den Fehlschlag des Unternehmens vorausgeahnt und gar nicht befürchtet, daß sich der Entführer durch die Jagd auf ihn provoziert fühlen könnte. Dazu kam das Rätsel des verschwundenen Lösegelds. Auch wenn völlig unverständlich blieb, wieso gerade Catia das Leben ihres Sohns gefährden sollte, indem sie den Entführer mit wertlosen Zeitungsschnipseln foppte, so mußte doch irgendwer den Inhalt der Koffer ausgetauscht haben. Und Catia hatte das Geld nun mal in Verwahrung gehabt.

Es war Ivan Garzone, der die beiden Koffer aus dem Wagen hob, zu Catias Haus hinauftrug, den Inhalt vor ihre

Tür schüttete und ihr auf den Kopf zusagte, daß sie das zu verantworten habe. Zur Verblüffung aller leugnete Catia keineswegs.

»Ja und?« sagte sie leichthin.

»Wo ist das Geld?« fragte Ivan.

»Etwas anderes interessiert dich wohl nicht?«

»Wo ist es?« zischte Ivan.

Catia antwortete, sie habe es in Abfallsäcke gesteckt und bei den Müllcontainern am Ortseingang abgestellt. Inzwischen seien die Säcke allerdings weg. Ivan könne sich sparen nachzusehen. Catia sprach so fröhlich, als sei es der einzige Weg zum Glück, zwei Millionen Euro loszuwerden.

Es dauerte eine Weile, bis die anderen begriffen. Und noch ein wenig länger, bis sie es glauben konnten. Zur Sicherheit fragte Angelo: »Du hast uns hinter dem verdammten Ballon herjagen lassen, damit sich der Entführer hier ungestört das Geld abholen konnte?«

Catia lächelte. Die Männer blickten auf die Zeitungspapierbündel vor der Türschwelle.

»Schämst du dich überhaupt nicht?« fragte Franco endlich.

»Nein.« Catia blieb ruhig. Zum erstenmal seit Minh verschwunden war, fühlte sie sich mit sich selbst im reinen. Bald würde ihr Sohn freigelassen werden. Sie hatte getan, was nötig war. Durch ihr Verhalten den Dorfbewohnern gegenüber hatte sie dem Entführer glaubhaft machen können, daß sie mit ihm kooperieren würde, wenn er nur das Leben Minhs schonte. Schon vor Tagen hatte sie ihm per SMS mitgeteilt, wie sie alle, die ihm gefährlich werden konnten, aus Montesecco entfernen wollte. Die Idee, eine Geldübergabe mittels Ballon vorzutäuschen, war gerade idiotisch genug gewesen, um die Männer des Dorfs zu überzeugen. Es brauchte nicht mehr als eine Prise Technik und ein wenig Pfadfinderromantik, um die Jagdleidenschaft zu würzen, die ihnen seit der Steinzeit in den Genen steckte und die sie auch in zehntausend Jahren noch nicht loswerden würden.

Catia kannte ihre Dorfgenossen, und sie hatte jedes Detail bedacht. Natürlich hatte Ivan sofort geglaubt, daß eine Frau den Brenner nicht zünden konnte, wo es doch nur darum ging, den Ballon angeblich heimlich starten zu lassen und gleichzeitig sicherzustellen, daß die Männer aus Montesecco abzogen. Sogar die Koffer hatte Catia mit einer entsprechend abgewogenen Menge an Zeitungsschnipseln gefüllt, falls jemand auf die Idee gekommen wäre, sie fachmännischer zu verstauen und deswegen vor dem Start noch einmal anzuheben.

Nein, Catia schämte sich nicht, alle hinters Licht geführt zu haben. Sie hatte es für ihren Jungen getan. Etwas anderes zählte für sie nicht, und wenn sie sich deswegen mit der Dorfgemeinschaft überwarf, dann war das eben so. Hätte sie noch einmal die Wahl, würde sie keinen Deut anders handeln. Sie würde lügen und betrügen und bedenkenlos jeden schmutzigen Trick einsetzen, der eventuell zur Rettung Minhs beitragen konnte. Daß die anderen vielleicht genau dasselbe Ziel verfolgten, daß sie vielleicht nicht weniger entschlossen als Catia selbst waren und nur einen anderen Weg für richtig hielten, auf diesen Gedanken kam Catia nicht. Wer nicht hundertprozentig mit ihr übereinstimmte, der bewies damit ihrer Meinung nach nur, daß ihm Minh nicht wichtig genug war, wenn er nicht sogar seine Befreiung aus undurchsichtigen eigenen Interessen hintertreiben wollte. Für Catia kam das eine wie das andere einem ungeheuren Verrat gleich, der sie darin bestärkte, niemandem zu trauen. Bald war sie davon überzeugt gewesen, völlig allein zu stehen und ihren Sohn nicht mit Hilfe der anderen, sondern nur gegen sie retten zu können.

Matteo Vannoni hatte diese Entwicklung früh erkannt, war aber nicht in der Lage gewesen, sie aufzuhalten. Er wußte nicht, ob er immer zielsicher die falschen Worte wählte, wenn er seine Tochter ansprach, ob er für sie immer ein Fremder geblieben war oder ob sie ihn spüren lassen wollte, daß er sie ihre ganze Kindheit und Jugend über im Stich gelassen hatte und ihr deswegen nicht sagen solle, wie sie um ihr Kind zu kämpfen habe. Tatsache war, daß er nicht an sie herankam. Nicht erst, als er nun hörte, wie Catia den Rest des Dorfes an der Nase herumgeführt hatte, war ihm klargeworden, daß er sich damit abzufinden hatte. Aus der Sackgasse, in die sie sich verrannt hatte, würde er sie nicht zurückholen können. Vielleicht würde sie selbst zurückfinden, wenn die Geschichte mit Minh gut ausging. Daran mußte er arbeiten, und zwar auch gegen seine Tochter.

Daß es ihm vielleicht auch um sich selbst ging, daß er nicht akzeptieren konnte, als Vater versagt zu haben, wollte Vannoni nicht wahrhaben. Er bemühte sich nun verstärkt um Antoniettas Töchter, die ein paar Jahre jünger als Catia waren. Einen Zusammenhang mit der Ablehnung, die ihm von seiner Tochter entgegenschlug, hätte er allerdings geleugnet. Er wolle doch keine Ersatzkinder, hätte er gesagt, er wolle nur gut mit Antonietta zusammen leben, und dem sei ein dauernder Kleinkrieg im Hause Lucarelli nicht förderlich.

Tatsächlich hatte sich sein Verhältnis zu Sabrina und Sonia schon deutlich verbessert, seit er sie von seiner Theorie über Minhs Verschwinden überzeugt hatte. Sie liebten ihn nicht, aber sie respektierten ihn nun ein wenig und vermittelten ihm nicht andauernd das Gefühl, den Platz ihres Vaters unrechtmäßig besetzt zu haben. Vielleicht lag das nicht nur an Vannoni. Immerhin war Giorgio Lucarelli schon seit acht Jahren tot, und das war im Leben einer Zwanzig- und einer Zweiundzwanzigjährigen eine lange Zeit. Sie waren ohne ihren Vater erwachsen geworden und hatten ihren eigenen Weg eingeschlagen. Vannoni mußte sie für das anerkennen, was sie sich selbst erarbeitet hatten, dann würde er ganz von selbst aus dem Schatten des Toten treten.

Sabrina und Sonia ähnelten sich äußerlich sehr, unterschieden sich aber in Art und Lebensstil. Sonia, die jüngere, bediente viermal pro Woche in der Pizzeria »Piccolo Ranch« drüben in San Pietro und half gelegentlich an der Kasse des Supermarkts in San Lorenzo aus. Das Geld, das dabei hereinkam, gab sie mit vollen Händen gleich wieder aus, sei es für Mode, für einen neuen MP3-Player oder in der Disco von Montecucco. Mit Feuereifer stürzte sie sich in neue Projekte vom Maskenbildnerkurs bis zu Tai Chi, nur um sie wenig später zugunsten noch neuerer fallenzulassen. Mit ihrer Schwester stimmte sie, wenn auch aus unterschiedlichen Gründen, darin überein, daß Montesecco toter sei als die Nekropolis der untergegangenen Römerstadt Suasa. Während Sonia dabei das Nachtleben im Auge hatte, das im Kartenspiel alter Männer vor der Bar gipfelte, dachte Sabrina eher an die fehlenden Zukunftsperspektiven. Sie hatte vor, sich später als Psychologin selbständig zu machen, und wenn sie noch in Montesecco wohnte, dann vor allem, um Geld zu sparen und sich auf das Studium zu konzentrieren. Für ihr Fachgebiet interessierte sie sich genauso wie für gute Noten, die sie auch regelmäßig erhielt. Sabrina war verschlossener, aber auch die ernsthaftere von beiden.

Vor allem mit ihr suchte Vannoni das Gespräch über die Entführung Minhs. Dabei wollte er ihr zum einen zeigen, daß er sie ernst nahm, indem er sie in das, was ihm auf dem Herzen lag, einweihte. Zum anderen hatte er die Erfahrung gemacht, daß sich seine Gedanken ordneten, wenn er sie aussprach. Und nicht nur das. Jemanden anderen überzeugen zu wollen nötigte ihn, Ursachen und Folgen klar zu benennen. Oft genug kam er dadurch zu neuen Einsichten, die sonst im Brei seiner Gedanken verborgen geblieben wären.

Vannoni saß mit Sabrina in der Küche. Auf dem Fensterbrett lagen ein paar tote Wespen. Drei, vier andere summten innen an der Scheibe nach oben, stürzten ab, krabbelten einmal im Kreis und flogen wieder gegen die Scheibe. Das Geräusch konnte einen wahnsinnig machen. Den ganzen Herbst ging das schon so. Vannoni wußte nicht, wieso es Ende Oktober überhaupt noch Wespen gab. Er hatte keine Ahnung, wie sie ins Haus gelangten, und schon gar nicht, wieso sie sich gerade das Küchenfenster zum Sterben aussuchten. Er sagte: »Ich verstehe die Leute nicht. Jeder in Montesecco weiß, daß der Entführer von hier sein muß, aber das wird totgeschwiegen. So als wollte man nicht wahrhaben, was offensichtlich ist. Wäre es nicht normal, daß man sich gegenseitig verdächtigt und jeder jedem mißtraut?«

»Na ja«, sagte Sabrina, »den alten Curzio haben sie durchaus verdächtigt.«

»Weil sie wegen des Handys nicht anders konnten. Aber Marisa mußte nur behaupten, daß ihrem Vater das alte Handy abhanden gekommen sei, und schon waren alle zufrieden und gaben vor, sie hätten gleich gewußt, daß Gianmaria zu so etwas nicht in der Lage sei. Aber hat das mit dem Handy überhaupt jemand nachgeprüft? Und der Alte ist und bleibt verschwunden.«

»Vielleicht liegt es daran, daß wir alle hier aufgewachsen sind, uns zu gut kennen und uns alle zu ähnlich sind. Wenn einer fähig ist, ein Kind zu entführen, sind es die anderen auch. Damit will sich keiner auseinandersetzen.«

Vannoni schwieg. Ja, das war möglich. Aber daß jeder jeden kannte, schuf noch ein anderes Problem, das ihn viel mehr ängstigte. Er stand auf, stellte den Staubsauger an und nahm die breite Saugdüse ab. Mit dem blanken Rohr saugte er erst die toten Wespen und dann die noch lebenden von der Fensterscheibe auf.

»Muß das sein?« fragte Sabrina.

Vannoni schaltete den Staubsauger aus und sagte: »Da der Entführer aus Montesecco ist, kennt ihn auch Minh viel zu gut. Wie will er denn davonkommen, wenn er den Jungen freiläßt? Selbst wenn er mit den Millionen nach

Südamerika abhaut, sein Name ist bekannt, und bei Kindesentführungen werden alle Hebel in Bewegung gesetzt. Er wird sein Leben lang gejagt werden.«

»Du meinst ...« Sabrina schüttelte den Kopf.

»Kein Wort zu Catia davon!« sagte Vannoni.

»Er wird Minh nicht umbringen können, gerade weil er ihn so gut kennt.«

»Was bleibt ihm denn anderes übrig?«

»Wir können nur hoffen, daß es doch keiner von hier ist«, sagte Sabrina.

»Ja«, sagte Vannoni, obwohl alle Fakten gegen eine solche Hoffnung sprachen. Von Anfang an hatte der Entführer über alles, was im Dorf geschah, Bescheid gewußt. Er hatte die Lösegeldforderung per Hand eingeworfen, der Drachen Minhs war mitten im Dorf aufgefunden, der Junge selbst aus dem Haus des Americano weggebracht worden, und zur Zeit dieser Vorkommnisse hatte sich nie ein Fremder in Montesecco aufgehalten. Selbst Curzios Handy, das offensichtlich der Entführer in Besitz hatte, war hier verschwunden, wenn man Marisa glauben durfte. Doch durfte man das? Vannoni fragte Sabrina, ob sie ihn zu den Curzios begleiten wolle, aber sie hatte noch zu tun.

Marisa Curzio war sowieso nicht zu Hause. Sie wollte sich nicht zum fünftenmal von Donato erzählen lassen, wie er und die anderen den Vucumprà eingekesselt hatten. Von Kriegsgeschichten hielt Marisa nichts, aber vielleicht reagierte sie auch deshalb so empfindlich, weil sie ein schlechtes Gewissen hatte. Seit sie Donato geheiratet hatte, war ihr nur ihr gemeinsames Glück wichtig gewesen. Sie hatte sich gesagt, daß sie nach so vielen Jahren des Alleinseins mal Anspruch darauf hätte, konnte ein ungutes Gefühl aber nie ganz unterdrücken. Ohne es sich einzugestehen, befürchtete sie, für jede glückliche Minute einmal teuer bezahlen zu müssen.

Und nun machte sie sich Vorwürfe, weil sie ihren Vater am Friedhof allein gelassen hatte. Sie hätte viel energischer darauf bestehen müssen, daß er sie nach Montesecco begleitete! Schließlich war er ein alter Mann, der zuviel Grappa trank und auf immer verrücktere Ideen kam, je älter er wurde. Als einzige Tochter konnte man nicht zulassen, daß so jemand Ende Oktober allein durch die Gegend irrte und sich immer mehr in seinen Verfolgungswahn hineinsteigerte.

Es war doch lächerlich, daß Angelo Sgreccia versucht haben sollte, ihren Vater umzubringen!

Immer wieder hatte Marisa anzurufen versucht, aber das neue Handy ihres Vaters war ausgeschaltet. Wahrscheinlich traute er seiner eigenen Tochter nicht mehr. Sie hätte unbedingt bei ihm bleiben müssen! Immerhin war er wer weiß wie lange lebendig begraben gewesen. Marisa schauderte schon bei dem Gedanken. Jemand macht die Klappe zu und schließt dich ein. Es ist dunkel, du bekommst keine Luft, schreist aber trotzdem verzweifelt um Hilfe und …

Irgendwer mußte ihren Vater eingesperrt haben. Konnte so etwas aus Versehen passieren? Mußte dieser Jemand nicht bemerkt haben, was er da tat? Marisa konnte nicht an ein Versehen und wollte nicht an Absicht glauben. Sie ging zum Haus der Sgreccias hinüber, gab vor, ein wenig Mehl zu brauchen, und ließ sich auf einen Kaffee hereinbitten. Geduldig hörte sie sich Angelos Version der Einkesselung des Vucumprà an, sprach dann von den Sorgen, die sie sich mache, und lenkte das Gespräch über den ungewissen Verbleib ihres Vaters zu ihrem Ziel hin.

»Wenn nicht er, dann muß jemand anderer auf dem Friedhof gewesen sein. Oder hast du vielleicht eine Grabnische geöffnet? Gleich neben Gianmarias Klappstuhl?«

»Jetzt lassen sie nicht einmal mehr unsere Toten in Ruhe!« empörte sich Angelo.

»Da lag kein Toter drin.«

»Trotzdem!« sagte Angelo. »Und weißt du, was seltsam ist? Als ich auf Gianmaria wartete, war die Verschlußplatte vor einem Grab auch nur angelehnt. Ich habe die Riegel festgemacht, damit alles seine Ordnung hat.«

»War das auch ein leeres Grab?« fragte Marisa.

»Natürlich. Die anderen sind doch verschraubt.« Angelo wirkte völlig ruhig. Keineswegs so, als verteidige er sich gegen die Unterstellung, einen Mordanschlag begangen zu haben. Vielleicht war es wirklich ein Versehen gewesen.

»Und meinen Vater hast du nirgends mehr gesehen?«

Angelo griff nach der Espressokanne. Als Marisa mit einer Handbewegung eine zweite Tasse ablehnte, goß er sich selbst nach, kippte einen Löffel Zucker dazu und rührte ein paarmal öfter um, als nötig gewesen wäre. Manchmal sind es solche Kleinigkeiten, die alles verändern. Marisa zwang sich, ruhig zu bleiben. Angelo war nun mal ein sorgfältiger Mensch. Das war er immer gewesen. Das wußte jeder. Es gab überhaupt keinen Grund, darüber so zu erschrecken. Auch ein sorgfältiger Mensch mußte nicht unbedingt in eine Grabnische blicken, bevor er sie verschloß. Oder?

Angelo legte den Kaffeelöffel sorgfältig auf der Untertasse ab, nippte am Espresso und sagte: »Hör zu, Marisa, es tut mir ja leid, daß ich deinen Vater in Verdacht hatte, aber was hätte ich denn denken sollen? Daß er sein Handy längst nicht mehr besaß, konnte doch niemand ahnen.«

»Ist schon gut«, sagte Marisa. Dafür brauchte Angelo sich nicht zu entschuldigen. Ihren Vater hatten die anderen ebenso verdächtigt. Nur hatten sie ihn nicht bei lebendigem Leib begraben. Plötzlich fühlte sich Marisa unwohl. Vielleicht vertrug sie den Kaffee nicht. Sie blickte auf die leere Espressotasse vor sich. Am Boden trockneten braune Reste ein, oben an der Wölbung waren Lippenstiftspuren zu erkennen. Sie sagte sich, daß das alles Unsinn sei. Sie kannte Angelo doch. Er war ein guter Nachbar, er wußte überhaupt nicht, was sie ihm unterstellte, hatte also schon

197

deswegen keinen Grund, sie zu vergiften, und außerdem hatte er den gleichen Kaffee wie sie getrunken. Doch sicher fühlte Marisa sich trotzdem nicht mehr.

Hastig verabschiedete sie sich und atmete erst draußen auf. Von Osten her blies ihr der frische Wind ins Gesicht. Er schmeckte nach Meer. Marisa zuckte zusammen, als sich die Tür hinter ihr wieder öffnete und Angelo ihr nachrief. Stumm drehte sie sich um, erwartete, ein Gewehr auf sich gerichtet zu sehen und höhnisch gefragt zu werden, ob sie denn glaube, daß er sie einfach so gehen lassen könne. Jetzt, da sie ihn als Mörder entlarvt habe.

»Bist du nicht wegen des Mehls gekommen?« fragte Angelo. Er machte ein paar Schritte auf sie zu und drückte ihr eine Packung in die Hand. Marisa war viel zu überrascht, um sich zu bedanken. Sie nickte nur, ging nach Hause und stellte die Tüte Mehl auf den Küchentisch. Es war eine noch nicht angebrochene Packung Weizenmehl, wie man sie in jedem Supermarkt kaufen konnte.

Marisa dachte, daß einem, der wahrscheinlich seinen eigenen Vater kaltblütig ermordet und einen anderen alten Mann sorgfältig in ein Grab eingesperrt hatte, alles zuzutrauen sei. Sie streifte die Gummihandschuhe über, die sie sonst für den Abwasch benutzte, öffnete die Packung, nahm vorsichtig zwei Handvoll Mehl heraus und rührte damit einen Pizzateig an, den sie eine halbe Stunde gehen ließ, bevor sie ihn in den Herd schob. Den fertigen Pizzaboden brach sie in kleine Stücke, die sie in einer Plastiktüte verstaute. Da noch ein wenig Zeit war, wusch sie Mixer und Teigschüssel mit heißem Wasser und einer Unmenge Spülmittel ab. Auch Marisa konnte sorgfältig arbeiten, wenn es nötig war. Dann stellte sie sich ans Fenster und wartete.

Wie jeden Tag kam Lidia Marcantoni Punkt 16 Uhr auf ihrem Weg zur Kirche vorbei, wo sie mindestens drei Vaterunser und ein Dutzend Avemaria beten würde. Marisa behielt die Gummihandschuhe an und machte sich mit der Plastiktüte auf den Weg. Der Hinterhof von Lidias Haus grenzte an die Stadtmauer. Ganz hinten im Eck hatte sie einen Bretterverschlag eingerichtet, doch solange es hell war, liefen ihre fünf Hühner frei herum. Sie scharrten in der steinigen Erde, aus der kaum ein Grashalm wuchs.

»Putt, putt, putt«, machte Marisa und streute eine Handvoll Pizzastückchen aus. Die Hennen flatterten und gackerten und waren ganz wild darauf. Marisa leerte die Tüte vollständig. Sie wartete, bis die Hühner alles aufgepickt hatten. Ob sie Lidia überreden sollte, vorläufig keine Eier zu essen, weil das viele Cholesterin so schädlich sei? Aber eine solche Warnung würde Lidia spätestens dann verdächtig vorkommen, wenn ihre Hühner morgen früh tot im Stall lägen. Und das befürchtete Marisa sehr.

»Putt, putt, putt«, sagte sie noch einmal. Ihr taten die Tiere ja auch leid, aber irgendwie mußte sie doch überprüfen, ob Angelo, dem ihr Vater noch ganz andere Verbrechen vorwarf, sie mit dem Mehl vergiften wollte.

Auch Michele, dem Marisa auf dem Heimweg begegnete, stellte gerade Nachforschungen an. Als Privatdetektiv mit einiger Erfahrung in seinem Beruf bevorzugte er allerdings andere Recherchemethoden. Sein Auftraggeber Ivan Garzone ließ ihm völlig freie Hand, solange er sein Ziel, das Lösegeld wiederzubeschaffen, nicht aus den Augen verlor. Und das würde Michele schon deshalb nicht, weil er sich auf eine Erfolgsprämie eingelassen hatte. Normalerweise lehnte Michele solche Risikogeschäfte ab. Er hielt sich keineswegs für einen zweiten James Bond, der alle paar Monate zuverlässig die Welt rettete. Bei ihm ging durchaus mal etwas schief, und wenn er keinen Erfolg hatte, mußte er trotzdem auf seinen Tagessätzen bestehen, um die hungrigen Mäuler daheim stopfen zu können. Doch diesmal war das Angebot einfach zu verlockend gewesen. Ivan Garzone hatte unumwunden zugegeben, daß er ihm momentan nicht einmal die Benzinkosten zurück nach Rimini zahlen könne, doch dafür bot er ihm bei vollständiger Wiederbeschaffung des Lösegelds fünf Prozent davon als Honorar. Hunderttausend Euro! Dafür konnte man schon mal seinen Prinzipien untreu werden.

Und so spazierte Michele nun zum Dorfausgang, studierte für den Fall, daß ihn jemand beobachtete, interessiert die dort angebrachte Informationstafel zur Geschichte Monteseccos und ging dann weiter zu der Stelle zwischen Glas- und Altpapiercontainer, wo Catia das Lösegeld deponiert hatte. Von den ersten Häusern des Orts waren die Container nur etwa dreißig Meter entfernt, doch das links der Straße war von den Besitzern winterfest verrammelt worden und stand offensichtlich leer, während man vom rechten, in dem die Deutschen wohnten, wegen der dichten Hecke nicht hierhersehen konnte. Die Übergabestelle war nicht schlecht gewählt.

Michele versuchte sich in den Entführer hineinzuversetzen. Er musterte die Straße, die entlang der Zypressen zum Holzkreuz in der Spitzkehre führte, er wandte sich um und blickte in die andere Richtung. Unauffällig hierherzukommen war kein Problem. Gefährlich wurde es erst, wenn man mit zwei Plastiktüten voller Einhundert-Euro-Scheine ins Dorf zurückmarschierte. Wie leicht konnte einem da jemand über den Weg laufen! Michele sagte sich, daß er das Risiko vermieden hätte. Er wäre in die andere Richtung abgehauen. Und zwar möglichst schnell. An der Stelle des Entführers hätte er ein paar Tüten Abfall ins Auto geladen, wäre kurz hier stehengeblieben, hätte den Müll entsorgt, die Geldsäcke statt dessen hinter den Beifahrersitz gestellt und wäre zu irgendeinem Ort abgedüst, wo er das Geld sicher unterbringen konnte. In zehn Sekunden wäre alles vorbei gewesen.

Michele trat auf die Fußstange, die den Deckel des Hausmüllcontainers öffnete. Es stank nach irgendwelchen Chemikalien. Der Container war zu zwei Dritteln mit Abfalltüten gefüllt. Wenn es nur ein paar gewesen wären, hätte Michele vielleicht zu wühlen begonnen, um diejenigen zu identifizieren, die sich zuletzt hier aufgehalten hatten. Er ließ die Klappe wieder zufallen und schlenderte zur Steinbank unter dem Holzkreuz hinaus. Trotz des kühlen Winds setzte er sich. Herrgott, dieses Kaff hatte gerade mal fünfundzwanzig Einwohner! Da mußte doch herauszufinden sein, wer in einem ziemlich übersichtlichen Zeitraum an einem ganz bestimmten Ort zwei Millionen Euro aufgelesen hatte! Michele zog sein Notizbuch heraus und schrieb auf, was ihm zumindest wahrscheinlich erschien:

1) Die Ballonjäger haben ein Alibi.
2) Der Entführer hat Montesecco heute früh mit dem Auto verlassen.
3) Er ist also mindestens achtzehn Jahre alt und besitzt einen Führerschein.
4) In seinem Haus ist der Müll frisch geleert worden.

Michele überflog seine Punkte. Er mußte zugeben, daß ein wenig Spekulation dabei war, doch man konnte es ja mal probieren. Er würde jetzt seine eigene kleine Rasterfahndung einleiten. Dazu brauchte er keine Riesendatenmengen und Supercomputernetze, sondern nur eine Aufstellung aller Einwohner Monteseccos. Per Handy rief er Ivan Garzone an, und der brachte die Liste eine Viertelstunde später an. Zusammen gingen sie sie durch. Wenn man Ballonverfolger, Kinder, Unmotorisierte und nachweislich im Dorf Gebliebene strich, blieben nur noch sechs Verdächtige übrig. Und dabei war Punkt vier in Micheles Notizbuch noch gar nicht berücksichtigt.

Während Ivan in seine Bar zurückkehrte, harrte Michele am Ortseingang aus. Wenn hunderttausend Euro winkten, konnte man schon ein wenig frieren. Michele zog den Mantel enger und spazierte auf und ab, achtete aber darauf, die Abfallcontainer immer im Blick zu haben. Wer im Laufe des Tages volle Müllsäcke anschleppte, war aller

Wahrscheinlichkeit nach am Morgen noch nicht hier gewesen. Mit ein wenig Glück konnte Michele so noch ein paar Dorfbewohner als Täter ausschließen. Und die zwei oder drei, die dann übrigblieben, würde er mal genauer unter die Lupe nehmen.

So verstrich der Tag in Montesecco. Es blieb ein kleines Dorf mit nur fünfundzwanzig Einwohnern, die sich viel zu gut kannten, und doch zerfiel das Gemeinsame in eine Vielzahl von Einzelwelten, die kaum etwas miteinander zu tun hatten. Fast wie in einer anonymen Großstadt lebte jeder für sich selbst und verfolgte Ziele, die der Nachbar nicht begreifen würde, wenn man sich die Mühe gemacht hätte, sie ihm mitzuteilen. Doch das tat man nicht. Man hatte Wichtigeres zu tun.

Michele beobachtete Müllcontainer, Marisa Curzio kontrollierte in regelmäßigen Abständen, ob die Hühner Lidia Marcantonis noch gackerten, und mußte sich dazwischen Donatos immer farbenprächtiger ausgeschmücktes Jägerlatein anhören. Milena Angiolini versuchte vergeblich, einen bewegungsunfähigen Vucumprà zu überreden, sich ins Krankenhaus bringen zu lassen, während Ivan Garzone einen völlig unrealistischen Finanzierungsplan für den Montesecco-Windpark ausarbeitete und Matteo Vannoni die Handy-Verkaufsstellen der Umgebung abklapperte, nur um nicht über seine Tochter nachzudenken, die wiederum von Minute zu Minute unruhiger wurde, weil ihr Sohn trotz des bezahlten Lösegelds nicht auftauchte. Denn unter ihnen befand sich ein Entführer, dessen Gedanken man genausowenig kannte wie die der anderen und die man, wenn man ehrlich war, gar nicht kennen wollte.

Die Sonnenstrahlen fielen zu schräg durch den geborstenen Teil des Dachs, um den Fußboden zu erreichen. Auch die Drachen, die längs der Wand aufgereiht waren, blieben im Schatten. Der Junge hatte sich eine Decke umgelegt und saß so unbeweglich zwischen ihnen, als bestünde er selbst nur aus Holz und Papier. Da mir kühl war, stellte ich mich in die Sonne. Ich rieb meine Hände. Ohne daß ich ihn etwas fragen mußte, begann der Junge zu sprechen: »Ich ließ meinen Drachen steigen und achtete nicht darauf, daß sich ein Auto auf dem Feldweg näherte. Als ich mich umdrehte, stand der Mann schon direkt hinter mir. Er packte mich und hielt mich fest. Ich wollte schreien, aber ich konnte nicht, weil ich zuviel Angst vor dem Mann hatte. Er war riesengroß, ganz schwarz angezogen und trug eine Maske über dem Gesicht, aus der die Augen hervorglühten. Er zischte mich an, daß ich keinen Ton sagen dürfe, sonst müsse er mich leider umbringen. Seine Stimme klang, als würde er beim Reden Feuer spucken. Fast wie von einem Drachen, aber Drachen, die Feuer spucken, gibt es nur im Märchen. Und Märchen sind ja bloß erfundene Geschichten. Der schwarze Mann schleppte mich zu seinem Auto und sperrte mich in den Kofferraum. Ich weiß noch, daß es ein schwarzes Auto war. Im Kofferraum lag ein schwerer Wagenheber, der mir in die Seite drückte. Irgendwann ließ mich der schwarze Mann heraus und schubste mich in ein verlassenes Haus. Ein Stück vom Dach war abgebrochen, so daß Licht hereinfiel, denn die Fenster waren zugenagelt. Vor die Tür legte der schwarze Mann eine Eisenkette. Einmal kam er noch und brachte mir Essen und Decken und Bastelmaterial. Er sagte, er sei immer in der Nähe, und wenn ich schreien würde, würde er mich sofort töten. Sonst vielleicht erst später. Viele Tage und Nächte war ich in dem Haus eingesperrt und hatte wahnsinnige Angst, daß der schwarze Mann zurückkommen und mich umbringen könnte. Nach Hause zurück wollte ich trotzdem nicht. Das wäre auch gar nicht gegangen, denn ich habe gar kein Zuhause. Und niemanden, der mich vermißt. Ich habe auch niemanden vermißt. Nur daß ich nicht hinauskonnte, um meine Drachen steigen zu lassen.«

Ich nickte zögernd. Der Junge hatte seine Geschichte intus, und er erzählte sie von sich aus. Das klang alles *wunderbar, aber ich wußte einfach nicht, ob ich ihm trauen konnte.*

Zumindest entlang der Autobahnen war Italien häßlich geworden. Wo früher Felder gewesen waren, fuhr man jetzt kilometerlang an Fabrik-, Lager- und sonstigen Hallen vorbei. Nicht wenige von ihnen standen leer und wirkten so trostlos, wie es nur Gebäude können, die vor Jahren voreilig hochgezogen worden waren und seitdem sinnlos vergammelten. Andere glänzten in Marmorweiß oder Aluminium. Sie prunkten mit hypermodernem Architekturschnickschnack, vor dem sich die sorgsam gepflegten Rasenflächen und die sichtlich neu und immer in Reihen gepflanzten Bäume künstlich ausnahmen. Wieder andere, zum Beispiel um Faenza herum, wollten durch grellbunten Anstrich vom stinkenden Rauch ablenken, den sie durch ihre Schornsteine ausstießen. Allen gemeinsam war, daß hinter den Maschendrahtzäunen nirgends Menschen zu sehen waren.

Vielleicht, weil sich alle auf den Autobahnen befanden. In den Blechlawinen, die sich von Ancona nach Mailand, von Mailand zurück nach Bologna und von dort über Florenz nach Rom wälzten. Dort, auf dem Autobahnring weit außerhalb der sieben Hügel, steckte Forattinis Mercedes im Stau. Der Fahrer nahm es gelassen. Wie auf der gesamten Fahrt saß er schweigend hinter dem Lenkrad und regte sich nicht einmal auf, als ein paar dieser neumodischen Geländewagen rechts auf dem Standstreifen vorbeischossen.

»Die sollte man anzeigen«, sagte Gianmaria Curzio und lehnte sich ins Lederpolster zurück.

»Unbedingt!« sagte Benito Sgreccia.

Curzio war froh, daß sein Freund ihn begleitete. Zwar hielt sich Benito zurück, wenn andere dabei waren, aber das war immer schon seine Art gewesen. Es störte ihn nicht, daß man ihn leicht übersah. Wahrscheinlich hatte ihn nicht einmal der Fahrer wahrgenommen, obwohl Benito doch seit Stunden direkt hinter ihm saß. Als sie am Morgen in Mailand losfahren wollten und der Fahrer fragte, wohin die Reise gehen sollte, hustete es plötzlich neben Curzio in einer ganz vertrauten Weise, und als er hinsah, lehnte Benitos krumme Gestalt neben ihm auf dem Rücksitz des Mercedes. Curzio hatte die Augen zugekniffen und wieder geöffnet, aber Benito war immer noch dagewesen, und so war es die ganze Fahrt über geblieben.

Das Essen mit Forattini am Abend zuvor hatte Curzio als ein wenig großspurig empfunden. Ein halbes Dutzend unterschiedlicher Weingläser stand um ihn herum, und die Vorspeisen wurden fertig angerichtet auf silbernen Löffelchen gereicht, die man sich wahrscheinlich nur deshalb selbst in den Mund stecken mußte, damit man sich nicht völlig für ein Kleinkind hielt. Um Eindruck zu schinden, scheuchte Forattini eine Weile die Kellner herum, doch bald merkte Curzio, daß der Broker nur herausfinden wollte, wie man Bauernregeln auszulegen habe, um an der Börse reich zu werden. Curzio konnte ihm bloß bedingt weiterhelfen, das war eben Instinkt und vielleicht die in achtzig Jahren Dorfleben erworbene Erfahrung, daß alles – Werden, Wachsen, Reifen, Vergehen – seine Zeit hatte. Forattini starrte ihn an, als hätte er Konfuzius höchstpersönlich vor sich, fing sich aber schnell und klagte wortreich über die unübersichtliche Börsensituation. Schließlich ließ sich Curzio doch zu einem konkreten Tip bewegen.

»Tauben, Gärten und Teich machen keinen reich«, sagte er, als ihn Forattini nach seiner Meinung über die mittelfristige Perspektive des größten japanischen Unterhaltungselektronikherstellers fragte. Die Augen des Brokers leuchteten auf. Er schlug auf den Tisch, daß der Wein in den Gläsern schwappte, und sagte, er habe ja schon immer gewußt, daß man von diesem Kinderkram die Finger lassen müsse. Jetzt sei die Zeit für Handfestes gereift, Gold, Bodenschätze, Grundnahrungsmittel. Was sei denn zum Beispiel mit Reis, fragte er und schob den Rest der viererlei

Trüffelvariationen beiseite. Die halbe Welt ernähre sich von Reis, und zwar der Teil der Welt, der sich noch vermehre, was doch wohl, langfristig gesehen, ein absolut sicheres und einträgliches Geschäft garantieren würde. Oder?

Curzio nickte. Als Gegenleistung ließ er sich aus einer spontanen Eingebung heraus Forattinis Limousine samt Fahrer für einige Tage zur Verfügung stellen. Nach Montesecco konnte und wollte er nicht zurück. Vielleicht war es an der Zeit, eine Abschiedsreise durch sein Heimatland zu machen. Er würde all das einmal besichtigen, wozu er zeit seines Lebens keine Gelegenheit gehabt hatte. Die mondänen Jahrhundertwendehotels am Lido, den Schiefen Turm von Pisa, die Etruskergräber in Tarquinia, den Vesuv und Pompeji, die Höhlenstadt Matera und die Catacombe dei Cappuccini in Palermo, wo angeblich jahrhundertealte, bestens konservierte Mumien herumstanden.

Als ihn der Fahrer am Morgen vom Hotel abholte, hatte sich Curzios Unternehmungslust deutlich verringert. Er hatte die halbe Nacht wach gelegen, glaubte, bei geschlossenem Fenster keine Luft zu bekommen, und konnte bei offenem wegen des Verkehrslärms nicht schlafen. Nur um keinen Rückzieher zu machen, setzte er sich in den Mercedes, vermochte sich aber nicht zu entscheiden, ob es nach Pisa oder Venedig oder vielleicht doch zurück nach Montesecco gehen sollte. Und plötzlich war Benito da, hustete hohl und sagte: »Nach Rom!«

Rom? Curzio überlegte. Die Ewige Stadt. Dort waren zwei alte Knaben, von denen der eine tot und der andere nach kurzem Grabaufenthalt wieder auferstanden war, sicher am besten aufgehoben. Oder hatte Benito etwa irgendwelche Hintergedanken?

»Du hast noch ein paar Dinge aufzuklären, Gianmaria!« sagte er.

Curzio hatte so etwas befürchtet. Eigentlich wollte er von alldem nichts mehr wissen. Ihm genügte, daß er am Leben war.

»Du schon, nur ich bin tot«, sagte Benito und kratzte sich am linken Ohr. Man konnte sich in die Hand zwicken, die Augen zukneifen oder sonst etwas anstellen, Benito saß im Fond des Mercedes und verschwand einfach nicht. Er war schon immer ein eigensinniger Kerl gewesen. Curzio gab sich geschlagen. Was hätte er denn tun sollen? So steckten sie nun im Stau kurz vor Rom, und Curzio blickte aus dem Seitenfenster. Hinter dem Autobahnzaun erstreckte sich ein gigantischer Parkplatz. Über dem Möbelhaus, zu dem er gehörte, wehten so viele Fahnen im Wind, als würden dort alle Regierungschefs der EU erwartet. Langsam setzte sich die Autoschlange wieder in Bewegung.

»Wohin genau soll es denn gehen?« fragte der Fahrer nach hinten. Curzio sah Benito an. Der zuckte die Achseln.

»Du mußt die Adresse doch wissen«, zischte Curzio.

»Ich?« fragte der Fahrer.

Curzio schüttelte den Kopf. Er selbst hatte nur eine Telefonnummer, doch er wollte vermeiden, dort anzurufen. Das hätte den Überraschungseffekt, den er auszunutzen hoffte, zerstört. Andererseits konnte man schlecht an der Via dei Fori Imperiali oder am Petersplatz halten und einen Passanten fragen, ob er zufällig wisse, wo drei Edelnutten namens Wilma, Laura und Piroschka ihrem Gewerbe nachgingen. Also mußte der Fahrer ran. Er schien ungewöhnliche Aufträge gewohnt zu sein. Jedenfalls nahm er es gelassen hin, als Curzio ihn instruierte, sich als Freier auszugeben und für möglichst bald einen Termin auszumachen.

Der Fahrer erledigte seine Sache anfangs ausgezeichnet. Er berief sich auf die Empfehlung eines Freundes aus der höheren Finanzverwaltung, der lieber ungenannt bleiben wollte, übertrieb aber dann etwas, als er um den Preis zu feilschen begann, der ihm am Telefon genannt worden war. Es ging ein wenig hin und her, bis Curzio ihm bedeutete,

207

es gut sein zu lassen. Der Fahrer hielt die Hand vors Telefon und flüsterte nach hinten, finanziell sei wenig auszurichten, aber er sei sicher, einiges an Sonderleistungen herausholen zu können, wenn ihn Curzio nur machen ließe. Curzio flüsterte zurück, daß er das an Ort und Stelle selbst verhandeln wolle. Sichtlich enttäuscht beendete der Fahrer das Gespräch.

»Und, haben Sie die Adresse?« fragte Curzio.

»Schon«, sagte der Fahrer, »ich wüßte allerdings auch ein paar Mädchen draußen im EUR, bei denen Sie bedeutend günstiger …«

»Was?« fragte Curzio. Er sah Benito an. Der winkte ab. Er hatte genug von irdischen Genüssen.

»Ich meine ja nur«, sagte der Fahrer, schloß die Hände fester ums Lenkrad und fuhr Richtung Innenstadt. Wilma hatte eine Adresse nahe des Tor di Quinto angegeben, wo sich – wie der Fahrer wußte – in der guten alten Zeit, als die Nutten noch gestandene Römerinnen und keine magersüchtigen Osteuropäerinnen waren, der Straßenstrich befunden hatte. Noch vor dem Tiber bogen sie ab und folgten der Uferstraße bis zur Milvischen Brücke. Dort erweiterte sich die alte Via Flaminia zu dem gegen Norden ansteigenden Piazzale Milvio, an dessen Ende eine Kirche stand. Obwohl die Marktstände an der Uferstraße längst geschlossen waren, herrschte reger Betrieb. Der Fahrer fuhr langsam bis zur Kirche hoch und auf der anderen Seite wieder zurück, ohne einen Parkplatz zu finden. Vor einer Eisdiele hielt er in zweiter Reihe, schaltete die Warnblinkanlage ein und stieg aus, um Curzio die Tür zu öffnen. Benito vergaß er allerdings, so daß dieser auf Curzios Seite aus dem Mercedes schlüpfen mußte.

»Sie sollen bei der obersten Klingel läuten!« Der Fahrer wies auf einen gelb gestrichenen Palazzo vor ihnen. Curzio legte den Kopf in den Nacken. Eines der großen Fenster im sechsten Stock stand offen. Von dort mußte man einen wunderbaren Blick über den Tiberbogen und den

Brückenturm bis hin zu den Gärten der Villa Borghese haben. Curzio sagte dem Fahrer, daß er ihn anrufen werde, sobald er hier fertig sei. Er ging zum Portal des Palazzo. Neben der obersten Klingel stand kein Name. Obwohl Curzio erst für den späten Abend bestellt war, läutete er, doch die Gegensprechanlage blieb stumm.

Curzio fragte Benito, ob sie etwas spazierengehen sollten, und der hatte nichts dagegen. Mit Mühe kamen sie lebend über die Uferstraße, auf der nur Verrückte unterwegs zu sein schienen. Am Straßenbrunnen vor dem Brückenturm wuschen sie sich die Hände und flanierten dann über die für den Autoverkehr gesperrte Milvische Brücke. Wenn man die braune Brühe so bezeichnen wollte, führte der Tiber reichlich Wasser. Die untersten Sträucher an den Uferböschungen waren einen guten Meter überschwemmt. In den Bergen mußte der Levante reichlich Regen gebracht haben. Hier lag der Himmel smoggrau über der Stadt. Nur im Westen, flußabwärts, zeigte ein schwach oranger Schein, daß es Abend wurde. Wenn sie dem Ufer folgten, kämen sie irgendwann zur Engelsburg. Die hatte Curzio auch erst einmal gesehen, und das war mindestens dreißig Jahre her. Außer ihnen befand sich niemand auf der Brücke, doch auf beiden Seiten des Tibers rollte mehrspurig der Verkehr. Hupen tönten, Mopeds knatterten, die Bässe in als Autos verkleideten Discos wummerten, Polizeisirenen heulten in der Ferne, und ab und zu brüllte irgendeiner irgend etwas, das wie eine Morddrohung klang, aus dem schnell herabgekurbelten Wagenfenster.

»Zum Castel Sant'Angelo? Was hältst du davon, Benito?« fragte Curzio. Benito hatte die Ellenbogen auf der Steinbrüstung aufgestützt und spuckte ins Tiberwasser. Er sah schwach aus. Fast durchsichtig.

»Na gut«, sagte Curzio. Er blickte auf die Uhr. Sie mußten noch drei Stunden totschlagen. »Wir nehmen jetzt einen Aperitif und gehen dann irgendwo eine Kleinigkeit essen.«

Nachdem sie begriffen hatten, daß die Zebrastreifen nur dazu dienten, alte Leute wie sie vor die Stoßstangen der Autos zu locken, klappte die Überquerung der Uferstraße diesmal schon besser. Trotzdem waren sie froh, als sie in die Bar am Eck des Piazzale Milvio traten. An der Theke drängten sich die Leute, und so setzten Curzio und Benito sich an einen der beiden kleinen Tische an der Glasscheibe. Von dort sah man den Palazzo gegenüber ausgezeichnet. Das Fenster im obersten Stock war jetzt geschlossen. Dafür brannte Licht. Honiggelbes Licht. Curzio hätte schummriges Rot erwartet.

Er bestellte zweimal Prosecco mit Aperol, verbesserte sich, als er den erstaunten Blick des Barmanns bemerkte, aber dahingehend, daß er den zweiten erst später wolle. Benito und er konnten ebensogut aus einem Glas trinken. Sie knabberten die Erdnüsse, Kartoffelchips und grünen Oliven, die mit dem Aperitif kamen, und unterhielten sich. Auch wenn Benito wie üblich einsilbig blieb, waren sie sich einig, daß Rom zwar durchaus mehr Sehenswürdigkeiten als Montesecco aufweisen mochte, aber leben wollten sie dennoch nicht hier. Nicht ums Verrecken. Curzio nahm einen Schluck Prosecco. Das Glas war schon fast leer, obwohl Benito praktisch nichts getrunken hatte. Curzio bestellte Nachschub. Und dann noch einmal. Draußen fiel schnell die Nacht herein, doch es wurde kaum dunkler. Straßenlaternen, Autoscheinwerfer, überall waren Lichter. Nur im sechsten Stock des Palazzo gegenüber erloschen sie.

»Los, Benito!« Curzio sprang auf und zahlte an der Kasse. Vielleicht verließ Wilma gerade ihre Wohnung. Dann könnten sie sie am Tor des Palazzo abfangen und brauchten nicht noch stundenlang zu warten. Vor der Bar toste der Autoverkehr schlimmer als zuvor. So etwas konnte man sich in Montesecco überhaupt nicht vorstellen. Curzio wurde ganz schwindelig. Oder lag das am vielen Prosecco? Gegenüber öffnete sich der Portone des

Palazzo, und da wußte Curzio, daß er zweifelsohne zuviel getrunken hatte. Er hatte eine Vision. Eine Sinnestäuschung. Er sah Dinge, die es nicht gab. Er sah plötzlich Personen, die gar nicht hier sein konnten.

»Sag, daß ich mir das nur einbilde, Benito!« sagte Curzio. Er starrte auf die gegenüberliegende Straßenseite.

»Das bildest du dir nur ein«, sagte Benito.

»Aber schau doch genau hin!«

»Ich mache mir Sorgen um dich«, sagte Benito, »wenn du jetzt schon Visionen …«

»Siehst du ihn, oder siehst du ihn nicht?«

»Nein. Ich sehe ihn nicht.«

»Wen? Wen siehst du nicht?« fragte Curzio mißtrauisch. Er wußte nicht, ob er seinen Augen oder seinem Freund trauen sollte.

»Na, den alten Marcantoni.«

»Woher weißt du, daß ich von Franco Marcantoni spreche, wenn du ihn nicht siehst?«

»Weil er ihm ein wenig ähnlich sieht«, sagte Benito.

Das war natürlich möglich. Vielleicht sah der alte Mann, der mit einer rothaarigen Schönheit den Palazzo verlassen hatte und nun neben ihr her trippelte, nur so aus wie Franco Marcantoni. Aber wenn, dann ähnelten sie sich wie eineiige Zwillinge. Franco hatte aber nur zwei Schwestern, von denen die eine dement zu Hause saß und die andere um ihr Seelenheil fürchten würde, wenn sie mit einer Nutte durchs abendliche Rom spazierte. Und Franco hatte genausowenig hier verloren. Der alte Mann, der ihm so ähnlich sah, hakte sich nun bei der eleganten Dame unter. Sie warf die roten Locken zurück und schien aufzulachen. Nicht nur wegen der hochhackigen Pumps überragte sie den Alten um einen Kopf.

Das ungleiche Paar ging Richtung Kirche hoch und bog kurz vor dem Ende des Piazzale nach links in eine Garteneinfahrt ein, über der auf einem gemauerten Bogen »Trattoria Pallotta« stand. Curzio zerrte Benito ohne Rücksicht auf den Verkehr über die Fahrbahn. Er hörte keine Bremsen quietschen, achtete weder auf die Flüche im römischen Dialekt, die ihm hinterherschallten, noch auf Benitos empörte Frage, ob er sie beide umbringen wolle. Und wenn der Alte doch Franco Marcantoni war? Was wollte er hier bei einer der Nutten, die Benitos Testament unterschrieben hatten?

»Hast du mir irgend etwas zu sagen?« fragte Curzio. Benito schüttelte stumm den Kopf. Curzio zog ihn durch das Tor der Trattoria. »Seit 1820« stand dort steinern im Boden eingelassen. Sie zwängten sich durch die abgestellten Motorroller in einen Garten, der im Sommer idyllisch sein mußte. Jetzt waren die zu einem Schattendach gebundenen Zweige der alten Bäume fast kahl. Mit rotem Seidenpapier ummantelte Lampions beleuchteten die welken Blätter auf den Tischplatten. Die Stühle waren schräg an die Tische gelehnt. Vielleicht konnte man an einem sonnigen Mittag noch draußen essen, doch jetzt war es eindeutig zu kühl.

Im Haupthaus links des Gartens öffneten sich die Eingänge zu Bar und Küche. Der gut gefüllte Gastraum befand sich in dem langgestreckten Gebäude rechts. Durch die Glasfront sah Curzio den Franco-Doppelgänger samt Begleitung gleich neben dem Vorspeisenbuffet sitzen. Ein Kellner mit schütterem Haar und einem etwas schmuddeligen schwarzen Frack stellte ihnen gerade eine Karaffe Weißwein auf den Tisch.

Als Curzio die Tür öffnete, schlug ihm das Stimmengewirr der Gäste entgegen. Er hatte das Gefühl, daß Benito nur zögernd folgte, schritt aber entschlossen auf den Tisch neben dem Buffet zu. Der Alte sah zu ihm auf. Die wirren weißen Haare, die Hakennase zwischen den tiefliegenden Augen, die charakteristischen Falten in der wettergegerbten Haut, die Zahnruinen, als er vor Staunen den Mund aufklappte – es war unzweifelhaft Franco Marcantoni.

»Oh«, sagte Franco. »Was machst du denn hier, Gianmaria?« fragte er, blickte kurz zu der Schönen neben sich und dann wieder zurück zu Curzio. Er räusperte sich und sagte: »Kannst du dich an Signorina Camporesi erinnern, die damals in Montesecco …«

»Sie dürfen mich Wilma nennen«, sagte die junge Dame mit tiefer, sinnlicher Stimme. Sie lächelte Curzio an und strich sich die Locken zurück. Ihr leichter Silberblick konnte einen ganz nervös machen.

Curzio rückte Benito einen Stuhl zurecht und ließ sich selbst neben Franco nieder. Auf Wilmas Empfehlung bestellte er Saltimbocca und vorher gemischte Antipasti vom Buffet. Die Pasta ließ er aus. Benito aß überhaupt nichts, und auch Franco schien sein Ossobucco nicht zu schmekken, obwohl es ausgezeichnet aussah. Gegenüber dem dikken Wirt, der von Tisch zu Tisch ging und sich mehr drohend als besorgt erkundigte, ob alles zur Zufriedenheit der Kundschaft sei, schützte er eine Magenverstimmung vor.

Die Sprache hatte es ihm allerdings nicht verschlagen. Wortreich schwärmte er vom bezaubernden Wesen seiner Begleiterin, dem widerstehen zu wollen nicht nur unmöglich, sondern auch vollkommen widersinnig wäre, denn schließlich strebe jeder Mensch, egal welchen Alters und welcher Herkunft, nach Glück, und wenn ihm das in einer so atemberaubenden Gestalt über den Weg laufe, dann wisse er sehr wohl, was er zu tun habe, nämlich zuzugreifen, zuzugreifen und nochmals zuzugreifen.

Wilma lächelte säuerlich. Sie schien die Preisgabe pikanter Details zu befürchten, und so beeilte sich Curzio zu erklären, daß er das so genau gar nicht wissen wolle. Ihn interessierte die geschäftliche Grundlage dieser späten Liebe viel mehr. Als Franco darauf zu sprechen kam, daß er schon lange könne, was Benito Sgreccia in deutlich betagterem Alter gekonnt habe, sah Curzio die Gelegenheit gekommen, zumal Benito nicht mehr mit am Tisch saß. Er mußte sich davongestohlen haben, ohne daß Curzio es bemerkt hatte. Vielleicht war ihm die Situation peinlich erschienen.

»Benito hat allerdings für die Aufmerksamkeiten der drei Damen einiges hingeblättert«, sagte Curzio.

»Ich bin Geschäftsfrau«, sagte Wilma.

»Natürlich.« Curzio nickte. »Und Sie machen mit jedem Geschäfte, der …«

»Ich bin nicht jeder«, protestierte Franco.

»… mit jedem, der bezahlt. Oder bezahlen kann, denn Sie sind nicht billig.«

»Man muß wissen, was man wert ist.« Wilma lächelte in einer Weise, die man nur als eisig bezeichnen konnte.

»Sie sind sicher jeden Cent wert«, sagte Curzio. »Allerdings ist es mit Cents nicht getan. Ich frage mich, Franco, woher du das Geld hast.«

»Ersparnisse.« Franco wurde plötzlich ziemlich einsilbig.

»Franco!«

»Was?«

»Dazu hättest du irgendwann in deinem Leben mal sparen müssen«, sagte Curzio.

Franco nahm sein Weinglas, trank und stellte es wieder ab. Er sagte: »Vielleicht habe ich auch einen kleinen Kredit aufgenommen.«

»Bei wem?«

»Privat. Bei Bekannten.«

»Ich weiß gar nicht, wieso du dich dafür rechtfertigen mußt, tesorino«, sagte Wilma.

»Genau«, sagte Franco-Schätzchen. »Was geht dich das überhaupt an, Gianmaria?«

Ja, was ging das Curzio an? Er sah sich um. Der dicke Wirt saß im Kreis seiner Familie und stopfte eine riesige Portion Spaghetti in sich hinein. Der Kellner im Frack balancierte ein halbes Dutzend Teller mit Baccalà zwischen den Tischen durch. Geschickt wich er den beiden Kindern aus, die auf dem Steinboden ihre Autos entlangschoben.

Ein Mann, der ein wenig wie der junge Adriano Celentano aussah, brüllte in sein Handy, sei es, um sich wichtig zu machen, sei es, um den Lärm vom Nebentisch zu übertönen, an dem man gerade ein Geburtstagskind hochleben ließ. Überall wurde gelacht und gegessen, getrunken und gestritten.

Zögernd begann Curzio zu erzählen, wie es sich anfühlt, lebendig begraben zu sein. Er erklärte, welche Tode er gestorben sei und daß er das Gefühl habe, in einem Zwischenreich zwischen Leben und Tod gefangen zu sein. Manchmal kämen ihm die Menschen um ihn herum unwirklicher vor als die Verstorbenen. Benito könne er zum Beispiel sehen, mit ihm könne er besser reden als mit jedem sonst. Und Benito habe er auch versprochen, daß sein Mörder nicht straflos davonkommen werde. Er sei sich eigentlich sicher, daß Angelo den eigenen Vater umgebracht habe, aber er brauche noch mehr Beweise. Er begann darzulegen, welche Verdachtsmomente er gesammelt und was er daraus gefolgert hatte.

Franco hörte anfangs mit offenem Mund zu, wurde zusehends unruhiger und unterbrach Curzio schließlich. »Um Gottes willen, Gianmaria! Und kein Mensch kümmert sich um dich?«

»Kümmern? Die sollen nur aufhören, mich umbringen zu wollen!«

»Kein Mensch will dir etwas tun. Genausowenig, wie jemand Benito ermordet hat. Schon gleich gar nicht Angelo.«

»Wieso nicht Angelo?« Curzio wurde hellhörig. Franco wußte irgend etwas.

»Weil ...«

Brüsk wurde Franco von Wilma unterbrochen: »Ich würde jetzt gern gehen, tesorino. Begleitest du mich?«

»Weil ...?« fragte Curzio.

»Ich habe genug von dem Unsinn.« Wilma warf den Kopf zurück, daß die roten Locken flogen. Sie lächelte Franco an und schenkte ihm einen Silberblick, der versprach, daß mehr zwischen Himmel und Erde möglich war, als sich Franco träumen lassen konnte.

»Hattest du nicht noch einen Termin?« fragte Franco.

»Nichts ist mir so wichtig wie du, tesorino!« Wilma strahlte wie Sonne und Mond gleichzeitig.

»Ich liebe dich auch!« stammelte Franco. Er grinste belämmert, machte aber keine Anstalten aufzustehen. Er wußte etwas, und er schwankte, ob er es sagen sollte, auch wenn ihn Wilma offensichtlich daran hindern wollte. Warum eigentlich? War sie etwa in den Mord an Benito verwickelt? Curzio fiel plötzlich wieder ein, wieso er nach Rom gekommen war und wozu er Wilma befragen wollte. Aufs Geratewohl sagte er: »Es geht um Benitos Testament, nicht?«

»Es täte mir wirklich leid, wenn das zwischen uns hier enden würde, Franco«, sagte Wilma. Ihre langen Finger spielten mit dem obersten Knopf ihrer Bluse.

Franco sagte nichts. Er dachte vielleicht an die unvergeßlichen Nächte, die er mit ihr verbracht hatte. Oder womöglich an die Tausender, die er ihr hingeblättert hatte. Oder daran, daß sie ihn noch in derselben Minute, in der er gestand, nicht länger zahlen zu können, vor die Tür setzen würde. Oder vielleicht dachte er daran, daß er sich in einer lauten, stinkenden Großstadt befand, die von verrückten Autofahrern bevölkert war. Und daß ihn mehr als das Abenteuer selbst reizte, damit auf der Piazzetta in Montesecco prahlen zu können. Irgendwann einmal, wenn dort alles wieder in Ordnung war. Falls das je geschehen würde.

»Ich glaube, ich habe einen Fehler gemacht«, nuschelte Franco, »aber ich werde ihn wieder ausbügeln.«

Wilma schüttelte die Locken und lachte spitz. »Das ist nicht dein Ernst, oder?«

»Ich werde alles auf Heller und Pfennig zurückzahlen«, sagte Franco.

»Männer!« stieß Wilma verächtlich hervor. »Ich hätte es wissen müssen. Wenn es nur so aussieht, als könne es vielleicht Ernst werden, ziehen sie den Schwanz ein.«

»Wilma«, sagte Franco, »die Zeit mit dir war die schönste, die ich je …«

Wilma schob den Teller von sich und sagte: »Ich gehe davon aus, daß ich hier eingeladen war. Den Kaffee nehme ich anderswo.«

Dann stand sie auf und ging. Franco sah ihr nach. An seinem Gesichtsausdruck erkannte Curzio, daß für ihn alles ganz anders war. Wilma war nicht aufgestanden, sondern hatte sich erhoben. Sie ging auch nicht, sondern sie schwebte zur Tür. Der enge Gang zwischen den Trattoriatischen verwandelte sich in einen Laufsteg, und über den Steinfliesen spannte sich ein roter Teppich. Im ganzen Lokal wurde es plötzlich still, weil alle den Atem anhielten, und manch einer kniff vorsorglich die Augen zusammen, zum Schutz gegen das Blitzlichtgewitter, das unweigerlich jeden Moment losbrechen mußte, um dieser Göttin der Schönheit den ihr gebührenden Heiligenschein zu verleihen. Der Kellner stellte seine Teller auf dem nächstbesten Tisch ab und eilte zur Garderobe, um ihr nach einer steifen Verbeugung in den Mantel zu helfen. Sie ließ es geschehen, ohne ihn dabei wahrzunehmen. Jeder begriff, daß das so sein mußte, denn sie gehörte einer anderen Welt an. Nicht einmal der junge Wichtigtuer mit dem Adriano-Celentano-Gesicht wagte es, ihr nachzupfeifen, und selbst die Blicke prallten an ihr ab, bis sie an der Fensterfront vorbeigeschwebt und in der römischen Nacht verschwunden war.

»Diese Frau …!« Franco seufzte.

Curzio nickte.

»Sie ist einfach perfekt«, sagte Franco dumpf.

»Ich bin sicher, sie liebt dich.«

»Glaubst du?«

»Hätte sie sonst so harsch reagiert?«

Franco überlegte. Er schien zu dem Ergebnis zu kommen, daß sich diese Lesart der Ereignisse durchaus anbot, an langen Winterabenden in Montesecco erzählt zu werden. Er neigte den Kopf und sagte: »Stimmt, sie war persönlich schwer getroffen. Doch was sollte ich machen? Einer von uns beiden mußte den Tatsachen ins Auge sehen. Leidenschaft allein genügt nun mal nicht. Gut, sie wäre mir sicher nach Montesecco gefolgt, aber hätte ich das wirklich von ihr verlangen sollen? Daß sie auf ihre Karriere verzichtet, auf Rom, auf die Welt, die sie sich aufgebaut hat?«

»Das wäre äußerst egoistisch von dir gewesen«, sagte Curzio.

»Wenn sich dir eine solche Frau bedingungslos ausliefert, mußt du auch mal zurückstecken können.« Franco war sichtlich gerührt von der Großherzigkeit, die er soeben an sich entdeckt hatte.

»Zum Wohle aller«, sagte Curzio.

»Auch wenn es schwerfällt.« Franco winkte den Kellner heran. Er bestellte zwei Espressi und zwei Grappe. Noch bevor der Schnaps da war, begann Franco vom Beginn seiner wunderbaren Liebesgeschichte zu erzählen. Es hatte ihm einen Stich ins Herz versetzt, als die anderen Wilma so schnöde aus Montesecco verjagten. Er konnte nicht mehr richtig schlafen, und selbst als die Auseinandersetzung um Benitos Erbe und das Verschwinden Minhs alle in Aufregung versetzten, war ihm Wilma einfach nicht aus dem Kopf gegangen. So hatte er all seinen Mut zusammengenommen und sie angerufen. Wie ein erstmals verliebter Teenager hatte er befürchtet, ausgelacht und abgewiesen zu werden, aber Wilma hatte überaus freundlich reagiert. Sie war an allem interessiert gewesen, was er ihr von den Geschehnissen in Montesecco erzählte, vor allem am Streit um Benitos Testament. Das war Franco ganz natürlich vorgekommen, schließlich hatte Wilma ja als Zeugin unterzeichnet.

Jedes der folgenden Telefongespräche bewies Franco aufs neue, daß Wilma und er ein Herz und eine Seele waren. Als er darauf drängte, sie in Rom besuchen zu dürfen, schien sie durchaus nicht abgeneigt. Es gab nur die kleine Schwierigkeit, daß sie sich als Geschäftsfrau eherne Prinzipien gesetzt hatte, von denen sie nicht einmal ihm zuliebe eine Ausnahme machen durfte, wollte sie sich nicht selbst untreu werden. Franco verstand das natürlich. Andererseits hatte er kein Geld. Schon gar nicht die stolzen Summen, die Wilma ihren Kunden berechnete. Das war nun zweifelsohne sein Problem. Daß Wilma es zu ihrem machte, bewies ihm, wie sehr sie ihn begehrte. Wilma gab ihm den Rat, sich wegen eines Darlehens an Marta Garzone zu wenden.

»An Marta?« wunderte sich Curzio. »Die Garzones sind doch bis über beide Ohren verschuldet!«

»Ganz so schlimm kann es nicht sein.« Franco winkte nach einem weiteren Grappa. »Jedenfalls hat Marta irgendwo einen Kredit bekommen.«

»Wieviel?«

Franco druckste ein wenig herum, bevor er mit der Summe herausrückte. »Fünfzehntausend Euro.«

»Gegen welche Sicherheiten?«

Franco wurde lauter. »Was weiß denn ich, Gianmaria! Vielleicht die Bar, vielleicht eine Lebensversicherung?«

»Marta Garzone hat ihre Lebensversicherung verpfändet, um dir ein paar Nuttenbesuche in Rom zu finanzieren?«

»Mein Gott, die Garzones erben ein Vermögen! Da kann man schon mal ein wenig großzügig sein.«

Franco versuchte abzuwiegeln, doch damit gab sich Curzio nicht zufrieden. Solch einen Schwachsinn hatte er nicht mehr gehört, seit alle gefaselt hatten, daß Benito eines natürlichen Tods gestorben sei. Franco kippte den Grappa hinab und drehte das leere Glas zwischen den Fingern herum. Curzio fragte: »Wieso hat sich Marta darauf eingelassen?«

219

Franco wirkte gehetzt. In die Enge getrieben. Seine Blicke irrten durch den Gastraum, als erhoffe er sich ein Wunder, das es ihm ersparte zu antworten. Als müsse am Nachbartisch ein Feuer ausbrechen oder ein Gast über Vergiftungssymptome klagen. Vielleicht dachte er auch darüber nach, einen Toilettenbesuch vorzutäuschen, durchs Fenster in den Nachbarhof zu klettern und für immer in Rom unterzutauchen. Doch keine Katastrophe rettete ihn, und Franco haute auch nicht ab.

Schließlich sagte er: »Ich habe Marta versprochen, ihre Erbansprüche zu unterstützen. Zum Beispiel könnte ich beschwören, daß Benitos Unterschrift im Testament echt sei.«

»Und dafür hat Marta dir …« Curzio brach ab. Das ergab keinen Sinn. Er schüttelte den Kopf. Das ergab nur dann Sinn, wenn Benitos Unterschrift nicht echt war. Jemand hatte das Testament gefälscht! Nein, nicht jemand, Marta Garzone hatte es getan und ihren Mann als Erben eingesetzt. Damit sich die Nutten als Zeugen zur Verfügung stellten, mußte Marta ihnen einen Haufen Geld geboten haben. So viel Geld, wie sie unmöglich flüssig haben konnte. Also hatte sie den Nutten einen Anteil vom Erbe zugesagt, doch als Angelo Sgreccia das Testament anfocht, wurde klar, daß das Geschäft auf unsicheren Beinen stand, denn wenn die Garzones nicht erbten, gab es auch keinen Anteil. In jedem Fall jedoch würde Benitos Vermögen so bald nicht freigegeben werden. Und da hatte Wilma, die von Franco auf dem laufenden gehalten wurde, eine andere Idee. Ihr genügten zwei, drei nette Worte, und Franco schmolz wie Wachs. Als sie sicher war, daß er nur noch sie im Kopf hatte, informierte sie ihn über das gefälschte Testament, nicht ohne dabei anzuregen, was er mit seinem Wissen anstellen könnte.

»Du hast Marta erpreßt!« sagte Curzio leise.

Franco fuhr auf. »Ich habe sie um ein Darlehen gebeten. Und das werde ich Cent für Cent zurückzahlen.«

Doch warum hatte Wilma nicht selbst bei Marta Garzone angerufen? Warum hatte sie das Schweigegeld nicht direkt verlangt? Vielleicht, weil Erpressung eine unschöne Angelegenheit ist. Wenn irgend etwas schiefging, hatte Franco die Straftat begangen. Daß er das Geld dann gegen ein paar tiefe Blicke bei Wilma ablieferte, konnte man ihr nicht vorwerfen. Liebeshungrige Männer bezahlen zu lassen war nun mal ihr Geschäft. Vielleicht zweifelte Wilma auch, ob sich Marta Garzone von ihr erpressen ließ. Schließlich hatte Wilma kräftig bei der Testamentsfälschung mitgeholfen und konnte nur wenig glaubhaft drohen, diese aufzudecken. Dafür eignete sich ein Unbeteiligter wie Franco wesentlich besser, zumal es sich um einen liebestollen alten Mann handelte, der sich von jeder Brücke gestürzt hätte, wenn Wilma ihn darum gebeten hätte.

»Du steckst ganz schön im Schlamassel, Franco!« sagte Curzio.

»Ich habe mir ein paar schöne Tage gemacht. Na und? Jeder hat Anspruch auf ein wenig Glück. Das ist ein Menschenrecht und ...«

»Davon spreche ich nicht. Du hättest sagen müssen, daß das Testament falsch ist.«

»Wem denn? Dir?«

»Zum Beispiel«, sagte Curzio.

»Da liegen mehr als fünf Millionen herum. Die hat Angelo Sgreccia genausowenig verdient wie Ivan Garzone oder du oder ich. Und ich bezweifle, daß du oder Ivan oder Angelo das Geld sinnvoller ausgeben würde als ich.«

»Wegen des Geldes wurde ein kleiner Junge entführt. Wir haben uns die Mafia ins Dorf geholt. Ich wurde lebendig begraben und ...«

»Damit habe ich doch nichts zu tun«, rief Franco.

»... und Benito wurde ermordet.«

»Unsinn!« schnaubte Franco, doch Curzio wußte, was er wußte, auch wenn sich die Sachlage in einem entscheidenden Punkt geändert hatte. Die Garzones hatten das

Testament gefälscht, und zwar erst, als Benito schon tot war. Hatten sie das von langer Hand geplant? Hatten sie Benito ermordet, damit es überhaupt ein Erbe gab, das sie sich unter den Nagel reißen konnten? Das klang ziemlich kompliziert, und es erklärte auch nicht, daß es unzweifelhaft Angelo gewesen war, der Curzio auf dem Friedhof beseitigen wollte. Nein, Angelo blieb der Hauptverdächtige, auch wenn er es nicht wegen des Testaments getan haben konnte. Im Gegenteil, er war davon genauso überrascht worden wie alle anderen. Er hatte sicher damit gerechnet, daß er als einziger Sohn automatisch erben würde. Hatte er seinen Vater also umgebracht, weil er den natürlichen Lauf der Dinge nicht erwarten konnte? Weil er nicht zusehen wollte, wie Benito das ganze schöne Geld verschleuderte?

Oder hatten am Ende gar Franco und die anderen recht? War Curzios bester Freund Benito Sgreccia einfach so gestorben? Hatte er sich in seinen Liegestuhl gesetzt und beschlossen, daß es genug sei? Und war dann friedlich entschlafen, verschieden, dahingegangen? Allein die Vorstellung schnürte Curzio die Kehle zu. Sie schreckte ihn viel mehr als der Gedanke, daß in Montesecco ein Mörder herumlief, dem es auf ein paar weitere Verbrechen nicht ankam. Denn einem solchen Mörder konnte man begegnen, ihn konnte man zur Verantwortung ziehen. Seine Tat war zwar nicht rückgängig zu machen, aber doch mit den Maßstäben von Schuld und Unschuld, Recht und Unrecht, Gut und Böse zu fassen. Indem man sie beurteilte und verurteilte, ordnete man sie ein in das bißchen Ahnung, das einen nicht völlig blind in der Welt umhertappen ließ. Vor dem leisen Tod dagegen stand man fassungslos. Er blieb unbegreiflich, war ein schwarzes Nichts und gleichzeitig eine furchterregende Macht, die auslöschte, was immer man zu wissen glaubte.

»Alles geht kaputt«, murmelte Curzio. Um ihn herum aßen und lachten die anderen Gäste, als würden sie ewig leben. Sie merkten nicht, daß das Licht ein wenig dunkler geworden war und daß die Ratten sich unter den Boden der Trattoria gewühlt hatten. Daß die Tünche an den Wänden kaum mehr den Schimmel überdeckte, daß die Dachbalken zerfressen waren und der Kellner hustete, als leide er an Tbc. Nur Franco schien etwas davon zu ahnen. Still hing er seinen Gedanken nach und nickte nur kurz, als Curzio vorschlug, nach Montesecco zurückzufahren. Sie zahlten und gingen nach draußen. Vor dem Wind, der kühl und feucht vom Tiber heraufzog, bargen sie sich unter dem Steinbogen an der Einfahrt. Als Forattinis Fahrer eintraf, bat Franco darum, vor der Heimreise eine Rundfahrt durch Rom zu machen. Sie beide würden ziemlich sicher nie mehr hierherkommen.

Und so wurden sie in einem schwarzen Mercedes durchs nächtliche Rom kutschiert. Der Fahrer wählte eine Route, die sie zu Vatikan und Engelsburg, dann über den Tiber zu Forum und Kolosseum führte. Curzio wußte nicht, wie es Franco ging. An ihm selbst glitten die Paläste und Ruinen seltsam fremd vorbei. Vielleicht lag es am fast geräuschlosen Lauf des Mercedes oder am Blick durch die leicht getönten Fensterscheiben, daß er das Gefühl hatte, durch eine Unterwasserlandschaft zu schweben, in der die Reste einer versunkenen Stadt sich von Felsformationen und Korallenriffen kaum unterschieden, ja vielleicht sogar im Lauf der Jahrhunderte zu solchen geworden waren. Die Straßenlaternen, Beleuchtungen, Autoscheinwerfer konnten daran nichts ändern. Ihr Licht diente nur dazu, die Schattenbereiche hervorzuheben, in denen sich die Unterwasserwelt verlor. Wer wußte schon, welche Ungeheuer dort lauerten?

Einzelheiten, die sich zu Erinnerungen verfestigen konnten, nahm Curzio erst wahr, als sie das historische Zentrum verließen und durch wenig belebte Vororte fuhren. Ein kleiner Mischlingshund, dessen Fell den gleichen Braunton aufwies wie der Mantel seines Besitzers, hob das

Bein an einem Laternenpfahl. Der Blinker eines alten Fiat zwinkerte seinem Spiegelbild in einer Schaufensterscheibe zu. Eine Pradatüte stand traurig vor einem überbordenden Müllcontainer. Die Alleebäume längs einer Straße waren eingegittert, damit sie nicht weglaufen konnten. An eines der Gitter war der Rahmen eines Fahrrads gekettet, dessen Vorderrad, Lenker und Sattel fehlten.

Das also ist Rom, dachte Curzio, als sie längst auf der Superstrada in Richtung Montesecco unterwegs waren.

7
Tramontana

Michele hätte wirklich nicht in Montesecco leben wollen, doch er mußte zugeben, daß so ein Kaff unter beruflichen Gesichtspunkten auch seine Vorzüge hatte. Hier waren eben nicht nur die Vorstellungen der Einwohner beschränkt, sondern auch die Möglichkeiten, ins Dorf zu gelangen beziehungsweise aus ihm zu verschwinden. Genauer gesagt, kamen für jemanden, der mit dem Auto unterwegs war, nur zwei Wege in Betracht, wobei die Straße, die durchs alte Tor steil hinabführte, vernachlässigt werden konnte. Zu verwinkelt waren die Passagen, die man von der Piazza oder einer der wenigen anderen zum Parken geeigneten Stellen bewältigen mußte. Wenn es jemandem darum ging, kein Aufsehen zu erregen, würde er bestimmt nicht durch die engen Gassen rangieren, sondern sich für die Hauptzufahrt entscheiden.

Diese fiel sanfter ab, beschrieb beim Holzkreuz eine Spitzkehre und mündete nahe einer Biegung in die Straße, die rechts über die Hügel nach Pergola und links hinunter ins Cesano-Tal führte. In welche Richtung man auch wollte, dort mußte man anhalten. Und zwar lange genug, daß Michele trotz der Dunkelheit erkennen konnte, ob eine der drei Zielpersonen, die bei seiner Rasterfahndung übriggeblieben waren, am Steuer saß. Michele hatte sich mit schwarzer Wollmütze, Handschuhen und einer wattierten Jacke ausgestattet. Er hockte schräg gegenüber der Einmündung im Gebüsch und zählte die Zigarettenkippen zu seinen Füßen. Es waren fünf. Michele zündete sich noch eine an. Sein Wagen stand in der Einfahrt zum Ferienhaus irgendwelcher reicher Florentiner, nur ein paar

Meter unterhalb, doch von der Straße aus nicht einsehbar. Der Zündschlüssel steckte.

Ein Nachteil von Micheles Beruf bestand darin, daß man dauernd irgendwo warten mußte. Ein Nachteil von Montesecco bestand darin, daß sich die Warterei nicht in Restaurants, Diskotheken oder Einkaufszentren abspielte. Ein besonderer Nachteil dieses Jobs in Montesecco bestand darin, daß er sich Ende Oktober ergeben hatte. Wenn man schon unbedingt einen kleinen Jungen entführen mußte, konnte man das doch auch im Juli machen! Da fiel wenigstens keine eiskalte Tramontana aus den Alpen über einen her. Michele fror. Er betrachtete das glühende Ende der Marlboro und dachte, daß er zuviel rauchte. Das senkte die Körpertemperatur.

Michele drückte die Zigarette aus, stand auf und hüpfte auf der Stelle. Hunderttausend Euro hin oder her, die ganze Nacht würde er sich hier nicht um die Ohren schlagen. Eine Stunde noch. Höchstens. Es war sowieso unwahrscheinlich, daß eine seiner Zielpersonen Montesecco jetzt verließ. Zwar mußte der Junge versorgt werden, doch wenn Michele der Entführer gewesen wäre, hätte er das zu unauffälligeren Tageszeiten erledigt. Nein, er sollte lieber ins Bett gehen und sich am nächsten Morgen ausgeruht auf die Lauer legen.

Warum Michele zwei Stunden und vier Zigaretten später immer noch hinter seinem Busch stand, hätte er selbst nicht zu sagen gewußt. Irgendwann schien das Warten zur natürlichen Existenzform zu werden. Dumpf breitete es sich im Kopf aus und ließ alle möglichen Gedanken vorbeimarschieren, ohne daß Michele einen davon ergriff. Die neblige Nacht um ihn war nicht wirklicher als ein Strand auf Mauritius, die Wüsten Namibias oder sonstige exotische Szenerien, wie er sie aus dem Fernsehen kannte.

Als er sich gerade fragte, ob wohl jemand beruflich in der Welt herumreiste, nur um den geeigneten Schauplatz für einen Werbespot zu finden, hörte er das Motorengeräusch.

An der Spitzkehre zerfächerten sich Lichtkegel in den Nebelschwaden. Dann brummten zwei Scheinwerfer durchs Dunkel herab auf Michele zu. Er ging in die Hocke und drückte sich tiefer in den Busch. An der Einmündung blieb der Wagen stehen, schon ein wenig nach rechts gedreht, was vermuten ließ, daß sich der Fahrer in Richtung Pergola wenden würde. Beim gleichen Winkel zur anderen Seite hin hätten die Scheinwerfer Michele voll erfaßt. Daran hatte er nicht gedacht, aber er hatte Glück gehabt. Unverschämtes Glück sogar, dachte er, als er beim Abbiegen des Wagens das Gesicht hinter der Seitenscheibe erkannte. Zielperson B verließ nachts um elf Uhr Montesecco!

Michele hastete die paar Schritte zu seinem Wagen hinab, startete den Motor und schaltete das Licht ein. Die Zielperson würde ihn im Rückspiegel wohl sehen, aber vermuten, daß er um die Biegung herum aus dem Tal gekommen war. Eigentlich konnte sie darin keine Gefahr vermuten. Michele hatte sowieso keine Wahl. Bei Dunkelheit und Nebel die Scheinwerfer auszuschalten hätte ihn mit Sicherheit im Straßengraben enden lassen. Er beschleunigte und fuhr so weit auf, daß er die Rücklichter gerade noch erkennen konnte. Solange die Zielperson auf der Hauptstraße blieb, konnte er im gleichen Abstand folgen, ohne groß Verdacht zu erregen.

Im Waldstück hinter der Abzweigung nach Magnoni verlor Michele das Zielfahrzeug kurzzeitig aus den Augen. Er zwang sich, nicht aufs Gas zu drücken, doch er spürte, daß ihn die Jagdleidenschaft gepackt hatte. Obwohl er sein Handy mit sich führte, dachte er nicht daran, jemanden anzurufen und um Verstärkung zu bitten. Erstens mußte er sich aufs Fahren konzentrieren, und zweitens war das hier seine Sache. Natürlich hatte er ein wenig Glück gehabt, aber das Glück winkte eben dem Tüchtigen. Er hatte einen Plan ausgearbeitet, er hatte sich auf die Lauer gelegt, und nun würde er sehen, was es mit dieser seltsamen nächtlichen Spazierfahrt auf sich hatte. Ob die Zielperson ihn zum Versteck des Lösegelds oder zum gefangenen Jungen oder sonstwohin führte. Hunderttausend Euro! dachte er.

Michele ging vom Gas, als vor ihm die Bremslichter des Wagens aufleuchteten. Ohne den Blinker zu setzen, bog die Zielperson links ab. Als Michele die Einmündung erreichte, sah er dem Wagen nach, der sich langsam einen steilen Feldweg hochquälte. Er selbst fuhr hundert Meter auf der Hauptstraße weiter, schaltete die Scheinwerfer aus und wendete. An der Einmündung blieb er stehen und kurbelte das Fenster herab. Feuchte Kälte drang herein. Vom Zielfahrzeug war nichts zu sehen. Selbst das Motorengeräusch hatte der Nebel verschluckt. Michele hatte keine Ahnung, wohin der Feldweg führte. Sollte er doch Ivan oder sonst jemanden anrufen, der die Gegend kannte? Michele nahm das Handy aus der Tasche, dachte an hunderttausend Euro und steckte es wieder weg. Er würde das alleine zu Ende bringen.

Am sichersten war wohl, dem Feldweg zu Fuß zu folgen. Aber das konnte sich hinziehen. Und was, wenn die Zielperson nur eine Abkürzung genommen hatte, die sie über die Hügelkette hinunter ins Nevola-Tal führte? Michele mußte dranbleiben.

Er gab Gas und fuhr ohne Licht den Feldweg hoch. Er starrte durch die Frontscheibe, daß die Augen schmerzten. Gott sei Dank riß der Nebel immer mehr auf, je höher Michele kam. Graue Fetzen schwebten nun wie mißgestaltete Gespenster durch die Nacht, tanzten um die schwarzen Büsche, die sich links und rechts aus dem Dunkel schälten. Der Weg war steil und schlecht. Es war unwahrscheinlich, daß man ihn als Abkürzung benutzte. Es sah eher so aus, als ob man ihn überhaupt selten benutzte. Nur wenn es um sehr viel Geld ging. Michele wußte, daß er richtig war.

Wenn nur sein Wagen im ersten Gang nicht so laut dröhnen würde! Michele stierte nach vorn. Bisher hatte er

Glück gehabt, und nun brauchte er eben noch ein wenig mehr, damit ihn die Zielperson nicht kommen hörte. Er schaltete in den zweiten Gang, als der Weg nach rechts bog und die Steigung etwas flacher wurde. Gleich mußte er den Kamm erreicht haben. War nicht der schwarze Felsen, der dort oben rechteckig ...?

Michele trat die Bremse fast durchs Bodenblech. Seine Hand tastete nach dem Zündschlüssel. Er stellte den Motor ab.

Ein Haus. Da vorn stand ein Haus.

Micheles Finger waren trotz der Handschuhe ein wenig klamm. Er legte sie fest ums Lenkrad. Das Haus war keine dreißig Meter entfernt. Es war unbeleuchtet und wirkte verlassen. Bis auf das Auto, das vor ihm abgestellt worden war und verdammt nach dem Wagen der Zielperson aussah. Auf diese Entfernung mußte sie Michele gehört haben. Wenn sie nicht taub war. Oder sich so intensiv mit dem Geld beschäftigte, daß sie nicht einmal ein Erdbeben bemerkt hätte. Michele zählte langsam bis dreißig. Nichts rührte sich. Er begann von vorn und zählte bis sechzig. Bis hunderttausend fehlten noch neunundneunzigtausend-neunhundertvierzig. Das war jede Menge. Langsam begann Michele zu glauben, daß ihm das Glück diese Nacht mehr als wohlgesonnen war. Ein klein wenig könnte er es noch strapazieren. Und was sollte ihm schon geschehen? Er war eins achtzig groß und gut in Form. Er hatte fünfzehn Jahre Berufserfahrung. Und er würde sehr, sehr achtsam sein.

Michele legte sein Handy auf den Beifahrersitz. Wenn er sich anpirschen müßte, würde er es eh nur verlieren. Er zog die Wollmütze tief in die Stirn und öffnete so leise wie möglich die Autotür.

»Hörst du den Wagen?« flüsterte ich und knipste die Taschen-lampe aus. Sie hatten mich doch verfolgt. Ich hatte gleich so ein ungutes Gefühl gehabt.

229

»Ist das der schwarze Mann?« Die Stimme des Jungen zitterte.

»Wer sonst? Oder denkst du, irgendein Märchenprinz kommt, um dich zu retten?«

»Es gibt keine Märchenprinzen.«

»Eben«, sagte ich. Es war zu spät, um abzuhauen. Es wäre auch sinnlos gewesen. Wer immer die Kerle da draußen waren, sie hatten mich gezielt verfolgt. Sie wußten alles. Nur das Versteck des Jungen hatte ihnen noch gefehlt, bis ich selbst so blöd war, sie herzuführen. Gut, dann war es eben vorbei. Einen Versuch war es wert gewesen. Ich wunderte mich, wie ruhig ich war.

»Märchen sind bloß erfundene Geschichten«, sagte der Junge.

»Aber der schwarze Mann da draußen ist verdammt echt, das kannst du mir glauben«, sagte ich. Seitdem der Motor des Wagens abgestellt worden war, rührte sich nichts mehr. Ich fragte mich, worauf sie warteten. Sie konnten doch nicht annehmen, daß sie unbemerkt geblieben waren. Hatten sie keine Angst, daß ich dem Jungen etwas antun könnte? Warum stürzten sie nicht aus dem Auto und stürmten das Haus? Das paßte überhaupt nicht zu den Leuten aus Montesecco.

»Beschützt du mich?« Der Junge drückte sich an mich. Ich konnte spüren, wie seine Glieder bebten.

Nein, die da draußen, das waren Fremde, die glaubten, sich vor mir in acht nehmen zu müssen. Vielleicht, weil sie gar nicht in der Übermacht waren? Weil da nur ein einzelner herumschlich, der keineswegs alles wußte, sondern mich auf gut Glück verfolgt hatte? Und der deswegen auch niemanden darüber informiert hatte? Ich tippte auf den Privatdetektiv, der von Ivan engagiert worden war. Vielleicht war doch noch nicht alles vorbei.

»Der schwarze Mann ist grausam und erbarmungslos«, flüsterte ich dem Jungen zu. »Wir haben nur eine Chance, wenn wir zusammenhalten.«

»Laß uns abhauen!« flüsterte der Junge.

»*Darauf wartet er doch bloß.*«

»*Trotzdem!*«

»*Draußen ist dunkelste Nacht. Da siehst du den schwarzen Mann nicht einmal, wenn er direkt vor dir steht und mit seinem großen Messer ...*«

»*Bleib bei mir!*« Der Junge preßte den Kopf gegen meine Brust.

»*Ich schalte jetzt die Taschenlampe ein und lege sie hier auf den Boden. Du setzt dich daneben und ...*«

»*Nein!*« Der Junge umklammerte mich so fest, daß es weh tat.

»*Hör zu! Der schwarze Mann will dich umbringen.*« Ich machte mich los und schob den Jungen von mir. »*Und er wird dich umbringen, wenn du nicht genau das tust, was ich dir sage.*«

Die Motorhaube des Zielfahrzeugs war noch warm. Michele schob den Kopf langsam nach oben, bis er darüber hinwegsehen konnte. Die Fenster des Hauses schienen fest vernagelt zu sein, aber an der Westseite war ein Teil des Dachs eingestürzt. Ein schwacher Schein zuckte über die Bruchkante der Dachlatten. Die Zielperson mußte sich sicher fühlen, wenn sie Licht anmachte, auch wenn es sich wohl nur um eine Taschenlampe handelte. Michele konnte leise Stimmen hören. Er war nun sicher, daß er nicht bemerkt worden war.

Er entspannte sich ein wenig, kam sich fast lächerlich vor mit dem schweren Wagenheber, den er in Ermangelung einer anderen Waffe aus dem Kofferraum geholt hatte. Dennoch war es sicher nicht verkehrt, auf alles vorbereitet zu sein. Er klemmte den Wagenheber unter den Arm, richtete sich auf und schlich an der Hausmauer entlang. Trotz der Vernagelung duckte er sich unter den Fensteröffnungen durch. Vorsichtig blickte er ums Eck auf die Seite, an der sich der Hauseingang befand. Die Tür stand einen Spalt offen. Der Lichtschein, der herausfiel, beleuchtete drei Steinstufen vor der Türschwelle und verlor sich dann in der Nacht. Michele tastete sich längs der Mauer näher heran. Knapp vor der Tür blieb er stehen und horchte. Drinnen weinte jemand. Es klang nach einem kleinen Jungen. Irgendwo schrie ein Käuzchen. Von der Zielperson war nichts zu hören.

Das gefiel Michele nicht. Der schluchzende Junge, die halbgeöffnete Tür, die offensichtlich auf die Tür gerichtete Taschenlampe – alles sah aus, als wolle ihn die Zielperson einladen hereinzukommen. Als ob sie schon auf ihn wartete. Es konnte eine verdammte Falle sein. Michele spürte die Bruchsteine der Mauer in seinem Rücken. Das einzig Vernünftige war, zum Auto zurückzuschleichen und mit dem Handy Hilfe anzufordern. Das würde Michele auch gleich tun. Wenn ihm nichts Besseres einfiel. Er mußte nichts übereilen. Hier draußen war er im Vorteil. Er würde hören, wenn sich jemand der Tür näherte, er würde die Zielperson im Schein der Taschenlampe gut sehen, und bis sich ihre Augen an die Dunkelheit gewöhnten, könnte er die Sache zehnmal erledigen. Michele umgriff den Wagenheber fest mit beiden Händen. Er hatte Zeit, und er war gar nicht allein. Die Nacht war seine Verbündete. Die Bäume ein paar Meter vor ihm streckten ihre schwarzen Finger gegen den unsichtbaren Sternenhimmel aus, als ob sie darum flehten, nicht im Nebel ertrinken zu müssen. Michele sah zu, wie die Schwaden vom Tal heraufzogen. Es hätte eine frische Brise gebraucht, um sie zu zerstreuen, aber kein Lufthauch regte sich.

Daß die Taschenlampe direkt auf die Tür leuchtete, konnte natürlich auch Zufall sein. Und ob die Tür offenstand oder verschlossen war, machte keinen großen Unterschied. Ein verängstigter kleiner Junge würde nicht mitten in der Nacht in die Wildnis fliehen. Das wußte die Zielperson ganz genau. Die halbgeöffnete Tür konnte genausogut ein Indiz dafür sein, daß sie sich völlig sicher fühlte. Vielleicht wollte Michele nur eine Falle ahnen, weil er zu feige war, endlich etwas zu unternehmen. Zu dumm, um zuzupacken, wenn hunderttausend Euro praktisch in Griffweite lagen. Michele schob sich noch ein wenig näher an die Türöffnung heran. Wenn er jetzt den Kopf neigte, könnte er hineinsehen. Der Wagenheber lag schwer in seinen Händen. Drei Steinstufen führten zur Schwelle hoch. Der Nebel war jetzt überall. Wenn Michele ein paar Schritte vom Haus weg tat, würde er von ihm verschluckt werden. Ausgelöscht für den Rest der Welt.

Eine ganz unbegreifliche Angst schnürte Michele plötzlich die Kehle zu. Eine Angst, die ihn ersticken würde, wenn er nicht sofort etwas dagegen unternahm. Wenn er nicht endlich handelte. Kalt und entschlossen. Und Michele schlug los. Er sprang nach vorn, holte aus und hämmerte mit einem gezielten Schlag des Wagenhebers die Tür auf, so daß sie gegen die Mauer krachte und wieder zurückschlug, doch da hatte Michele schon in einem Satz die Stufen überwunden, war so schnell durch den Lichtkegel der Taschenlampe auf die andere Seite des Raums geflogen, daß ihn nach menschlichem Ermessen jeder für einen Blitz halten mußte, der so nah einschlug, daß gleichzeitig der Donner aufbrüllte, den seine wie durch ein Wunder wieder freie Kehle herausstieß, und schon war Michele im schützenden Dunkel der gegenüberliegenden Ecke, fegte mit zwei Fußtritten die dort aufgereihten Papierdrachen zur Seite, preßte den Rücken gegen die rauhe Wand und hielt den Wagenheber vor sich wie ein Samuraischwert. Die Eingangstür war zugeschlagen. Auf ihrem Holz zeichnete sich ein heller Halbkreis mit fast unmerklich eingedellten Rändern ab. Der Lichtkegel auf dem Steinboden verjüngte sich zur Taschenlampe hin, hinter der der Junge saß. Michele konnte seine Gesichtszüge nicht erkennen, doch er wußte, daß der Junge zutiefst verzweifelt und zu Tode erschrocken sein mußte.

Unwillkürlich kamen Michele seine eigenen Kinder in den Sinn, Dafne und der kleine Eros, die jetzt hoffentlich selig schlummerten und friedlich träumten, seinetwegen sogar von irgendeinem neuen Schnickschnack, den er ihnen zu finanzieren hatte, aber das war schließlich seine Aufgabe, er war ihr Vater, er war erwachsen und wußte, daß hunderttausend Euro eine schöne Summe waren, aber längst nicht so wichtig, wie kleine Kinder vor skrupellosen Verbrechern zu schützen und ihnen seelische Qualen zu ersparen, mit denen sie nicht klarkommen konnten. Er spürte, wie die Wut in ihm die Angst, die Anspannung und alles, was ihn gerade noch beherrscht hatte, überwältigte, und er wunderte sich, wie kalt seine Stimme klang, als er sagte: »Jetzt ist endgültig Schluß!«

Es war der Privatdetektiv. Er stürmte herein, als wäre er bei einer militärischen Spezialeinheit ausgebildet worden, aber wie er dort in der Ecke wild um sich blickte, dunkel gekleidet, die schwarze Wollmütze tief ins Gesicht gezogen, ähnelte er verblüffend dem schwarzen Mann, den mir der Junge beschrieben hatte. Manchmal werden erfundene Geschichten eben doch wahr. Wahrer vielleicht als das, was man Tag für Tag in den Zeitungen liest. Oder was in Polizeistationen ermittelt und im Gerichtssaal beschworen wird.

»Verschwinde!« zischte ich dem schwarzen Mann zu. Er brauchte eine Weile, bis er begriff, daß ich über ihm im Dachgebälk hockte. Ich hätte mehr als genug Zeit gehabt, um die Heugabel auf ihn herunterfahren zu lassen. Vier messerscharfe, dreißig Zentimeter lange, leicht gebogene Eisenspitzen, die Haut und Fleisch wie Butter durchdrungen hätten.

Der schwarze Mann hob den Wagenheber höher, wohl um einen Stoß abfangen zu können. Wahrscheinlich sah er von mir nicht mehr als einen Schatten oder die nach unten gerichtete Heugabel, aus deren Reichweite er sich nur langsam nach links bewegte. Auf die Taschenlampe zu. Dort hockte der Junge auf dem Boden, die Hände hinter dem Rücken verschränkt, als sei er gefesselt.

»Laß den Jungen in Ruhe!« befahl ich von oben.

Der schwarze Mann machte einen Schritt zurück, ohne mich aus den Augen zu lassen. Er knurrte etwas Unverständliches. Ich hatte schon geahnt, daß man mit ihm nicht reden konnte. Er hatte seine festen Vorstellungen, von denen er nicht abweichen würde, auch wenn ich ihm tausendmal erklärte, daß keineswegs ich den Jungen entführt hatte. Der schwarze Mann da unten würde nur lachen, wenn der Junge einen schwarzen Mann des Verbrechens bezichtigte. Ich wußte, daß er nicht auf mich hören würde, aber ich wollte mir selbst nicht vorwerfen müssen, daß ich ihn nicht ausreichend gewarnt hatte. Deshalb sagte ich noch einmal: »Keinen Schritt weiter, wenn dir dein Leben lieb ist!«

Eine Mistgabel! Die Zielperson wollte ihn mit einer Mistgabel erstechen! Ihn oder den kleinen Jungen, der sich nicht gerührt und nichts gesagt hatte, als wäre er schon tot oder wüßte zumindest nicht, in welcher Gefahr er schwebte, nun, da die Zielperson nichts mehr zu verlieren hatte. Das stumme Entsetzen, in das der Junge versunken war, machte Michele fast wahnsinnig. Er selbst konnte sich wehren, aber der Junge saß da wie auf der Schlachtbank. Das konnte man gar nicht mit ansehen. Den Jungen mußte Michele zuerst retten. Danach konnte er an die Zielperson denken. Er würde sie von dem verdammten Dachbalken herunterbekommen, und wenn er das ganze Haus niederbrennen mußte. Doch zuerst den Jungen! Er mußte weg aus der Nähe dieses unmenschlichen Monsters da oben, keine Sekunde länger durfte er ihm ausgesetzt sein. Michele machte einen Schritt rückwärts. Er sagte: »Ich bringe dich hier heraus, Junge.«

»Keinen Schritt weiter, wenn dir dein Leben lieb ist!« drohte die Zielperson aus dem Dunkel.

Michele ließ den erhobenen Wagenheber ein wenig nach links und rechts schwingen. Er tat einen kleinen Schritt nach hinten. Seidenpapier raschelte unter seiner Sohle. Michele sagte: »Du machst genau das, was ich sage, Junge!«

235

Die Taschenlampe beleuchtete die untere Hälfte der Tür. Die Zielperson war ein grauer Schatten, der im Dachgebälk lauerte. Michele wich einen Schritt zurück und sagte: »Steh jetzt auf und bleib hinter mir! Halte dich dicht an meinen Rücken!«

»Ich kann nicht aufstehen«, sagte der Junge.

Michele tastete mit dem linken Fuß nach hinten. Er berührte den Körper des Jungen. Der rührte sich nicht. Bis zur Tür waren es etwa vier Meter. Wenn Michele sich rechts des Taschenlampenstrahls hielt, blieb er außer Reichweite der Mistgabel. Doch was war, wenn die Zielperson sie als Harpune benutzte und auf ihn warf? Michele durfte den Wagenheber nicht aus den Händen legen. Langsam ging er in die Hocke und flüsterte nach hinten: »Leg deine Arme über meine Schultern und halte dich gut fest!«

So trug Michele seinen Sohn oft durch die Wohnung. Sie hatten einen festen Parcours, von dem keinesfalls abgewichen werden durfte. Im Kinderzimmer stieg Eros auf und dirigierte Michele an der Wand entlang bis zur Tür. Durch den Flur standen ein paar Galoppsprünge an, der Eßtisch im Wohnzimmer mußte genau dreimal umrundet werden. Dann bockte Michele ein wenig und hüpfte im Zickzack zum Wohnzimmerfenster, wo er versuchte, Eros durch die vorbeifahrenden Autos abzulenken, so daß man ihn zum Absteigen bewegen konnte. Doch nun befand sich Michele nicht in seiner Wohnung in Rimini, und der Junge hinter ihm sagte tonlos: »Ich habe Angst.«

»Nun mach schon!« befahl Michele. Das hier war kein Spiel. Es war blutiger Ernst. Der Schatten auf dem Dachbalken wirkte wie festgefroren. Michele bezweifelte, daß die Zielperson den Jungen und ihn widerstandslos gehen lassen würde. Er durfte sich nicht in Sicherheit wiegen, mußte auf jede kleinste Bewegung dort oben sofort reagieren. Michele spürte die linke Hand des Jungen von hinten über seine Schulter gleiten. Am Jackenkragen berührten die kleinen Finger seine Haut. Sie waren kalt.

»Nicht am Hals!« sagte Michele. »Halte dich weiter unten fest!«

Die Finger des Jungen krallten sich auf Brusthöhe in Micheles wattierte Jacke und zogen sie ein wenig nach unten.

»Nun die andere Hand!« sagte Michele. »Und gut festha… !«

Auch die rechte Hand des Jungen fuhr an Micheles Hals, doch sie fühlte sich ganz anders an. Viel glatter und härter und nur für einen ganz kurzen Moment kalt. War das ein zu langer Fingernagel, der von links nach rechts durchgezogen wurde? Michele fühlte keinen Schmerz, er begriff nur nicht, woher die Flüssigkeit kam, die ihm in warmen Stößen in den Kragen lief und sein Unterhemd an den Körper klebte. Er wollte etwas sagen, brachte aber bloß ein Gurgeln heraus, das nach Blut schmeckte, und er sah plötzlich ein Messer vor sich auf dem Boden liegen, das gerade eben noch nicht dagewesen war, ein Fahrtenmesser mit einer handspannenlangen rotverschmierten Klinge, auf die dicke dunkle Tropfen fielen, so als begänne ein Sommerregen, doch Michele verstand immer noch nicht, überlegte bloß, ob der Schein der Taschenlampe wohl ausreichen würde, um einen Regenbogen aufleuchten zu lassen, und erst als ihm der Wagenheber aus den Händen glitt und krachend auf den Stein polterte, faßte Michele nach oben, dorthin, wo eigentlich sein Hals sein müßte, aber nur ein tiefer, pulsierender, Blut spuckender Spalt klaffte.

Michele fiel nach vorn auf die Knie, sah hinauf ins Gebälk, wo der Schatten unverändert kauerte und seine Mistgabel fest umklammerte, und er fragte sich, wie um alles in der Welt die Zielperson ihn erwischt hatte. Obwohl er sie immer im Auge gehabt hatte, mußte sie ihm irgendwie die Kehle durchgeschnitten haben. Sonst war ja niemand da. Außer einem verstörten kleinen Jungen, den Michele unbedingt retten mußte. Den er auf dem Rücken hinaustragen würde, genau wie er seinen eigenen Sohn durch die

Wohnung reiten ließ, auch wenn das hier kein Spiel war, sondern blutiger Ernst.

Gleich würde er den Jungen in Sicherheit bringen. Einen Augenblick noch! Sobald das Blut aufhörte, zwischen seinen geschlossenen Fingern durchzudrücken. Sobald der Schwindel nachließ, der durch seinen Kopf tobte. Vielleicht täte es Michele gut, sich kurz auszuruhen, aber ihm graute vor der Sauerei auf dem Boden. Wenn er sich da hineinlegte, war seine Jacke beim Teufel. Die hatte hundertachtzig Euro gekostet und war so gut wie neu. Michele stöhnte. Es klang fremd. In seinen Ohren rauschte es wie Meeresbrandung. Ich pfeife auf die Jacke, dachte Michele. Dann war ihm auch alles andere egal. Langsam sank sein Körper in sich zusammen.

»Du hast ihn umgebracht!« sagte ich. Ich ließ die Heugabel fallen und kletterte vom Dachbalken herab. Der Junge drückte sich an die Mauer. Er hatte beide Hände vors Gesicht geschlagen.

»Ist er wirklich tot?« fragte er mit dünner Stimme.

Der Körper des Privatdetektivs lag bewegungslos und verkrümmt in einer Blutlache. Um zu erkennen, daß da jede Hilfe zu spät kam, brauchte man kein Arzt zu sein. Ich wollte nach der Taschenlampe greifen, doch sie war voller Blutspritzer. Ich würgte. Gerade noch bekam ich den Brechreiz in den Griff. Ich mußte jetzt kühlen Kopf bewahren.

»Mausetot«, sagte ich. »Was glaubst du denn, was passiert, wenn du jemandem die Kehle durchschneidest?«

»Er wollte mich töten. Er war der schwarze Mann.« Der Junge ließ die Hände sinken. Sein Gesicht lag im Dunkel, aber man konnte trotzdem sehen, daß es leichenblaß war.

»Das dachte ich zuerst auch«, sagte ich.

Die Augen des Jungen waren nicht zu erkennen. Vielleicht hielt er sie geschlossen.

»Was glaubst du, warum ich ihn nicht gleich mit der Heugabel erstochen habe?« fragte ich.

»Was?«

»Schau her!« Obwohl ich wußte, daß mir wieder speiübel werden würde, zog ich dem Toten die Wollmütze vom Kopf. Ein blonder Haarschopf kam zum Vorschein. »Das ist Michele, ein Freund Ivan Garzones. Es ist nicht der schwarze Mann, den du umgebracht hast.«

»Liebst du mich noch?« fragte Marta Garzone.

»Was?« fragte Ivan Garzone. Hinter Datum und Uhrzeit trug er die Windgeschwindigkeit in sein Notizbuch ein: acht Komma neun Meter pro Sekunde. Das entsprach Windstärke fünf auf der Beaufort-Skala. Eine schöne frische Brise. So kalt, wie es sich für einen Nordwind gehörte. Ivan notierte: Tramontana.

Am Rand des Felds, das als Kernbereich des Ivan-Garzone-Windparks eingeplant war, hatte er auf einem behelfsmäßigen Gerüst das Anemometer aufgebaut. Auf dem Dach seiner Bar wäre es praktischer gewesen, aber natürlich gab es innerhalb des Orts Windschatten, Verwirbelungen, Mikroströmungen und andere Störfaktoren, die die Beweiskraft seiner Windstärkenmessungen vermindert hätten.

Bis hier hinaus zu marschieren machte Ivan auch nicht viel aus. Für die Wissenschaft brachte er gern ein kleines Opfer. Die paar Minuten, die er dafür täglich benötigte, hatte er sich nicht nehmen lassen, auch als in Montesecco der Teufel los war. Daß ihm seine Frau bis zur Meßstation nachlief, war aber noch nie vorgekommen. Für alles, was auch nur entfernt mit Windenergie zu tun hatte, interessierte sie sich eher mäßig.

»Was hast du gefragt?« Ivan überflog seine Aufzeichnungen. Der Mittelwert der letzten beiden Wochen übertraf seine Erwartungen.

»Ob du mich noch liebst?«

»Natürlich«, sagte Ivan und hoffte, daß Marta keine Grundsatzdiskussion beginnen wollte.

»Sieh mich an!« sagte Marta. Ivan blickte auf. Ihre Haare flatterten nicht gerade wild im Wind, wurden aber deutlich bewegt. Windstärke fünf eben. Ein paar hundert Meter hinter Marta, am Ortseingang, tauchte eine ganze Gruppe von Leuten auf. Wenn die auch noch herkamen, konnte Ivan seine Messungen für heute vergessen.

»Was wäre ein Grund für dich, Gigino und mich zu verlassen?« fragte Marta.

»Wie? Verlassen?« Ivan klappte sein Notizbuch zu. Da steckte doch irgend etwas im Busch. Solch eine Frage stellte man nicht einfach so.

»Was könnte dich dazu bringen, abzuhauen, uns hier allein zurückzulassen und irgendwo neu anzufangen?«

Die Gruppe aus dem Dorf bog am Holzkreuz von der Straße ab und näherte sich den Feldrain entlang. Offensichtlich hatten sie es eilig. Ivan konnte Franco Marcantoni und Angelo Sgreccia erkennen. Und den alten Curzio, der so lange verschwunden gewesen war. Ivan fragte: »Wie kommst du darauf, daß ich euch verlassen könnte?«

Wortlos hielt ihm Marta ein paar Blätter Papier entgegen. Es waren seine Bewerbungsunterlagen für die spanische Firma Gamesa. Der Job hätte darin bestanden, Off-Shore-Windanlagen in der ganzen Welt zu betreuen, doch Ivan war gleich in der ersten Bewerbungsrunde herausgeflogen. Neben der formalen technischen Ausbildung fehlten ihm auch die verlangten Fremdsprachenkenntnisse. Mit Spanisch wäre er schon klargekommen, doch von Englisch hatte er keinen Schimmer. Weil er schon geahnt hatte, daß es nichts werden würde, hatte er keinen Grund gesehen, Marta kopfscheu zu machen, denn natürlich hätte er sie und den Jungen wochen-, ja monatelang allein lassen müssen. Er überlegte, ob er sich darüber aufregen sollte, daß Marta in seinen Unterlagen stöberte, doch irgend etwas in ihrem Gesichtsausdruck hielt ihn davon ab. Er sagte: »Erstens wollte ich nur mal sehen, ob es denen auf Diplome oder wirklich aufs Können ankommt, zweitens hätte ich euch auf jeden Fall mitgenommen, und drittens hat sich die Sache sowieso erledigt, jetzt, da ich den Montesecco-Windpark zum Laufen bringe.«

»Und wenn daraus nichts wird?« fragte Marta. Sie sah sich nach der Gruppe aus dem Dorf um.

Warum sollte daraus nichts werden? Ivan hatte alles im Griff. Die Planung stand, das Grundkapital war durch das Erbe gesichert, der Wind blies, und technisch war das Ganze sowieso kein Problem. Die paar offenen finanziellen und juristischen Fragen würden sich klären lassen. Ivan deutete auf die Dorfbewohner, die hinter Franco Marcantoni herliefen, und sagte: »Du bist auch nicht anders als die da, Marta! Immer schwarzsehen, keine Phantasie, kein Mut zu kühnen Projekten. Wenigstens du könntest mir mehr zutrauen!«

»He, Marta!« rief Angelo Sgreccia. Er und die anderen waren noch zwanzig Schritte entfernt.

»Ich wollte nicht, daß du es von ihnen erfährst«, sagte Marta leise. »Ich habe es wegen der Zukunft unseres Kindes und wegen dir getan. Damit du hier bei uns bleibst.«

»Was hast du getan?« fragte Ivan.

Marta schüttelte den Kopf. Ihre Haare flatterten doch im Wind. Die anderen aus dem Dorf waren nun da. Marta beachtete sie nicht, sah nur Ivan an. Es war Angelo Sgreccia, der statt ihrer antwortete: »Sie hat das Testament gefälscht, und du brauchst nicht so zu tun, als hättest du davon nichts gewußt.«

»Was?«

»Benito hat überhaupt kein Testament hinterlassen«, sagte der alte Curzio. »Das war Marta, und sie hat auch die Nutten bestochen, damit sie es bezeugen. Franco und ich können …«

»Das ist doch nicht wahr!« Ivan blickte auf den Windmesser. »Sag, daß das nicht wahr ist, Marta!«

»Es tut mir leid«, sagte Marta leise.

Auf dem Feld vor Ivan sollten vier Anlagen mit einer Gesamtleistung von knapp zwölf Megawatt entstehen. Die achtzig Meter hohen Betontürme wollte er hellblau streichen lassen, so daß sie an einigermaßen klaren Tagen mit der Farbe des Himmels verschmelzen würden. Die gewaltigen dreiflügligen Rotoren hätten dann fast schwerelos in der Luft geschwebt, hätten den Wind zum Nutzen der Menschheit eingefangen und in Schönheit gebändigt. Einen blitzenden Triumph der Technik und seiner eigenen Gestaltungskraft hatte Ivan sich vorgestellt.

So klar hatte er ihn vor Augen gehabt, daß er nun fast sehen konnte, wie der Wind die Rotorenblätter abknickte, wegtrug und irgendwo zu Staub zerschmirgelte, wie sich Risse in den himmelblauen Masten auftaten, wie der Beton herausbröselte, wie alles kippte und brach und fiel, wie selbst die Fundamente in Stücke zersprangen, die nicht größer und solider waren als die Erdschollen in dem frisch gepflügten Acker vor ihm. Kein Lebenstraum würde im Frühjahr aus diesem Boden hervorwachsen, nur Sonnenblumen oder Weizen oder sonst etwas, über das der Wind sinnlos hinwegfegte, bevor er höhnisch durch Montesecco pfiff, wo die Zeit weiterhin stehenbleiben würde, ganz so, wie es die defekte Uhr am Palazzo Civico beschwor. Kein Windpark, kein Fortschritt, keine Zukunft! Ohne das Geld aus dem Erbe war alles vorbei. Ivan setzte sich auf die feuchte Erde.

Er hätte nicht mitbekommen, wenn ihn jemand angesprochen hätte, doch das geschah nicht. Selbst Angelo Sgreccia, der allen Grund gehabt hätte, seiner Genugtuung Ausdruck zu verleihen, stand schweigend da. Es war, als würde das Getöse, mit dem Ivans Projekte in sich zusammengestürzt waren, auch die Fundamente erzittern lassen, die sich die anderen Bewohner Monteseccos in den letzten Wochen gegossen hatten. Verstohlen musterten sie einander, wollten begreifen, ob es den anderen genauso ging, wandten sich aber sofort ab, sobald sich zwei Blicke kreuzten. Hoch oben scheuchte der Wind weiße Wolken über den Himmel, deren Größe sich nur durch die Schat-

tenflächen ermessen ließ, die sich langsam über die Felder
schoben. Und über die verschachtelten Dächer Monteseccos, die aus der Ferne an die Schuppen einer fremdartigen
Echse erinnerten. An einen schlafenden, ruhig atmenden
Drachen, dessen Panzer sich anzuheben schien, wenn die
Schattengrenze darüber hinwegglitt.

Stockend gestand Marta, wie sie sich Schreibproben des
verstorbenen Benito besorgt und das Testament nach Dutzenden Versuchen zufriedenstellend hinbekommen hatte.
Eines Morgens sei sie mit dem Eurostar nach Rom gefahren, habe sich an der Stazione Termini die Unterschriften
Wilmas und ihrer Kolleginnen geben lassen und sei eine
halbe Stunde später schon wieder im Zug zurück nach Fabriano gesessen. Sie habe das Testament erst ins Haus der
Sgreccias schmuggeln wollen, doch dann befürchtet, daß
Angelo es verschwinden lassen würde. Als die Räumung
des Pfarrhauses anstand, sei sie bei passender Gelegenheit
hineingeschlichen und habe das Testament dort so deponiert, daß Lidia Marcantoni es finden mußte. Obwohl bis
dahin alles glattgegangen sei, habe sie danach keine Nacht
mehr ruhig schlafen können, und als Ivan sich mit Feuereifer auf die Modernisierung Monteseccos stürzte, habe
sie gemerkt, daß sie und ihr Sohn in dem Leben, das Ivan
sich vorstellte, nichts zählten. Sie habe begriffen, daß ihre
Intrige zwecklos war, auch wenn sie gelänge. Es war egal,
ob ihr Mann fremd neben ihr her lebte oder gleich in die
Fremde abhaute. Und doch fürchtete sie nichts mehr, als
daß er das tatsächlich tun könnte.

Als Minh verschwand, sei alles noch schlimmer geworden. Ohne genau sagen zu können, wieso, sei sie sicher
gewesen, den Anstoß zur Entführung gegeben zu haben.
So als sei das Verbrechen ein Bluthund, den sie losgekettet hatte und der jetzt wahllos und wütend um sich biß,
nur um sich nicht wieder einfangen zu lassen. Sie habe weder den Mut noch die Kraft gefunden, ihre Tat rückgängig zu machen, habe sich hundertmal vorgenommen, Ivan

243

einzuweihen, doch nie das erste Wort über die Lippen gebracht. Schließlich habe sie nur noch darauf gewartet, daß sich die Erde auftun und sie verschlingen werde. Alles sei allein ihre Schuld, sie hoffe nur, daß Ivan und Gigino …

Marta brach ab und stellte sich hinter ihren Mann, der kleine Erdbrocken zwischen den Fingern zerkrümelte und nicht erkennen ließ, ob er auch nur ein Wort vernommen hatte. Die Dorfbewohner standen um sie herum. Vielleicht hallte in dem einen oder anderen noch die Stimmung nach, in der sie vor ein paar Minuten auf die Garzones zugestürmt waren, doch nur wie ein falscher, verzerrter Ton. Fast peinlich erschien nun die gerade noch so überzeugende Schlußfolgerung, daß jemand, der wegen eines Haufen Geldes fälschte, log und betrog, aus demselben Grund auch einen kleinen Jungen entführen konnte. So gewaltsam hatte Marta ihr Geständnis aus sich herausgequält, so rücksichtslos hatte sie ihr Innerstes nach außen gekrempelt, daß da kein Platz mehr sein konnte, an dem sich ein weiteres schreckliches Geheimnis verbarg. Selbst Catia Vannoni mochte das nicht unterstellen.

Ivan Garzone hob die Hand und ließ zwischen den Fingern ein wenig Erde hervorrieseln. Er beobachtete, wie weit sie durch Windstärke fünf von der Fallinie abgelenkt wurde. Nicht, daß das noch irgendeine Rolle spielte! Er richtete sich auf, warf den Rest der Erde in die Luft und sagte: »Via col vento. Vom Winde verweht!«

Dann drehte er sich um. Er streckte seiner Frau die Hand entgegen, die sie zögernd ergriff. Ivan sagte: »Wir waren schon lange nicht mehr im Kino, Marta. Hättest du nicht mal Lust auf eine schöne Liebesschnulze?«

Marta schüttelte den Kopf, ließ aber Ivans Hand nicht los.

»Das solltet ihr tun«, sagte Marisa Curzio.

»Unbedingt!« sagte Franco Marcantoni.

»Ich passe auf Gigino auf«, sagte Milena Angiolini.

»Wenn einer von euch zufällig ein Anemometer braucht ...« Ivan wies auf das Holzgerüst am Feldrand. »Ich hätte da umständehalber ein AVM 3000 mit Flüssigkristallanzeige und CR 2032-Batterie für vierhundert Betriebsstunden abzugeben. Fast neuwertig. Über den Preis können wir reden.«

Elena Sgreccia stieß ihren Mann in die Seite.

»Was ist?« fragte Angelo.

»Du wolltest doch schon immer ein Ame..., so ein Ding haben!«

»Ich?«

»Ja, du.«

»Wozu sollte ich denn ...?«

»Na, um den Wind zu messen«, sagte Elena.

»Den Wind zu messen?« fragte Angelo verdutzt. Er überlegte. Er nickte. Er sagte: »Na klar, um den Wind zu messen.«

Marta lehnte sich sacht an Ivan. Als er den Arm um ihre Schulter legte, schmiegte sie sich an ihn. Die frische Brise mit Stärke fünf auf der Beaufort-Skala verwirbelte ihr Haar. Mit der freien Hand strich Ivan ihr ein paar Strähnen hinters Ohr zurück.

Zuerst fiel es Matteo Vannoni auf, und dann bemerkten auch die anderen, daß alle drei Glocken des Kirchturms gleichzeitig schlugen. Das war nicht mehr vorgekommen, seit der Americano vorletzten Sommer in ziemlich angetrunkenem Zustand beschlossen hatte, das ganze Dorf mit einem Mitternachtskonzert zu beglücken. Man hatte ihn mit beträchtlicher Mühe die steilen Hühnerleitern hintergeschleppt. Ansonsten konnte sich Vannoni nur an ein solch drängendes Geläute erinnern, als in seiner Jugend der Schafstall Luigis in Flammen aufgegangen war. Tagelang hatte er danach den Gestank verbrannten Fleischs in der Nase gehabt.

»Sie läuten Alarm!« rief jemand, und obwohl kein Rauch zu sehen war, liefen alle sofort ins Dorf zurück. Als die

245

ersten völlig außer Atem unter dem Kirchturm anlangten, sahen sie die alte Costanza Marcantoni neben der offenen Tür stehen. Sie krampfte ihre knochige Hand um das schwarze Tuch, das sie über ihren Buckel geworfen hatte, und sagte: »Ich kann nichts dafür. Ich habe ihr gesagt, daß man nicht zum Scherz Alarm schlägt.«

»Was ist passiert?« fragte Vannoni keuchend durch das Glockenläuten.

»Nichts, gar nichts. Giorgio ist halt ein Junge, der spielen und sich austoben will. Das ist doch nichts Schlimmes, Paolo, oder?«

»Ich bin Matteo«, sagte Vannoni.

»Und Giorgio ist seit acht Jahren tot«, sagte Catia.

»So?« Costanza blickte sie mißtrauisch an. »Wieso läßt er dann Drachen steigen?«

»Was?« Catia packte Costanza am Arm.

»Du hast Minh gesehen?« fragte Vannoni. Er atmete immer noch schwer.

»Glaubt ihr, ich merke nicht, daß ihr mich alle für blöd haltet?« keifte Costanza. »Ich weiß genau, daß es Giorgio ist. Er benützt zwar einen roten Drachen, keinen grünen wie gestern, aber ich erkenne es an den Bewegungen. Keiner führt den Drachen wie Giorgio.«

»Wo hast du ihn gesehen?« fragte Vannoni schnell.

»Dräng mich nicht so!« nörgelte Costanza. »Ein bißchen mehr Respekt vor dem Alter würde dir nicht schaden, Paolo!«

»Wo?« brüllte Catia.

Costanza starrte sie mit weit aufgerissenen Augen an. Ihre Hand knüllte den schweren Stoff des Tuchs vor ihrer Brust zusammen. Oben im Turm beugte sich Lidia Marcantoni aus der offenen Luke. Sie zeigte in Richtung Südwesten und rief: »Dort! Er muß auf der Kuppe sein, wo früher die Bennis wohnten.«

Die Glocken schwangen mit immer leiseren Tönen aus. Durch die größeren Abstände zwischen den Schlägen ergab sich eine einfache Melodie, auf die niemand hörte. Die ersten eilten schon hinab zur Piazza, wo die Autos geparkt waren. Franco Marcantoni rief, man solle warten, bis er sein Gewehr geholt habe. Und etwas zu essen für den Jungen, ergänzte Marisa Curzio. Angelo Sgreccia schlug vor, daß zwei Wagen die Straße übers Nevola-Tal nehmen sollten, um jeden Fluchtweg dichtzumachen. Catia fragte zur Turmluke hoch, ob Minh selbst zu sehen sei, doch Lidia schüttelte den Kopf. Dann rief sie: »Jetzt geht der Drachen nieder. Er ist weg. Macht schnell, um Himmels willen!«

Catia wurde kreidebleich. Mit fast unnatürlicher Ruhe folgte sie den anderen Richtung Piazza. In kurzem Abstand knallten zwei Autotüren. Ein Motor sprang an. Vannoni mußte sich erst von Costanza losmachen, die seine Hand umkrallte, hinter Catia her nickte und flüsternd fragte: »Was ist denn das für eine, Paolo?«

Vannoni ließ sie stehen. Die Alte schlug das Tuch über ihre Haare, grummelte, sah zu, wie auch Lidia aus der Kirchturmtür trat und den anderen nacheilte, schüttelte dann den Kopf und murmelte: »Und nur, weil Giorgio einen Drachen steigen läßt! Die sind doch alle verrückt. Und Respekt haben sie auch keinen.«

Ich zog den Zündschlüssel ab, bevor der Wagen völlig zum Stehen gekommen war. Die Fahrertür ließ ich offen und hastete ums Haus. Den Jungen mochte einer verstehen! Er stand keine zehn Schritte entfernt und ließ in aller Ruhe einen Drachen durch die Luft segeln.

»Hol das Ding herunter!« rief ich ihm zu. Der Junge sah über die Schulter zu mir her. Der Drachen tanzte nach links und rechts, schien unwillig den Kopf zu schütteln. Das Seidenpapier knatterte im Wind.

»Wird es bald?« brüllte ich und lief auf den Jungen zu. Er umklammerte mit beiden Händen das Stück Holz, an dem die Leine festgemacht war. Ich griff in die Schnur und holte

sie Armlänge um Armlänge ein. Als etwa drei Meter fehlten, bäumte sich der Drachen auf, stürzte seitlich ab und fiel hart auf den Boden. Der Junge zuckte zusammen, als hätte ich ihn geschlagen. Ich hatte keine Ahnung, wie lange das so gegangen war und ob jemand den Drachen bemerkt hatte.

»Wir müssen weg«, sagte ich. »Sofort!«

Der Junge begann die Leine des Drachens aufzuspulen. Ich hatte auch keine Ahnung, wie er aus dem Haus entkommen war. Die Kette hing noch vor der Tür, das Vorhängeschloß schien unversehrt. Vielleicht hatte er die Heugabel zwischen die Balken geklemmt und sich durch das kaputte Dach herausgehangelt. Doch wieso war er nicht fortgelaufen? Warum hatte er sich gerade mal so weit vom Haus entfernt, daß er seinen verdammten Drachen steigen lassen konnte? Egal. Auf jeden Fall mußten wir fort. Hier war es nicht mehr sicher.

»Los!« sagte ich. »Sonst kommt der schwarze Mann und …«

»Der schwarze Mann ist tot.«

Ich lachte laut auf. Der Junge machte es sich leicht. Die Probleme hatte ich am Hals. Wohin sollten wir gehen? Ich wußte kein Versteck mehr, das sich eignen würde. Ich zwang mich zur Ruhe. Gerade jetzt durfte ich nicht panisch reagieren. Sollte ich ziellos in der Gegend herumfahren, wenn nicht einmal sicher war, daß überhaupt jemand den Drachen gesehen hatte? Ich überlegte, ob ich den Jungen wieder einsperren sollte, ließ es aber bleiben. Wozu sollte das gut sein, wenn er sowieso nicht weglief? Vielleicht war das ein gutes Zeichen. Vielleicht war ihm klargeworden, daß er nicht vor dem fliehen konnte, was er angerichtet hatte.

Ich ging den Hügelkamm entlang bis zu einer Stelle, von der man ein gutes Stück der Straße einsehen konnte, die nach Montesecco führte. Verdammt, da waren sie! Ich erkannte ihre Autos. Der Peugeot von Marisa und der Fiat der Sgreccias waren nach Madonna del Piano ins Tal abgebogen, die anderen beschleunigten auf der langen Gerade vor der Ab-

zweigung nach Magnoni. Ich mußte augenblicklich zum
Auto zurück, den Jungen in den Kofferraum sperren und den
steilen Feldweg hinter mich bringen. Ich blieb stehen. Selbst
wenn sich der Junge nicht wehrte, würde ich die Straße nach
Pergola niemals erreichen, bevor die anderen an der Einmündung anlangten. Mir blieben noch ein paar Minuten.
Keine zehn. Vielleicht nur fünf. Ich sah nach oben. Über mir
zogen weiße Wolken.

Dann lief ich zu dem Jungen zurück. Er hatte die Leine
des Drachens inzwischen aufgespult. Ich sagte: »Einen Menschen umzubringen ist ein ganz schlimmes Verbrechen. Du
hast wirklich Glück, daß wir beide so dicke Freunde sind,
denn Freunde verraten einander nicht. Das weißt du doch,
oder?«

Der Junge nickte.

»Auf jeden Fall werde ich nicht sagen, daß du dem Mann
von hinten die Kehle durchgeschnitten hast. Ich werde sagen,
daß ich gar nichts sehen konnte, weil ich nicht da war. Niemand war da, nur du und der schwarze Mann. Dann könnte
man vielleicht verstehen, warum du ihn umgebracht hast.
Du warst immer allein mit ihm, du hattest fürchterliche
Angst.«

»Er wollte mir weh tun.«

»Du konntest niemanden um Hilfe bitten …«

»Ich habe mich doch nur gewehrt.«

»… weil keiner da war, der dir beistehen konnte.«

»Ja«, sagte der Junge, doch was besagte das schon? Ich hätte
eine Million Euro gegeben, wenn ich erfahren hätte, was sich
in seinem Kopf wirklich tat. Aber man kann nun mal in niemanden hineinsehen. Auch wenn du einen Menschen noch
so gut kennst, bleibt immer ein Rest an Unberechenbarkeit.
Zumindest, solange er lebt. Das Messer, mit dem der Junge
getötet hatte, mußte noch im Haus liegen.

»Warum läßt du nicht noch einmal deinen schönen Drachen steigen?« fragte ich den Jungen.

Assunta Lucarelli konnte nicht mehr sterben, denn das war schon vor acht Jahren geschehen, als sie innerhalb einer Woche alles verloren hatte, was ihr teuer war. In jenem schrecklichen heißen Sommer war ihr einziger Sohn ermordet worden, und ihr Mann hatte sich über Haß und Hohn des Mörders so erregt, daß er wenige Tage darauf tödlich verunglückte. Assunta hatte nur noch für ihre Rache gelebt, und als diese sich erfüllt hatte, war auch der letzte Funken in ihr erloschen. Danach folgten einander nur noch immer gleiche Tage und Nächte, die sie damit verbrachte, Gott für das zu verfluchen, was er ihrer Familie angetan hatte. Vielleicht starb sie nicht, weil der da oben Angst hatte, sie zu sich zu rufen und ihr Rede und Antwort zu stehen. Vielleicht lebte sie auch aus purem Trotz weiter, gerade weil alle sie insgeheim zum Teufel wünschten, auch wenn sie das Gegenteil beteuerten. Assuntas Schwiegertochter hatte sich einen anderen Mann ins Haus geholt. Ins selbe Bett, in dem ihr Sohn Giorgio gelegen hatte. Und ihre beiden Enkeltöchter hatten alles mögliche im Kopf, nur nicht den toten Vater und Großvater.

Doch das hier war das Haus Lucarelli, und so würde es auch bleiben, solange Assunta atmete. Hier war sie mit Carlo glücklich gewesen, hier hatte sie Giorgio auf die Welt gebracht. Daß das nicht in Vergessenheit geriet, dafür lebte Assunta und dafür trauerte sie. Seit damals trug sie Schwarz. In mehreren Schichten übereinander, denn sie fröstelte, egal, ob draußen die Sommersonne brannte oder Schnee fiel. Bis auf die Erinnerungen war alles in ihr kalt, abgefroren. Manchmal glaubte sie sogar zu hören, wie ihr Blut in Form von Eissplittern durch die Adern knirschte, doch das konnte nicht sein, denn dann würde sie ja nicht mehr leben. Aber Assunta war nicht tot. Sie war die Wächterin über die Toten, die Hüterin ihres Angedenkens.

Mit klammen Fingern entzündete Assunta eine neue Kerze und stellte sie vor die schwarz gerahmten Fotos von

Giorgio und Carlo auf der Vitrine. Das Feuer im offenen Kamin war niedergebrannt, doch noch glomm genügend Glut, um es mit ein paar Scheiten wieder entfachen zu können. Assunta schlurfte zur Holzkiste neben der Steinumfassung des Kamins. Bis auf ein paar Späne war sie leer. Als Carlo und Giorgio noch lebten, war das nie vorgekommen. Assunta ging zur Tür, rief erst nach Antonietta und dann nach den Mädchen. Bevor sie den Mann, der den Platz ihres Sohnes einzunehmen gedachte, um Hilfe bat, hätte sie sich eher die Zunge abgebissen. Es antwortete sowieso niemand. Erst jetzt fiel Assunta ein, daß sich das ganze Dorf auf die Suche nach dem entführten Jungen gemacht hatte.

Sie nahm einen Korb und ging zum Schuppen hinaus, an dessen wetterabgewandter Seite das Holz aufgeschichtet war. Die Axt lehnte am Hackstock. Assunta schüttelte den Kopf, klaubte ein paar Scheite in den Korb, schleppte sie ins Haus und warf sie auf die Glut. Dann holte sie den Schlüssel für den Schuppen, sperrte auf und trug die Axt hinein. Carlo und Giorgio hatten noch Ordnung gehalten. Jetzt ging alles drunter und drüber. Mit Mühe hob Assunta die Axt an, um sie zwischen die zwei Nägel zu hängen, wo sie hingehörte, doch das schwere Stück entglitt ihr, polterte an den Holzbrettern hinab und fiel hinter eine ausgediente Schubkarre, die dort mit der Öffnung zur Wand lehnte. Assunta schnaufte. Sie hatte fast achtzig Jahre auf dem Buckel, da bückte man sich nicht mehr so leicht. Als sie nach der Axt tastete, stieß ihre Hand an eine Plastiktüte. Auch die gehörte nicht hierher.

Assunta drehte die Schubkarre zur Seite. Es waren zwei Plastiktüten. Sie trugen den Schriftzug von Coop und waren prall gefüllt. Mit Geldscheinen. Mit nagelneuen Einhundert-Euro-Noten. Unwillkürlich bekreuzigte sich Assunta. Sie scheute sich, einen der Geldscheine anzufassen. Auch ohne zu zählen, wußte sie, daß hier das Lösegeld für Catias entführten Sohn lag. Hier. Im Haus Luca-

251

relli. Versteckt in einem Schuppen, der normalerweise versperrt war. Dessen Schlüssel in einer Schublade in der Küche aufbewahrt wurde, zu der ein Fremder nicht so leicht Zugang hatte. Wer soviel Geld erpreßt hatte, wollte doch auch jederzeit darankommen können!

Matteo Vannoni! Er hatte sich in dieses Haus gedrängt, er hatte sich darin breitgemacht, so daß nicht einmal den Toten genug Luft zu atmen blieb, er war ein verurteilter Verbrecher, ihm war alles zuzutrauen und nichts heilig. Und er hatte die Gelegenheit gehabt. Nur er konnte das Lösegeld hier versteckt haben, denn sonst kam niemand in den Schuppen.

Außer Antonietta und die beiden Mädchen, aber die gehörten ja zur Familie. Sie waren und blieben Giorgios Frau und seine Töchter, auch wenn sie das immer öfter zu vergessen schienen.

Assunta bedauerte, daß sie eine alte, gebrechliche Frau war. Mit Schimpf und Schande hätte sie sonst Matteo Vannoni aus dem Haus gejagt, ach was, abgeknallt hätte sie ihn wie einen räudigen Hund. Einen kleinen Jungen entführen, und noch dazu seinen eigenen Enkel! Wie er sich verstellt hatte, tage- und wochenlang! Sogar Assunta wäre fast darauf hereingefallen, so echt hatte seine Verzweiflung gewirkt, als der Junge verschwunden war. Als Vannoni kaum aß, kaum schlief und nichts anderes im Sinn zu haben schien, als ihn ausfindig zu machen.

Assunta zog die beiden Plastiktüten hervor. Sie hängte die Axt an ihren Platz und stellte die Schubkarre wieder genauso an die Bretterwand wie zuvor. Nachdem sie das Geld in den Salotto getragen hatte, kehrte sie zurück, um den Schuppen abzusperren, legte den Schlüssel in die Schublade und setzte sich vor den offenen Kamin. Matteo Vannoni entführte seinen eigenen Enkelsohn? Und drohte, ihn zu töten? Assunta konnte sich vorstellen, wie die anderen darauf reagieren würden. Niemand würde das glauben. Assuntas Finger waren eiskalt. Sie streckte sie den

Flammen entgegen, die im Kamin loderten. Die Plastiktüten mit dem Geld standen neben ihrem Sessel.

Die anderen würden ebenfalls nicht verstehen, daß nur Matteo Vannoni das Lösegeld im Schuppen versteckt haben konnte. Wieso nicht Antonietta? würden sie fragen. Wieso nicht Sabrina oder Sonia? Es ist euer Schuppen, würden sie sagen, der Schuppen der Familie Lucarelli. Mühsam erhob sich Assunta. Die Kerzenflamme auf der Vitrine flackerte ein wenig. Assunta hatte ein altes Foto ihres Mannes gewählt, weil er da seinen Hochzeitsanzug trug. Es war an seinem dreißigsten Geburtstag im Studio von Pierini aufgenommen worden. Ohne sich anzulehnen und etwas steif saß Carlo auf einem Sessel. Der rechte Arm ruhte auf der Lehne, die linke Hand stützte sich auf seinem Knie ab. Die Lippen unter dem sorgsam gestutzten Schnurrbart waren geschlossen, die Augen blickten Assunta so ernst entgegen, als hätte Carlo damals schon geahnt, daß er seine Frau allein zurücklassen würde.

Ihr Sohn auf dem anderen Foto lachte dagegen übers ganze Gesicht. Im Hintergrund sah man einen Teil des Hauses. Der Türrahmen war mit rosa Schleifchen geschmückt. An jenem Tag hatten sie Sonias Taufe gefeiert. Niemand hatte Giorgio angemerkt, daß er auf einen Stammhalter gehofft hatte. Er hielt eine Zigarre in der Hand und hatte die Hemdsärmel hochgekrempelt. Es war ein heißer Sommertag gewesen, an dem man gar nicht so schnell trinken konnte, wie man die Flüssigkeit wieder ausschwitzte. Auch Assunta war es damals noch warm gewesen.

Sie schlurfte zu ihrem Sessel zurück und schob ihn ein wenig näher an das Kaminfeuer. War es möglich, daß ein Fluch auf der Familie lag? Genügte es nicht, daß die Männer innerhalb weniger Tage aus dem Leben gerissen worden waren? Daß der Name Lucarelli zum Aussterben verurteilt war? Mußte auch noch ein schreckliches Verbrechen dafür sorgen, daß man selbst die Erinnerung an ihn gern aus seinem Kopf verbannte? Assunta fror. Sie hatte immer geglaubt, daß die Hölle von Feuerstürmen und heißen Lavaströmen glühte. Jetzt war sie sich nicht mehr so sicher. Vielleicht gab es dort nur eine leere Eiswüste, ähnlich der, die sie in sich spürte. Vielleicht lag die Hölle in ihr selbst.

Assunta starrte ins Feuer. Ein Holzscheit knackte. Funken flogen auf und erloschen sofort. Nein, es gab keinen Fluch. Es war nicht möglich, daß Antonietta oder Sabrina oder Sonia einen kleinen Jungen entführt hatten. Das durfte nicht sein, und das konnte nicht sein. Und deswegen hatte auch keine von ihnen irgendwo Lösegeld versteckt. Nie hatten zwei Plastiktüten im Schuppen der Lucarellis gestanden. Wer so etwas behauptete, der sollte versuchen, es zu beweisen. Schnell würde man merken, daß eine solche Behauptung sich in nichts als Rauch auflöste.

Assunta griff mit beiden Händen in die vordere Tüte und warf die Geldbündel ins Kaminfeuer. Gelblichgrün züngelten die Flammen an den Packen entlang. Von außen nach innen färbten sie sich schwarz, doch Assunta mußte den Feuerhaken verwenden, um sie zu Ascheflocken zu zerstoßen. Von den nächsten Bündeln entfernte sie die Banderolen und streute die Einhundert-Euro-Scheine lose in den Kamin. Jetzt flammte das Feuer gewaltig auf, züngelte weit in den gemauerten Abzug hoch. Langsam begannen sich Assuntas Finger zu erwärmen.

Das Blut auf dem Messer war eingetrocknet. Trotzdem hatte ich Angst, mir die Kleider zu verderben, denn Blut kriegt man nie mehr heraus. Ich hielt das Messer in der rechten Hand. Der Junge beachtete mich nicht. Er tat ein paar schnelle Schritte gegen den Wind, und schon sprang der Drachen aus dem Gras auf, wackelte kurz mit den seitlichen Spitzen und schwang sich ein paar Meter über den Boden. Der Junge zog zweimal an, gab Leine nach. Noch fünf Minuten.

Höchstens. War nicht schon Motorengeräusch von der Abzweigung her zu hören?

»Wer hat dich entführt?« fragte ich.

»Der schwarze Mann.« Der Junge starrte auf die rote
Papierraute in der Luft.

»Der mit den feuersprühenden Augen?«

Der Junge nickte abwesend.

»Beschreibe ihn mir!«

»Er war ganz schwarz angezogen und trug eine Maske über
dem Gesicht, aus der die Augen hervorglühten.« Der Junge
sagte seinen Spruch mechanisch auf. Als würde ein Tonband
in Gang gesetzt, sobald man ihm das passende Stichwort lie-
ferte. Das mußte nicht unbedingt ein Nachteil sein. Die
Frage war nur, ob er dabei blieb, wenn sie ihn unter Druck
setzten. Wenn seine Mutter ihm etwas vorheulte und die
Polizeipsychologen ihre schmutzigen Tricks auffuhren. Dem
würde er nicht gewachsen sein. Er war ja nur ein kleiner
Junge.

Nur ein kleiner Junge. Herrgott, es ging um sein Leben
oder meines! Mit dem Unterschied, daß ich jahrzehntelang
im Knast dahinvegetieren würde, während für ihn in ein
paar Sekunden alles vorbei wäre. Ein schneller Schnitt durch
den Hals, das ungläubige Staunen in den Augen, ein Rö-
cheln, das Zusammensacken – er selbst hatte es mir vorge-
macht. Was er konnte, konnte ich auch. Ich hatte verdammt
noch mal keine andere Wahl!

»Komm her, Junge!«

Mit dem Rücken voran tappte er auf mich zu. Der Drachen stieg höher. Das rote Papier leuchtete im Sonnenlicht.
Wenn nur das Blut nicht wäre! Der Junge blieb stehen. Ich
trat direkt hinter ihn und legte ihm die linke Hand auf die
Schulter. Ich spürte, wie er die Leine handhabte. Schräg über
uns wirbelte der Drachen im Kreis herum. Der Messergriff
brannte sich in meine rechte Hand. Das Motorengeräusch
war nicht mehr zu überhören. Drei, vier Autos quälten sich
den Feldweg herauf. Gleich waren sie da.

255

Sein Leben oder meins. Ein schneller Schnitt. Und nichts wie weg! Ich würde seitwärts in die Büsche abtauchen, mich zu Fuß nach Pergola durchschlagen und dort mein Auto bei der Polizei als gestohlen melden. Sie würden mich nie kriegen. Nicht, wenn der Junge ein für allemal verstummte. Meine Hand zitterte. Ich mochte die Messerklinge nicht ansehen. Die schmutzigbraune Kruste auf dem Stahl. Der Drachen gaukelte nun wie ein Schmetterling im Wind, tanzte seltsam eckige Figuren vor, als wolle er eine Botschaft in den Himmel schreiben. Meine Mutter hatte mir früher mit dem Finger Buchstaben auf den Rücken gezeichnet, und ich mußte herausfinden, welches Wort sie bildeten. Der Drachen brüllte im Wind, aber ich verstand nicht, was er sagte.

Ich mußte den Jungen umbringen. Jetzt oder nie. Sobald ich es schaffte, das Messer anzuheben. Es ging nicht. Der Drachen bog weit nach links aus, beschrieb einen sanften Bogen nach unten, der in einem gegenläufigen Schlenker endete. Ein G? Ein G wie in »Gib auf«? Ich konnte es nicht tun. Ich war kein Mörder. Ein G wie in »Gefängnis«? Aus den Augenwinkeln sah ich das erste Auto um die Kurve biegen. Ein G wie in »Gott sei Dank ist alles vorbei«? Ich befahl meinen Fingern, das Messer loszulassen, doch sie gehorchten mir nicht mehr. Als wären sie mit dem Griff verschmolzen. Ich ging in die Hocke und legte mich rücklings ins Gras. Der Drachen stieg und stieg. Über ihm zogen vereinzelt ein paar Wolken dahin.

Undramatischer konnte sich die Befreiung eines Entführten nicht anlassen. Es mußten keine Schlösser geknackt, keine Türen gesprengt, keine Fesseln durchschnitten werden. Eigentlich wurde gar niemand befreit, denn Minh konnte sich offensichtlich völlig ungehindert bewegen. Wenn man nicht gewußt hätte, was geschehen war, wäre man nie auf die Idee gekommen, daß der Junge, der dort, seelenruhig und ohne sich umzuwenden, seinen Drachen dirigierte, entführt worden war. Irgend etwas stimmte nicht. Hätte der Junge nicht jubeln oder weinen oder sonstwie reagieren müssen?

Vielleicht verlangsamten die Dorfbewohner deswegen ihre Schritte, nachdem sie voller Hast aus den Autos gestürzt waren. Nur Catia eilte, ohne zu zögern, auf ihren Sohn zu, nahm ihn in die Arme und drückte ihn an sich. Das Griffstück, an dem die Leine befestigt war, fiel ins Gras, der rote Drachen trudelte im Wind und stürzte hangabwärts zu Boden. Matteo Vannoni blieb stehen, als er sah, wie sich Sabrina Lucarelli aus dem tiefen Gras erhob. Sie hatte ihr Haar zu einem Pferdeschwanz gebunden. Ihr Gesicht war bleich. Unter einer Jeansjacke trug sie einen engen weißen Pulli mit V-Ausschnitt. In der rechten Hand hielt sie ein Messer. Die Klinge war dreißig Zentimeter lang und dunkel verkrustet. Der Wind blies. Krachend schlug ein Fensterladen am verlassenen Haus der Bennis. Antonietta klammerte sich an Vannonis Arm.

»Sabrina?« fragte Vannoni.

»Solltest du nicht in der Uni sein?« fragte Sonia Lucarelli.

»Wieso bist du vor uns hier gewesen?« fragte Ivan Garzone.

»Was ist das für ein Messer?« fragte Milena Angiolini.

»Was *tust* du hier?« fragte Franco Marcantoni.

»Hallo, Mama«, sagte Sabrina. Sie lächelte verloren. Antoniettas Körper schwankte. Vannoni stützte sie. Das Haus der Bennis stand seit Ewigkeiten leer. An seiner Tür hing eine glänzende, nagelneue Eisenkette mit Vorhängeschloß. Das nächste Haus war so weit entfernt, daß man brüllen konnte, wie man wollte, ohne daß es jemand hörte. Die Dorfbewohner rührten sich nicht. Sie sahen Sabrina und das Messer, sie sahen den Jungen und das verlassene Haus. Sie wußten Bescheid.

»Gib mir das Messer!« sagte Milena Angiolini leise.

»Mach jetzt keine Dummheiten!« sagte Franco Marcantoni.

Catia drückte ihren Sohn gegen die Brust und wich langsam ein paar Schritte zurück.

Sabrina lachte und sagte: »Was denkt ihr von mir? Ich könnte nie jemanden umbringen. Ich bin doch kein Mörder!«

»Das Messer!«

Sabrina faßte es an der Klinge und streckte den Messergriff Milena Angiolini entgegen.

»Du hast auch den Schlüssel?« Mit einer Kopfbewegung deutete Angelo Sgreccia auf die Tür des verlassenen Hauses.

Wortlos fingerte Sabrina den Schlüssel aus der Brusttasche ihrer Jacke.

»Und mein altes Handy?« fragte Gianmaria Curzio.

Sabrina hatte es in der Seitentasche ihrer Jacke.

»Das Lösegeld?«

Sabrina schüttelte den Kopf.

»Wir müssen die Polizei rufen«, sagte Marisa Curzio. Sie wählte auf ihrem Handy die 113, während Lidia Marcantoni begann, ein Vaterunser vor sich hin zu murmeln. Antonietta hatte noch kein Wort gesagt. Jetzt wandte sie sich von ihrer Tochter ab und ging. Sie stapfte durch das hohe Gras den Hügelkamm entlang.

Sabrina sah ihr mit unbewegtem Gesicht nach. Dann sagte sie: »Wißt ihr ...«

Was ich bei der ganzen Geschichte am meisten zum Lachen finde? Daß ich nicht selbst auf die Idee gekommen bin, den Jungen zu entführen. Später ergab eines das andere, aber ihr habt den Stein ins Rollen gebracht. Jetzt gebt ihr euch entsetzt über mich, tut so, als läge das alles jenseits eurer Vorstellungskraft, und doch war es umgekehrt. Für euch war die Entführung schon Tatsache, als ich noch nicht einmal daran dachte. Ihr habt sie so lange beschworen, bis der Gedanke langsam auch in mir Wurzeln schlug. Ihr habt sie herbeigeredet. Und das kam nicht von ungefähr. Nein, ihr wart überzeugt, daß eure ganze schöne Ordnung zusammenbrechen muß, wenn nur genug Geld auf dem Spiel steht. Daß sich jeder eurer Nachbarn dann in einen eiskalten Verbrecher verwandeln kann. Das leuchtete euch ein, weil ihr die Gier in euch selbst entdeckt hattet, die Rücksichtslosigkeit, das nicht zu zähmende Verlangen, im Geld zu schwimmen, und müßte man dafür auch über Leichen gehen.

Ihr meint, es wäre beim Gedanken geblieben, vor der Tat wärt ihr zurückgeschreckt? Möglich. Es würde zu euch passen. Die Inkonsequenz, die Feigheit, das dumpfe Warten darauf, daß ein anderes Leben irgendwann vom Himmel fallen möge, die Unfähigkeit, sich vorzustellen, daß man dafür etwas tun kann. Warum seid ihr sonst noch hier in Montesecco? Hört ängstlich zu, wie das Gebälk knirscht? Schmiert Tünche über die Risse in den Mauern? Tretet die immer gleichen Stufen aus, wenn ihr von der Piazza zur Bar und von der Bar zur Piazza geht? Redet lang und breit von irgendwelchen Projekten, die ihr nie verwirklichen werdet? Erzählt euch Geschichten, die jeder schon hundertmal gehört hat? Wartet darauf, daß der nächste stirbt, und habt keine Ahnung, warum ihr eigentlich hofft, daß es nicht ihr selbst seid?

Aber vielleicht unterschätze ich euch auch. Man kann in einen Menschen nun mal nicht hineinsehen. Vielleicht hättet ihr viel weniger Skrupel gehabt, wenn ihr an meiner Stelle gewesen wärt und euer weiteres Leben auf dem Spiel gestanden hätte. Für euch ist doch alles so einfach. Schwarz oder weiß. Er oder ich? Sagt ehrlich: Wie hättet ihr euch entschieden? Ihr hättet doch den Jungen unbarmherzig abgeschlachtet. Schon weil ihr gar nicht die Phantasie habt, euch eine andere Lösung auszudenken. Ich habe ihn nicht getötet! Ich habe mehr als das Menschenmögliche getan, um ihn zu retten. Ich habe mich in ihn hineinversetzt. Mich auf ihn eingelassen.

Von Anfang an habe ich ihn verstanden. Ich habe ihn unterstützt, als er abhaute, ihm zugeredet, daß er im Haus des

Americano untertauchen solle. Wer hätte besser als ich nach-
vollziehen können, daß er die Nase von euch und diesem
Montesecco-Mief voll hatte? Ich glaube, ich kenne ihn bes-
ser als er sich selbst. Und wahrscheinlich kenne ich auch euch
besser als ihr selbst. Die Abgründe, die ihr bei euch nicht
wahrhaben wollt, in die ihr aber entsetzt und genüßlich
blickt, wenn sie sich bei einem anderen auftun. Jetzt ver-
dammt ihr mich, aber glaubt mir, ihr wolltet genau das, was
ihr bekommen habt!

»Wißt ihr, daß ich euch satt habe? Euch und das ganze
Montesecco. Bis hier oben hin!« Sabrina machte in Höhe
des Halses eine waagrechte Handbewegung. Es sah aus,
als wolle sie sich die Kehle durchschneiden und habe nur
vergessen, daß sie das Messer nicht mehr in der Hand hielt.
Niemand antwortete. Was gab es schon zu sagen? Vannoni
holte den abgestürzten roten Drachen. Die Querstrebe
war gebrochen, doch das konnte man leicht reparieren.
Minh weinte nicht. Ab und zu schüttelte er den Kopf,
wenn Catia ihn fragte, ob er Hunger habe oder ob ihm kalt
sei. Die meiste Zeit aber plapperte sie aufmunternd auf ihn
ein, erzählte – unterstützt von Franco und Ivan – lustige
Geschichten, schlug Ausflüge vor, die sie zusammen
unternehmen wollten, und malte in glühenden Farben aus,
wie schön nun alles werden würde.

Die Entführung wagte niemand anzusprechen, bis die
Polizisten eintrafen. Sie kamen mit einem lächerlichen
Streifenwagen und gaben sich äußerst skeptisch, als ihnen
ein paar der Dorfbewohner die Ereignisse auseinander-
setzten. Immerhin gelang es, sie so weit zu überzeugen,
daß sie Sabrina Lucarelli befahlen, sich in den Streifenwagen zu setzen. Einer der Polizisten funkte die Kriminaler
an und ließ sich dann von allen Anwesenden die Persona-
lien geben. Der andere trat zu Minh, versuchte vergeblich,
ihm mit ein paar lockeren Sprüchen ein Lächeln zu ent-
locken, und sagte dann, daß Minh keine Angst mehr zu

haben brauche, denn nun sei ja die Polizei da und werde ihn beschützen. Minh klammerte sich an Catia.

Der Polizist deutete auf den Streifenwagen. »Hat dir die Frau dort irgend etwas Böses getan?«

Minh schüttelte den Kopf.

»Aber sie hat dich entführt?«

»Nein.«

»Sie hat dich nicht in dem Haus hier eingesperrt?«

»Nein«, sagte Minh. »Das war der schwarze Mann.«

»Der schwarze Mann?«

»Er war ganz schwarz angezogen und trug eine Maske über dem Gesicht, aus der die Augen hervorglühten.«

»Aha«, sagte der Polizist. »Und wo ist er jetzt, dieser schwarze Mann?«

Wortlos zeigte Minh auf das verlassene Haus. Vor der Tür hing eine Eisenkette. Der Polizist nestelte am Holster und zog seine Dienstwaffe hervor.

»Vor dem schwarzen Mann brauchst du keine Angst mehr zu haben«, sagte Minh. »Ich habe ihn umgebracht.«

So fanden sie den toten Körper des Privatdetektivs Michele, den Ivan Garzone beauftragt hatte, das Lösegeld wiederzubeschaffen. Er lag in einem eingetrockneten See von Blut. Quer über seinen Hals klaffte eine tiefe Schnittwunde. Seine Augen waren weit aufgerissen. Aus ihnen sprach die Überzeugung, daß in der Welt vieles, aber doch nicht alles möglich sei. Denn sonst müßte sie vor Entsetzen über sich selbst schon längst aufgehört haben, sich weiterzudrehen.

8

Bora

Der Winter war einer der kältesten, die Montesecco je erlebt hatte. Drei Tage vor Weihnachten setzte die Bora ein und blies einundzwanzig Tage lang. Die eisigen Luftmassen aus Sibirien stürzten die kroatische Küste hinab und luden sich über dem Adriatischen Meer mit Feuchtigkeit auf, die sie an den Osthängen des Apennin wieder abschneiten. Niemand konnte sich an solche Mengen von Schnee erinnern. Die Dächer mußte man freischaufeln, damit sie nicht eingedrückt wurden. Selbst die Räumfahrzeuge der Gemeinde blieben stecken, so daß Montesecco mehrere Tage lang von der Außenwelt abgeschnitten war.

Als der Schnee endlich schmolz, versank man in grundlosem Schlamm, sobald man sich mit einem Fuß vom Asphalt wagte. Die Erde geriet in Bewegung. Böschungen rutschten ab und verstopften Abzugsgräben, halbe Straßen brachen weg, und das vom Hang abgehende Geröll verwandelte Lidia Marcantonis Gemüsegarten in eine Endmoränenlandschaft. Doch all das überstand man irgendwie.

Der Frühling kam spät, aber noch rechtzeitig, um für das lange angekündigte Drachenfestival von Montesecco angenehme äußere Bedingungen zu gewährleisten. Nach Ivan Garzones fachmännischer Einschätzung wären im Herbst zwar stabilere Windverhältnisse zu erwarten gewesen, aber so lange wollte niemand warten. Windstärken zwischen drei und vier, wie sie Angelo Sgreccia mit seinem fast neuwertigen Anemometer ermittelte, würden für die Wettbewerbe um den schönsten flugfähigen Drachen und den am weitesten fliegenden Einleiner durchaus genügen. Als Hauptpreise wurden in der ersten Kategorie ein

Traumurlaub für zwei Personen und in der zweiten eine Fesselballonfahrt ausgelobt. Gestiftet hatte sie ein Mailänder Börsenmakler, der sich Gianmaria Curzio irgendwie verpflichtet fühlte.

Auch sonst hatte das Organisationskomitee, dem praktisch ganz Montesecco angehörte, gute Arbeit geleistet. Mit dem Einverständnis der Polizei wurden die Zufahrtsstraßen weiträumig abgesperrt. Zwei große Wiesen – die eine an der Mühle im Cesano-Tal, die andere etwa anderthalb Kilometer von Montesecco entfernt an der Straße nach Pergola – wurden als Parkplätze gekennzeichnet, von denen ein Shuttle-Service bis zum Ortseingang verkehrte. Die Kommune Pergola hatte dafür zwei Schulbusse zur Verfügung gestellt, da diese am Sonntag sowieso nicht benötigt wurden.

Über allen Dächern Monteseccos flatterten himmelblaue Fahnen mit der Aufschrift »1. Festa dell'aquilone«, und die Fassade des Palazzo Civico wurde von einem riesigen Transparent verdeckt, auf dem zu lesen stand: »Montesecco – Königin der Lüfte«. Rund um die Piazza waren Essensstände aufgebaut, die von Porchetta über unterschiedlich belegte Piadine bis hin zu Tagliatelle al tartufo alles anboten, was man von einer erstklassigen Sagra erwarten konnte. Aus Mangel an eigenen Kapazitäten hatte man auf auswärtige Anbieter zurückgreifen müssen, doch harte Vorverhandlungen, ein ausgeklügeltes Bonsystem und die Beschränkung auf eine einzige zentrale Kasse, die Lidia Marcantoni argusäugig überwachte, würden schon dafür sorgen, daß ein Großteil des Gewinns in Montesecco blieb.

Marta Garzone bewirtete auf der Piazzetta. Vor dem ehemaligen Pfarrgarten war dort eine Bühne aufgebaut, auf der nach der Siegerehrung die Band »Romagna mia« zum Tanz aufspielen würde. Im alten Pfarrhaus hatte ein pensionierter Lehrer aus San Lorenzo eine Ausstellung zur Geschichte des Drachens eingerichtet, die nicht nur von den Anfängen im China des fünften vorchristlichen Jahrhunderts bis zum Gibson Girl der amerikanischen Air Force reichte, sondern auch technische Aspekte des Mehrleinendrachenfliegens sowie die künstlerische Verarbeitung des Themas, zum Beispiel im berühmten Gedicht Giovanni Pascolis, streifte. Das Unterfangen war vielleicht ein wenig zu ambitioniert, die Auswahl der Ausstellungsstücke ein wenig beliebig, doch eingedenk der Idee, Montesecco eine umfassende *corporate identity* zu verleihen, war das Komitee zu dem Schluß gekommen, auf den kulturellen Aspekt keineswegs verzichten zu dürfen. Etwas Kulturelleres als eine Ausstellung war niemandem eingefallen, und da der pensionierte Lehrer einen sehr vernünftigen Kostenplan vorlegte, hatte man ihm freie Hand gelassen.

Die Vorfinanzierung des Drachenfestivals hatte sich insgesamt als schwierig erwiesen. Zwar war Benitos Erbe freigegeben worden, doch das Vermögen hatte sich schneller in Luft aufgelöst, als man schauen konnte. Anwaltskosten fielen an, Hypothekarsteuer, Katastersteuer, diverse Gebühren und die Bestechungsgelder, die nötig waren, um den Vorgang so zu beschleunigen, daß man für das Mafiadarlehen nicht auch noch einen vierten Monat Zinsen entrichten mußte. Da das Lösegeld trotz aller Nachforschungen nicht mehr auftauchte, mußte Angelo Sgreccia die zwei Millionen Darlehen plus die Zinsen in Höhe von drei Millionen aus dem Erbe zurückzahlen. Auf Nachverhandlungen verzichtete er, als er die beiden Mafiosi erblickte, die wegen der Schneeverwehungen erst einen Tag nach dem Rückzahlungstermin Montesecco erreichten und dementsprechend sauer waren. Sie krakeelten durchs Dorf und übten sich, als sie Angelo nicht sofort fanden, im Messerwerfen gegen die Kirchentür. Als die Sgreccias zusammenrechneten, blieb ein Rest von sechsundfünfzigtausendsiebenhundertundzwölf Euro übrig. Den ließen sie der Familie des getöteten Privatdetektivs zukommen.

265

Trotz leerer Kassen hatte Montesecco ein Festival auf die Beine gestellt, das die Dörfer in weitem Umkreis vor Neid erblassen ließ. Presse und Rundfunk hatten bei der Werbung mitgespielt, so daß der Besucherandrang enorm war. Bis aus Pesaro und Ancona waren die Leute angereist. In den engen Gassen fühlte man sich an einen Sonntagnachmittag in den fünfziger Jahren erinnert, als die Mine von Cabernardi noch arbeitete und Montesecco zigmal so viele Einwohner wie jetzt zählte. Dabei befand sich die Masse der Besucher nicht im Dorf selbst, sondern draußen auf dem sanft abfallenden Feld, wo Ivan Garzone einst seine Windkraftanlagen errichten wollte.

Dort war der Weitflugwettbewerb in vollem Gang. Nur wer sich offiziell registriert und die Startgebühr von zehn Euro bezahlt hatte, durfte im vorderen Teil zu Werke gehen. Doch auch über dem Bereich hinter der Barriere, an der Milena Angiolini und ein Schwarzafrikaner namens Mamadou kontrollierten, flimmerte die Luft von bunten Drachen, die von den Zuschauern steigen gelassen wurden. Die unterschiedlichsten Formen vom klassischen Cometa über Kokarden bis zu stablosen Mattendrachen und dreidimensionalen Eigenkonstruktionen gab es da zu sehen.

Fledermausartige Minidrachen kurvten um Großgebilde, deren Spannweite einem Albatros in nichts nachstand. Billige Strandplastikware knatterte gegen handbemalte Paradiesvögel an, strenge Rundkreisel segelten neben einem Schwarm Libellen, deren freibewegliche, überlange Flügel die Luft peitschten. Eine Kette aus Mutterdrachen und zwanzig kleineren watschelte in den Himmel, als wäre sie eine Entenfamilie. Von einem Drachen hoch oben blickte ein Che-Guevara-Porträt streng auf einen Plastikfolienautobus herab, der sichtlich unwillig durch die Lüfte fuhr und bei seinen dauernden Beinahe-Abstürzen spitze Schreie des bedrohten Publikums auslöste.

Im Wettkampf maßen sich ausschließlich ungelenkte Flachdrachen. Bis weit jenseits des Feldes und über die Weinberge der Fattoria Montesecco hinaus waren die besten vorgedrungen. Sie schienen sich schon dem Monte Catria anzunähern, dessen Silhouette sich scharf in der klaren Frühlingsluft abzeichnete. Die kleinen bunten Pünktchen in der Ferne zeigten seltsam schwebende, scheinbar eigenständige Bewegungen, fast wie Fische in tiefem Wasser oder Mikroben, deren Gewusel man durch ein Mikroskop beobachtet. Im Startbereich glänzten die Leinen im Sonnenlicht. Welche von ihnen zu welchem Drachen führte, war nicht festzustellen, da sie in einiger Entfernung in der Luft verschwammen. Es sah aus, als hätte der Himmel Rettungsleinen ausgeworfen, an die sich die Piloten der Drachen klammerten.

Doch nicht alle Drachen hatten sich in der Luft halten können. Ein paar waren in den großen Steineichen am unteren Ende des Felds gestrandet. Sie hingen in den Ästen wie vollgefressene Geier, die nur müde lächelten über die Bemühungen ihrer Besitzer, sie durch Rütteln an der Leine wieder freizubekommen. Am Mikrofon der Lautsprecheranlage kommentierte Ivan Garzone ihr Schicksal im aufgeregten Tonfall eines Fußballreporters. Ab und zu unterbrach er, um die Sponsoren zu erwähnen, die dieses wunderbare Ereignis möglich gemacht hätten. Marisa Curzio suchte indessen mit dem Feldstecher herauszufinden, welcher Teilnehmer des Weitflugwettbewerbs in Führung lag.

Donato Curzio und die Sgreccias spazierten über das Areal nebenan, wo die Drachen für die Schönheitskonkurrenz vorbereitet wurden. Die drei bildeten die Jury und taten so, als wollten sie sich schon einmal einen Eindruck von den aussichtsreichsten Kandidaten verschaffen. Dabei stand der Ausgang des Wettbewerbs längst fest. Selbst wenn er nur ein Papiertaschentuch steigen ließe, würde Minh einstimmig zum Sieger gekürt werden. Schließlich hatte man das Festival nur seinetwegen veranstaltet. Na gut, man wollte auch Montesecco voranbringen, und wenn ein kleiner persönlicher Nebenverdienst heraussprang, würde dazu sicher keiner nein sagen. Aber das Thema der Veranstaltung hatte man ja nicht zufällig gewählt. Drachen waren nun mal Minhs große Leidenschaft, und wenn sonst nichts half, schaffte man es vielleicht auf diese Weise, die Schreckensbilder aus seinem Kopf zu verdrängen.

Immer noch fuhr Catia zweimal pro Woche mit Minh nach Padua. Obwohl der Professor dort ein ausgewiesener Spezialist war und in ganz Italien als Koryphäe galt, hatte er es bisher genausowenig wie Catia und Matteo Vannoni geschafft, zu Minh durchzudringen. Der Junge verhielt sich zwar unauffällig, verkroch sich nicht mehr als zuvor, antwortete meist auf die Fragen, die man ihm stellte, wirkte aber freudlos und fast gebrochen, wenn er nicht gerade einen Drachen durch die Luft manövrierte. Ansonsten schien er von einem Panzer umgeben, der alles abwehrte, was in sein Inneres zielte, und ebenso wenig herausdringen ließ. Ob Gespenster in ihm tobten, Erinnerungen sich gegenseitig metzelten oder alles tot und wüstenleer lag – man wußte es nicht.

Wenn man ihn auf die Ereignisse des vergangenen Herbstes direkt ansprach, wiederholte er steif und fest, von einem schwarzen Mann, den er letztlich getötet habe, entführt worden zu sein. Mit immer gleichen Worten schilderte er Tat und Täter, beharrte auf den drachenähnlichen Zügen, mit denen er ihn ausgestattet hatte, und war nicht bereit, irgendeine Verstrickung Sabrina Lucarellis einzuräumen. Allen war klar, daß sie ihm diese Märchen während seiner Gefangenschaft eingehämmert hatte, doch was sollte man machen, wenn Minh auch das energisch abstritt? Man müsse Geduld haben und beharrlich weiterarbeiten, meinte der Psychologe, irgendwann würde der Knoten schon platzen.

»Hoffentlich rechtzeitig«, hatte der Staatsanwalt in Pesaro gemurmelt.

»Was soll das heißen?« hatte Catia gefragt.

Der Staatsanwalt hatte seine Brille abgesetzt. »Sie wissen, daß unsere Behörde chronisch unterbesetzt ist. In diesem Fall hat es ausnahmsweise sein Gutes, daß wir total überlastet sind, aber irgendwann werden wir doch Anklage erheben müssen.«

»Das hoffe ich sehr!«Catia hatte nicht begriffen, worin das Problem bestand, und auch später wollte sie nicht wahrhaben, daß die Anklagebehörde den Ausgang des Prozesses für äußerst unsicher hielt.

Sabrina Lucarelli hatte anfangs die Aussage verweigert und stritt inzwischen jede Beteiligung an der Entführung ab. Sie sei unterwegs gewesen, habe zufällig den roten Drachen gesehen und den Jungen höchstens eine Viertelstunde vor den anderen gefunden. Das Messer habe der Junge in der Hand gehalten. Sie habe es ihm abgenommen, und er habe ihr gestanden, im Haus einen Mann umgebracht zu haben. Natürlich habe sie ihm erst nicht geglaubt, dann aber doch nachkontrollieren wollen. Der Schlüssel habe im Schloß der Vorhängekette gesteckt. Daß sie ihn in ihre Jackentasche geschoben habe, könne sie sich nur durch den Schock erklären, der durch die Entdeckung des Blutbads in dem verlassenen Haus ausgelöst worden war. Völlig panisch sei sie darin herumgetappt. Deswegen könne es durchaus sein, daß ihre Fingerabdrücke an verschiedenen Stellen zu finden wären. Dann habe sie das Handy auf dem Fußboden entdeckt. Daß es vielleicht nicht dem Toten gehören, sondern dasselbe sein könnte, das Gianmaria Curzio abhanden gekommen war, sei ihr erst klargeworden, als Curzio sie später danach gefragt habe. Auf jeden Fall habe sie das Handy aufgehoben, um Hilfe herbeizurufen. Ihr seien aber die Tasten vor den Augen verschwommen, sie sei aus dem Haus gelaufen und habe sich, da ihr schwindlig war, ins Gras gelegt. Kurz darauf seien die anderen eingetroffen und hätten sie, die noch völlig außer sich war und gar nicht wußte, wie ihr geschah, der Entführung des Jungen bezichtigt. Natürlich sei das absolut lächerlich, sie habe sich immer blendend mit dem Jungen verstanden und wäre nie in der Lage, ihm ein Leid anzutun.

Das schwor sie auch Antonietta, die ihre Tochter einmal pro Woche in der Untersuchungshaft besuchen durfte. Sie war jedesmal wie erschlagen, wenn sie nach Montesecco zurückkehrte. Nur Matteo Vannoni vertraute sie an, daß sich dabei immer das gleiche abspielte. Die ganze Woche über redete sie sich zu, daß sie Sabrina vertrauen müsse. Sie war ihre Mutter, sie hatte sie erzogen, sie kannte sie. Noch auf dem Weg nach Pesaro war sie überzeugt, daß Sabrina nie ein solches Verbrechen begangen haben konnte, doch sobald sie ihrer Tochter an der Schranke des Besucherraums gegenübersaß, war diese Sicherheit plötzlich verflogen. Dabei verhielt sich Sabrina wie immer, sprach ruhig und gefaßt, wich keinem Blick aus und freute sich so aufrichtig über den Besuch, daß man keinen Hauch von Schuldbewußtsein vermuten konnte.

Doch jedesmal und ohne daß sie es verhindern konnte, schob sich vor Antoniettas Augen jenes schreckliche Bild, als Sabrina mit dem Messer in der Hand aus dem Gras aufgestanden war und schwach »Hallo, Mama« gesagt hatte. Und da wußte Antonietta wieder, was sie damals mit tödlicher Sicherheit erspürt hatte: daß diese junge Frau ein grausames Verbrechen begangen hatte. Nur mit größter Mühe hielt Antonietta die sechzig Minuten Besuchszeit durch, und wenn sie endlich draußen war, dauerte es noch Stunden und Tage, bis die Schauder verblaßten und sie wieder bereit war, Sabrina als ihre Tochter anzuerkennen. In der folgenden Woche begann alles von vorne.

Sabrina wurde mit der Zeit mutiger, sagte, daß sie nicht verstehe, warum man dem Jungen nicht glaube. Er sei schließlich der einzige Augenzeuge. Ihrer Meinung nach ließen die Umstände durchaus vermuten, daß der Privatdetektiv Minh entführt habe, auch wenn Ivan ihn erst deutlich später nach Montesecco gerufen habe. Nein, sie könne nicht erklären, wie das zusammenpasse, aber das sei ja wohl Aufgabe der Kriminalpolizei.

Diese glaubte Sabrinas Rekonstruktion zunehmend weniger und war wohl insgeheim von ihrer Schuld überzeugt, obwohl die handfesten Ermittlungsergebnisse im großen und ganzen für Sabrinas Darstellung sprachen. Einzig die Tatsache, daß sich auf der Kühlerhaube ihres Wagens Fingerabdrücke des Privatdetektivs fanden, ließ die Fahnder auf einen Durchbruch hoffen. Wenn sie nachweisen konnten, daß sich Sabrina schon lange vor dem Mord am Tatort befunden hatte, kippte ihre Geschichte. Wie alt die Fingerspuren waren, konnte jedoch nicht festgestellt werden. Da Michele während seines Aufenthalts in Montesecco oft genug Sabrinas Auto passiert haben mußte, war nicht auszuschließen, daß er sich irgendwann einmal auf der Motorhaube abgestützt hatte. Sonst blieb nur, daß Sabrina Lucarelli an der Uni praktisch überhaupt nie gesehen worden war, obwohl sie angeblich jeden Tag dorthin aufgebrochen war. Aber das würde für eine Verurteilung natürlich keineswegs ausreichen.

»Wenn das Kind bei dieser Geschichte vom schwarzen Mann bleibt«, hatte der Staatsanwalt gesagt, »wird Sabrina Lucarelli aus Mangel an Beweisen freigesprochen werden.«

Bis jetzt beharrte Minh auf seiner Geschichte. Man mußte Geduld mit ihm haben. Ihm Zeit geben, über die Schrecken, die er erfahren haben mußte, hinwegzukommen. Und ihm beistehen, wann immer er das zuließ. Sie hatten alle mitgeholfen, als Minh sich wie versessen auf die Drachenbastelei stürzte. Nicht eines, sondern zwölf unterschiedliche Modelle waren so in den vergangenen Monaten entstanden.

Ivan Garzone hatte sich zum Aerodynamikexperten fortgebildet und darüber hinaus eine neue Gleitkonstruktion für die Drachenwaage entwickelt, mit der man den Anstellwinkel zum Wind während des Flugs verändern konnte. Seiner Meinung nach würde diese Vorrichtung den Drachensport revolutionieren, da sie es erlaubte, das Verhältnis von Zugkraft und Auftriebskraft je nach Windstärke, gewünschter Geschwindigkeit und geplanten Flugmanövern einzustellen. Die Pläne hatte Ivan unverzüglich beim Europäischen Patentamt in München eingereicht. Obwohl eine Antwort noch ausstand, plante er bereits, eine Firma zu gründen, um baldmöglichst in Serienproduktion zu gehen. Da die Banken von seiner Geschäftsidee nicht zu überzeugen waren und Kredite hartnäckig verweigerten, stand die Finanzierung leider noch in den Sternen.

Die anderen Dorfbewohner hatten einfachere Aufgaben übernommen. Es gab kaum jemanden, der nicht mit Minh zusammen Pläne gezeichnet, Gestänge zusammengebaut, Bespannungen zugeschnitten oder den Pinsel geschwungen hätte. Donato, der durch seinen Posten in der kommunalen Bauabteilung gute Verbindungen besaß, hatte so reichlich Material beschafft, daß man es sich leisten konnte, die Bruchfestigkeit von Bambus-, Aluminium- und Glasfiberrohren experimentell zu überprüfen. Am Ende war ein Dutzend Kunstwerke entstanden, für die die Bezeichnung »Drachen« fast zu armselig klang.

Minh hatte für den Wettbewerb einen selbstentworfenen, entfernt an klassisch asiatische Vorbilder erinnernden Mehrleiner ausgewählt. Vergeblich hatte Vannoni ihm Alternativen schmackhaft zu machen versucht, die weniger an alptraumhafte Fabelwesen erinnerten. Der drei Meter lange, schlangenartige Schwanz war ebenso tiefschwarz bemalt wie der größte Teil des eigentlichen Drachens, der den Kopf eines Untiers darstellte. Nur die überdimensionalen, weit aufgerissenen Augen, die Nüstern und das Maul glühten in Rot- und Orangetönen. An den Außenkanten war eine Mähne aus ebenfalls schwarzen Papierstreifen befestigt, die jeweils in einen stilisierten Schlangenkopf ausliefen. Vannoni hatte sich an das Medusenhaupt erinnert gefühlt. Das hatte Minh nichts gesagt. Ganz ernsthaft hatte er Vannoni erklärt, daß diese Art von Drachen in China dazu verwendet würde, den Göttern Wünsche und Bitten der Menschen nahezubringen.

»Welche Wünsche?« hatte Vannoni gefragt.

»Alle.«

»Und du? Was wünschst du dir von den Göttern?«

Minh hatte nicht geantwortet. Auch jetzt stand er schweigend da und sah zu, wie seine Konkurrenten nacheinander ihre Drachen vorführten. Ivan Garzone kommentierte mal launig, mal begeistert. Es hörte sich an, als hätte er sein ganzes Leben damit verbracht, die Schönheit selbstgebastelter Flugobjekte zu beurteilen. Endlich kündigte er Minh, der zuletzt an der Reihe war, als Wunderkind der Drachenbaukunst und ganzen Stolz Monteseccos an.

Der Junge spulte von beiden Leinen ein paar Meter ab und entfernte sich gegen den Wind, bis sie sich strafften. Matteo Vannoni hielt den Drachen hoch. Auf ein Nicken Minhs ließ er los, der Junge zog an, der Drachen hob den Kopf, als erwache er gerade aus hundertjährigem Schlaf, und schwang sich in die Luft. Ohne auch nur einen Zentimeter nach links oder rechts auszubrechen, stieg er nach oben, suchte sein Element und schuf Distanz zwischen sich und den seltsamen Wesen unter sich. Etwa fünfzehn Meter über dem Feld hielt er inne, stand quälend lange Augenblicke still. In der Mähne spielte der Wind, der Schwanz schlug wie der einer Raubkatze vor dem Sprung, doch der Drachenkopf selbst blieb völlig unbewegt, schien an den Himmel genagelt, und die rotglühenden Augen starrten auf die Zuschauer herab.

Minh stand breitbeinig, lehnte den Rücken gegen den Wind und die Zugkraft des Drachens. Die Arme hielt er erhoben, in den Ellenbogen ein wenig angewinkelt, konzentriert, ruhig und gleichzeitig bis in die letzte Faser gespannt. Ein Dirigent unmittelbar vor der Ouvertüre, nur daß er keinen Taktstock in den Fingern hielt, sondern zwei Spulen, und daß kein Orchester auf seinen Einsatz wartete, sondern ein schwarzes, von Menschen gemachtes Ungeheuer. Als dann der Drachen wirklich zum Leben erwachte, konnte man schwerlich sagen, wer wen dirigierte. Ob zuerst Minh mit der Hand zuckte oder der Drachen so unwirsch den Kopf schüttelte, daß die Schlangenhaare wild in die Luft bissen. Ob der Drachen zum Looping gezwungen wurde oder dem Jungen aus Bosheit die Arme verdrehte. Doch jedem, der sie beobachtete, war klar, daß einer nur durch den anderen lebte. Die Leinen ketteten beide aneinander. Es schien fast, als wären sie ein einziges Wesen.

Hundertfünfundfünfzig verschiedene Figuren sind im Drachensport bekannt, und Minh flog sie wohl alle. Vielleicht sogar ein paar mehr, die er selbst erfunden hatte. Von den Zuschauern hätte das keiner zu sagen gewußt. Nicht nur, weil sie Laien waren, sondern weil das, was sich über ihnen abspielte, nicht im geringsten an Kunstflugfiguren irgendeines Drachens erinnerte. Das Wesen dort oben atmete. Es blies die Backen auf, bevor es sich in eine Kurve legte, es kreischte auf dem Steilflug wie eine Dreizehnjährige in der Achterbahn, nur um gleich darauf als alter Mann wieder mühsam nach oben zu keuchen. Verführerisch flüsterte es mit dem Wind, hob das Kinn, drehte den Kopf, schüttelte ihn, nickte, nein, ja, vielleicht, deutete zwei schwingende Tanzschritte an, einen Walzer, einen Tango? Es wirbelte heftiger, schüttelte ekstatisch die Haare, nein, es tanzte allein, in wilder, rettungsloser Einsamkeit, und während der Wind den Beat durch die Adern peitschte, versank die Welt in schwarzer Nacht.

Das Wesen schlief ein und wachte wieder auf, streckte sich, gähnte, tappte zögernd nach links und rechts, taumelte von unsichtbaren Wänden zurück, zog sich an ihnen hoch, glitt ab und hüpfte fast ratlos auf der Stelle, bevor es sich aufzublähen schien, in einem gewaltigen Schwung unter dem eigenen Schwanz durchtauchte und sich kopfüber nach unten stürzte. Mit wahnwitziger Geschwindigkeit raste es auf den Boden zu, drehte im letzten Moment zur Seite ab, katapultierte sich nach oben, stürzte und stieg, stieg und stürzte, stürzte und stieg.

Unzweifelhaft lebte der Drachen, er war ein Wesen aus Fleisch und Blut. Trotz seines Aussehens vermutete Vannoni, daß der Drachen ein Mensch war. Hätte er sonst eine Geschichte erzählen können? Vannoni verstand sie nicht ganz, wußte nicht einmal genau, ob das fliegende Wesen Minh oder den schwarzen Mann verkörperte, doch wahrscheinlich spielte das gar keine Rolle. Es war eine einzige Geschichte, in der alles untrennbar verschmolz. Vannoni wurde klar, daß der Drachen Minh nie mehr loslassen würde. Und umgekehrt. Man konnte nur auf ein Wunder hoffen.

Vannoni legte den Arm um Catias Schulter. Er wünschte sich, daß die Leinen rissen, damit der verdammte Drachen abstürzte und auf dem Boden zerschmetterte. Das Gestänge sollte zerbröseln, die Bespannung in kleine Fetzen zerrissen werden, die der Wind weit forttragen sollte, so daß nichts mehr blieb von Schlangenhaaren, glühenden Augen und dem ganzen nachtschwarzen Wesen. Und mit ihm sollte alles vergehen, was die Seele des Jungen verdüsterte.

Die Leinen rissen nicht, der Drachen landete sicher. Sanft setzte er auf, legte den Schwanz aufs Feld, senkte den Kopf und schlief mit offenen rotglühenden Augen ein. Minh ging langsam auf ihn zu und spulte dabei eine der Leinen auf. Die Zuschauer rührten sich nicht. Es herrschte eine unheimliche Stille, nur der Wind pfiff im Vorüberziehen ein fremdes Lied.

Endlich knackte der Lautsprecher, und Ivan Garzone räusperte sich. Seine Stimme klang trotzdem belegt, als er sagte: »Die Jury hier hinter mir ist zu einem Ergebnis gekommen. Ich glaube, es wird niemanden überraschen, daß wir soeben den Gewinner unseres Drachenwettbewerbs gesehen haben. Herzlichen Glückwunsch an Minh Son Vannoni aus Montesecco!«

Irgendwo begann jemand zu klatschen.

Seit jenem Abend in Rom ließ sich Benito Sgreccia nicht mehr sehen. Er antwortete auch nicht, da konnte Gianmaria Curzio bitten und provozieren und hinterhältige Fangfragen austüfteln, soviel er wollte. Es schien fast, als sei Benito nun endgültig tot. Ein paarmal ging Curzio noch auf den Friedhof, las die Inschrift auf der Marmorplatte und stellte eine Kerze auf, aber es war nicht mehr so wie zuvor. Noch immer hätte er gern gewußt, ob jemand bei Benitos Tod nachgeholfen hatte und, wenn ja, wer. Doch wirklich dringlich war die Frage für ihn nicht mehr. Er wollte eigentlich nur eine Sache abschließen, mit der er sich so lange beschäftigt hatte. Erstaunt stellte er fest, daß er dennoch mit sich und Benito im reinen war. Oder gerade deshalb?

Was Curzio eines kalten Apriltags dazu veranlaßte, aufs Pfarrhausdach hinauszutreten, wußte er selbst nicht genau. Immer noch stand dort der Liegestuhl, in dem Benito gestorben war. Curzio rückte ihn ganz an die Brüstung vor, zog sein Halstuch fester, knöpfte die Jacke bis oben hin zu und setzte sich. Unter ihm lag Montesecco. Eng an eng zogen sich die Häuser den Hang hinab. In den meisten war noch einmal eingeheizt worden, vielleicht zum letztenmal, bevor sich der Frühling endgültig durchsetzte. Die Rauchfahnen flohen waagrecht aus den Schornsteinen. Darunter krallten sich die Dächer ineinander, als könnten sie nur so verhindern, daß der steife Wind eines aus ihrer Mitte entführte.

Curzio fragte sich, worauf Benito geachtet haben mochte, bevor er hier gestorben war. Woran er sich wohl erinnert hatte. Wie die kleine Lidia Marcantoni dort unten vor Schreck von der Mauer gesprungen war, als sie ihr einen lebenden Frosch zuwarfen? Wie die Amerikaner mit der ersten Artilleriesalve, die sie auf Montesecco abfeuerten, den Wasserturm zerstörten? Wie gerade rechtzeitig zur Fußballweltmeisterschaft 1966 der erste Fernseher nach Montesecco kam und die ganze Einwohnerschaft sich im Salotto der Lucarellis drängte, nur um die schmähliche Niederlage der Azzurri gegen Nordkorea miterleben zu müssen? Wie der von drei Vipern gebissene Paolo Garzone über die Piazza torkelte und vergeblich versuchte, seinen Lieferwagen zu starten? Wie sie beide, Benito Sgreccia und Gianmaria Curzio, am Holzkreuz vor dem Ort saßen, Grappa tranken und übers Land schauten?

Oder war das alles nicht mehr wichtig gewesen? Hatte Benito vielleicht nur zugehört, wie der Wind durch die Gassen heulte, und sich von ihm die Haut massieren lassen? Versuchsweise schloß Curzio seine Augen. Aus dem Dunkel tauchten ein paar Bilder auf. Fabriken, die längs der Autobahn entlangzogen. Braunes Tiberwasser, das unberührt vom römischen Chaos Richtung Meer strömte. Ein Lichtstreifen, der verschwand, als eine Grabplatte verschlossen wurde. Dann pfiff nur noch der kalte Wind in Curzios Ohren. Eigentlich war es eher ein melodisches Rauschen, ein Lied in einer fremden Sprache, die man nicht beherrschen mußte, um die Aussage zu verstehen. Es handelte davon, daß der Wind noch wehen würde, wenn die Knochen der letzten Menschen schon längst zerfallen waren. Auch dann würde er jeden Tag neu geboren werden, sobald sich das Land erwärmte und vom Meer her Luft ansog. Er würde durch die Täler streichen, auf die Hügel klettern und geduldig an den Mauerresten nagen, die noch davon zeugten, daß einst Menschen ihr Leben wichtig genommen hatten.

Alles war, wie es war. Curzio wußte jetzt, wie Benito gestorben war. Geld, Habgier, Haß und Neid mochten die Welt regieren, aber in diesem Fall hatten sie keine Rolle gespielt. Benito hatte einfach beschlossen, mit dem Wind zu gehen. Curzio spürte, wie die kalte Luft in seine Poren eindrang. Er sollte aufstehen, er hatte noch ein paar Dinge zu regeln. Bei Angelo Sgreccia wollte er sich entschuldigen, daß er ihn für einen Mörder gehalten hatte. Seiner Tochter mußte er auftragen, ihn nicht in eine Grabnische auf dem Friedhof einzusperren. Sie sollten seine Leiche verbrennen und die Asche am frühen Morgen über dem Meer verstreuen. Aber vielleicht war auch das nicht so wichtig. Curzio konnte jetzt nicht aufstehen. Er wollte auch nicht. Er spürte seine Gesichtshaut nicht mehr. Mit klammen Fingern knöpfte er seine Jacke auf. Dann nahm er das Halstuch ab und schlang es um die Armlehne des Liegestuhls. Das Tuch flatterte in den Böen. Das war gut so.

Gianmaria Curzio streckte die Arme aus. Er fühlte sich leicht. Er brauchte nur zu warten, bis der Wind ihn mitnahm.

»Man muss sich die Kunden des Aufbau-Verlages als glückliche Menschen vorstellen.«

SÜDDEUTSCHE ZEITUNG

Das Kundenmagazin der Aufbau Verlagsgruppe erhalten Sie kostenlos in Ihrer Buchhandlung und als Download unter www.aufbau-verlagsgruppe.de. Abonnieren Sie auch online unseren kostenlosen Newsletter.

Bernhard Jaumann:
Der Krimistar »bezaubert immer wieder«
Die Zeit

Bernhard Jaumann ist Gewinner des renommierten Friedrich-Glauser-Preises.
»Poetische Präzision, die man im deutschsprachigen Krimi selten antrifft. Eine Entdeckung!«
ABENDZEITUNG
»Jaumann bezaubert durch kluge, feinsinnige Erzählweise und beobachtungsgenaue Sprache.« ZEIT

Duftfallen
Trotz Wirtschaftskrise boomt die Metropole Tokio. Der Aromaexperte Takeo Takamura hat jedoch von Konsumrausch und künstlichen Düften die Nase voll, als er als Hauptverdächtiger eines Massenmordes untertauchen muß. Gehen die mysteriösen Giftgasanschläge tatsächlich auf die Endzeitvisionen einer Sekte zurück? Handelt es sich um uralte Räucherzeremonien oder hypermoderne Manipulationstechniken?
Roman. 271 Seiten. AtV 1508-9

Handstreich
In Mexiko-City übt ein unbekannter Mörder blutige Vergeltung. In der unbarmherzigen Manier der alten Azteken sühnt der mysteriöse »Vengador« jene Verbrechen, bei denen die Polizei versagt hat. In einer der größten Städte der Welt ist Kommissar García auf der Spur des mitleidlosen Rächers.
Roman. 268 Seiten. AtV 1507-0

Hörsturz
Ausgerechnet in Wien, der Stadt Schuberts und Mozarts, geschehen mysteriöse Anschläge auf Musikveranstaltungen. Am spektakulärsten ist der Brand der Kammeroper während einer Aufführung der »Zauberflöte«. Der Polizei immer eine Spur voraus ist eine junge Radiomoderatorin, die ihre seit dem Brand verschwundene Schwester sucht. Eine geheimnisvolle Stimme bringt sie auf die Fährte der Terroristen.
Roman. 316 Seiten. AtV 1506-2

Sehschlachten
In Sydney fliegt ein ganzes Haus in die Luft, ein Mann kommt zu Tode, ein anderer verliert sein Augenlicht. Auf den Spuren von Gewalt und Voyeurismus begegnet Detective Sam Cicchetta Blicken, die töten können. Jaumann schreibt einmalige Kriminalromane, die nicht nur packend erzählt sind – sie zeigen die Abgründe der menschlichen Seele.
Roman. 313 Seiten. AtV 1505-4

Mehr unter
www.aufbau-verlagsgruppe.de
oder bei Ihrem Buchhändler

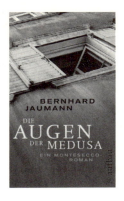

Bernhard Jaumann
Die Augen der Medusa
Ein Montesecco-Roman
296 Seiten. Gebunden
ISBN 978-3-351-03243-2

Ein Dorf gegen Medien und Mafia

Nicht nur der eisige Winter lässt die Einwohner des italienischen Bergdorfes Montesecco frösteln. Als ein Attentäter den bekanntesten Staatsanwalt Italiens ermordet und sich mit vier Geiseln in Monteseccos Mauern verschanzt, überrollen Polizei und Medien den verschlafenen Ort. Während sich der Kampf um das Leben der Geiseln zuspitzt, sind die Dorfbewohner wie gelähmt. Erst in letzter Minute schmieden sie einen Plan. – Ein fulminanter Italienkrimi über Mafia, Medienmacht und wahre Menschlichkeit von Glauser-Preisträger Bernhard Jaumann.

Jaumann »bezaubert immer wieder durch kluge, feinsinnige Erzählweise.« Tobias Gohlis, Die Zeit

Weitere Titel (Auswahl):
Die Drachen von Montesecco. Roman. AtV 2452
Die Vipern von Montesecco. Roman. AtV 2301

Mehr Informationen erhalten Sie unter
www.aufbau-verlagsgruppe.de oder in Ihrer Buchhandlung

Taavi Soininvaara:
Eiskalte Spannung von Finnlands neuem Krimi-Star

Taavi Soininvaaras Romane um den beliebten Kommissar Arto Ratamo wurden verfilmt und vielfach ausgezeichnet, u. a. mit dem finnischen Krimipreis.

Finnisches Requiem
Rasant erzählt und ausgezeichnet als »bester finnischer Kriminalroman des Jahres«: Kaltblütig wird ein deutscher EU-Kommissar in Helsinki erschossen. Arto Ratamo von der finnischen Sicherheitspolizei ist einem unsichtbaren Killer auf der Spur, der sein nächstes Opfer schon im Visier hat. »Arto Ratamo hat Herz, Erfindergeist und einen untrüglichen Spürsinn.« PASSAUER NEUE PRESSE
Kriminalroman. Aus dem Finnischen von Peter Uhlmann. 372 Seiten.
AtV 2190

Finnisches Blut
Bei seinen Forschungen stößt der Wissenschaftler Arto Ratamo auf das tödliche Ebola-Virus. Als es ihm gelingt, ein Gegenmittel zu entwickeln, gerät er ins Visier von Terrorgruppen und Geheimdiensten. Eine blutige Hatz beginnt, bei der seine Frau ums Leben kommt und Ratamo vom Gejagten zum Jäger wird.
Kriminalroman. Aus dem Finnischen von Peter Uhlmann. 362 Seiten.
AtV 2282

Finnisches Roulette
Ganz Finnland feiert den Mittsommer, so auch Arto Ratamo. Doch der Ermittler der SUPO hat keine Zeit, seinen Rausch auszuschlafen, denn ein deutscher Diplomat wird kaltblütig in Helsinki ermordet. Was zuerst wie ein Erbschaftsstreit um ein Pharma-Unternehmen aussieht, entpuppt sich als ein fürchterliches Komplott, das bis nach Kraków, Verona und Frankfurt reicht.
»Eine genial gestrickte Story mit Charakteren, die so plastisch beschrieben werden, dass man sie anfassen will. Das Ganze wird so temporeich und spannend erzählt, dass man mitfiebern muß.« BILD
Kriminalroman. Aus dem Finnischen von Peter Uhlmann. 363 Seiten.
AtV 2356

Finnisches Inferno
Ein Mann stürzt aus dem 28. Stockwerk seines Hotels. Bei der Leiche: hochbrisantes Material über den Computercode »Inferno« – der größte Bankraub der Geschichte droht. Medienmanipulation, russische Geheimagenten, die Wirtschaftsmacht China – nicht zuletzt kämpft Ermittler Arto Ratamo mit einem skrupellosen Verräter in den eigenen Reihen.
»Ganz und gar nichts für schwache Nerven.« WESTDEUTSCHE ZEITUNG
Kriminalroman. Aus dem Finnischen von Peter Uhlmann. 344 Seiten.
AtV 2401

Mehr unter
www.aufbau-verlagsgruppe.de
oder bei Ihrem Buchhändler

Er führt uns ins geheimnisvolle Tibet: Eliot Pattison

Der fremde Tibeter
Fernab in den Bergen von Tibet wird die Leiche eines Mannes gefunden – den Kopf hat jemand fein säuberlich vom Körper getrennt. Shan, ein ehemaliger Polizist, der aus Peking nach Tibet verbannt wurde, soll rasch einen Schuldigen finden, bevor eine amerikanische Delegation das Land besucht. In den USA wurde dieses Buch mit dem begehrten »Edgar Allan Poe Award« als bester Kriminalroman des Jahres ausgezeichnet.
Roman. Aus dem Amerikanischen von Thomas Haufschild. 495 Seiten. AtV 1832

Das Auge von Tibet
Shan, ein ehemaliger Polizist, lebt ohne Papiere in einem geheimen Kloster in Tibet. Eigentlich wartet er darauf, das Land verlassen zu können, doch dann erhält er eine rätselhafte Botschaft: Eine Lehrerin sei getötet worden und ein tibetischer Lama verschwunden. Zusammen mit einem alten Mönch macht Shan sich in den Norden auf.
»Der ideale Krimi für alle, die sich gern in exotische Welten entführen lassen.« BRIGITTE
Roman. Aus dem Amerikanischen von Thomas Haufschild. 697 Seiten. AtV 1984

Das tibetische Orakel
Shan, ein ehemaliger chinesischer Polizist, muß den Mord an einem Mönch aufklären – und dafür sorgen, daß eine alte tibetische Prophezeiung sich erfüllt. Er soll einen heiligen Stein in den Norden bringen, doch plötzlich ist ihm die halbe Armee auf den Fersen.
»Ein spirituelles Abenteuer, großartig erzählt. Ultimativer Mix aus Krimi und Kultur.« COSMOPOLITAN
Roman. Aus dem Amerikanischen von Thomas Haufschild. 652 Seiten. AtV 2136

Der verlorene Sohn von Tibet
Mit seinen Gefährten, den geheimen Mönchen von Lhadrung, feiert Shan, der Ermittler, den Geburtstag des Dalai Lama. Sie wollen diesen Tag zum Anlaß nehmen, ein verstecktes Kloster mit neuem Leben zu erfüllen. Doch ausgerechnet damit geraten sie in einen schmutzigen Krieg, den die chinesischen Besatzer gegen internationale Kunsträuber führen. Eliot Pattison hat mit Shan Tao Yun eine einzigartige Figur geschaffen, die in einem exotischen Land gegen das Verbrechen und für die Wahrheit kämpft.
Roman. Aus dem Amerikanischen von Thomas Haufschild. 522 Seiten. Gebunden. Rütten & Loening. ISBN 3-352-00714-4

*Mehr unter
www.aufbau-verlagsgruppe.de
oder bei Ihrem Buchhändler*

Achtung!
Klassik Radio
löst Träume aus.

- **Klassik Hits** 06:00 bis 18:00 Uhr
- **Filmmusik** 18:00 bis 20:00 Uhr
- **New Classics** 20:00 bis 22:00 Uhr
- **Klassik Lounge** ab 22:00 Uhr

Alle Frequenzen unter www.klassikradio.de

Bleiben Sie entspannt.